beck'sche
reihe

b sr

Coito, ergo sum – angeblich ist unsere Zeit in erotischen Dingen alles andere als zimperlich. Lust und Leidenschaft begegnen uns täglich in Werbung, Presse, Literatur und Fernsehen. Doch gibt es dafür ein angemessenes erotisches Vokabular, und wie hat es sich im Lauf der Zeit verändert? Was ist der Unterschied zwischen *kourtoisieren, flirten, anbaggern* oder *Hühner antesten*, zwischen *Rendezvous, Stelldichein* und dem modernen *Date*?
Christoph Gutknecht wagt sich in diesem unterhaltsamen Buch weit in jenen Bereich des «Volksvermögens» vor, in dem die Wirklichkeit gelegentlich die Parodie überholt. Er untersucht unanständige Witze, obszöne Wirtin-Verse (auch von Goethe, Büchner und Stifter), Kontaktanzeigen und natürlich den ganz gewöhnlichen (erotischen) Sprachgebrauch. *Alle Menschen werden prüder* (Schiller) wird man nach der Lektüre seines neuen Buches schwerlich behaupten können.

Christoph Gutknecht lehrte als Professor für Anglistik an der Universität Hamburg und lebt heute als freier Autor und Synchronsprecher in der Hansestadt. Bei C. H. Beck sind von ihm erschienen: *Lauter böhmische Dörfer* (⁷2004), *Lauter spitze Zungen* (³2001), *Lauter Worte über Worte* (Hrsg., 1999), *Lauter blühender Unsinn* (³2003) und *Pustekuchen!* (²2002).

Christoph Gutknecht

Ich mach's dir mexikanisch

Lauter erotische Wortgeschichten

Verlag C. H. Beck

Originalausgabe

© Verlag C. H. Beck oHG, München 2004
Satz: Fotosatz Reinhard Amann, Aichstetten
Druck und Bindung: Druckerei C. H. Beck, Nördlingen
Umschlagabbildung: Jussi Steudle, +malsy, Bremen
Umschlagentwurf; +malsy, Bremen
Printed in Germany
ISBN 3 406 51099 X

www.beck.de

Inhalt

Vorwort

Kapitel 1
Coito, ergo sum:
Greift nur hinein ins volle Liebesleben!　　　11

Kapitel 2
Im Falle eines Phalles – sagt Goethe wirklich alles?　　40

Kapitel 3
Libido, ergo bums: Wörter der Lust　　72

Kapitel 4
Variatio delectat: Die sogenannten Perversionen　　114

Kapitel 5
Jenseits von Gut und Böse: Kebsen, Callgirls
und Bordelle　　135

Kapitel 6
Der Mensch lebt nicht vom Sex allein:
Deftiges und Parodistisches　　187
Antizitate und Antiredensarten　　188
Die Wirtin und ihre Verse　　196
Erhabene Dichtung?　　213

Literaturverzeichnis　　225
Bildnachweis　　245

Es ist der Menschheit guter Brauch,
was sie vermehrt, erfreut sie auch,
und nicht allein, daß man es tut,
schon drüber lesen tut so gut.
Hermann Mostar (1901–1973)

Vorwort

Nicht nur die Anschauungen über Erotik, Sexualität und Pornographie waren und sind einem ständigen Wandel unterworfen, sondern auch die auf sie referierenden «Wörter der Lust» – in der Gemeinsprache, in der Fachsprache, in der Sondersprache, in der Regionalsprache und in den Dialekten.

Es gibt etliche Beispiele dafür, daß Begriffe, die wir heute mit der Sexualsphäre assoziieren, früher völlig «harmlos» gemeint waren: Goethe benutzte z. B. das Wort *pervers* in der Bedeutung ‹verkehrt, übertrieben›: «Ich bin Ihnen […] Dank schuldig, daß Sie […] auf so eine entschiedene Art diese *perverse* Manier zu Sprache bringen» (an Schiller, 9.7.1796). *Penetration* gebrauchte er im Sinne von ‹Einsicht, Scharfsinn›: «[…] einen jungen Menschen […], der mit einer tiefen reinen Empfindung und wahrer *Penetration* begabt, sich in schwärmende Träume verliert…» (an G.F.E. Schönborn, 1.6.–4.7.1774); das Verb *penetrieren* verwendete der Dichter fast ausschließlich als ‹durchdringen, ergründen›: «Raphael hatte diese Sinnesart *penetriert*, seine Verklärung ist ein deutlicher Beweis» (an J.H. Meyer, 27.2.1789); «[e]r (der Zeichner Neureuther) hat wirklich den Sinn ganz wundersam *penetriert*, ja was merkwürdig ist, das Geheimanmaßliche, was in dem Gedichte liegt, recht bescheiden kühn herausgesetzt» (an Zelter, 1.6.1831).

Andererseits bedienen wir uns unbefangen einiger Wörter, deren lustbetonter Ursprung nicht mehr erkennbar ist. So gehört der seit dem 19. Jahrhundert bezeugte umgangssprachliche Begriff *ausgefuchst*, den wir als ‹listig, gerissen› interpretieren, wahrscheinlich zu einem veralteten Verb *fuchsen*, das soviel hieß wie: ‹Geschlechtsverkehr mit jemandem haben›. Wer *ausgefuchst* war, galt zunächst als ‹im Geschlechtsverkehr erfahren› – heute wird der Begriff gewöhnlich auf den *Fuchs* als listiges Tier bezogen.

Das 1. Kapitel des vorliegenden Buches erläutert Stichworte wie *Flirt, Sex* und *Singles* und kontrastiert sie zu älteren wie *Rendezvous, Stelldichein, Äugelchen, kourtoisieren* und *Miselei.* Es stellt voller Leidenschaft manche Bezüge her zwischen den Begriffen *Lebemann, Bonvivant* und *Casanova*, wobei, wie in den Folgekapiteln, stets auch die literarische Kommunikation über die Gezeiten der Liebe im Auge behalten wird. Beim angesprochenen *Sex* geht es um *f2f-Sex*, also *Face-to-Face Sex*, den analogen Körperkontakt, den man abheben muß von indirekten Sexualakten des Cybersex via Satellit oder Glasfaserkabel.

Auch für die im 2. Kapitel angesprochenen Körperteile, die für die «Liebe» zwischen den Menschen bestimmt sind, gibt es ein Kaleidoskop von Bezeichnungen: euphemistisch-verhüllende, zynische, vulgäre, amüsante und – zumeist aus alten Sprachen hergeleitet – medizinisch-nüchterne, die der französische Dichter Gustave Flaubert (1821–1880) besonders skeptisch beurteilte. Schon in seinem zwischen 1850 und 1880 entstandenen «Dictionnaire des idée reçues» («Wörterbuch der Gemeinplätze») hielt er unter dem Stichwort *obscénité* fest: «Tous les mots scientifiques dérivés du grec ou du latin cachent une obscénité.» («Alle wissenschaftlichen Begriffe, die aus dem Lateinischen oder Griechischen abgeleitet sind, bergen eine Obszönität.») Dabei hatten es die Römer offenbar leichter mit der Versprachlichung von Liebesdingen, wie uns Wilfried Stroh (2000:11) belehrt:

[Für den] Inbegriff aller Handlungen und Vorstellungen, die mit der körperlichen Geschlechtsliebe zusammenhängen, gibt es einen lateinischen Namen: den der Göttin *Venus.* Ihn gebraucht man etwa, wenn man vom Vollzug der physischen Liebe spricht als *Venerem* (bzw. *uenerem*) *iungere* (oder *committere*). Wer dazu keine Lust hat, heißt *frigidus in Venerem*; wer dazu immer aufgelegt ist, ist ein *homo Venereus*, und seine Freuden sind die *uoluptates Venereae*: So bezeichnet der noch allgemeinere Begriff *res Venereae*, entsprechend dem griechischen *Aphrodisia*, so ziemlich genau das, was wir landläufig unter Sexualität verstehen; denn die Göttin Venus ist nun einmal für diesen ebenso wichtigen, wie doch auch etwas genanten, Bereich der Menschlichkeit zuständig: Bei Ovid sagt sie ja (ars 3, 770): *praecipue nostrum est, quod pudet* (...) *opus* («Das, wofür man sich geniert, ist in besonderer Weise mein Gebiet»).

Das 3. Kapitel kapriziert sich auf das, was man früher *die fleischliche Vermischung* oder *das Werk der Liebe*, heute – je nach Kontext, Zielgruppe oder Sprecherintention – u. a. *Beischlaf*, *Kopulation* oder *Gebumse* nennt; es beleuchtet zugleich die korrespondierenden Verben, vom euphemistischen *miteinander schlafen* bis zum jugendlichen Trendwort *poppen*. Jüngere Untersuchungen zur Sexualsprache von Studierenden zeigen, «daß Wörter wie *vögeln* oder *bumsen* (...) für die einen nach wie vor stark negativ besetzt (sind), während die anderen in ihnen normale Wörter der Umgangssprache sehen» (vgl. Hoberg/Fährmann [2001:190]). Es gibt auch sehr liberale Ansichten; in Arnold Stadlers Roman «Ein hinreißender Schrotthändler», der zuerst 1999 erschien und mit dem Georg-Büchner-Preis ausgezeichnet wurde, äußert der Protagonist die Meinung: «Von *Ficken* hätte ich sprechen können, das war nun möglich, ein gesellschaftsfähig gewordenes Wort, nicht aber von *Gott*.»

Das 4. Kapitel geht auf das «Anderssein» ein, das Abweichen von der sogenannten «Norm» in der Sexualität. Dies stellt kulturgeschichtlich und damit auch sprachwissenschaftlich ein vielfach vernachlässigtes, zuweilen noch immer tabubelegtes Forschungsfeld dar. Gerade hier unterliegen gemeinsprachliche und sondersprachliche Benennungen erheblichen Veränderungsprozessen.

Das 5. Kapitel unserer linguistischen Recherchen im Reich der Sinne untersucht die oft als «das älteste Gewerbe der Welt» umschriebene Prostitution, speziell die Sprachregelung zwischen Huren, Freiern und Zuhältern. Gerade auf dieses Sujet paßt der Aphorismus Friedrich Nietzsches: «Und niemand lügt so viel als der Entrüstete.»

Das 6. Kapitel will zeigen, daß der Humor auch beim Reden und Schreiben über Liebe, Lust und Leidenschaft nicht zu kurz kommen muß. Es präsentiert verballhornte Zitate, Graffiti, Klapphorn- und Wirtinverse – alle Beispiele sind geschöpft aus dem literarischen Volksvermögen und dem Repertoire der besten deutschen Parodisten. Schließlich kennt schon der Volksmund den Schüttelreim: *Nicht selten liest die prüde Rosa im Bette heimlich rüde Prosa.*

Daß allerdings die beste Parodie gelegentlich durch die Wirklichkeit überholt wird, beweist die Meldung, die am 24. 3. 2004 über die Deutsche Presseagentur verbreitet wurde:

Die hölzerne weibliche Gallionsfigur eines holländischen Segelschiffs hat im Hafen von Jacksonville in Florida eine Schulklasse verschreckt. Weil der Dreimaster am Bug das Schnitzwerk einer Frau mit langen roten Haaren und einer unbedeckten Brust trägt, lenkten um gute Sitten besorgte Lehrer eine Schulklasse schnell ans Heck des Klippers.

Über die anglo-amerikanische Prüderie gibt es viele Anekdoten. Nachdem sein Verleger Norman Mailer überzeugt hatte, im Roman «The Naked and the Dead» (1948) das Wort *fuck* durch *fug* zu ersetzen, soll die Schauspielerin Tallulah Bankhead (1903–1968) den Autor mit dem Spruch überrascht haben: «Sie sind also der junge Mann, der das Wort *fuck* nicht buchstabieren kann.» Mailer stellte später klar, daß es sich bei dem Bericht um einen erfundenen PR-Gag gehandelt hat.

Wer die folgenden Seiten aufschlägt, sollte sich nicht an freizügigen Wörtern und Bildern stören. «Wer ins Bordell geht», sagte Karl Kraus, «darf sich nicht beschweren, daß gevögelt wird.»

Allen Leser(inne)n des vorliegenden Buches sei die Lockerheit gewünscht, die Karl Kraus bewies, als er (im Jahre 1925) die erste Strophe des zum Volkslied gewordenen Goethe-Gedichts «Heidenröslein» (1789) mit diesen Zeilen parodierte (in: «Die Fackel», Nr. 697–705/Oktober 1925; S. 66.):

Das Seidenhöslein

Sah ein Knab' ein Höslein wehn,
– Höslein unterm Kleide!
War so weiß und blütenschön,
Knisterte beim Gehn und Drehn,
War von feinster Seide!
Höslein, Höslein, Höslein weiß!
Höslein unterm Kleide!

Hamburg, im August 2004   Christoph Gutknecht

Du meine neunte, letzte Sinfonie!
Wenn du das Hemd anhast mit rosa Streifen,
Komm wie ein Cello zwischen meine Knie,
und laß mich zart in deine Seiten greifen!
Erich Kästner (1899–1974)

Kapitel 1

Coito, ergo sum:
Greift nur hinein ins volle Liebesleben!

In Goethes «Faust» (1808–1832) heißt es im «Vorspiel auf dem Theater» (V. 167–169): «Greift nur hinein ins volle *Menschenleben*! Ein jeder lebt's, nicht vielen ist's bekannt, und wo ihr's packt, da ist's interessant.» Heinrich Schröter (1977:55) hat den Spruch genial fortgeschrieben zu: «Greift nur hinein / ins volle *Liebesleben*! Und wo ihr's packt, da ist's amüsant.»

Junggeselle, alte Jungfer oder Single?

Über den Status derjenigen, die ins volle Liebesleben greifen sollen, ist damit nichts gesagt. Wir sind, so liest man immer wieder, inzwischen ein Volk von *Singles* geworden. Und die Zeiten, zu denen man bei diesem Wort sofort an die «Einfachschallplatten» dachte, an «Schlafwagenabteile, in denen nur eine Person nächtigt» oder an «Einzelspiele (zweier Spieler) im Tennis und anderen Sportarten», sind vorbei. Seit Anfang der 70er Jahre des 20. Jahrhunderts versteht man unter *Singles* «männliche oder weibliche Personen, die (absichtlich) allein, ohne feste Bindung an einen Partner leben». In der Zeitschrift «Funk-Uhr» (17/1982:20) konnte man lesen:

> Wie sich doch die Zeiten geändert haben. Vor nicht allzu langer Zeit, als die ebenfalls aus den USA stammenden Begriffe «Joggen» und «Midlife Crisis» in bundesdeutschen Landen unbekannt waren, hießen die Singles männlichen Geschlechts schlicht

«Junggesellen» und «Hagestolze». Frauen waren «späte Mädchen» und «alte Jungfern». (...) *Singles* heute dagegen stehen hoch im Kurs. Sie rufen – sofern ihr Alleinsein selbst gewählt ist – eher Neid als Mitleid hervor. Single sein ist eine Weltanschauung, eine Lebensform im trauten Heim allein, die vielen Verheirateten oft als Paradies auf Erden vorkommt.

Es bleibt zu ergänzen: Die weiblichen Pendants zu den Hagestolzen wurden früher *Blaustrümpfe* genannt, und den dichtenden unter jenen hatte schon Oscar Blumenthal (1887:27) ins Stammbuch geschrieben: «Alle Eure poet'schen Sachen – Ich schätze sie nicht ein Pfifferlein. Nicht sollen die Frauen Gedichte machen: Sie sollen versuchen, Gedichte zu sein.» Die «Gesellschaft für deutsche Sprache» zählte in einem 2001 herausgegebenen Band über «Wörter, die Geschichte machten» das Wort *Single* zu den Schlüsselbegriffen des 20. Jahrhunderts:

> Ein *Singledasein* kann gezwungenermaßen oder freiwillig eintreten und resultiert aus psychischen Befindlichkeiten. Das können größere Enttäuschungen in Partnerbeziehungen sein, das Hingezogenfühlen zum eigenen Geschlecht, berufliche Zwänge oder rein wirtschaftliche Überlegungen. Deshalb sind *Single-Angebote* für den Handel besonders reizvoll. Zusammensetzungen mit *Single-* sind in der Gegenwartssprache oft anzutreffen, z. B. *Singlegesellschaft, -reisen, -wohnung, -apartment, -disko, -bewegung, -party, -tour, -programm, -telefon, -urlaub.*

Bereits zwei Jahre zuvor hatte Monika Sandhack in der von Wolfgang Schneider betreuten Sammlung «Einhundert (100) Wörter des Jahrhunderts» (1999) bezüglich des *Singles* zu bedenken gegeben:

> Single-Sein umfaßt alles das und wieder auch nicht. Denn *den* Single gibt es nicht – es sei denn, als statistische Größe. Single-Sein meint vielmehr einen Lebensstil, eine Haltung zu den Dingen. Während die einen das Alleinsein nur schwer ertragen, erleben es die anderen als große Freiheit, auch als Freisein von sich selbst wie den Zwängen der anderen. (...)
> Auf feste Bindungen zu verzichten kann immer auch die Enttäuschung als Möglichkeit einschließen. Das süße Leben ohne part-

nerschaftliche Verpflichtung bekommt nicht selten einen bitteren Beigeschmack. Diesen Balanceakt auszuhalten ist die Kunst im Single-Leben. Die Liebe als Prinzip der Partnersuche vollzieht sich heute im Wettbewerb von Angebot und Nachfrage. Übrig bleibt, wer sich nicht zu verkaufen versteht. Unversehens verkommt die Liebe zur «ganz normalen Unwahrscheinlichkeit» (Niklas Luhmann).

Was Goethe dazu gemeint hätte? Hier seine lapidare Antwort: «Alles, was ihr wollt, ich bin euch wie immer gewärtig, Freunde, doch leider allein schlafen, ich halt es nicht aus.»

Flirten, anbaggern oder angraben?

Eines ist auf jeden Fall sicher: Bevor es zum angesprochenen Liebesleben kommt, müssen die späteren Partner sich kennenlernen. Verschiedene Wege der Annäherung können einen Menschen dem oder der Erwünschten näherbringen – eine unverfängliche Möglichkeit ist der *Flirt*, die Form der erotischen Werbung, bei der Interesse für eine andere Person durch bestimmte Verhaltensweisen, Blicke, Gesten oder scherzhafte Worte bekundet wird.

Das Verb *flirten* mit der Bedeutung ‹den Hof machen, kokettieren› wurde um 1890 aus gleichbedeutendem englischen *to flirt* entlehnt – das englische Nomen heißt übrigens *flirtation* –, dessen weitere Herkunft nicht gesichert ist. Möglicherweise leitet es sich aus altfranzösischem *fleureter* (‹schmeicheln›, ‹mit Blumen schmücken›) her.

Eine der gründlichsten Abhandlungen zum Flirt mit allen seinen Facetten hat 1997 Jürgen Dieker-Müting (von der Psychotherapeutischen Beratungsstelle für Studenten beim Studentenwerk in Karlsruhe) vorgelegt (http://www.collaroy.de/flirtkurs/flirtkurs.htm). Darin definiert der Verfasser den Flirt zunächst – unter Rekurs auf die Definition in «Websters Dictionary» («To act amorously without serious intentions») – als eine erotisch gefärbte *Tändelei* oder ein *Anbandeln* ohne ernste Absichten. Auch das *Anmachen*, *Anbaggern*, *Angraben*, *Umwerben* oder *Verführen* wird als eine Form des Flirtens verstanden, obwohl hier die Intentionen durchaus ernst sein können. Ein anderer abwertender Ausdruck für dieses Verständnis von Flirt ist das *Poussieren*, abgeleitet vom französischen Wort *pousser* (‹stoßen›); *sich necken* ist die positivere Version dieser

Begegnung: «Was sich neckt, das liebt sich.» Dieker-Müting weist zu Recht darauf hin, daß das *Flirten* durchaus auch auf andere Bereiche übertragen werden kann: «Etwa, wenn VW mit Rolls Royce *flirtet*, und BMW *einen Korb bekommt*, und daraufhin beleidigt seine Motorenlieferung einstellt…» Speziell zur Subkategorie des *erotischen Flirts* präzisiert der Verfasser:

> Die Beziehung zwischen Mann und Frau ist spezifisch ausschließlich durch den sexuellen Aspekt, zu dem der Aspekt der Fortpflanzung gehört. Unsinnigerweise werden in *Flirts*, in denen es durchaus um den Aspekt der Paarung geht, völlig andere Gesichtspunkte in den Vordergrund gestellt: Freundschaft, Zärtlichkeit, gegenseitiges Verstehen, übereinstimmende Interessen usw. Natürlich kann eine Liebesbeziehung nicht gut ausgehen, die diese Bereiche nicht befriedigend gestaltet. Sie geht jedoch auch nicht besonders gut aus, wenn sie den sexuellen Aspekt vernachlässigt, also damit auch den Triebaspekt. Ohne diesen könnten sich alle möglichen Menschen zusammentun, wie dies ja auch in WGs z. B. geschieht. Beim *Flirten* heißt das lediglich, daß jemand sich unbefangen und mutig mit seinen sexuellen Gefühlen und Wünschen an eine andere Person befassen soll. Leugnet er dies, verdrängt es, bagatellisiert es usw., wird sein Flirt verkrampft, wenn nicht unoffen und unklar.

Sehr abwägend äußert sich auch Hermann Bausinger zur Kulturgeschichte der Annäherungsstrategien in seinem Aufsatz über «Anbandeln, Anbaggern und Anmachen»:

> Die konstante oder konstantere Zweierbeziehung ist ein Ergebnis von Sinnsuche – und je problematischer und belangloser die alten Sinnhorizonte geworden sind, die bereitgestellt wurden von der intakten Familie, von kirchlichen Vorgaben, von allgemein anerkannten, gesellschaftlichen Werten –, um so verlockender ist es, einen Menschen zu finden, mit dem man sich aussprechen, dem man erzählen, mit dem man auch schweigen, kuscheln und küssen kann. Dieses weiter gefaßte Ziel der Kontaktaufnahme erklärt, daß nach wie vor die indirekte Annäherung eine größere und meist auch erfolgreichere Rolle spielt als die saloppe Baggertechnik. Man spricht über Gott und die Welt (manchmal ganz wörtlich zu nehmen), und man testet so den Raum, in dem Gemeinsamkeit möglich ist. (2003:63)

Goethes Äugelchen

Ganz anders war der Sprachgebrauch bei Goethe: *Äugelchen* war das Wort für den *Flirt* ebenso wie für die *Person, mit* der man *flirtet*: das bezeugen diverse Stellen aus Briefen an Christiane Vulpius. So lesen wir am 21.8.1792 (HAB 2, 151): «Adieu mein liebes Kind. *Äugelchen* hat es gar nicht gesetzt»; am 8.9.1792 (HAB 2, 152): «Du mußt mich aber nur lieb behalten und nicht mit den *Äugelchen* zu verschwenderisch umgehen»; am 15.7.1795 (HAB 2, 199): «[...] es gibt manchen Spaß und *Äugelchen* die Menge, wobei ich mich immer mehr überzeuge: Von Osten nach Westen / Zu Hause am besten»; am 2.7.1808 (HAB 3, 81): «Was wirst Du aber sagen wenn ich Dir erzähle daß Riemer ein recht hübsches *Äugelchen* gefunden hat, und noch dazu eins mit Kutsch und Pferden, das ihn spazieren nimmt.»

Entsprechend heißt das Verb *flirten* im Sinne von ‹schöne Augen machen› bei Goethe *äugeln*. Auch dazu drei Beispiele: «Laß deines Schweifes Rad und Kranz / Kühn-*äugelnd* ihr entgegen prahlen» (Chinesisch-deutsche Jahres- und Tageszeiten V, V. 4: HA 1,388); «Über meines Liebchens *Äugeln* / Stehn verwundert alle Leute, / Ich, der Wissende, dagegen / Weiß recht gut, was das bedeute» (Westöstlicher Divan/Geheimes: HA 2, 32); «Spät kam Aphrodite herbei, die *äugelnde* Göttin» (Achilleis, V. 131: HA 2,519).

Goethe benutzte – in einem Brief an Charlotte v. Stein vom 12.6.1777 – noch ein anderes Wort für ‹Flirt, Liebelei›, das heute nicht mehr gebräuchlich ist: *Miselei*: «Meine übrigen kleinen Leidenschafften, Zeitvertreibe und *Miseleyen* hingen sich nur so an dem Faden der Liebe zu Ihnen an ...» (HAB 1, 233). Einer Frau ‹den Hof machen› wird von Goethe als *kurtesieren* oder *kourtoisieren* bezeichnet: «Das war ein Spazieren, / Auf Dorf und Tanzplatz Führen, / Mußt' überall die Erste sein, / *Kurtesiert'* ihr immer mit Pastetchen und Wein» (Faust 1/Am Brunnen/V. 3553 ff.: HA 3, 113); «Personen, welche sich zur Stadt hinaus auf die Reede begaben, um frische Luft zu schöpfen, sich zu unterhalten und allenfalls zu *kourtoisieren*» (Italienische Reise/Sizilien/3.4.1787: HA 11, 230).

Rendez-vous, Stelldichein oder Date?

Hatte der Flirt ein positives Ende, kommt es, wie man heute sagt, zu einem *Date*. Früher hieß es *Stelldichein*: dieses substantivierte Satzwort – gebildet wie *Vergißmeinnicht* – wurde 1791 von Joachim Heinrich Campe nach dem gleichbedeutenden französischen Wort *rendez-vous* eingedeutscht (das seinerseits eine lange Geschichte hat, denn dessen ursprünglicher Sinn war: ‹Versammlung der Soldaten im Kriege›).

Kulturgeschichtlich aufschlußreich ist der ergänzende Hinweis im «Bilderlexikon der Erotik» (1928–1931; Bd. 1: 600f.) auf die *Maisons de rendez-vous* (oder *Maisons de passe*); das waren nämlich

… ursprünglich Absteigquartiere für illegitime Liebe, für die Liebesbedürfnisse der Dame der Gesellschaft, die in ihrer Ehe sexuell nicht befriedigt wird und deshalb meist maskiert die *Maisons de rendez-vous* zum Zwecke der Geschlechtsbefriedigung, durch deren, den besseren Gesellschaftskreisen angehörenden männlichen Besucher, aufsuchte. Solche Einzelfälle wurden Anlaß für das heute blühende, einträgliche Gewerbe der *Maisons de rendez-vous*, in denen den zahlungsfähigen männlichen Besuchern von der Besitzerin der *Maisons de rendez-vous* Prostituierte als Damen der Gesellschaft zugeführt werden. Es gibt solche Häuser in allen Preislagen. Die Frauen erscheinen hier in Straßenkleidern. In erstklassigen Häusern findet man Dirnen von vollkommener Schönheit, und es steht ihnen eine durchaus international gebildete Dame vor, die im Argot *Le Maxe* heißt.

Wer glaubt, solche Institutionen gäbe es heute nicht mehr, sei auf das berühmt-berüchtigte Wiener «Hotel Orient» verwiesen:

Erotikweekend für 🧍🧍

von Samstag auf Sonntag Suite € 160,-
von Sonntag auf Montag Suite € 160,-
inklusive Sektfrühstück
in der kleinen Bar / im Zimmer / im Bett

Gutschein zu verschenken
an die Liebste oder an die Freunde
€ 47,20 bis € 160,-
im Hotel Orient

Ausstattung
Bourlesk (sic!)-elegant und manchmal ein klein wenig kitschig
Alle Zimmer haben Dusche/Bad und WC
Zimmerservice
von 0 bis 24 Uhr
Öffnungszeiten:
365 Tage im Jahr und manchmal mehr, dafür rund um die Uhr
Preise:
von € 52,- bis € 77,- für ein paar Stündchen für ***

Liebesabenteuer

Was sich aus einem solchen Hotelaufenthalt entwickeln kann, wird umgangssprachlich oft eine *Affäre* genannt; das Wort steht verkürzend für *affaire d'amour*, denn unser Fremdwort *Affäre* wurde im 17. Jahrhundert aus dem Französischen (*affaire*) entlehnt. Das französische Wort selbst ist durch Zusammenrückung der Fügung *avoir à faire* «zu tun [haben]» entstanden. Das zugrundeliegende Verb *faire* (‹machen, tun›) beruht auf dem gleichbedeutenden lateinischen *facere*.

Affair d'amour kann man mit ‹Liebesabenteuer› übersetzen. Unser Wort *Abenteuer* im Sinne von ‹prickelndes Erlebnis; gewagtes Unternehmen› wurde – laut Duden (Bd. 7; ³2001: 16) – Ende des 12. Jahrhunderts (mittelhochdeutsch *ābentiure, āventiure* ‹Begebenheit; Erlebnis, Wagnis› usw.) aus dem gleichbedeutenden altfranzösischen *aventure* entlehnt. Dies geht auf ein vulgärlateinisches *adventura ‹Ereignis, Geschehnis› (eigentlich: ‹das, was sich ereignen wird›) zurück, das zu lateinisch *ad-venire* ‹herankommen; sich ereignen› (vgl. *Advent*) gehört. Das Wort hatte eine reiche Bedeutungsentfaltung und wurde früher auch im Sinne von ‹Geschick, Zufall; Risiko; Kunde, Bericht von einem außerordentlichen Ereignis; Betrug, Gaunerei, Trick; [falscher] Edelstein; Preis, Trophäe; Wettschießen› verwendet.

Ja, die Mäulchen schmecken süße

Ob bei dem einen oder anderen Liebesabenteuer Geschick, Zufall, Risiko, Gaunereien oder gar Edelsteine im Spiel sind, lassen wir dahingestellt, daß dabei das *Küssen* nicht zu kurz kommt, gilt heute als selbstverständlich. Das altgermanische Verb (im Althochdeutschen heißt es *kussen*, im Mittelhochdeutschen *küssen*, im Englischen *kiss*) ist übrigens (ebenso wie *Busserl* und *Schmatz*) – wie uns Hermann Paul ([10]2002:578) und der Duden (Bd. 7; [3]2001: 463) belehren – lautmalenden Ursprungs: «Die Sitte des Küssens geht wahrscheinlich von der Vorstellung aus, daß bei der Berührung der Lippen oder Nasen ein Austausch der im Atem gedachten Hauchseelen stattfindet. Älter als der Lippenkuß ist allem Anschein nach der Nasen- oder Schnüffelkuß, der bei einigen Völkerschaften noch heute üblich ist» (Duden, ibid.). Mark Twain dachte nüchterner: «Ein Kuß ist eine Sache, für die man beide Hände braucht.» Daß die Bedeutung des Kusses – zumal, wenn es der erste ist – zu früheren Zeiten gewichtiger war, dürfte bekannt sein. Ein amüsantes Beispiel:

Der populäre und vielseitige Dichter Ignaz Franz Castelli (1781–1862), auch als «Anakreon Österreichs» bezeichnet, hat das Biedermeier, das eigentlich keine ausgeprägte erotische Leidenschaft kannte, gleichwohl federführend in schillernden Erscheinungsformen bereichert. Eines seiner Gedichte – es wurde sogar von Franz Schubert vertont – trug den Titel «Das Echo» und ist für die damalige Gefühlswelt bezeichnend:

> Herzliebe, gute Mutter, o grolle nicht mit mir;
> Du sahst den Hans mich küssen, doch ich kann nichts dafür;
> Ich will dir alles sagen, doch habe nur Geduld:
> Das Echo drauß am Hügel,
> Beim Bügel,
> Das ist an allem Schuld.
>
> Ich saß dort auf der Wiese, da hat er mich gesehn,
> Doch blieb er ehrerbietig, hübsch in der Ferne stehn und sprach:
> «Gern trät ich näher, nähmst du's nicht übel auf:
> Sag, bin ich dir willkommen?»
> «Kommen!»
> Rief schnell das Echo drauf.
>
> Dann kam er auf die Wiese,
> Zu mir hin setzt' er sich,
> Hieß mich die schöne Liese
> Und schlang den Arm um mich,
> Und bat, ich möcht ihm sagen,
> Ob ich ihm gut kann sein?

Das wär ihm sehr erfreulich;
«Freilich» rief schnell das Echo drein.

Dies hört' er und hat näher zu rücken mir gewagt,
Er glaubte wohl, ich hätte das alles ihm gesagt;
«Erlaubst du», sprach er zärtlich, «Daß ich als meine Braut
Dich recht von Herzen küsse?»
«Küsse!»
Schrie jetzt das Echo laut.

Nun sieh, so ist's gekommen, daß Hans mir gab den Kuß,
Das böse, böse Echo, es macht mir viel Verdruß;
Und jetzo wird er kommen, wirst sehen sicherlich,
Und wird von dir begehren
In Ehren
Zu seinem Weibe mich.

Ist dir der Hans, lieb Mutter, nicht recht zu meinem Mann,
So sag, daß ihm das Echo den bösen Streich getan;
Doch glaubst du, daß wir passen zu einem Ehepaar,
Dann mußt du ihn nicht kränken,
Magst denken,
Daß ich das Echo war.

Küsse waren für Goethe übrigens *Mäulchen* bzw. *Mäulger*: «Ja, die *Mäulchen* schmecken süße, / Und bei Ziblis waren diese / Gar die ersten. Glaubt es mir!» (Ziblis, eine Erzählung, V. 63 ff.: HA 1, 16); an anderer Stelle lesen wir: «Wenn Schwester Caroline sich meiner erinnert, so küssen sie ihr die Hand, und Sophien und Amalgen ein paar *Mäulger* von mir» (an Helene Buff, Anfang Juni 1773: FA II, 309). Schillers Haltung zum Kuß wird im «Spruch des Sokrates» (1818; vgl. Hecht 1965:27) angesprochen, einer Parodie seiner «Sprüche des Konfuzius»: «Dreifach herrscht der Frauen Mund. / Lächelnd lockt das Mädchen aus der Weite; / In dem *Kuß* gebieten Bräute; / Ew'ger Zank macht die Gemahlin kund.»

Küsse, Umarmungen oder mehr?

Gustave Flaubert, der «zwischen Bordellbesuchen, kleinen Liebschaften mit Schauspielerinnen, Gouvernanten und einer jungen Witwe wechselte» (Katja Doubek 2001:172), vermerkte in seinem bereits erwähnten Wörterbuch unter dem entsprechenden Stichwort:

«*Baiser*: Dire *embrasser*, plus décent ... Le baiser se dépose sur le front d'une jeune fille, la joue d'une maman, la main d'une jolie femme, le cou d'un enfant, les lèvres d'une maîtresse.»

«*Kuß*: Man sage *Umarmung*, das ist dezenter. – Ein Kuß wird appliziert auf die Stirn des Mädchens, die Wange der Mama, der Hand der schönen Frau, den Hals des Kindes, die Lippen der Geliebten.»

Hans-Martin Gauger hat jedoch in einem Aufsatz über «Negative Sexualität» im Jahre 1986 zum Verb *baiser* klargestellt:

Noch im klassischen Französischen bedeutete es «küssen». So verwendet es ohne weiteres Molière. In der «Ecole des femmes» heißt es: «Sans cesse, nuit et jour, je te caresserai, / Je te bouchonnerai, baiserai, mangerai» (V., 4). Und im «Malade imaginaire» fragt der verunsicherte Thomas Diafoirus, der nicht weiß, wie er Argans Frau begrüßen soll, seinen Vater: «Baiserai-je?» (II, 5). Der Bedeutungswandel zu «faire l'amour» und die gewiß gleichzeitige Indizierung haben (...) erst nachher stattgefunden. Das Wort wird heute wechselnd gekennzeichnet als «vulgaire», «bas», «grossier», «trivial» (französisch «trivial» entspricht keineswegs deutsch «trivial»), «obscène», «argotique». (...) Im übrigen ist zu beachten, daß auch ein geschlechtsspezifischer Unterschied besteht. Im Mund von Männern wirkt das Wort weniger vulgär als von einer Frau gesprochen; freilich hat sich hier in den letzten beiden Jahrzehnten einiges geändert. Das Verb hat auch die Ableitungen *baiseur, baiseuse* und *baisable* mit sich gezogen; *baiseur* wird heute definiert als «personne portée à l'amour physique» (...). (Gauger: 318)

Im übrigen weist Gauger auf die Distinktion hin, die wir im Französischen zwischen der Verwendung des Substantivs und des Verbs zu beachten haben:

Das Substantiv *le baiser*, ursprünglich nichts anderes als ein substantivierter Infinitiv («das Küssen»), meint heute ohne jeden Anstoß den Kuß. So heißt zum Beispiel der berühmte von Rodin. Das Verb *baiser* meint jedoch nur noch gelegentlich «küssen», wenn es zum Beispiel um verehrte Gegenstände geht oder auch um einzelne Körperteile; also etwa: «baiser la croix» oder «baiser la main». Normalerweise gebraucht man, *muß* man für «küssen» *embrasser* gebrauchen, das von *le bras* herkommt, und also ursprünglich «umarmen» hieß. Der Zusammenhang mit *le bras* hat sich aber ganz gelockert, so daß man ohne weiteres sagt, sagen *muß:* «il l'a embrassée», «elle l'a embrassé sur la joue».

Aber das Verb *baiser* existiert daneben (in anderer Bedeutung) weiter und ist überaus häufig. Zunächst ist dies Verb vulgär. Dies heißt: es gehört zur Sprechweise «niederer» Gruppen, was keineswegs heißt, daß es nur innerhalb dieser Gruppen verwendet wird. Innerhalb dieser Gruppen aber ist das Wort normal. Außerhalb dieser Gruppen ist es vulgär. Das «Dictionnaire alphabétique et analogique de la langue française» von Paul Robert erläutert: «Par suite de son évolution dans un sens vulgaire, *Baiser* est généralement remplacé par *Embrasser. Baiser quelqu'un*, et, absolument, *Baiser* ne sont plus d'usage décent, comme ils l'étaient à l'époque classique». (…)

Baiser meint erstens den sexuellen Akt und ist insofern Synonym zu «faire l'amour», es ist dafür heute das «normale» vulgäre Wort, wobei zu unterscheiden ist zwischen der transitiven und der absoluten Verwendung. Transitiv verwendet meint das Verb: «posséder une femme». Absolut heißt es – sowohl vom Mann als auch von der Frau gesagt – «faire l'amour». Man kann also sagen: «il l'a baisée» oder «ils ont baisé». Das 1980 erschienene «Dictionnaire du français non conventionnel» von Jacques Celiard und Alain Rey präzisiert: «La construction transitive dont le sujet serait une femme n'est pas réalisable: *Agnès baise Henri* ne peut être que métaphorique. C'est la construction: *baiser avec …* qui s'emploie alors». Also: «Henri baise Agnès», nicht aber «Agnès baise Henri», sondern «Agnès baise avec Henri». Es ist die Frage, ob die hier postulierte Syntax nicht bereits puristisch ist (zudem: was heißt hier «metaphorisch»?) Ein Informant erklärt mir in der Tat, auch «Agnès baise Henri» sei geläufig, die Angaben jenes Wörterbuchs entsprächen lediglich, wie er witzig bemerkte, dem «korrekten vulgären Gebrauch». Wichtig ist jedenfalls, für unseren Zusammenhang, daß bei dem Verb *baiser* eine gewisse Dominanz des Manns («posséder une femme») bestehen bleibt. *Baiser* meint den sexuellen Akt vom Mann her (…). (Gauger: 316 f.)

Gauger macht überdies auf eine zweite Bedeutung des polysemen Verbs *baiser* aufmerksam, durch das es sich, wie er sagt, vom Deutschen unterscheide:

Die zweite – überaus häufige – Bedeutung des Verbs wird in jenem Lexikon nicht erwähnt. Es ist die Bedeutung «hereinlegen». Insofern ist das Verb Synonym von *tromper* oder *duper*. In den neueren Ausgaben des «Petit Larousse» (in den älteren fehlen diese Angaben) wird sogar die Bedeutung «duper» an erster Stelle genannt, was sachlich unberechtigt ist, da die Bedeutung «duper» die Bedeutung «faire l'amour» zur Voraussetzung hat. «On nous a baisé» oder, passivisch, «On a été baisé», oder auch mit der passivischen *se-faire*-Periphrase, «On s'est fait baiser»: all dies meint «wir sind hereingelegt worden» oder aktivisch «man hat uns hereingelegt». Eine unmittelbar benachbarte Bedeutung, die sich ebenfalls findet, ist «sich erwischen lassen». Also etwa: «Il a roulé à 150, et il s'est fait baiser par la police».

Es handelt sich hier um wirkliche Polysemie: beide Bedeutungen werden als zusammenhängend empfunden; genauer: die zweite wird als von der ersten abhängig gefühlt. Daß *baiser* die Bedeutung «faire l'amour» annahm, ist nicht überraschend: der klassische Fall des «pars pro toto». Überraschend aber ist jene Polysemie. Denn die zweite Bedeutung setzt doch voraus, daß der sexuelle Akt negativ bewertet wird; er erscheint als schädigende Zufügung. Man darf also die Frage stellen: weshalb wird das Wort für den Sexualakt, der ja doch – äußerst zurückhaltend ausgedrückt – nicht primär als Negatives erscheinen muß, für klar Negatives verwendet? Sodann ist der Tatbestand kontrastiv von Interesse, im Vergleich nämlich zum Deutschen. Hier werden die entsprechenden Verben keineswegs so verwendet. (Gauger: 317)

Beim kontrastiven Gesichtspunkt müssen wir Gauger eingeschränkt widersprechen: In der Tat sagt man im Deutschen nicht, wenn man «hereingelegt worden ist» oder sonst Negatives meint oder erfährt: «die haben uns *gevögelt*» oder «wir sind *gebumst* worden», doch schon Heinz Küpper führt in seinem «Wörterbuch der deutschen Umgangssprache» (⁶1997:233) für *ficken* die Bedeutung ‹schikanös ausbilden› an, so daß soldatensprachliches «wir sind ganz schön gefickt worden» verständlich wird, das – sicher auch unter angloamerikanischem Einfluß – auf die Jugendsprache überzugreifen beginnt; die semantische Kette ‹durchgefickt werden› – ‹hart 'rangenommen werden› – ‹ungerecht behandelt werden› – ‹angeschmiert werden› ist nachvollziehbar. Das «PONS Wörterbuch der Jugendsprache. Schweizerdeutsch/Deutsch–Englisch; Schweizer-

deutsch/Deutsch–Französisch» (2002:20) verzeichnet s.v. *gfiggt*:
«(gefickt), adj. (erwischt): to catch, to be nicked, to be nabbed; Ich bi
vo dr Polizei gfiggt worde. (Ich bin von der Polizei erwischt worden.) I was nabbed by the filth.»

liebe.komm – Botschaften des Herzens

Der Versuch, erste erotische Begegnungen im Bausingerschen Sinne
zu festigen, erfolgt oft in schriftlicher Kommunikation, ob per SMS
oder per Liebesbrief: «Um einen guten Liebesbrief zu schreiben»,
sagte einmal Jean-Jacques Rousseau, «mußt du anfangen, ohne zu
wissen, was du sagen willst, und enden, ohne zu wissen, was du gesagt hast.» Anläßlich der Ausstellung «liebe.komm – Botschaften
des Herzens» im Museum für Kommunikation in Frankfurt (vom
15. 2.– 1. 8. 2003), die später in Nürnberg, Hamburg und Berlin gezeigt wurde, erschien eine Publikation der «Museumsstiftung Post
und Telekommunikation», in der Eva Lia Wyss in ihrem Aufsatz
«‹Dû bist mîn, ich bin dîn›: Deutschsprachige Liebesbriefe vom
Mittelalter bis in die Gegenwart» feststellte,

> … wie stark die Kulturgeschichte des deutschen Liebesbriefs mit
> den Kulturen Europas und des Orients verbunden ist. Gerade die
> ersten deutschen Liebesbriefe des Mittelalters sind nicht zu den-
> ken ohne ihre Vorbilder aus dem Lateinischen, ohne Ovidsche
> Vorstellungen über die Liebe und ohne die provenzalischen Sa-
> luts d'amour. Was bleibt, sind verschiedene Geschichten: eine
> Geschichte der Schreibsprachen, eine Geschichte der Literarisie-
> rung und der Entliterarisierung, eine Geschichte der Interkultu-
> ralität in Verbindung mit einer Geschichte der schriftlichen Lie-
> beskommunikation. (S. 81)

Daß die schriftliche Liebes-Kommunikation keineswegs unproble-
matisch ist, zeigt Eugen Roth (1895–1976) in seinem Gedicht über
«Gezeiten der Liebe»:

> Ein Mensch schreibt mitternächtig tief
> an die Geliebte einen Brief,
> der schwül und voller Nachtgefühl.
> Sie aber kriegt ihn morgenkühl,

liest gähnend ihn und wirft ihn weg.
Man sieht, der Brief verfehlt den Zweck.
Der Mensch, der nichts mehr von ihr hört,
ist seinerseits mit Recht empört
und schreibt am hellen Tag, gekränkt
und saugrob, was er von ihr denkt.
Die Liebste kriegt den Brief am Abend,
soeben sich entschlossen habend,
den Menschen dennoch zu erhören –
der Brief muß diesen Vorsatz stören.
Nun schreibt, die Grobheit abzubitten,
der Mensch noch einen zarten dritten
und vierten, fünften, sechsten, siebten
der herzlos schweigenden Geliebten.
Doch bleibt vergeblich alle Schrift,
wenn man zuerst daneben trifft.

Daß Seelenergießungen und liebkosende Wortbildungen in Liebesbriefen eine große Rolle spielen, ist bekannt. Sprachhistorisch interessant ist es, daß Goethe das Wort *Ejakulation* im Sinne einer ‹Seelenergießung› verwendet hat: In einem Brief an Lavater vom 16. 9. 1776 (HAB 1,228) heißt es: «Weil ihr lieb wart und habt mir gleich geschrieben, so auch von mir hier eine *Ejakulation*, die ihr freundlich mögt aufnehmen.» Und *Erotikon* ist bei Goethe das Wort für ‹Schätzchen, Geliebte›: «Doch kann ich dir versichern, daß ich mich herzlich nach Hause sehne, meine Freunde und ein gewisses kleines *Erotikon* [Christiane Vulpius] wieder zu finden, dessen Existenz die Frau dir wohl wird vertraut haben.» (An Herder, 10. 8. 1789: HAB 2,119)

Keine Sau hält das aus!

Wir haben oben von «negativer Sexualität» gesprochen – zu den negativen Gefühlen im Umkreis der Liebe gehört zweifellos die *Eifersucht*. In allen Jahrhunderten haben sich Dichter mit diesem Problem befaßt: Gerhard Anton von Halem (1752–1819) konstatierte: «Du, Eifersucht, wärst Amors Kind? / So sei von mir bewundert. / Dein Vater, saget man, ist blind; / Du hast der Augen hundert»; Emanuel Geibel (1815–1884) war der Überzeugung: «Eifersucht macht scharfsichtig und blind, / Sieht wie ein Schütz und trifft wie ein Kind.» Drastischer formulierte es der Poet Norbert Hinterberger (in seiner gleichnamigen Gedichtsammlung, 1983), denn für ihn gehört die *Eifersucht* zu den «klaren Sachen»:

Keine Sau hält das aus

Keine Chance gegen das Gefühl *Eifersucht*.
Die Vorstellung genügt, man muß es nicht
gesehen haben. Ich kenne ja meinen Engel.
Und diesen selig sabbernden Penner auf ihr drauf
und in ihr drin kann ich mir leicht wie
mich selbst vorstellen.
Er steckt sein Ding bei ihr rein und,
sowie ich es weiß, bin ich verlassen,
auf der Stelle. Einsam wie niemand, ängstlich,
an der Kehle gewürgt, keinen Mut und keine Lust,
jetzt eine andere zu ficken.
(…)
Mein Liebling hat sich an mir gerächt.
Ich habe ihr das auch schon angetan.
Sie hat sich das gar nicht mehr als Rache gedacht,
aber der Vollzug ist perfekt.
Genauso, wie meine Rache, wenn sich das nächste Mal
eine allzu aufgedrehte Votze mit schönem Restzubehör
allzubreit vor meinem Schwanz macht, nicht mehr als
Rache gedacht sein wird, sondern das Eigenleben
des wirklichen Willens zum Ficken mit eben diesem
oder jenem dampfenden und unwiderstehlichen Monstrum
der zufälligen Weiblichkeit IST.
Keine Sau hält das aus, wir tun alle nur so.

Über die Herkunft des Wortes *Eifersucht* sind die abenteuerlichsten Spekulationen angestellt worden. Lutz Röhrich klärt uns auf:

«*Eifersucht* ist eine *Leidenschaft*, die mit *Eifer* sucht, was *Leiden* schafft.» Diese Definition von H. Kurz («Spanisches Theater» [Leipzig 1917], Band 2, S. 79), die auch dem Theologen Fr. Schleiermacher (1768–1834) zugeschrieben wird, geht zurück auf ein ähnlich lautendes spanisches Wortspiel, das M. de Cervantes in dem Zwischenspiel «Der wachsame Posten» (1615) so formulierte: «O zelos, zelos! Quan mejor os llamaran duelos,

duelos!» Sie ist heutzutage fest mit dem Begriff «Eifersucht» verbunden und weist auf eine Bedeutung hin, die der Begriff in früherer Zeit noch nicht hatte. (…) Erst in der Neuzeit wird das Eifersuchtsmotiv in der bildlichen und literarischen Darstellung klarer vom Neid abgegrenzt. Im Emblembuch des Andreas Alciatus (1492–1550) wird die leichtgläubige Mißgunst des Eifersüchtigen durch ein Auge in offener Hand dargestellt, bei Cesare Ripa (1560–1620/25) trägt der Eifersüchtige ein Gewand, das mit vielen Augen und Ohren bedeckt ist als Hinweis auf den stets vorhandenen Argwohn und auf das krankhaft lauernde Verhalten, das sich daraus ergibt. (…) Redensartliche Vergleiche sind: «Eifersüchtig wie ein Türke», «Eifersüchtig wie ein Tiger», «Eifersüchtig wie ein Wiesel», den Grillparzer verwendet (Sämtl. Werke [1872], VII, 200), der jedoch umgangssprachlich nicht belegt ist.

Macht der Liebe = Macht für Triebe?

Wir wollen es nicht aufbauschen – im Englischen sagt man dafür: *to sex up* –, aber es ist einfach so: Die Macht der Liebe ist die Macht für Triebe. Daher werfen wir einen Blick auf das sprachliche Umfeld von *Sex*, *Geilheit* und *Lüsternheit*, in dem sich in den letzten Jahrhunderten erstaunliche Wandlungen vollzogen haben.

Lüsternheit wurde bei Goethe noch im allgemeinen Sinne von ‹heftiges Verlangen› gebraucht: «Die *Lüsternheit* des Kindes nach den Kirschen und Beeren […] erinnerte ihn an die Zeit seiner Jugend…» (Wilhelm Meisters Lehrjahre/8. Buch/1. Kapitel: HA 7, 501).

Für das sprachliche Feld ‹Brunst, brünstig sein, brünstig machen› führt der Schriftsteller, Kybernetiker und Sprachtheoretiker Oswald Wiener in seiner «Ädöologie des Wienerischen» (1992) eine Reihe von Ausdrücken auf. *Ädöologie* (griech. αιδοιολογία) kann man übersetzen als «Beschäftigung mit den Geschlechtsteilen und damit, was man mit ihnen machen kann», denn griechisch (το) αιδοίον heißt ‹Schamteil, Geschlechtsteil›. Wieners Angaben sind einer Ausgabe der «Josefine Mutzenbacher» angefügt, jenem Werk, das zu den weltweit erfolgreichsten deutschsprachigen Erotika gehört. 1906 als anonymer Privatdruck im Wiener Fritz Freund Verlag erschienen, gilt das Buch als Werk von Felix Salten (eigentlich: Siegmund Salzmann) – dem Erfolgsautor des «Bambi» – und seinem

Co-Autor Willy Handl. Wiener präsentiert u. a. folgende Beispiele: *aufgansadln* (aufganserln), *'aulassig sei* (anlassig sein < heranlassen: ‹zu Liebesabenteuern geneigt›, u. a. verzeichnet bei Hans Sassmann, «Wienerisch», 1935); *Biggsn aufschdön* (Büchse aufstellen = ‹Bereitschaft der Frau zum Coitus›); *med de Augn fegln* (begehrlich schauen); *'leifig sei* (läufig sein); *an Schdeiffm haum/griang* (einen Steifen haben/bekommen = ‹geil werden›); *an Schdenda haum/ griang* (einen Ständer haben/bekommen = ‹geil werden›). Julius Jakob nennt in seinem «Wörterbuch des Wiener Dialekts» (1929; Nachdr. 1984) die Wendung *a weisse 'Leba haum* (eine weiße Leber haben = ‹sexuell schwer zu befriedigen sein›).

Zuvörderst nennt er – wir sind versucht zu sagen: natürlich – *geulich* (geil), ein Wort, das ich in meinem Buch «Lauter böhmische Dörfer: Wie die Wörter zu ihrer Bedeutung kamen» (72004:18 f.) auch kommentiert habe: Der zunächst ausschließlich von Jugendlichen bevorzugte Gebrauch des Wortes *geil* im Sinne von ‹toll, lustig, großartig, aufregend› stieß bei Erwachsenen anfangs auf Unverständnis und erlangte erst später allgemeine Akzeptanz, wobei man bei der Übernahme der fast beliebig erweiterbaren Steigerungsformen, z. B. der Komposita *giganto-mega-oberaffen-supertitten-geil* (Herdi 2001:116) und *schweinegeil*, eher zögerlich verfuhr, weil doch Berührungsängste ins Spiel kamen. Worüber sich wohl niemand Gedanken gemacht hat, ist die sprachhistorische Erkenntnis, daß diese Verwendung von *geil* unbewußt eine ältere Bedeutung aufgreift, die verlorengegangen ist. Das Wort bedeutet nämlich noch bei Goethe – wie die Folgebeispiele belegen – entweder ‹üppig wuchernd› oder ‹lüstern›: «[…] sie schränkt nur ein, beschneidet die *geilen* Reben…» (Die Leiden des jungen Werthers/1. Buch/26. 5.: HA 6, 15); «es (‹Laidion› von Heinse) ist mit der blühendsten Schwärmerey der *geilen* Grazien geschrieben…» (an G. F. E. Schönborn, 1.6.– 4. 7.1774: HAB 1,164).

Aber wer schaut schon in ein etymologisches Lexikon, wenn er besonders kreativ sein will? Eher blättert man in Günther Hunolds «Lexikon des pornographischen Wortschatzes» (1972), und – siehe da! – auf Seite 85 liest man unter dem Stichwort *geil*: «Das altgermanische Wort bedeutete ursprünglich ‹kraftvoll, üppig, übermütig, lustig›. Heute fast nur noch im Sinne von ‹wollüstig, lüstern, sexuell erregt› und ‹gierig› gebräuchlich.»

Schon drei Jahrzehnte nach seiner Aussage müssen wir den Ver-

fasser korrigieren, denn heute ist das Wort *geil* bei vielen Sprachteilnehmern jeglichen sexuellen Anklangs entkleidet – es bedeutet
lediglich ‹toll, super, heftig›. Aufschlußreich ist dabei, daß das
altenglische *gāl* mit der Bedeutungsskala ‹stolz, übermütig, lustig,
lüstern› und das altisländische *geiligr*, das ‹stattlich› oder ‹schön› bedeutete, im germanischen Sprachbereich z. B. verwandt sind mit
dem älteren niederländischen *gijlen* im Sinne von ‹gären› und dem
norwegischen *gil* für ‹gärendes Bier›. Somit ergibt sich für das ger-
manische Adjektiv die Bedeutungskette: ‹in Gärung befindlich›
oder ‹aufschäumend›, dann ‹erregt› bzw. ‹heftig›. Außergermanische
Vergleiche lassen sich in der baltoslawischen Sippe finden, z. B. die
litauischen Adjektive *gailas* (mit der Bedeutung ‹heftig›) und *gailùs*,
das ebenso ‹jähzornig, wütend, rachsüchtig› wie ‹scharf, beißend,
bitter› bedeuten kann. Nach Jahrhunderten schließt sich wieder ein
Bedeutungskreis.

Wird Sex durch Liebe erst schön?

«Liebe ist die Droge, die den Sex in der volkstümlichen Mythologie
schmackhaft macht», äußerte vor einigen Jahren die amerikanische
Feministin Germaine Greer. Bei der «Gesellschaft für deutsche Sprache» denkt man offenbar anders. Im genannten Sammelband über
«Schlüsselbegriffe des 20. Jahrhunderts» lesen wir am Schluß des entsprechenden Stichworts: «Auch wenn der Mensch der ‹sexyste Affe›
sein sollte: Sex wird durch Liebe erst schön.» Die Geschichte des Ein-
silbers wird treffend umrissen: das Wort *Sex* ist hergeleitet

> … vom lateinischen *secare* ‹scheiden› (nämlich die beiden Ge-
> schlechter voneinander), *sectus* ‹Trennung›, *sexus* ‹männliches
> und weibliches Geschlecht› über französisch *sexe* und englisch
> *sex* (in beiden Sprachen zunächst ebenfalls ‹Geschlecht›) zum
> Schlagwort mit weltweiter Geltung und immensem Gebrauchs-
> wert.
> Durch die Massenmedien mit ihrer tabulosen Behandlung des
> Themas und den freizügigen Darstellungen wurde der Sex
> zuerst zum Reiz- und dann zum Schlagwort. Sex, das heißt
> heute in breitem Spektrum ‹Sexualität›, ‹Erotik› (unter Verlust
> der feinen Unterschiede), ‹Geschlechtsverkehr und andere se-
> xuelle Betätigungen›, ‹Sex-Appeal›. Der Ausdruck *Sex-Appeal*
> ‹körperliche, erotische, sexuelle Anziehungskraft› ist übrigens

eher, nämlich schon im frühen 20. Jahrhundert, in unsere Sprache gelangt als das einfache *Sex*. Dieses hat erst nach 1945 Einzug gehalten. Es konnte in den 50er und vor allem 60er Jahren die gewaltigen Umbrüche der bis dahin geltenden Moralvorstellungen und gesellschaftlichen Normen – «sexuelle Revolution» – verbal begleiten und absichern. Durch die *Massenmedien* mit ihrer tabulosen Behandlung des Themas und den freizügigen Darstellungen wurde der *Sex* zuerst zum Reiz- und dann zum Schlagwort. 1971 erhielt ein Wörterbuch der sexuellen *Umgangssprache* den Titel «Sex im Volksmund». Die Reihe von oft expressiven Zusammensetzungen wuchs schnell an: *Sexbombe, Sexfilm, sexmüde, Sexmuffel, Sexshop, Sextourismus, Sexwelle, Gruppensex, Telefonsex* usw. Auch die Wortspieler kamen auf ihre Kosten mit *Sexerei, Sexnächterennen, sexpansiv, Sexperte, sexplosiv, Sexport, Sextaner, sextraordinär* u. a.

War früher der Sex tabu, so ist es heute die Diskussion einer Sexual-Ethik. Das Geschlechtsleben entzieht sich infolge der gewachsenen sexuellen Toleranz – zumindest in westlichen Gesellschaften – zunehmend der gesellschaftlichen Beurteilung und wird nur noch an privaten Normen gemessen. Wir können hier auf diese Problematik nicht ausführlich eingehen, sondern verweisen auf zwei vor einigen Jahren erschienene Werke:

Georg Schwikart führt in seiner Untersuchung «Sexualität in den Weltreligionen» (2001) die Abneigung gegen eine allgemeingültige Sexualmoral auf die Jahrhunderte während Einmischung religiöser Instanzen in das Intimleben der Gläubigen zurück. Shmuley Boteach, Universitätsrabbi und Direktor der L' Chaim Gesellschaft, bahnt in seinem Buch «Koscherer Sex» (2001) den Weg für einen revolutionären Umgang mit den Themen Sex, Ehe und Beziehungen und sucht dabei die traditionelle jüdische Weisheit einzubeziehen.

Lebemann, Bonvivant oder Playboy?

Als 1906 in Straßburg und Berlin Otto Ladendorfs «Historisches Schlagwörterbuch» erschien, fand sich darin bereits folgender Hinweis:

Lebemann – als schlagende Bezeichnung eines Genußmenschen – wird von Hartwig Jeß, *Langbein und seine Verserzählungen* (1902), S. 174, eben diesem populären Belletristen Ernst Langbein zugeschrieben, der im ersten Bande der «Feyerabende» (1794), S. 217 bemerkt: «Vielen Offizieren hingegen war er (…) nicht *Lebemann* genug.» Daß der Ausdruck tatsächlich als eine Neuprägung empfunden wurde, wird durch eine Auslassung des Kritikers in der Neuen Allgem. Deutschen Bibliothek, und zwar im Anhang zum 1.–28. Bd., 1. Abt., S. 177 gezeigt: «Recensent kann (…) nicht umhin, dem Verfasser mehr Aufmerksamkeit auf Correctheit des Styls zu empfehlen (…). Was ist (…) ein *Lebemann*?» Später liebt namentlich Goethe das Wort sehr, wie das «Deutsche Wörterbuch» an verschiedenen Belegen veranschaulicht … (S. 186 f.)

In der Tat wurde ein aktiver, lebensfreudiger Mann schon bei Goethe als *Lebemann* bezeichnet. In einem Brief an den Großherzog Carl August vom 20. 7. 1826 (HAB 4, 196) lesen wir: «Man sieht einen überall willkommenen Welt- und *Lebemann* (gemeint: Herzog Bernhard von Weimar), einen wohlunterrichteten geprüften Militär, einen Teilnehmenden an Staats- und bürgerlichen Einrichtungen, bei Gastmahlen und Tänzen an seinem Platz, gegen Frauen-Anmut nicht unempfindlich.» Und an anderer Stelle heißt es: «Sprechen wir es aber aufrichtig aus: ein eigentlicher *Lebemann*, der frei und praktisch atmet, hat kein ästhetisches Gefühl und keinen Geschmack, ihm genügt Realität im Handeln, Genießen, Betrachten ebenso wie im Dichten …» (Westöstl. Divan/Noten u. Abhandlungen/Allgemeines: HA 2, 162 f.).

Synonym zu *Lebemann* gibt es seit langem die nach jeweiliger Textsorte und Zeitepoche verwendeten konkurrierenden Bezeichnungen *Bonvivant* und *Belami*. «Die Zeit» meldete 1984: «Dennoch wirkte es seltsam, daß der Boulevard-Journalist und *Bonvivant* mit 56 Jahren zum seriösen Sprecher einer christlich dominierten Regierung aufstieg.» In «Die Welt Online» las man vor kurzem: «Lafontaine, der als Politiker den Rückzug der Bundesrepublik aus der NATO forderte und im Wendejahr 1989 von ‹nationaler Besoffenheit› sprach, galt als *Bonvivant*.» Im Jahre 2000 berichtete die «Berliner Zeitung»: «Heinz Bennent (der alte Hugo) ist von allen der Verwundbarste: Ein ehemaliger *Belami*, der noch Reste stolzen Hochmuts zeigt, während er körperlich schon völlig hilflos ist.»

Am 10. 1. 1962 lästerte «Der Spiegel» (auf S. 77) über Porfirio Rubirosa und nannte ihn einen «alternden *Playboy*». Ein neues Wort war damit in die deutsche Sprache eingedrungen; das «Anglizismen-Wörterbuch» (2001; Bd. 3:1072) liefert die exakte Definition:

> … meist gutaussehender Mann, der aufgrund seiner wirtschaftlichen Unabhängigkeit primär seinem Vergnügen nachgehen kann und sich in Kleidung und Auftreten meist durch verschwenderische Unbekümmertheit auszeichnet, die Gesellschaft schöner Frauen genießt und sich häufig an mondänen Urlaubsorten aufhält.

Daß die «Gesellschaft für deutsche Sprache» auch dieses Wort zu den «Schlüsselbegriffen des 20. Jahrhunderts» zählt, ist nachvollziehbar. Im Buch «Wörter, die Geschichte machten» (2001) findet sich dazu eine kritische Bewertung:

> 1972 hielt auch das gleichnamige Männermagazin, das der Amerikaner Hugh Marston Hefner 1953 gegründet hatte, in Deutschland Einzug. Dessen «Playmate des Monats», das Nacktbild einer (mitunter prominenten) weiblichen Schönheit, und das weit verbreitete «Bunny»-Emblem, ein Hasensymbol für leicht zu erobernde Damen, markierten einerseits die wachsende Offenheit der Gesellschaft, andererseits eine eher antiquierte männliche Sicht auf die Frau als williges Sexualobjekt. Die fortschreitende *Emanzipation,* welcher derselbe Verlag mit dem Zeitschriftenpendant *Playgirl* weniger erfolgreich Rechnung trug, brachte es mit sich, dass der *Playboy* als solcher aus der Mode kam, ja sprachlich als Relikt der Wirtschaftsgeneration empfunden wurde. So wurden Curd Jürgens 1977 als «Alt-Playboy» und der 56-jährige Gunther Sachs 1989 als «alternder Playboy» bezeichnet. Das neue Bild des erfolgreichen Mannes verkörperten jetzt Yuppies und Popper. 1994 stellt der «Focus» dann fest: «*Playboy* ist heute eher Spottname als schmeichelhaft.»

Das «Focus»-Urteil tröstet den Durchschnittsmann, zumal die Regenbogenpresse zeigt, daß auch Playboys Hörner aufgesetzt werden. Übrigens bezeichnete das Wort *Witwer* noch bei Goethe sowohl den Ehemann, dessen Frau gestorben als auch den, dem sie davongelaufen ist: «[…] binnen vierundzwanzig Stunden war er Liebhaber, Bräutigam, Ehemann, Hahnrei, Patient und *Witwer*!» (Wilhelm Meisters Lehrjahre/4. Buch/4. Kapitel: HA 7, 219).

Sehr häufig wird noch heute das Wort *Casanova* im Sinne von ‹Frauenheld, Frauenliebling, Herzensbrecher, Schürzenjäger, Weiberheld› gebraucht. Giacomo Girolamo Casanova (1725–1798), in Venedig geboren, schlug mit 17 Jahren, als er die niederen Weihen der katholischen Kirche empfangen hatte und Doktor der Rechte war, seinen Lebensweg als Verführer und Lebenskünstler ein, der ihn kreuz und quer durch Europa, nach Konstantinopel, Paris, London, Berlin, Warschau, St. Petersburg, Moskau, Dresden und Wien führte. Der berühmteste Liebhaber der Weltgeschichte sorgte selbst für seinen Ruhm, indem er seine Memoiren verfaßte. In einem 4545seitigen Manuskript schilderte er sein Liebesleben bis zum Sommer 1774, als er 49 Jahre alt war. Ein Autorenteam um Irving Wallace hat im Jahre 1981 in New York das Buch «The Intimate Sex Lives of Famous People» veröffentlicht und darin eine Statistik über die Ehen, Verhältnisse, Amouren und Affären berühmter Personen, darunter auch Casanovas sexuelle Aktivitäten, angelegt. Das Ergebnis war sensationell, denn es stellte sich heraus, daß Sarah Bernhardt, Guy de Maupassant, Elvis Presley, die Kurtisane Ninon de Lenclos (1620–1705) und andere rund zehnmal so viele Sexpartner angegeben hatten wie Casanova. Keine Erwähnung fand übrigens die berüchtigte Dubois, Schauspielerin an der Comédie française, die einen Katalog ihrer Liebhaber angefertigt hatte, der schon 1775 auf die stolze Zahl 16527 kam. Abgesehen davon, daß die Statistik der Casanova-Amouren, wie erwähnt, nur das Minimum repräsentierte, interessierte ihn offenbar mehr die Qualität jeder Begegnung: «Er [d.i. Casanova] plündert die Frauen nicht, er beschenkt sie; sie fluchen ihm nicht, sie sind ihm dankbar. Er vermag das Leben jeder Frau durch seine Liebe um einige Grade zu steigern, es reicher und voller zu machen» – so formulierte es Franz Blei in seinem berühmten Essay «Von amoureusen Frauen» ([2]1908:20).

Don Juan – ein psychopathischer Zuhälter

Was ein *Casanova* ist, wissen wir nun, doch wie steht's mit dem *Don Juan*? Bei Grete Meisel-Hess lesen wir in «Die sexuelle Krise» (in: Mark Lehmstedt [Hg.], «Deutsche Literatur von Frauen», Berlin 2001): «Eine der flachsten Literaturlügen ist die, der es beliebt,

Goethe als einen *Don Juan* zu schildern, der von Weib zu Weib eilte.» *Don Juan* wird hier im Sinne von ‹Frauenheld› oder ‹Schürzenjäger› gebraucht. Max Christian Graeff (2001:57f.) weist jedoch pronociert darauf hin, daß die Legende des wirklichen Don Juan de Tenorio

> … heute genauso tot [ist] wie jener Oberkellermeister des kastilischen Königs Peter des Grausamen selbst – seit annähernd 600 Jahren. (…) In Wirklichkeit war Don Juan jedoch ein aus der Reihe tanzender psychopathischer Zuhälter und Zeremonienmeister seines durch sadomasochistische Orgien selbst zum Mythos gewordenen Herrn. Apropos Wirklichkeit: Noch immer ist nicht sicher, ob es ihn tatsächlich gab oder ob er nur die Gestalt einer spanischen Sage ist, die erst durch ihre häufige kulturelle Rezeption zum Leben erweckt wurde. Erstmals schriftlich erwähnt wird er in Tirso de Molinas 1624 uraufgeführtem religiösen spanischen Drama «Don Juan – der Verführer von Sevilla und der steinerne Gast». Von nun an ließ ihn keiner mehr untätig in der Ecke sitzen: Von Mozart und da Ponte mit ihrem «Don Giovanni», von Molière und Richard Strauss bis zu Albert Camus, Jean Anouilh und Max Frisch, von E.T.A. Hoffmann, Alexandre Dumas und Victor Hugo bis zu den Lassie-Singers – die Geschichte des Verführers, der glaubt, von den Frauen der Welt vergewaltigt zu werden und sich wehren zu müssen, läßt niemanden unberührt.

Der über uns

Daß das, was man heute *Sex* nennt, Folgen haben kann, wußte auch schon Gotthold Ephraim Lessing (1729–1781), der dies in seinem Gedicht «Der über uns» schildert:

> Johann warf Hannen in das Gras.
> «O pfui!» rief Hanne; «welcher Spaß!
> Nicht doch, Johann! – Ei was?
> O, schäme dich! – Ein andermal – o laß –
> O, schäme dich! – Hier ist es naß.» –
> «Naß, oder nicht; was schadet das?
> Es ist ja reines Gras.»
> Wie dies Gespräche weiter lief,

das weiß ich nicht. Wer braucht's zu wissen?
Sie stunden wieder auf und Hanne seufzte tief:
«So, schöner Herr! heißt das bloß küssen?
Das Männerherz! Kein einz'ger hat Gewissen!
Sie könnten es uns so versüßen!
Wie grausam aber müssen
wir armen Mädchen öfters dafür büßen!

Wenn nun auch mir ein Unglück widerfährt –
ein Kind – ich zittre – wer ernährt
mir dann das Kind? Kannst du es mir ernähren?» –
«Ich?» sprach Johann, «die Zeit mag's lehren.
Doch wird's auch nicht von mir ernährt,
der über uns wird's schon ernähren,
dem über uns vertrau!»

Schwangerschaft, Abtreibung und Geschlechtskrankheiten können
die Folge dessen sein, was Johann und Hanne trieben. In all diesen
Bereichen hat sich die volkspoetische und umgangssprachliche
Phantasie mit den absonderlichsten und brutalsten Wortprägungen
ausgetobt. Exemplarisch seien – Oswald Wiener und einigen Mit-
streitern folgend – nachstehend einige Wendungen aufgeführt.

Für *schwängern* hört man im Wienerischen dialektal neben *vollbuf-
fen* häufig *'aubembban*, das eigentlich ‹anklopfen› bedeutet, wobei als
Varianten mit der Vorsilbe *au-*, die soviel wie ‹voll› bedeutet, auch *'au-
bumbban*, *'aubembsn*, *'aubumbsn* begegnen. Für das sprachliche Feld
‹Schwangerschaft, schwanger, schwangere Frau› nennt Oswald Wiener («Der obszöne Wortschatz Wiens», 1992) eine Vielzahl von teils
amüsant kommentierten Ausdrücken, so u. a. *'aubeggd* (angepickt);
'aublosn (an-/vollgeblasen); *'aubumsd* (angebumst – vgl. französisch
faire boum); *'audrad* (angedreht – allgemein gilt dem Wiener offenbar
die Schwangerschaft als ein schlichtes Vollgevögeltsein); *'audridschd*
(*'audridschd* oder *'audridschdgad* ist auch ‹jemand, der nicht alle Tas-
sen im Schrank hat›); *'augeigna* (angeigen = ‹schwängern›); *'aubuad*
(angebohrt); *'augschbridsd* (angespritzt); *'augschdessn* (angestoßen);
'aubudsd (an-/vollgeputzt); *'augschdochn* (angestochen); *'au-
gschlagld* (angeschlägelt); *gfüd* (gefüllt, eigentlich dick); *mebba* (< rotwelsch *mepperes*, jiddisch *meuberes* = ‹schwanger›); *in da hä sein/ind
hä gen* (in der Höhe sein/in die Höhe gehen: verzeichnet bei Albert Petrikovits [²1922, Neuaufl. 1986] und M. Pollak [1904]).

Die *Abtreibung* wird im Wienerischen mit dem Verb *'odreim* (abtreiben), aber auch auf vielfältige Weise euphemistisch umschrieben: *si s 'neme lossan* (es sich nehmen lassen: *'ana den Hosn* (Hasen) *'nema* (= ‹bei der Abtreibung behilflich sein›); mit Hilfe eines Akronyms spricht man von *a'bä* (= A. B. für ‹abortus›), mit Hilfe des medizinischen Ausdrucks von *Ghire'ddasch* (curettage). Frauen, die illegale Abtreibungen vornehmen, heißen *'Engadlmocharin* (Engelmacherin).

Zivilisation = Syphilisation?

Für venerische Krankheiten nennt Ignaz von Sonnleithner in seinem anonym verfaßten Werk «Mundart der Österreicher oder Kern ächt österreichischer Phrasen und Redensarten» (Wien 1811, nachgedruckt 1996) den Kollektivbegriff *'Hosngha'dda* (Hosenkatarrh), für den ‹Tripper› führt er die Bezeichnung *'Readlgschwäa* (Rohrgeschwür) an, während Eduard Maria Schranka in seinem «Wiener Dialektlexikon» für diese Erkrankung den Ausdruck *'Laufa* (zu deutsch laufen = ‹rinnen›) aufführt und Girtler (1995:254) von einem *Kavalierschnupfen* spricht. Franz Seraphin Hügel nennt in seinem Lexikon der Wiener Volkssprache (1873, nachgedruckt 1995) die Bezeichnung *Fran'dsosn* (Franzosen) für die syphilitischen Pusteln und Anschwellungen der Leistendrüsen, und das hat seine Geschichte: Als man im Juli 1495 an Verwundeten der Schlacht von Formia erstmals die typischen Erscheinungen feststellte, nannten die verschreckten italienischen Bürger die Krankheit *mal franzoso* (Franzosenkrankheit), die Gebildeten sprachen von *morbus gallicus*.

Oswald Wiener (1992) nennt ferner *di Bradn* (die Breiten) für ‹Syphilis›, für ‹Gonorrhoe› die Umschreibung *Schnubbfm unddn haum* (unten einen Schnupfen haben), geschlechtskranke Männer sind *'bfeifadlgraungg* (pfeiferlkrank). Das eigentlich im Sinne von ‹täuschen› gebräuchliche Wort *'auschmian* (anschmieren), findet sich in seiner Sammlung auch für: ‹geschlechtskrank machen›; ‹sich anstecken› wird als *si fa'brenna* (sich verbrennen) bezeichnet.

Die Herkunft des Kondoms – ein Conundrum?

Um die geschilderten «Ereignisse» zu vermeiden, gilt es die Verhütung zu beachten, und dabei spielt natürlich das *Kondom* eine bedeutende Rolle, jene dünne, jedoch extrem reißfeste Latexhülle, auch *Präser(vativ)*, *Pariser*, *Überzieher*, *Verhüterli* oder scherzhaft *Nahkampfsocke* und *Familienstrumpf* genannt. Jeanette Parisot ist in ihrem kenntnisreichen Buch «Dein Kondom, das unbekannte Wesen» (1987:23) den etymologischen Spekulationen über die Herkunft des Wortes nachgegangen und zu nachstehender Chronologie gelangt:

1705 Der Herzog von Argyll in Edinburgh bringt ein *Quondam* aus London mit.

1706 Der Dichter Lord Belhaven erwähnt in einem Gedicht ein *Condum*.

1708 Ein in London veröffentlichtes Gedicht behauptet, das *Condon* sei nach seinem Erfinder so benannt worden.

1717 Dr. Daniel Turner in London bezeichnet das *Condum* als das beste Schutzmittel.

1742 Turner bezeichnet *Dr. Condum* als Erfinder der gleichnamigen «Maschine».

1773 In Paris erwähnt Beaumarchais in seinen Memoiren *le Condon*.

1785 Grose's Slang Wörterbuch in London nennt einen *Oberst Cundom* als Erfinder.

1788 Göttingen: erstes Auftauchen des Wortes *Condom*; der deutsche Venerologe Girtanner behauptet, es trage den Namen seines Erfinders.

1790 Casanova bezeichnet «die Engländer» als Erfinder.

1847 Dr. Hyrtl in Wien bezeichnet einen Kavalier der englischen Restauration als Erfinder.

1872 Aus Wien kommt eine neue Theorie: Dr. Prokosch glaubt an einen Arzt der Restauration namens *Conton*.

1904 Dr. Ferdy in Hildesheim glaubt an die Patenschaft der Stadt *Condom*.

1911 Ein Herr Richter in Berlin hält eine Ableitung vom persischen *kondü* oder *kendü* (Tiergedärm) für wahrscheinlich.

1928 Das Wiener «Bilderlexikon» führt das Wort auf das lateinische *condere gladium* (Schwertscheide) zurück.

1972 Der «Playboy» schlägt eine Herkunft vom englischen *conundrum* (Rätsel) vor.

1985 Professor Rudolf Thurneysen in Bonn entdeckt die wahrscheinliche Erklärung: *Condom* ist eine Zusammenziehung von Cum Domine, «Mit Gott».

Die letzte Eintragung der Verfasserin ist inhaltlich abstrus und schwer nachvollziehbar, denn der Bonner Etymologe und Keltologe Thurneysen lebte von 1857–1940! Resignierend stellte die Verfasserin indessen fest: «Die Entdeckung von fünf Tierdarm-Parisern im mittel-englischen Dudley Castle im Dezember 1986 führt die Theorie, Dr. Condom (o. ä.) habe dieses Verfahren erfunden, vollends ad absurdum: Sie sind ein gutes Vierteljahrhundert vor der angeblichen Geburt des Obersten oder Arztes entstanden!» Auch Casanova, der glaubte, Enthaltsamkeit mache krank und sich häufig mit Geschlechtskrankheiten infizierte, kannte den Gebrauch von «schützenden Hüllen, traurigen Futteralen» – die bei ihm aus 20 cm langem Tierdarm bestanden, «am andern Ende mit einem schmalen, rosafarbenen Band versehen».

Interessant ist auch der Hinweis Charles Panatis in seiner «Universalgeschichte der ganz gewöhnlichen Dinge» (1998:87 f.):

> Der Umstand, daß die Übertragung einer Geschlechtskrankheit weit mehr gefürchtet wurde als die Zeugung illegitimer Kinder, fand seinen Niederschlag in mehreren Wörterbuchdefinitionen des 17. und 18. Jahrhunderts. So heißt es etwa in «A Classical Dictionary of the Vulgar Tongue», 1785 in London erschienen, unter dem Stichwort «Kondom»: «Getrockneter Schafsdarm, von Männern beim Geschlechtsakt getragen, um einer Ansteckung vorzubeugen.» Der Eintrag enthält noch etliche weitere Ausführungen, ohne daß die Möglichkeit einer Empfängnisverhütung erwähnt wird.

Der «Duden» und modernste britische und amerikanische Lexika sind sich einig: Die Herkunft des Wortes *Kondom* ist nach wie vor ungeklärt, ist also in der Tat ein *Conundrum* – «a paradoxical, insoluble, or difficult problem; a dilemma.» Klaus Mampell weiß das auch, gibt aber in seinem «Dictionnaire satirique» (1993:78 f.) eine nachhaltige Begründung:

> Warum es ausgerechnet diesen Namen hat, ist nicht klar. Man hört das Wort ja in vielen Fernseh-Spots, aber jedesmal, wenn man das hört, wirkt es aufdringlicher als fast jedes andere Wort. Vielleicht liegt das an den dunklen Vokalen. Gleich zweimal ein o: Kondom. Das spricht man nicht gern aus.

In einem jener Fernseh-Spots soll freilich dargestellt werden, daß man es ohne Befangenheit aussprechen kann. Da wird eine Kassiererin im Supermarkt gezeigt, die bei der Abrechnung der vor ihr liegenden Ware einen Augenblick innehält und der Kollegin an der nächsten Kasse zuruft: «Gaby, was kosten die Kondome?» Aber der junge Mann vor ihr sieht sehr betreten aus, weil sie ja damit alle Leute wissen läßt, worum es hier geht, und niemand überhört dieses Wort.

Wenn es nur nicht so eindeutig wäre! Wenn man doch ein Wort hätte, das sich auch auf etwas anderes beziehen könnte! Dann würde es nicht so wirken, wie wenn man auf die Pauke haut. Kondom. Das dröhnt so in den Ohren.

Warum soll man überhaupt bei diesem Wort bleiben? Was besagt es denn und woher kommt es? Im Wörterbuch steht, Kondom heiße so nach einem englischen Arzt namens Conton, der es erfunden habe. Was das Wörterbuch nicht alles weiß! Wie sonderbar ist es dann, daß der Name Conton in keiner Liste bekannter Persönlichkeiten und in keinem Lexikon irgendwo aufgeführt ist. Nein, liebe Wörterbuchautoren, diese Wortwurzel habt ihr frei erfunden, das heißt, Kondom hat mit Conton ungefähr soviel zu tun wie Gasthof mit Gustav.

Also gibt es keinen Grund, warum man nicht ein anderes Wort dafür suchen sollte, eines, das nicht so mit dunklen Vokalen tönt, sondern mit hellen etwas angenehmer klingt. Und außerdem müßte es auch etwas anderes bedeuten können, damit man nicht so befangen ist, wenn man es sagt. So ist Sex, worum es hier geht, ein Wort, das sich auch auf die Zahl sechs beziehen kann, und wenn man beispielsweise beim Auto von einem Sechszylinder redet, dann bräuchte man die erste Silbe bloß mit «x» zu schreiben, und schon hätte man ein besseres Wort, eines, das auch viel bedeutungsvoller ist als das unsinnige Wort Kondom.

Und außerdem, wenn nun die Kassiererin im Supermarkt oder in der Drogerie lauthals ruft: «Gaby, was kosten die Sexzylinder?», dann könnten die Leute ja denken, da würden an der Kasse Autos abgerechnet. Allerdings denkt man umgekehrt in einem Autogeschäft oder in einer Garage, wo von einem Sechszylinder die Rede ist, dann vielleicht an ein Kondom.

Nach der Satire bleibt aus dem wahren Leben eigentlich nur noch nachzutragen, daß die Nachrichtenagentur AFP am 26. 5. 2003 um

21 Uhr aufgrund einer Studie des Präservativ-Herstellers *Condomi* mit folgender Nachricht überraschte:

(AFP) Wenn es um Angaben über ihre Penislänge geht, neigen türkische Männer offenbar zu Größenwahn: Wie eine Studie im Auftrag des Präservativ-Herstellers *Condomi* ergab, schätzen die meisten Türken die Länge ihres besten Stücks auf 22 Zentimeter, berichtete die Zeitung «Sabah» am Montag. Dagegen legte das Nationale Institut für Normen die Standardlänge eines türkischen Glieds bei gerade einmal 17 Zentimetern fest. Der Zeitung zufolge müßten die Türken – wenn ihre eigenen Angaben denn stimmen – zu Kondomen des extra großen Formats «XXL» greifen. Im Durchschnitt verlangen 20 Prozent der Türken nach den Riesen-Gummis; europaweit sind es dagegen nur zehn Prozent. Für die Studie wurden 400 Männer aus acht Provinzen befragt.

Was gibst du dir mit Lieb und Ehre
Und andern Dingen so viele Pein!
Wenn ein tüchtiger Schwanz nur wäre,
Die Weiber würden sämtlich zufrieden sein.
Johann Wolfgang von Goethe, «Zahme Xenien»

Kapitel 2

Im Falle eines Phalles – sagt Goethe wirklich alles?

Lockruf der Liebe

Für die Körperteile, die für die «Liebe» zwischen den Menschen bestimmt sind, gibt es, wie in jeder Sprache so auch im Deutschen – auf allen Sprachebenen, in unterschiedlichen Soziolekten und Dialekten – eine Vielzahl von Bezeichnungen: medizinisch-nüchterne, verhüllende, zynische, vulgäre und amüsante, wobei die Kategorien einander durchmischen.

Vor den analytischen Einzelbetrachtungen muß jedoch eine holistische Schau zur Schärfung des Problembewußtseins stehen. Welche besseren Worte könnten wir da auszugsweise beiziehen als die F. W. Bernsteins, der in seiner Sammlung «Lockruf der Liebe» von den erogenen Zonen berichtet –

Dinge wie das Unterhemd
sind eigentlich körperfremd,
doch tut selbst ein alter Hut
oft erotisch noch sehr gut;
magst ihn in besonders heißen
Nächten in die Krempe beißen;
kannst ihn küssen, kannst ihn knüllen,
ihn mit Lust und Liebe füllen –
Herz mein Herz, was willst Du mehr?
Etwa noch Geschlechtsverkehr?

*

Mancher Herr hat solche Stellen,
die bei der Berührung schwellen;
Beulen, die am Kopf entstehn,
sind nur selten erogen.

Andre Teile wieder schrumpeln,
wenn zwei aufeinanderpumpeln.
Beispielsweise das Plumeau
und das Diskussionsniveau.
   (…)
Erogen ganz ohne Frage
ist die Stereoanlage.
Den, der dran rummachen darf,
macht sie fickerig und scharf.
   *
Manche sagen jetzt, es fehle
auf der Liste noch die Seele.
Seele, Seele fehlt nicht, weil:
Seele ist total echt geil.

Jetzt wenden wir uns nacheinander den weiblichen und männlichen Geschlechtsteilen zu, wählen aus der Gemeinsprache und aus der «schönen Literatur» eine Reihe einschlägiger Bezeichnungen und erläutern sie, wenn nötig, in ihrem jeweiligen historischen Kontext; denn es ist schon ridikül, was man über diese Körperregionen zuweilen sagt, hört oder liest, womit wir bei unserem ersten Beispiel wären.

Börse, Büchse, Humpse oder Poschemine?

In einem Basler Regionaljournal war am 15.1.2004 die folgende Notiz zu lesen:

> Das *Ridicule*, eine kleine Tasche, in der nur das Nötigste und Wichtigste für die Fasnacht verstaut wird, so ein Täschchen möchte auch die gleichnamige Vorfasnachtveranstaltung der Helmut Förnbacher Theater Company sein. Und so präsentiert die Company auch in diesem Jahr einen bunten Mix aus fasnächtlicher Musik, romantisch-besinnlichen Rahmenstücken und spitzen Pointen.

Die Verwendung des Wortes *Ridicule* macht stutzig: In der Tat nahmen die Freudianer im 19. Jahrhundert der *Handtasche* ihre Unschuld, weil sie nachweisen konnten, daß mit *Börse* oder *Büchse* im 17. Jahrhundert das weibliche Geschlechtsorgan bezeichnet wurde.

Wir setzen den historischen Rückblick fort. Wer nämlich glaubt, die deutsche Gegenwartssprache sei mit ihren Bezeichnungen für das weibliche Genital besonders einfallsreich, der irrt. Das zeigt ein Blick auf das Rotwelsch – die Geheimsprache der Fahrenden, Hausierer, Vaganten und Tippelbrüder. Günther Kuchner (1974:220) hat daraus Ausdrücke für die Vulva zusammengestellt, die manche heutige Leser(innen) überraschen und belustigen werden:

> *Baßmeichel; Beff; Bellamaunz; Belmonte; der Bletz; die Busche; Dotsch/Datsch; Fotze; Geige; Geigerl; das Geschirr; der Girlitz; Haartruhe; Humse/Humpse; Kiebitz; Köcher; Koffer; die Knull; Krummel; Kutsch; Kutte; Laffoi; Lautori; Meis; Michole; Minsch; Musch/Muschel/Mutz; Poschemine; Pumpel/Pümpel; Punze; Quindipse; Rieglerin; Schese; der Schmuh; Schmuppe/Schmutte; Schnalle; die Schosa/das Gschoß; Schublade; Schumpel; das Zifferblatt.*

Man sieht: diese Variantenfülle steht der Zahl gegenwärtig verwendeter Ausdrücke keineswegs nach.

Scham und Schande

Das altgermanische Substantiv – im Mittelhochdeutschen repräsentiert als *schame/scheme*, im Althochdeutschen als *scama*, im Englischen als *shame* – bedeutete ursprünglich ‹Beschämung, Schande›. Die Herkunft des Wortes, das auch dem Substantiv *Schande* zugrunde liegt, ist ungeklärt. Im Deutschen hatte *Scham* zusätzlich die Bedeutung ‹Schamgefühl›: Goethe schreibt in den «Venetianischen Epigrammen»: «Nackend willst du nicht neben mir liegen, du süße Geliebte, / Schamhaft hältst du dich noch mir im Gewande verhüllt. / Sag’ mir, begehr ich dein Kleid? Begehr ich den lieblichen Körper? / Nun, die *Scham* ist ein Kleid, zwischen Verliebten hinweg!» Später wurde *Scham* auch verhüllend für ‹Geschlechtsteil› benutzt: Beim *Sturm-und-Drang*-Dichter Wilhelm Heinse (1746–1803) lesen wir in seinem Briefroman «Ardinghello

und die glückseligen Inseln» (1795/96): «Der Schatten an der
Scham und die emporschwellenden Schenkel davor im Lichte sind
äußerst wollüstig, so wie die jungen Brüste.» Des Geschlechtlichen
hat man/frau sich offenbar zu schämen: dafür sprechen der *Scham-
hügel* (mons Veneris), die *Schamlippen* (labia vulvae), das *Scham-
zünglein* (Klitoris). Gustave Flaubert urteilte in seinem Wörterbuch: «*Parties*: Sont honteuses pour les uns, naturelles pour les
autres.» («*Geschlechtsteile*: Für die einen die ‹*Scham*teile›, für die
anderen ‹das Natürlichste der Welt›.»)

Der Schoß als Schützenhaus

Der Ausdruck *Scheide* für das weibliche Genital ist metaphorisch,
aber zugleich sehr sachlich. *Schoß* ist dagegen poetisch-verhüllend.
«Ich stand vor ihr; sie faßte meine Hände und legte sie in ihren
Schoß», heißt es in Peter Roseggers (1842–1918) «Als ich noch
der Waldbauernbub war»; bei Leopold von Sacher-Masoch
(1836–1895) gibt es in «Venus im Pelz» mehrere Stellen, in denen
Schoß als Hüllwort benutzt wird: «Wir hatten uns heute nachmittag auf der Wiese zu den Füßen der Venusstatue gelagert, ich
pflückte Blumen und warf sie in ihren *Schoß*, und sie band sie zu
Kränzen, mit denen wir unsere Göttin schmückten» (Kap. 4); «Ich
war in die Knie gesunken und preßte mein glühendes Gesicht in
ihren *Schoß*» (Kap. 6); «Mit zwei hastigen Schritten ist Wanda bei
mir, kniet an meinem Lager nieder und nimmt meinen Kopf in
ihren *Schoß*. ‹Bist du krank – wie deine Augen glühen, liebst du
mich?›» (Kap. 11).
    Einen der schönsten poetischen Umwege zum Kleinod der An-
gebeteten wählte der Dichter Christian Friedrich Hunold
(1680–1721). Kurz zu seinem Leben: Ab 1698 studierte er Jura in
Jena, mußte aus finanziellen Gründen sein Studium aufgeben und
zog nach Hamburg, wo er seine Werke unter dem Namen «Menan-
tes» veröffentlichte; er galt damals als Skandalschriftsteller, geriet
durch seinen «Satyrischen Roman» in Konflikt mit der Justiz, ver-
ließ Hamburg, lebte ab 1708 als Übersetzer in Halle und promo-
vierte dort 1714 zum Doktor der Rechte.

Schooß

Ich bin das Paradies, vor dem die Keuschheit wachet,
In dessen Gegenden die Lebensfrüchte blühn,
Wo unser Leben wird wie Feuer angefachet,
Dabei die Söhne sich, wie Adam, gerne mühn;
Ein gutes Feld, das nur geratne Früchte bringet,
Ein Garten, den der Tau der Wollust überfließt,
Ja, der die Anmut hat, die alle Welt bezwinget,
Und dessen Blumenfeld sein eigner Fluß begießt;
Ein Meer, wo Ebb und Flut dem Mondenlaufe gleichet;
Ein spiegelglattes Eis, wo auch ein Riese fällt;
Ein Hafen, den vergnügt die Zuckerflott erreichet
Die Schule, die man nur für junge Männer hält;
Der Liebe Musterplatz, die Mannschaft auszuüben;
Ein Zwinger, welcher zu, doch nicht verschlossen ist;
Die Walstatt, wo wohl auch ein Simson ist geblieben;
Das Schützenhaus, in dem ein jeder gerne schießt (…)

Die Vulva ist kein Türflügel!

Wollte man das weibliche Genital medizinisch definieren, müßte man es so verdeutlichen:

> Während *Vagina* biologisch und medizinisch korrekt nur den inneren Körperkanal zur Gebärmutter bezeichnet, umfaßt der Begriff *Vulva* den äußerlich sichtbaren Teil der weiblichen Geschlechtsteile, also die Schamlippen und den Kitzler (*Klitoris*). Nur Säugetiere sind mit solchen die Geschlechtsöffnung umschließenden Accessoires ausgestattet.

Michael Miersch stellt in seiner Untersuchung «Das bizarre Sexualleben der Tiere» (2001) ergänzend klar: «Die Weibchen anderer Tierklassen besitzen nur ein schmuckloses Loch oder einen Schlitz. Bei Fadenwürmern liegt dieser Schlitz nicht längs, sondern quer.» Das «Alternative German Dictionary» (www.notamo2.no/~hcholm/alt-lang/ht/German.html) vermerkt wohl nicht von ungefähr das Schimpfwort *Querfotze* mit der begleitenden Erläuterung «Literally ‹*cunt going sideways*›» und gibt dabei den Warnhinweis: «Only say it if you want to really offend a woman.»

Unbekannter Künstler; © Erotic Art Museum Hamburg

Das Wiener «Institut für Sexualforschung» hat schon in den Jahren 1928-1931 in seinem «Bilderlexikon der Erotik» versucht, für Klarstellung zu sorgen. Die im nachfolgenden Abschnitt zitierten sprachhistorischen Erklärungsversuche der Anatomen Adrianus Spigelius (1578-1625) und Regnier de Graaf (1641-1673), beigezogen aus deren Werken «De humani corporis fabrica libri decem» (1627), «Tractatus de virorum organis generationi inservientibus» (1668) und «De mulierum organis generationi inservientibus tractatus novus» (1672), sind allerdings teils von unfreiwilliger Komik:

Vulva (*Pudendum muliebre*, die äußere weibliche Scham), bei Plinius *Volva*, auch als *Cunnus* bezeichnet. Das Wort stammt aus dem lateinischen *volva* oder *bulba* = ‹die Hülle, die Tasche›. Spigelius leitet *Vulva* von *valva* = ‹Türflügel› ab, de Graaf (nach Hyrtl) von *volo* = ‹ich will›. Unter Vulva verstehen wir die Gesamtheit der äußeren weiblichen Scham. Darnach gehören zu ihr: der Schamberg (…) und die großen und kleinen Schamlippen (…); ferner die zwischen großen und kleinen Schamlippen liegende Spalte, die Schamritze (oft auch selbst als *Vulva* bezeichnet), welche bei Jungfrauen fest geschlossen ist, bei Frauen dagegen, die viel coitiert oder geboren haben, mehr oder weniger klafft. In der Schamspalte liegt von oben nach unten gesehen: der Kitzler (…), die Öffnung der Harnröhre und darunter der Scheideneingang mit den rechts und links mündenden Bartholinschen Drüsen (…). Auch die letztgenannten Teile gehören zur äußeren Scham. («Bilderlexikon der Erotik», Bd. 3: 870–872)

Wen wundert es da, daß Oswald Wiener in seiner «Ädöologie des Wienerischen» u. a. auch diese Ausdrücke nennt: *’Feignwadsn* oder *’Fuddwadsn* (Feigenwarze bzw. Futwarze) für ‹Klitoris›, *Fligln* (Flügel) für ‹Schamlippen›. Schließlich geschieht dies zwei Jahrzehnte nachdem in den USA die inzwischen verstorbene Linda Lovelace im ersten abendfüllenden Hardcore-Film «Deep-Throat» demonstrierte, daß sie ihre Klitoris im Rachen hat.

Die lateinischen Bezeichnungen *Vagina*, *Vulva* und *Klitoris* verwendet man heute, wie nicht anders zu erwarten, durchweg im fachsprachlichen Bereich oder im Journalismus, der sich sachlich oder ironisch-distanziert geben will. So belehrte uns die «*Bild*-Zeitung» im Jahre 2000: «Die zwei wichtigen Punkte im weiblichen Körper sind die *Klitoris* (Kitzler), ein dem männlichen Penis entsprechendes Geschlechtsorgan, das anschwellen kann und dessen Vorhaut durch die beiden kleinen *Schamlippen* gebildet wird.» Zwei Jahre zuvor hatte dasselbe Presseorgan offenbar eine klammheimliche Freude an einer historischen Rückschau, die den damaligen amerikanischen Präsidenten porträtierte: «Am 31. März 1996 führte er ihr eine Zigarre in die *Vagina* ein, steckte sich anschließend die Zigarre in den Mund und sagte: ‹Es schmeckt gut›.» Sachlich kommentierend gab sich die «Stuttgarter Zeitung» in einer Rezension im Jahre 1995: «Fotos als Ersatz entbehren der Aura, sind Abbild vom Abbild, und die Ausstellung einer Gralsschale aus dem ‹Parsifal› – alle halbe

Stunde in puffigem Rot erstrahlend – als Symbol der *Vulva* neben dem phallischen Speer ist ziemlich billig.»

Für die *Schamhaare* (crines vulvae) nennt Oswald Wiener neben anderen Ausdrücken auch: *'Gheisaboadd* (Kaiserbart, nach dem Backenbart des Kaisers Franz Joseph I.); *'Saubuaschdn* (Sauborsten); *'Boadwisch* (Bartwisch, ein kleiner Handbesen) und *'Uawoed* (Urwald, besonders dichtes Schamhaar).

Möse klingt böse – Muschi klingt blöd

Die «Süddeutsche Zeitung» urteilte im Jahre 2001: «*Muschi* hingegen ist fast schon wieder eine Verniedlichung, und *Möse* klingt böse, zumindest ein wenig fies.» Wir wollen dieses Urteil über das in der Literatur vielstrapazierte Wort durch eine etymologische und literarische Betrachtung hinterfragen.

Der Duden (Bd. 7; [2]1989: 470) stellt resignierend fest: «Die Herkunft des gossensprachlichen Ausdrucks für das weibliche Geschlechtsteil ist unklar.» In der Folgeauflage (Bd. 7; [3]2001) ist *Möse* nicht mehr als Stichwort enthalten. Heinz Küpper ([6]1997:548) ist für das seit dem späten 18. Jahrhundert belegte Wort *Möse = Vulva* phantasievoller und mutmaßt: «Kann zusammenhängen mit mittelhochdeutsch *mutz* = ‹weibliches Geschlechtsteil› oder mit gleichbedeutendem *Muschel* oder beruht auf niederdeutschem *Möser = Mörser* (Stößel und Mörser als Zusammengehörigkeit von Penis und Vagina); vielleicht auch beeinflußt von den Katzennamen *Mis, Miss, Mieze* oder von *Maus, Mäuschen, Mausi.*»

Apropos *Maus*: Diese Verhüllung wurde umgangssprachlich so geläufig, daß man sie am Ende völlig vermied und Daniel Sanders in seinem «Wörterbuch der deutschen Sprache» (1876) empfahl, «daß wegen der besonderen Bedeutung des Wortes *Maus* in manchen Gegenden Deutschlands ein züchtiges Frauenzimmer nicht wage, das bekannte Thier beim rechten Namen zu nennen, sondern dafür lieber ‹eine Ratte› sage.»

«*Muschi* klingt blöd-verniedlichend und *Möse* so männlich-vulgär» – so stand es im Jahre 2000 in der Wochenzeitung «Die Zeit»; ein Jahr später konnte man im gleichen Blatt lesen: «Zu deren Triumph am Off-Broadway trugen Gaststars wie Glenn Close und Winona Ryder bei, nun düngt die Vagina-Poesie auch deutsche Bühnen: ‹Meine *Muschi* ist eine Tulpe, eine wunderschöne Blume, rot und rosa.›» Der *Muschi*-Euphemismus ist übrigens schon seit dem 19. Jahrhundert in Gebrauch.

Beachtenswert erscheint Norbert Kluges Feststellung (2001:171) aufgrund seiner empirischen Untersuchung («Mündliche und gedruckte Sexualsprache im Vergleich»), daß die vulgärsprachlichen Ausdrücke *Schwanz* und *Möse* in der Sprechsituation der Familie ebenso wie bei Aufklärungstexten hohe Prozentwerte erhielten.

Die Höhle von Kalkutta und viktorianische Ausschweifungen

Von Henry Miller (1891–1980) stammt der Spruch: «Wie anziehend auch immer ich eine *Möse* fand – die Person, die dazugehörte, war mir stets wichtiger.» In seiner 1983 in New York veröffentlichten Autobiographie «Opus Pistorum» schilderte er seine sexuellen Erlebnisse in Paris:

> Rosita hat eine großartige Möse, wenn sie einmal geöffnet vor dir liegt (...); ich wünschte, ich hätte eine Taschenlampe, um in dieses dunkle Loch zu schauen. Es sieht aus wie die *Höhle von Kalkutta* (...), ich kann mir fast vorstellen, daß die Körper aller Männer, die jemals versucht haben sie zu ficken, auf einem Haufen da drinnen liegen. Durch ein Loch wie dieses müßte man geradewegs bis zu ihren Weisheitszähnen sehen können. Aber ich habe einen Schwanz, der es füllen kann (...), ich greife nach Rositas wirbelnden Beinen und drücke sie so weit nach oben, bis die Knie ihre Titten berühren. Was ich von ihr vor mir habe, ist nur Arsch und Möse (...), sonst nichts.

Die wohl ausführlichste Darstellung der *Möse* in der Literatur findet sich beim «Casanova des viktorianischen Englands», der unter dem Pseudonym «Walter» eine authentische Autobiographie mit dem Titel «My Secret Life» vorlegte. Darin berichtet er auf mehr als 4200 Seiten von seinen erotischen Abenteuern bei (von ihm geschätzten) 1200 sexuellen Begegnungen mit Frauen aus unterschiedlichsten Ländern. Wer hinter dem Pseudonym steckt, ist auch heute nicht sicher. Einige Vermutungen deuten auf den britischen Ölmagnaten und Erotika-Sammler Henry Spencer Ashbee (1834–1900) hin. Entscheidend ist, daß das Konvolut um 1890 elfbändig in einer Auflage von zirka 25 Stück im Auftrag Ashbees hergestellt wurde, der selbst sechs Ausgaben beanspruchte und den

Rest für einen privaten Kreis bestimmte. Zum Glück wurde wenige Jahre später in Paris eine Ausgabe nachgedruckt, wodurch die vollständige Fassung der für die Sozialgeschichtsschreibung bedeutsamen Aufzeichnungen dieses Erotomanen der Nachwelt erhalten blieb.

In der 1986 als «Viktorianische Ausschweifungen» publizierten deutschen Übersetzung heißt es zu unserem Thema:

> Über die Physiognomie der *Mösen* und ihre Fähigkeit, Lust zu spenden, weiß ich soviel wie die meisten Männer. Physiognomisch lassen sie sich in sechs Kategorien einteilen, aber eine bestimmte Möse kann auch Merkmale von zwei oder mehr Kategorien aufweisen, vor allem hinsichtlich ihrer Entwicklungsstufe, ihrer Klitoris und der Nymphae. Ich teile sie folgendermaßen ein:
> – Scharf geschnittene Mösen – Gerade geschnittene Mösen mit Streifen – Lappenmösen – Mösen mit mageren Lippen – Mösen mit vollen Lippen – Hängemösen (…).
> Man findet nicht zwei Mösen, die einander völlig gleich wären, daher auch der Reiz der Abwechslung und das immer wiederkehrende Verlangen nach neuen Frauen beim Mann. Immer übt das Neue einen Reiz auf uns aus, dies ist uns angeboren.

Die Wunde am Bein

Die Angelsachsen Henry Miller und Walter liebten den deftigen Ausdruck, der von ihren jeweiligen Übersetzern angemessen ins Deutsche transponiert wurde. Poetisch-metaphorischer geht es in einem Gedicht zu, das dem Lyriker Christian Hofmann von Hofmannswaldau (1616–1679) zugeschrieben wird.

> Als die Venus neulich saße
> In dem Bade nackt und bloß
> Und Cupido auf dem Schoß
> Von dem Liebeszucker aße,
> Zeigte sie dem kleinen Knaben
> Alles, was die Frauen haben.
> (…)
> Unterdessen ließ sie spielen
> Seine Hand auf ihrer Brust,
> Denn sie merkte, daß er Lust

Hatte, weiter nachzufühlen,
Bis ihr endlich dieser Kleine
Kam an ihre zarten Beine.

Als er sich an sie geschmieget,
Sprach er: «Liebes Mütterlein,
Wer hat an das dicke Bein
Euch die *Wunde* zugefüget?
Müßt ihr Weiber denn auf Erden
Alle so verwundet werden?»

Venus konnte nichts mehr sagen
Als: «Du kleiner Bösewicht,
Packe dich, du sollst noch nicht
Nach dergleichen Sachen fragen.
Wunden, die von Liebespfeilen
Kommen, die sind nicht zu heilen.»

Der vulgäre Ausdruck

Die Tageszeitung «Die Welt» informierte uns im Jahre 2001: «*Vagina* ist ja eher ein medizinisches Wort, das kriegt man noch ausgesprochen, aber *Fotze* hat immer noch was Ordinäres (...).» Das sah der Apollinaire-Übersetzer Rudolf Wittkopf offenbar anders und wählte in der deutschen Fassung von «Les onze mille verges» («Die elftausend Ruten»), einem der verrücktesten, poetischsten und humoristischsten aller Erotika, genau dieses Wort:

> Seine Hin- und Herbewegungen in der schön engen *Fotz* schienen Mira großes Vergnügen zu bereiten, was ihre kleinen Seufzer der Wollust bewiesen. Vibescus Bauch klatschte gegen ihren Hintern, und die Frische dieses Allerwertesten gab dem Fürsten ein ebenso angenehmes Gefühl wie dem Jungen Mädchen die Wärme seines Bauches.

Auch Thomas Geerdes nennt in seinem Buch «Faszination der Lust» (1993:55) für verschüttete erotische Wünsche ein gutes literarisches Beispiel, das wir Henry Miller verdanken. In seinem Buch «Wendekreis des Steinbocks» («Tropic of Capricorn») beschreibt er die Sterbestunde eines alten Schotten: «Gerade, als er im Begriff war, den Geist aufzugeben, beugt sich seine Frau, die sieht, daß er sich bemüht, etwas zu sagen, zärtlich über ihn und fragt: ‹Was ist's, Jock, was du zu sagen versuchst?› Und Jock richtet sich mit letzter Anstrengung mühsam auf und sagt nur: ‹*Fotze ... Fotze ... Fotze ...*›.»

Gerade wenn man berücksichtigt, daß es sich bei der Wiedergabe dieser Stelle um eine Übersetzung handelt, hat Wolfgang Müller (2001:18) völlig recht: «Adäquates erotisches Vokabular – so wird immer wieder beklagt – gibt es nicht.» Es gab allerdings in der erotischen Literatur manch reizvolles Sprachbild: *Amor*, *Priap[us]* für ‹Penis›; *Venus, Amorsnische, Himmelsweg, der süße Zauberkreis, das wahre Zentrum der Glückseligkeit* (Nerciat, S. 194) für ‹Vagina/Vulva›; *Nektar, Tau, der Wollust Most, Erguß des Lebensstromes* (Nerciat, S. 194) für ‹Lubrikation› und ‹Ejakulation›. Johann Christian Günther (1695–1723), der bekannt war für seine leidenschaftlich-genußfrohen Liebes- und Trinkgedichte, beschrieb das «Feld der Lüste» so:

> Eröffne mir das *Feld der Lüste*,
> Entschleuß die wollustschwangre Schoß,
> Gib mir die *schönen Lenden* bloß,
> Bis sich des Mondes Neid entrüste!
> Die Nacht ist unsrer Lust bequem,
> Die Sterne schimmern angenehm
> Und buhlen uns nur zum Exempel.
> Drum gib mir *der Verliebten Kost*,
> Ich schenke dir der *Wollust Most*
> Zum Opfer in der *Keuschheit Tempel*.

Als adäquat empfindet man solche Vergleiche – jedenfalls in der heutigen Zeit – nicht mehr. Warum es kein angemessenes Sexualvokabular gibt? Nicht zuletzt deshalb, weil normalsprachliche ‹anständige› Wörter sehr bald ‹unanständig› werden, wenn sie auf Sexuelles übertragen werden und vielleicht außerdem noch lustvolle Anschaulichkeit transportieren.

Ein Blick in das im Jahre 1741 erschienene «Teutsch-Lateinische Wörterbuch» des Lexikographen Johann Leonhard Frisch weist unter *Fut* den Eintrag aus: «Man hat allezeit dergleichen Worte von fremden und unbekannten Sprachen entlehnt, die aber mit der Zeit wieder eben so unzüchtig worden als die anderen [...]; so ist *Fut* vom Lateinischen *futuere* (hervorbringen, erzeugen, ein Weib begatten); französisch *foutre*, italienisch *fottere*.»

Diese Aussage ist grundsätzlich richtig, die etymologische Herleitung freilich falsch. Das Duden-«Herkunftswörterbuch» (Bd. 7; [3]2001:233) präsentiert die richtige, allerdings wenig schmeichelhafte etymologische Analyse:

> Der seit dem 15. Jahrhundert bezeugte vulgäre Ausdruck für das weibliche Geschlechtsteil ist eine Ableitung von gleichbedeutendem mittelhochdeutschen *vut*, dem im germanischen Sprachbereich englisches mundartliches *fud* und altisländisches *fud* entsprechen. Diese Wörter gehören wahrscheinlich zu der unter *faul* dargestellten indogermanischen Wurzel *pū = ‹faulen, stinken›.

Rolf Dieter Brinkmann (1940–1975), Begründer einer deutschsprachigen Variante der amerikanischen Underground-Literatur Ende der 6oer Jahre, verfaßte «Ein Gedicht», in dem er das Wort *Fohse* in einer Strophe im Sinne von *Fotze* gebrauchte:

> *Das Gedicht,*
>
> das du hier liest, hat keine Titten und keine *Fohse*,
> das Gedicht hier ist völlig körperlos. Keiner stöhnt
> hier in dem Gedicht. Das Gedicht blutet nicht, es
> verschweigt nichts, das Gedicht hat keine Regel …

Goethes Schnuckfötzgen

Goethe war, wie unsere Zitate zeigen, in erotischen Dingen kein Kostverächter. Ernst Johann nennt in den «Unziemlichen Sachen» (1980:24) jenes Epigramm, «von welchem viele hofften, daß es nicht von Goethe wäre. Jedoch, seine Handschrift bezeugt's»: «Knaben liebt ich wohl auch, doch lieber sind mir die Mädchen, / Hab' ich als Mädchen sie satt, dient sie als Knabe mir noch.» Johann (1980:25) kommentiert das lakonisch: «Um auf die Frauen zurückzukommen, so hat sie Goethe lieber liebgehabt als sämtliche Buben. Und noch lieber als die Frauen: die jungen Dinger. Man sieht ihn ordentlich den Lolitas den Hof machen, und wie er sich, als sei es ungehörig, dabei ertappt sieht, entschuldigt er sich mit einem der schönsten aller Epigramme: Zürnet nicht ihr Frauen, daß wir das Mädchen bewundern: / Ihr genießet des Nachts, was sie am Abend erregt.»

Es wäre verwunderlich, wenn Goethe nicht auch dem weiblichen Genital gehuldigt hätte: «Und was bleibt denn an dem Leben, / Wenn es alles ging zu Funken, / Wenn die Ehre mit dem Streben / Alles ist im Quark versunken. / Und doch kann dich nichts vernichten, / Wenn, Vergänglichem zum Trotze, / Willst dein Sehnen ewig richten / Erst zur Flasche, dann zur *Fotze*» – so heißt es in den «Zahmen Xenien» (seit 1815: vgl. AGA 2, 414). Die genannte Bezeichnung für das weibliche Geschlechtsteil findet sich beim Dichterfürsten auch für Namen. In «Hanswursts Hochzeit» erwähnt er *Schnuckfötzgen* (wobei *schnucken* soviel bedeutet wie ‹saugen, lekken› und Fotze als *pars pro toto* für die Frau benutzt wird: FA I, 4, 579) und *Fotzenhut* (für den Hahnrei, der den Ehebruch seiner Frau duldet: FA I, 4, 580).

Dattel oder Feige?

Man kann häufig beobachten, daß sich in phantasievoller Szenesprache und etablierter Lyrik – oft nebeneinander – identische oder ähnliche poetische und vulgäre Ausdrücke finden. Karl Krolow (1915–1999), der «die Zeichen der Welt» entschlüsseln und in Poesie verwandeln wollte, ist dafür ein Musterbeispiel: er spricht in ein und demselben Gedicht variantenreich vom *Lochhaar*, dem *Dingsda*, von der *Partie*, vom *Fell*, von der offenen *Fotzentür*, der *Möse* und der *Dattel*.

> Nimm sie langsam, wenn die Titten
> fest aus ihrer Bluse stehn,
> dir zur Brust, fahr mit ihr Schlitten,
> laß ihr *Lochhaar* kräftig wehn.
> (...)
> Schick ihr deinen langen Bengel
> durch die offene *Fotzentür*.
> Mach, daß sie den roten Stengel
> heftig auch von hinten spür'.
> (...)
> Aber vor dem großen Knaller
> reite sie dir tüchtig ein,

bürst' die Möse mit Geballer,
hoble ihr das *Dingsda* fein.
(…)
Blas ihr unter ihre Schürze
eine schnelle Melodie.
Jeder Knüppel steckt in Kürze
in der richtigen *Partie*.

Vorher prüfe ihre *Dattel*,
mach sie mit dem Finger reif.
Auch im weichsten Damensattel
halt dein heißes Eisen steif.
(…)

Krolow hat hier u. a. von der *Dattel* für das weibliche Geschlechtsteil gesprochen. Ähnlich wie im englischen Slang, wo *fig* (Feige) neben vielen anderen Bezeichnungen für ‹Vulva› steht, kennt man auch in Österreich den Ausdruck *Feign* (Feige) bzw. *'Feigadl*; die Ableitung scheint indessen unklar: das «Deutsche Wörterbuch» von Trübner weist darauf hin, daß schon altgriechisches συχον und jedenfalls italienisches *fica* für ‹Vulva› steht; da aber Pierrugues (1908) und Vorberg (1988) *fica* nicht aufweisen, hält Wiener (1992) den Zusammenhang mit dem mittelhochdeutschen Wort *ficke* = ‹Tasche› für nicht unwahrscheinlich.

Es sei ergänzend erwähnt, daß Julius Jakob (1929; Nachdr. 1984) auf das bekannte «Stinkefinger»-Zeichen (Daumen zwischen Zeige- und Mittelfinger) verweist, das wienerisch *di 'wölsche Feign* (die welsche Feige) genannt wird. Wiener nennt ferner den Ausdruck *'Oddfe*, den er wie folgt erklärt:

Die sogenannte Musiker- oder Kellnersprache (zweifellos aus Gaunerpraktiken hervorgegangen) besteht darin, den oder die anlautenden Konsonanten der Wörter wegzulassen und dafür am Wortende, versehen mit dem Vokal *E*, anzufügen, sowie den nunmehr anlautenden Vokal in ein *O* zu verwandeln. *'Oddfe* ist also *Fudd*, *'Oddlnde* wäre *Duddln*, *'Ondschwe Schwaunds*, nicht wenige Wiener verstehen diese Sprache, ich habe sie in der Schule gelernt. (*O*-Sprache, schon bei Pollak). (1969:417)

Die im Wienerischen für Prostituierte und – so A. Webinger (1929) – auch für Bordellwirtinnen gebräuchlichen Bezeichnungen *'Löddadl* bzw. *Loddl* (Lottchen) werden auch für das weibliche Genital benutzt; z. B. findet sich der Ausdruck *mei 'glane Loddl* schon in einem «Wiener Hetärenlied» in der Sammlung von Friedrich S. Krauss (entstanden zwischen 1904 und 1913):

Im Jahre fimfa'neindsig
do is ma wos ba'ssiad,
do haums mi 'one 'Umschdend
ins 'Findlhaus nei gfiad.

Auf 'Dsimma 'fimfasibdsg bin i g'humma,
u'je do how e gschaud,
do schdäd da Schbegu'liadisch
do haums me schon 'aungschaud.

De 'Weaddrin mid da Schbridsn
da 'Doggda med da Schea
des 'Madadl ho de Gbschisdn
und d Bradn no fü mea.

Aum Disch bin i 'auffegschdign
u'je do how e dsaund,
da 'Doggda dswiggd de Gschbidsdn
de 'Weaddrin mocht en Fa'baund.

Iba d Schdiang bin i 'owegaunga
fa 'göds God how e gsoggd,
jeds hod *mei 'glane Loddl*
an 'Föddsug 'midgemochd.

(*'Findlhaus*: auch ‹Spital›; *Schbegu'liadisch*: ‹Untersuchungstisch von Gynäkologen›; *de Gbschidsdn*: ‹Schanker, Syphilis›; *de Bradn*: ‹Syphilis› – nach *gschbidsd* ‹gespitzt› und *brad* ‹breit›.)

Von der Balalaika bis zur Venusspalte

Für das weibliche Genital – lateinisch *cunnus* – gibt es im Wienerischen eine Menge Umschreibungen: Die häufigste geschieht durch ein Personalpronomen (*si* = sie), oder den unbestimmten Artikel: *De hod ane!* – *De 'meiniche juggd* – *Se woschd sis* – *De 'Iriche is blaund*. Weitere Ausdrücke sind: *Bala'leigga* (Balalaika); *'Baundsadl* (Baunzerl =

‹mürbes Brötchen mit Mittelfurche›); *Biaschdn* (Bürste, nach den Schamhaaren); *'Fensdaschdogg* (Fensterstock; Alfred Webinger nennt *ein weiteres Fenster stemmen* für ‹futuere›); *'Gamsboadd* (Gamsbart, nach den Schamhaaren); *Biggsn* (Büchse) bzw. *Ghon'seafnbiggsn* (Konservenbüchse, für das Geschlechtsteil einer nicht ganz jungen Frau); *Buddn* (Bütte = ‹offenes Gefäß›); *'Dsihamaunigga* (Ziehharmonika); *'Dswewdschgadl* (Zwetschke); *Fudda'reu* (Futteral); *'Gliggsbischadl* (eigentlich ‹Blumenstrauß›); *'Grünheisl* (Grillenhäuschen – nach Friedrich S. Krauss [1904 f.] ist unter *Grill(e)* die Menstruation zu verstehen); *Ha'mauniga* (Harmonika); *'Lunganfligl* (Lungenflügel = ‹Schamlippe›); *'Schboaghassa* (Sparkasse, der Prostituierten); *Schbund/'Schbundloch* (Spund/Spundloch); *Schnoen* (Schnalle); *'Wualidsa'uagl* (Wurlitzerorgel – wohl vom Geldschlitz und von der Tatsache hergeleitet, daß die Musikbox nur nach Geldeinwurf spielt).

Fast ausschließlich in modernen pornographischen Schriften, auch darauf weist Oswald Wiener hin, finden sich die (uns aus Barock-Gedichten vertrauten) Ausdrücke wie *Liebesgrotte, Liebeskarzer, Liebesmuschel, Liebesschlitz, der Wollust Heiligtum, Venusgrotte, Tempel der Venus, Venusspalte* und *Loch*: Verlagsort für österreichische Produkte dieser Art waren zumeist Preßburg und Budapest, so z. B. auch für Elise Schubitz' «Abenteuer einer deutschen Buhlerin» (Preßburg 1920/21: Privatdruck; Nachdr. als «Abenteuer und Erfahrungen einer deutschen Buhlerin: Amors Wege», München 1983: Heyne).

Limmatblüten – unzensuriert

Mit weit über 100 000 verkauften Exemplaren steht Fritz Herdis Titel «Limmatblüten» (2001), ein Lexikon der Zürcher Gassensprache, von der Verbreitung her an der Spitze aller helvetischen Wörterbücher. Gut 50 Jahre nach seiner Erstveröffentlichung liegt es nun in «unzensurierter» Ausgabe vor, denn nicht weniger als 500 Ausdrücke aus der Vulgärsprache der 5oer Jahre fielen seinerzeit vor Drucklegung der Zensur zum Opfer.

Bei aller Übereinstimmung mit den von uns bisher verzeichneten Ausdrücken, spiegeln sich doch gewisse landesspezifische Eigenarten in den alpenländischen Varianten wider, ganz abgesehen von einer – möglicherweise nicht grundlosen – Hygienefixiertheit in den Kommentaren des Autors:

Beinahe kommt männliches Schamgefühl auf, wenn man im vorliegenden Rahmen unterbringen muß, wie der Volksmund meist respektlos auch mit den weiblichen Genitalien und anderem ‚Wiberzüg' umgeht. Tröstchen: die Slang-Ruppigkeit ist bei weitem nicht in allen Bevölkerungskreisen verbreitet und übrigens nicht so arg gemeint, wie sie sich liest. So sei's denn: von Scheide bis Balalaika!

Aquarium; Bahnhöfli; Balalaika; Bassgiige [großformatig]; *Bauseli; Büchs; Büsi; Chällerfalte; Chästäsche* [ungepflegt]; *Chäppere* [recht ausgeweitet]. Spruch: «Chasch en Stei hindere rüere und uf s Echo warte.» *Chnopfloch; Engpass* [eng]; *Etui; Fale; Fass; Fischbüchs* [Vollbad fällig]; *Füge; Flüügefänger* [ungepflegt]; *Füechtblatt* [aus der Jägersprache übernommen]; *Fuuge; Giige; Hauptiigang; Hölloch-Grotte* [sehr ausgedehnter Genitalbereich. Benannt nach dem Hölloch; 1875 offiziell entdeckt; galt bis 1907 als Helvetiens größte Höhle. Ab 1946 systematische Erforschung; und ab 1955 wurde das Höhlensystem im Muotathal jahrelang als längste Höhle der Welt gewertet]; *Hundshüsli; Liebesgrotte; Liebestempel; Lusthöhli; Mimi; Paradiesgärtli; Pfluume; Polierschale; Pumpi; Riss; Rutschbahn; Saftpräss; Schatzchammere; Schlammtrichter; Schlitz; Schmierbüchs; Schmirgelbüchs; Schnägg; Schüssbude; Schützegrabe; Schwanzfuetteral; Schwanzchlammere; Spieldose; Sprützmuschle; Steckdose; Sympathieschlitz; Vogelnäst; Vrenelisgärtli; Zigerschlitz* [wieder mal duschen!]; *Zwätschge.* PS: bei Prostituierten auch *Goldgrüebli; Sparsäuli.*

Doch nicht nur bei österreichischen und schweizerischen Autoren wird von *Muschel* und *Loch* berichtet: Der Bogen spannt sich in Deutschland von einem anonymen Barockdichter bis zu Erich Kästner.

Nimm Perlenmilch in deine Muschel ein ...

Die «geilsten Gedichte, die je in deutscher Sprache gedruckt worden sind», wie es der deutsche Literarhistoriker Wolfgang Menzel (1798–1873) formulierte, verfaßte ein Barockdichter unter dem Pseudonym *Celander*. Der Träger des Namens wurde nie enttarnt: unter Verdacht stehen Christian Woltereck (1686–1735), der Theologe und Numismatiker war, und ein bayrischer Arzt namens Johann Gregor Gressel, auf den andere vage Anhaltspunkte deuten.

Celander veröffentlichte, neben einst vielgelesenen Romanen, die «Sammlung Allerhand Sinnreicher Gedichte, Von C** (elander) und H** (ochgesang)» (Stockholm 1721). Eines seiner Gedichte lautete:

Verschwendung im Schlafe

Mein Mädchen, laß hinfort mich nicht verschwendrisch sein
Und nimm die Perlenmilch in deine Muschel ein.
Groß Schade, daß sie wird so liederlich zerspritzet,
Da wo sie keiner Schoß, auch nicht den Tüchern nützet.
Dein Hartsein gegen mich verschwendet meinen Schatz,
Vergönne mir hinfort in deinem Schoße Platz
Und laß den Liebestau daselbsten sich ergießen,
Wo er mit größrer Lust wird als im Schlafe fließen.
Dein dürrer Acker wird alsdann von Wollust feist,
Die Brüste härten sich, die Lust entzückt den Geist,
Die Anmut, die durchdringt des ganzen Leibes Glieder,
In Lachen steigt man ein, mit Kitzeln kommt man nieder.
Nichts als Ergötzung bringt er deiner Marmorschoß,
Die Venus spannt dir dann den Jungferngürtel los
(…)

Muschel, Milchmarkt und Moral

Erich Kästner (1899–1974) äußerte sich in seinem Gedichtband «Herz auf Taille» (1928) über die «Moralische Anatomie»:

Da hat mir kürzlich und mitten im Bett
eine Studentin der Jurisprudenz erklärt:
Jungfernschaft sei, möglicherweise, ganz nett,
besäß aber kaum noch Sammlerwert.

Ich weiß natürlich, daß sie nicht log.
Weder als sie das sagte,
noch als sie sich kenntnisreich rückwärtsbog
und nach meinem Befinden fragte.
Sie hatte nur Angst vor dem Kind.
Manchmal besucht sie mich noch.
An der Stelle, wo andre moralisch sind,
da ist bei ihr ein *Loch* …

Neben der *Muschel* sind auch die weiblichen Brüste nicht zu kurz gekommen, weder in der Dichtung noch in der Umgangssprache oder in der Folklore. Celander, den wir schon kennen, spricht von *Brust-Granaten* in seinem Gedicht «Lieben und geliebet werden ist das höchste Vergnügen»:

> Was ist Vergnüglichers im gantzen Rund der Erden,
> Als Lieben und zugleich mit Ernst geliebet werden?
> Was ist Annehmlichers als ein ambrirter Kuß,
> Den reine Liebe schenckt aus innerm Hertzen-Fluß?
> Was ist erquickender als schöne *Brust-Granaten*,
> Worinnen Milch und Blut zur Kühlung hingerathen?

Und Thomas Murner (1475–1537), Mitglied des Franziskanerordens, Universitätslehrer und Prediger, der heftig gegen die Lasterhaftigkeit innerhalb aller sozialen Stände zu Felde zog, sprach vom *Milchmarkt* – in seinem Gedicht: «Die Fraun der Scham entbehren tun»:

> «Laß ab», sag ich, «was soll das sein»,
>   Wenn er die Brust will greifen an:
> «Was seid ihr für ein böser Mann!
>   Ich sag's bei meiner Ehr fürwahr,
>   So frech noch nie ein Mannsbild war!»
> Dem Manne sie so zur Wehr sich stellt,
> Als wenn dem Esel der Sack entfällt.
> Ganz heimlich greift sie mit der Hand,
> Indem sie leistet Widerstand,
> Und hängt ganz still das Häkchen aus,
> Damit der *Milchmarkt* fällt heraus.

Die Verse *Wo rohe Kräfte sinnlos walten / Da kann sich kein Gebild gestalten* aus Friedrich Schillers «Die Glocke» (1800) sind – wie uns Luise Lemke (1981:34) in ihrer Sammlung Berliner Sprüche vermittelt – deftig modifiziert worden: *Wo rohe Kräfte sinnlos walten, / da schlägt der schönste Busen Falten!* Den Busen hat auch Ernest Bornemann (1973:88) in seinem parodistischen Visier – mit einem Kinderreim, der um 1900 aufkam: *Freut euch des Lebens, / Kölsche Mädchen hann Busen an, / alles vergebens, / Kriegen doch keinen Mann.*

Darauf, daß die Brüste (lateinisch: *mammae*) in der österreichischen Folklore auch *Spaßlaberln* genannt werden, verweist u. a. Erwin Böhm in den medi-zynischen Bemerkungen seines Buches «Pschyr-Rempler» (2000). Weitere in Wien nicht ungeläufige Ausdrücke sind: *Ama'dua* (Armatur); *Bal'ghon* (Balkon); *'Diddi* (Titten); *'Eidda* (Euter); *Hoeds fua da Hiddn* (Holz vor der Hütte); *Schleich* (Schläuche) sowie *'Duddldsibf* und *'Duddlschbids* (wörtlich: Brustzipfel = Brustwarze) – Wiener Kinder singen daher:

> Algo'hoe! Nigo'din! Fudd! Fudd!
> De Hagsn aum Bugl,
> an *'Duddlsdsibf* en Meu,
> so feglns bei uns
> am 'Donaugha'neu …

Petra Kipphoff stellte in ihrem Beitrag «Die Berufung der Frau» (in: «Die Zeit» vom 20. 1. 2000, S. 33) fest: «In dieses Verbalarsenal paßt auch die durchschlagende Metapher von der *Sexbombe* und der liebreizende Terminus ‹mit den Waffen einer Frau›.» Das «Oxford English Dictionary» gibt für *Sexbombe* einen Erstbeleg für 1963 an; der *Atombusen* hat sich – als *Wort* und als Heilsversprechen für die medial bombardierte Männerwelt – endgültig nach dem 1. 7. 1946 durchgesetzt, als die Vereinigten Staaten über dem Bikini-Atoll der nördlichen Marshall Inseln Atomversuche durchführten, was wiederum den Pariser Modeschöpfer Louis Réard zur Kreation des sparsamen *Bikini*-Badeanzug inspirierte. (Kürzlich bewarb übrigens die Firma «Palmers» im Rahmen ihrer Kollektion «Candy» den Damen-*Monokini* mit den Worten: «Stringtanga mit buntem Ringeldesign verspricht einen heißen Sommer!»)

Natürlich gibt es in Deutschland neben *Busen* und *Möpsen* auch die Bezeichnung *Titten*; Vulgarität und Derbheit, die der «Duden» heute dem niederdeutschen Ausdruck *Titten* attestiert, ist sprachgeschichtlich allerdings erst jüngeren Datums: *Zitzen* waren für Adelung noch 1786 die ‹Saugwarzen, besonders der Menschen›. Heinz Küpper ([6]1997:576) nennt in seinem Wörterbuch die um 1900 in Norddeutschland und Berlin bekannten Ausdrücke *nichts auf der Titte haben* für ‹mittellos sein› (übertragen vom Begriff ‹keine Milch haben›) und *jemandem an die Titten tippen* für ‹jemandem zu nahe treten› (nicht nur auf Frauen bezogen); er nennt ferner die in Berlin um 1920 gängige Phrase von den *kniefreien Titten* für ein ‹tiefes De-kolleté› – von der Kürze des Frauenrocks übertragen auf die Kürze des Kleideroberteils. Um so amüsanter ist es, daß ausgerechnet die sprichwörtliche «Berliner Schnauze» in einer Lebensweisheit auf dieses drastische Wort verzichtet: «Wenn eener eene jerne hat und kann se jut vaknusen, dann kann se ooch 'n Buckel ham – er schwört, et is der *Busen*.»

Amor, Penis und Gemächt

Wie für das weibliche gibt es auch für das männliche Geschlechtsteil eine Vielzahl von Bezeichnungen – im Rotwelschen, in der Litera-tur, in der Gemeinsprache und in den Dialekten. Günter Puchners genannte Sammlung (1974) nennt folgende rotwelsche Bildungen:

Amor; Anglersgarn; Bachwalm; Berzel; Bletzer; Breslauer; Brit-sche; Bruder; Butzelmann; Dickmann; Dietz; Familienstrumpf; Familientröster; Fiesel; Fisch; die Flinte; Füßler; Gebärvater; das Gestümmel; Gießkännchen; Girigari; Gschirr; Hannewackel; Hartmann; das Heft; Heimtreiber; das Holz; Kare; Kibitz; Kinder-arm; das Klaff; Kelef; Konstanz; die Nille; Pertz; Perz; die Pfeife; Pint; Preller; Rührer; Rührbeutel; Schammes; Schämes; Schieber; Schieß; Schlammassel; Schmeichaz; Schmoi; Sonof; die Stange; Ständer; Stenz; Zauberflöte; Zigarre.

Am neutralsten sind natürlich (zumal sie auch in juristischen und medizinischen Kontexten verwendet werden) die Bezeichnungen *männliches Geschlechtsteil*, etwas unpräziser, aber nicht unge-bräuchlich: *männliches Geschlechtsorgan* – oder die lateinische Be-zeichnung *Penis*: «An Babcocks Namen stört sich niemand – außer dem Filter, der darin den Begriff *cock* (englisch für das *männliche Geschlechtsorgan*) erkennt» («Berliner Zeitung», 2000). Die Tages-zeitung «Die Welt» dokumentierte im Jahre 2000: «Jack Nicholson erzählte dem ‹Playboy›, daß er gerne Kokain auf seinen *Penis* streue, weil er das Pulver als ‹Sexualtherapeutikum› schätze.» Ein Jahr später konnte man in derselben Zeitung lesen: «Der ‹cazzo› ist der *Penis*, und der dient in der italienischen Sprache zunächst als Schimpfwort, mittlerweile aber auch als verstärkender Zusatz einer Äußerung, so ein bißchen wie das deutsche ‹zum Teufel›.»

Veraltet, eigentlich nur noch scherzhaft im Gebrauch ist das schon im Althochdeutschen *gimaht(i)* und im Mittelhochdeutschen *gemacht* im Sinne von ‹männliche Zeugungskraft› belegte *Gemächt*; im «Spiegel online» konnte man kürzlich lesen: «Aber die Bremer Polizei hätte sich ein Beispiel am englischen Bobby nehmen können, der einst einen langhaarigen Flitzer höflich vom Feld bat und ihm dann diskret seinen Kegelhut über das *Gemächt* stülpte.» Auch Alexander Horwath schilderte in der Wochenzeitung «Die Zeit» (am 4. 6. 1998, S. 40): «Vor dem Spiegel bringt Diggler sein *Gemächt* in Schuß und übt besessen Dialoge, allein mit sich und seinem Glauben an eine zweite Chance.»

Den Ausdruck *Glied* liest man in Aufklärungswerken und älteren literarischen Texten, so bei Wilhelm Heinse (1746–1803) in dessen schon zitiertem Briefroman «Ardinghello» (1795/96): «Selbst die Schamteile des Alten richten sich empor von der allgemeinen Anspannung, Hodensack und *Glied* zusammengezogen; und Hand und Fuß ist im Krampfe.»

Von Phallus über Aal bis Zuzzel

Die aus dem griechischen *phallós* über das spätlateinische *phallus* entlehnte Form *Phallus* bezeichnet bildungssprachlich das erigierte männliche Glied – meist als Symbol der Kraft und Fruchtbarkeit. Die «Süddeutsche Online» meldete kürzlich: «Kallixeinos von Rhodos berichtet von einem dionysischen Fest in Alexandria, bei dem ein fünfzig Meter langer goldener *Phallus* durch die Straßen der Stadt getragen wurde.» Und «Die Zeit» berichtete 1998: «Weil *Phallus* eine Chiffre für die mangelnde Steuerbarkeit des Penis durch den Willen ist, muß willentliche Gestaltung unbedingt dort Platz greifen, wo das Thema Männlichkeit so prekär hervortritt wie im Zentrum des Cockpits.»

Über das männliche Geschlechtsteil gehen weltweit unzählige Spitznamen in Lehnübersetzungen, Falschübersetzungen und lasziven Späßen von Volk zu Volk. Der Musikwissenschaftler und Sexologe Günther Hunold nennt in seinem «Lexikon des pornographischen Wortschatzes» (1972) neben Ernest Bornemann die wohl größte Anzahl deutscher Ausdrücke, die über den Phantasiereichtum des vom Volksmund geprägten erotischen Wortschatzes Auskunft gibt: Der spaltenlange Beispielbogen spannt sich von *Aal* über *Aftergeige, Alimentenkabel, Büchsenöffner, Fotzenhobel, Käse-*

stange, Kasperl, Ofenreiniger, Pumpenschwengel, Spritzdüse, Won-
neproppen, Zapfsäule und *Zementständer* bis *Zuzzel*. Leider fehlen,
wie in fast allen Wörterbüchern, Angaben zum sprachlichen Register und zu pragmatisch-situativen *Einbettungs*-Möglichkeiten.

Da 'glane 'Bruada

Für das männliche *Glied* (lateinisch mentula) nennt Oswald Wiener
(1992: 391 f.) fürs Wienerische die Umschreibungen *ea* (er, analog zu
sie = ‹Vulva›: *ea schdäd eam; da 'seinige is 'gressa*); *Bräsi'dend* (Präsi-
dent); *da 'glane 'Bruada* (der kleine Bruder); *Bua* (Bub, Junge; Wolf
im «Wörterbuch des Rotwelschen» [²1993] nennt *Bua* = ‹Schlüssel›);
Brigl (Prügel); *'Bumbbnschwengl* (Pumpenschwengel); *Chui* (in der
Nachkriegszeit von russischen Soldaten übernommen); *'Dauch-*
siada (Tauchsieder); *'Deimling* (Däumling, kleines Glied); *Fa'schdea-*
gga (Verstärker); *Draum'bed(d)n* (Trompete); *'Dsaubaschdob*
(Zauberstab); *'Fodshobö* (Fotzhobel); *'Fuddraschbö* (Futraspel);
'Fuddwama (Futwärmer); *Dsebe'deus* (Zebedäus); *Gha'nari* (Kana-
rienvogel); *'Ghaschbadl* (Kasperl); *'Gheaschagl* (aus jiddisch *che-*
schek = ‹Lust, Begierde›, in Anlehnung an den in Wien häufigen
Familiennamen *Kerschagl* gebildet); *Glari'neddn* (Klarinette);
'Glunggawer (Klunkerwerk, vgl. althochdeutsch *clunga* = ‹Knäuel›:
allgemein für ‹Genitalien›, so auch bei Emil Karl Blümml);
'Mundschdiggl (Mundstück, zu Blasinstrumenten); *'Negus* (vielleicht zu rotwelsch *nekef/nekuf* mit der Bedeutung ‹Loch, Spalte,
Weib›); *'Nudlwoegga* (Nudelwalker = Instrument zum Auswalzen
des Nudelteigs: großer Penis; Girtler [1995] führt für ein großes
Glied die *dreiß'ger Nudel* an); *'Ramla* (Rammler – der Rammler ist
zunächst der Bock, dann das männliche Kaninchen, schließlich das
Instrument zum Rammeln); *'Bluadschpenda* (Blutspender); *Rebe-*
'dianudl (Repetiernudel = leicht erregbarer Penis für häufigen Bei-
schlaf); *Sa'launnudadl* (Salonnuderl = ein kräftiger, nicht zu langer
Penis, schon erwähnt in Reiskels «Idioticon Viennense Eroticum»);
Schbods/ 'Schbasadl/ 'Schbadsi (Spatz, Spätzchen = «der verbuhlte
Vogel der Venus ... Der Spatz war ein Spielzeug der römischen Buh-
lerinnen»: vgl. Vorbergs «Glossarium Eroticum» [1965]; *'Schdäauf-*
mandadl (Stehaufmännchen); *'Blumanschdeggl* (Blumenstock, zu
Blume = ‹Vulva›); *Blundsn* (Blunze = ‹Blutwurst›: großes Glied);
'Boara (Bohrer); *'Hausmasda* (Hausmeister = Herr im Haus); *'Bia-*

wama (Bierwärmer); *Beabben'diggl* (Perpendikel); *Beio'nedd* (Bajonett); *Bemsdl* (Pinsel); *'Biaschdnbinsl* (Instrument zum Pinseln der *Biaschdn* = ‹Vulva›); *'Biggsnbolira* (Büchsenpolierer); *'Biggsnreissa* (Büchsenreißer); *Schmeggl* (rotwelsch *schmecker* = ‹Nase›; der Penis gilt als Nase des Leibes und hat etliche Bezeichnungen mit der Nase gemein, z. B. *Riassl*, *Heandl* usw.: man denke an den Spruch «An der Nase eines Mannes erkennt man seinen Johannes», den wir unten noch kommentieren); *'Soedsschdangadl* (Salzstangerl = ‹erigierter Penis›); *'Biggsnschbaunna* (Büchsenspanner); *'Biggsnschdiara* (Büchsenstocherer); *'Glinglbeidl* (Klingelbeutel, möglicherweise verformt aus *'Glidnbeidl* = ‹Hurenfreund›, denn rotwelsch *glidd* bedeutet ‹Hure›);*'Gschbaswiaschdl* (Spaßwürstchen); *'Wossaschdaungan* (Wasserstange = ‹morgendliche Erektion›, die ja auch auf Blasendrang zurückzuführen ist – im Englischen hört man dafür das verniedlichende Wort *eemie* (= early morning erection); *'Woggsdum* (Wachstum = kleiner Phallus aus Wachs als Amulett für Frauen: vgl. Mauriz Schuster 1951) und *'Bimmö* (Pimmel = ‹Stößel›). Apropos *Pimmel*: Wolfgang Müller (2001:14) verweist auf den Rechtsstreit, der in Deutschland über das Wort Pimmel in dem Satz entbrannte: «Wollt ihr mal einen dicken *Pimmel* sehen?» Wie der «Mannheimer Morgen» am 7.8.1991 (S.10) berichtete, ist nach höchstrichterlicher Auffassung die inkriminierte Bezeichnung für das männliche Geschlechtsteil nicht obszön. Zum *'Bfeifadl* (Pfeifchen) und der Wendung *si s'Bfeifadl fa'brena* (sich eine Geschlechtskrankheit zuziehen) führt Oskar Wiener aus: «Es ist schwer zu entscheiden, ob bei den verschiedenen Vergleichen des Penis mit der Pfeife die Vorstellung des Blasinstruments oder die des Rauchzeugs im Vordergrund steht.»

Das Sperma wird deftig umschrieben als *'Mogamüch* (Magermilch) oder *Sofd* (Saft), häufig euphemistisch als *Na'dua*, z. B. in *d Na'dua ghumbd eam*.

Die Wunderwerke: Bolzen, Speer und kleiner Geck

Wie wir gesehen haben, wird auch an den umgangssprachlichen und dialektalen Bezeichnungen für männliche Körperteile im Feld des erotischen Wortschatzes eine lebhafte Phantasie erkennbar. Und was die literarischen Wortprägungen anbelangt – auch hier steht die Fülle von Ausdrücken den weiblichen Pendants kaum nach.

Franz Blei wählte 1907 in der deutschen Übersetzung einer Erzählung Girolamo Morlinis aus dem frühen 16. Jahrhundert – «Von einem Bäckerjungen, der es seiner Meisterin besorgte» – verschiedene Varianten:

Während sie so ganz wie die Bäckerburschen den Teig knetete, wackelte sie mit ihrem prächtigen und mächtigen Hintern auf eine Weise, daß es das Verlangen des Jungen erregte und anzog. Denn kaum war ihm der Anblick geworden, als sich schon sein *Bolzen* mächtig bäumte und er sich fragte, ob er ihn wohl einrammen oder still bleiben sollte. Schließlich sagte er sich, daß das Glück dem Mutigen oft zu Hilfe käme, vertraute sein Geschick der guten Gelegenheit und brachte rasch seinen *unbiegbaren Bogen* an den glänzenden Arsch der Meisterin, wo er zufällig eine enge Passage fand, in die er sich mit viel Vergnügen und großer Kraft hineinzwängte. (…)
Er ging auf sie zu und diesmal von vorne, küßte er sie erst und versenkte dann sein *Füllhorn* über alles menschliche Maß in diesen leuchtenden und zarten Kelch, der so voll Süße ist und von brennenden Blütenblättern umgeben …

In einer 1989 erschienenen deutschen Übersetzung von John Clelands aus dem Jahre 1749 stammenden Roman «Fanny Hill» lesen wir den bemerkenswerten Satz: «Es ist mit der Liebe wie mit dem Krieg. Der längste *Speer* hat den Vorzug» – und finden zugleich die Bestätigung:

Am Bett angekommen, legte sie sich hin, wie sie es gern hatte, und hielt, indem sie sich ganz hinüberlehnte, das fest, was sie hatte, wußte auch ihren Kleidern einen solchen Wurf in die Höhe zu geben, daß jetzt ihre Schenkel, gehörig auseinandergeschlossen und erhoben, die ganze schöne Landschaft der Liebe darstellte. Die rosenrote Öffnung reichte die Mündung so vor, daß selbst ein Schwachsinniger sie nicht verfehlen konnte, auch tat er es nicht; denn Louise, die sie immer noch fest im Griff hatte und gegenüber jeder Verzögerung ungeduldig war, richtete die Spitze der *Maschine* recht treulich und hob sich mit der Heftigkeit der gierigsten Lust, ihr zur begegnen und den Stoß des Eindringens zu begünstigen, daß die feurige Tätigkeit auf beiden Seiten es auch wirklich bewirkte, aber mit so großer Pein in der Ausdehnung, daß Louise heftig aufschrie, sie wäre unerträglich beschädigt, sie wäre getötet. Aber es war zu spät: der Sturm war einmal entbrannt und sie mußte nachgeben; denn jetzt fühlte die *Mannmaschine*, getrieben durch die sinnliche Leidenschaft, so männlich ihren Vorteil und ihre Übermacht, fühlte den *Stachel des Vergnügens* durchaus so unerträglich, daß, dadurch rasend, ihre Freuden den Charakter der Raserei annahmen, die mich für die zarte Louise fürchten ließ.

Übrigens: Daß wir diese Passage «offiziell» auf Deutsch lesen dürfen, verdanken wir dem Ersten Strafsenat des Bundesgerichtshofs, der im Sommer 1969 ein Urteil des Landgerichts München aufhob, nach dem alle Exemplare der «Fanny Hill» zu vernichten und alles für die Herstellung Benötigte unbrauchbar zu machen war.

Johann Gabriel Bernhard Büschel (1758–1813) war Regimentsquartiermeister in Leipzig. In seiner Sammlung von erotischen Prosawerken, kleinen obszönen Theaterstücken und Gedichten, die im Jahre 1785 unter dem Titel «Kanthariden» in Rom erschien, finden sich auch die Strophen, in denen er die «Wunderwerke» des «großen Gärtners» preist – darunter den *Wunderbeutel*, die *Klunker*, den *Stengel* und die *Eier*.

Die Wunderwerke

Wer hat den Arsch mit Pelz geziert
Und ihn mit *Klunkern* ausstaffiert?
Der große Kürschner hats getan,
Der Hermeline schwärzen kann.
Der hat den Arsch mit Pelz geziert,
Und ihn mit Klunkern ausstaffiert.

Wer pflanzte mir zum Zeitvertreib
Den schönen *Stengel* vor den Leib?
Der große Gärtner hats getan,
Der dicken Spargel treiben kann.
Der pflanzte mir zum Zeitvertreib,
Den schönen Stengel vor den Leib.

Wer ist es, der genähet hat,
Den *Wunderbeutel* ohne Naht?
Der große Beutler hats getan,
Der solche Kunst allein nur kann.
Der ist es, der genähet hat,
Den Wunderbeutel ohne Naht.

Wer drechselte fürwahr nicht klein
Die *Eier* voller Dotter drein?
Der große Drechsler hats getan,
Der Straußeneier drechseln kann.
Der drechselte fürwahr nicht klein,
Die Eier voller Dotter drein.

Friedrich Gustav Schilling (1766–1839) war ein produktiver, zu seiner Zeit über Deutschlands Grenzen hinaus vielgelesener Literat, dessen Gedichte in Schillers «Thalia» ebenso aufgenommen wurden wie in Wielands «Neuen Teutschen Merkur»; sein Gesamtwerk umfaßt 196 Erzählungen, Romane und Possen. Hinzu kommt wahrscheinlich, aber in der Urheberschaft nicht unumstritten, der Roman «Denkwürdigkeiten des Herrn von H.», dem Schilling eigentlich das Überdauern seines Namens verdankt. Ein Prospekt zu einem 1908 in Leipzig edierten Privatdruck des Bandes hält fest, daß in den «Denkwürdigkeiten»,

> … die unter den deutschen erotischen Werken einen allerersten Platz einnehmen, ein junger eleganter Edelmann und Offizier die Geschichte seines Lebens erzählt, besser gesagt die Geschichte seines amourösen, aventiurereichen Lebens. Ohne dabei gemein und derb zu werden, schildert er doch genau und eingehend alle Einzelheiten seines Verkehrs mit schönen Frauen, malt seine vielfachen Beziehungen und Erlebnisse in so glühenden Farben aus, daß man diesen Herrn von H. sehr treffend als den deutschen Casanova bezeichnen kann.

Schilling amüsiert den Leser mit einer Vielzahl poetischer Bezeichnungen für das männliche und weibliche Geschlechtsteil:

> Sie zog mir den Schlafrock aus.
> «Wie *der kleine Geck* sich entfärbt, ich glaube gar, er schämt sich? Nun, so muß ich ihm wohl vorgehen.»
> Im Augenblick stand meine Brünette da, als ob sie einer nackenden Hebe zum Modell hätte stehen sollen. Sie strich mein Hemd ab, und wehmütig drückte sie mich an ihren flaumenweichen Körper.
> «Ha, der *Kleine*, wie er starrt, wollen sehen, wer das Feld behalten wird.»

Ich war nicht müßig, meine Hände hatten volle Arbeit; ich kniff, ich streichelte, ich schlug und tändelte wie ein kleines Kind. Ich spielte an den kleinen krausen Haaren, strich sie auf und ab, untersuchte die kleine *Spalte* und entdeckte jetzt den kleinen *Gott*, der sich meinem *Amor* entgegensetzen wollte. (1. Buch, 10. Kap., S. 37)

Sie führte meinen *Amor* in ihre ziemlich weite *Muschel*, empfing ihn mit lautem Schaudern und Zähneklappern und fing unter lautem Krächzen so heftig auf meinem Schoß an zu arbeiten, daß sie über und über in Schweiß geriet.

Die Neuheit der Positur trug wohl das meiste bei, daß meine Wollustnerven ziemlich reizbar wurden. Ich preßte das Mädchen, hob mich und unterstützte sie. Mein *Amor* strömte, und mit lautem Jubel empfing das Mädchen den Wollustsaft, sie tobte wie unsinnig, bis endlich ihre verschlossene *Quelle* durchbrach und brausend überfloß. (2. Buch, 6. Kap., S. 104)

Goethes Schwanz

Hans Rudolf Vaget hat in seinem amüsanten Aufsatz «Die Rettung des Priap» (1999) darauf hingewiesen, daß es in prüder Zeit, also auch in der Weimarer Klassik, das Schicksal des phallischen Gottes gewesen sei, sich verstecken zu müssen:

Goethe hat ihn in eine rätselhafte Vokabel gekleidet. Er nennt das edle Glied *Iste*, d. h. dieser hier, dieses Ding da. Ein Fall von Benennungsnot, wenn man will, auf die Goethe ebenso korrekt wie witzig aufmerksam macht. Er hatte dieser Benennungsnot zuvor schon in den «Venetianischen Epigrammen» sarkastisch Ausdruck verliehen: «*Gib mir statt ‹der Schwanz› ein ander Wort, o Priapus.*» Da die deutsche Sprache kein poetisch akzeptables Wort für den Penis zu bieten hat, auch heute noch nicht, nennt Goethe ihn *Iste* oder zärtlich *Meister Iste*. Darin steckt jedoch auch eine gewisse Tücke, denn Iste reimt sich perfekt mit *Christe*. Und gerade auf diese Konfrontation des blutigen Kruzifixes mit dem erigierten Penis steuert das Gedicht zu. Die betreffenden Zeilen – es ist die 17. Stanze – wurden stets als die anstößigsten aus Goethes Feder empfunden und lange nur mit diskreten Punkten gedruckt: «*Und als ich endlich sie zur Kirche führte: / Gesteh ichs nur, vor Priester und Altare, / Vor deinem Jammerkreuz, blutrünstger Christe, / Verzeih mir Gott! Es regte sich der*

Iste.» In den «Römischen Elegien» zwar rehabilitiert, aber immer noch verbannt, muß sich der phallische Gott in der fremden Vokabel verbergen.

Einige Namen in Goethes «Hanswursts Hochzeit» legen nahe, daß der Dichter für den Penis unterschiedlichste Bezeichnungen bereithielt: z. B. *Loch König* (FA I, 4, 579), *Piphahn* oder *Schwanz Kammerdiener* (FA I, 4, 581). Für *Schwanz* hatte er eine besondere Vorliebe: dies zeigen insbesondere die Verse: «Für euch sind zwei Dinge / Von köstlichem Glanz / Das leuchtende Gold / Und ein glänzender *Schwanz.* / Drum wißt euch, ihr Weiber, / Am Gold zu ergötzen. / Und mehr als das Gold / Noch die *Schwänze* zu schätzen!» (Paralipomena zum Faust/P 50: FA I, 7/771, 553) Daß die Bezeichnung in den letzten Jahren gängiger wird, belegt das Zitat aus «Der Spiegel – online»: «Ein republikanischer Präsidentschaftskandidat redet im Fernsehen über seinen *Schwanz!*» Im übrigen lesen wir auch bei Gaston Vorberg (1988:468) in seinem «Glossarium Eroticum» s.v. *Penis* den Eintrag:

> … der *Schwanz*, das bekannteste Wort für das männliche Glied, auch ein *Schmeichelwort.* So nannte Augustus den kleinen dikken, wollüstigen Dichter Horaz *den reinsten Schwanz* und das liebenswürdigste Menschenkind (purissimum penem et homuncionem lepidissimum) (…), und Martial erinnerte Lesbia mit Recht daran, daß der Penis kein Finger sei, den man nach Belieben aufrichten könne.

Wie die Nase des Mannes, so auch sein Johannes?

Den volkspoetischen Spruch, demzufolge die Nasenlänge eines Mannes Rückschlüsse auf dessen Penis-Aufmaß zuließe, greift Jürgen Brater in seinem «Lexikon der Sexirrtümer» (2003:274) auf. Er verweist auf die einsame Position der Sexualwissenschaftlerin Helen Adams, die sich dieser wichtigen Frage zugewandt hat und zu einem bestätigenden Ergebnis gekommen ist: «Demnach hat ein Mann mit einer großen, knolligen Nase einen Penis, der im erigierten Zustand mindestens 17,5 Zentimeter mißt. Aber auch ein Stiernacken oder eine Schuhgröße über 47 (…) weisen auf ein prachtvoll entwickeltes männliches Organ hin.» Eine umfassendere Studie der «Pusan Na-

Deutscher Künstler (um 1900) © Erotic Art Museum Hamburg, 1992

tional University» in Korea und die wohl umfangreichste Datensammlung zu diesem Thema («The Definite Penis Size Survey»), die im Internet erhoben wurde, kamen zum Ergebnis, daß keine Relation zwischen der Länge des «besten Stücks» und anderen männlichen Körpermerkmalen bestünden.

Die Erotik des einen ist die Schweinerei des anderen

Wir haben in diesem Kapitel über die von Goethe bevorzugten hinaus eine Vielzahl von Wendungen für männliche und weibliche Genitalien beleuchtet. Darunter befand sich eine Fülle von *Euphemismen* (Bezeichnungen, die die tabuisierten Körperteile durch einen angenehmeren oder «unanstößigen» Begriff ersetzen), aber auch von *Dysphemismen*, die das bezeichnete Vokabular negativ färben und dabei durchaus kränkend wirken können.

Daß diese beiden Stilmittel nicht nur alltagssprachlich, sondern auch für die Unterscheidung zwischen erotischer und pornographischer *Kunst* von Bedeutung sind, liegt nahe.

Ernest Hemingway soll einmal gefragt worden sein, welches die drei schönsten Dinge im Leben seien und antwortete eindeutig-zweideutig: «Zweitens der Stierkampf, drittens das Boxen.» «Als *pars pro toto* genommen», so Wolf Oschlies in seiner brillanten Analyse zur «Sprache und Erotik im Deutschen und Slavischen» (2001), «enthält Hemingways Diktum das Wesen von Erotik schlechthin: Pornographische Sprache erregt (denn *porné* ist griechisch die *Hure*), aber erotische Sprache ist selbst erregt, und ihre Erregung teilt sich dem Rezipienten um so nachhaltiger mit, je mehr sie die Eindeutigkeit ihres Themas verschleiert.» (ibid., S. 109)

Der Zeichner Tomi Ungerer stellte in seiner Rede zur Eröffnung des Hamburger «Erotic Art Museums» die provokante Frage: «Was unterscheidet die erotische Kunst von der Pornographie?» und gab selbst die Antwort:

> Wir tunken da in völliger Relativität – Psychologen, Soziologen, Theologen und hochdenkende Universitätsgurken (Gurken = 97 % Wassergehalt) können sich darüber ewig den Kopf zerbrechen. Es gibt keine Antwort. (...) Die Erotik des einen ist die Schweinerei des anderen...

Es wolt ein meydlein grasen gan
fick mich lieber Peter
und do di roten röslein ston.
fick mich mehr du hast's ein ehr
kannstus nit ich will dichs lern
fick mich lieber Peter.
Aus *Peter Schöffers Liederbuch*,
Mainz 1513

Kapitel 3

Libido, ergo bums: Wörter der Lust

Was für Flüche und Schimpfwörter gilt, trifft auch auf die Sexualsphäre zu: Im Dialekt, im Witz, im Kindervers wird vieles ausgesprochen, das eigentlich als unaussprechbar gilt. Dieses Phänomen hat Peter Rühmkorf präzisiert – in seiner amüsanten und geistvollen Schrift «Über das Volksvermögen» (1967), einem Exkurs in
den literarischen Untergrund des Kinderreims:

> Das offene Wort evozieren und es trotzdem vermeiden, ist eine
> Redeweise, die Brecht einmal als Sklavensprache bezeichnet hat.
> Wir wollen diesen Terminus (…) gewiß nicht überdehnen, mei-
> nen aber, daß das frivole Spiel mit den bürgerlichen Anstandsre-
> geln ohne den drückenden Tabuzwang der Sittenverordnungen
> gar nicht denkbar wäre. (S. 133)

Zu Recht schreibt Christel Balle über «Tabus in der Sprache»
(1990): «Es wird immer Tabus geben. In jeder Gesellschaft haben sie
ein anderes Gesicht, ein anderes Sprachgewand: Kleider machen
Leute – Sprachkleider ebenfalls. So, wie sie *ent-hüllen, ver-hüllen*
sie auch.» (S. 183)

Aus politischen Motiven kann es berechtigt sein, gewisse Phäno-
mene zu enthüllen, zu *ent-tabuisieren.* Das ist allerdings – wie der
österreichische Schriftsteller Hans Weigel 1976 in seinem «Anti-

wörterbuch: Die Leiden der jungen Wörter» bemerkte – «ein unseliges Wort für eine segensreiche Tätigkeit». Über die Ausdrücke *tabuisieren* und *enttabuisieren* sagte er:

> Ich bin in Verlegenheit, wenn ich beide Ausdrücke ins Deutsche übersetzen soll. Aber man muß ja nicht übersetzen. Man kann zum Beispiel sagen: Alles Sexuelle wird heute ungeniert beim Namen genannt. Oder: Der Bann, mit dem man Gespräche über finanzielle Fragen in gewissen Kreisen belegt hatte, ist längst gebrochen. Man kann sich auch das *isieren* schenken und sagen: In halbwegs kultivierten Staaten ist das Staatsoberhaupt tabu. (S. 38)

Daß sich jegliche Tabuisierung in öffentlichen oder privaten Diskursen spezifischer linguistischer Strategien bedient, hat Nicole Zöllner (1997) in ihrer hervorragenden Untersuchung anhand zahlreicher Texte dokumentiert. Beim verbalen Austausch über Sex, Lust und Begehren können wir unterschiedlichste Verhüllungstendenzen beobachten: durch die Verwendung von Ellipsen und Null-Euphemismen («die Zigarette *danach*»; «sie *will*/er *kann immer*»), das Ausweichen auf lateinische Termini (*Penetration, Insemination, Oralsex, Analsex* etc.), die Flucht in englischsprachige Bezeichnungen (*facial, face sitting, fisting, bondage, necking, rimming, tossing, quickie, felching, petting* etc.) oder – zumal in Inseraten – den Zugriff auf teils absonderliche Abkürzungen (DAP = Doppel-Anal-Penetration; TF = Tittenfick, NS = Natursekt etc.).

Stephan Köhnlein (2001:96f.) hat jüngst in einem klugen Aufsatz die Frage sexueller Sprachtabus problematisiert und gelangte zur Erkenntnis:

> Es liegt in der Natur der Sexualität, daß der Tabubegriff nur bedingt auf den sexuellen Sprachgebrauch anwendbar ist. Wenn es nicht eine Sexualität und eine Art des Sprechens über Sexualität gibt, dann kann es auch nicht nur ein starres, allgemeinverbindliches Tabu geben. Begriffe wie individuelles, gruppen- oder situationsgebundenes Schamgefühl erscheinen zwar nicht so griffig, haben aber gegenüber dem kryptischen Tabubegriff eine Reihe von Vorteilen. Sie sind weitab von archaischem Aberglauben, kulturellem Universalismus und unhaltbaren Behauptun-

gen über Verbot und Meidung. Sie betonen den entscheidenden Aspekt des sexuellen Sprachgebrauchs, das Subjektiv-Individuelle auf einem aktuellen sozialen und kulturellen Hintergrund.

Was als Normverstoß gilt und mit einem «Tabu» belegt wird, das wurde und wird zu verschiedenen Zeiten unterschiedlich bewertet – wie es uns das Beispiel der unbefangenen Verwendung des Wortes *ficken* in Schöffers «Liederbuch» lehrt. Peter Schöffer (ca. 1424–1503) war nämlich weder ungebildet noch unerzogen, wie man aus heutiger Sicht vermuten könnte: er war Meisterschüler Johannes Gutenbergs, genialer Kalligraph, Typograph, Wiegendrucker, Buchgestalter, Verleger und Kaufmann – ein «gottbegnadeter Künstler und multifunktionaler Unternehmer, über dessen sämtlichen Werken der Segen des Gelingens lag», wie einer seiner Biographen bemerkte. Immerhin hinterließ er mit über 250 Einblattdrucken und Büchern ein Œuvre, das wesentlich umfangreicher ist als das Werk des Erfinders. Dennoch ist Gutenberg in aller Munde und Peter Schöffer nur wenigen bekannt.

Rotwelsche Bilder

Das Verb, das Schöffer im 16. Jahrhundert so unbefangen für einen natürlichen menschlichen Vorgang benutzte, steht aus historischer Sicht nicht allein. Im Jahre 1845 urteilte der Sprachwissenschaftler August Friedrich Pott (1802–1887) über das von uns schon erwähnte Rotwelsch, die deutsche Vagantensprache, die Geheimsprache der Fahrenden:

> Es sind nicht die schlechtesten Köpfe, denen sie ihren Ursprung verdanken, diese Denkmale eines (...) glänzenden Scharfsinns und einer ihn befruchtenden Einbildungskraft voll der kecksten Sprünge und lebhaftesten Bilder; und an dieser beiden Schöpfungen hat sich überdem oft sprudelnder Witz (...) beteiligt, der (...) fast immer durch Kühnheit, so auch häufig durch die schlagende Richtigkeit seiner blitzartig ins Licht gesetzten Beobachtungen überrascht und fesselt.

Es wäre verwunderlich, wenn bei den Vaganten nicht gerade auf dem Feld der Erotik eine Vielzahl jener lebhaften Bilder auftauchte. Günter Puchner nennt in seiner Rotwelsch-Sammlung (1974:210) für die Aktivität, die im Lateinischen mit *coïre* umschrieben wird, folgende Wendungen:

anbohren; anbrungern; sich eine anschnallen; sich ausschleimen; den Bachwalm versenken; belaxeln; beleimsen; Belmonte und Konstanz aufführen; bimsen; bletzen; bohlen; Bolzerei treiben; Eier rupfen; zupfen; eindillen; einschneiden; erste Fahrt machen (in der Eisenbahn); fiedeln; focken; fücken; fosen; fuchsen; fummeln; Galle nehmen; Kalle nehmen; gehirnen; geigen; haspeln; in die Hebin gehen; Hoden putzen; einer Kantum machen; kirmen; erster Klasse fahren; klettern; knallen; knüllen; kobern; kommeln; kammeln; kaumeln; krönen; machern; meschammesch sein; nageln; natzgern; noiseln; linke Fallen pflanzen; pimpern; Porzellan fahren (in der Kutsche); pudern; pulen; quintipsen; racheideln; auf die Rassel gehen; nestern; in die Muschel rotzen; einen Rührer holen; schiebern; schießen; Schimmusch machen; schinkeln; seinen Schlamm abladen; schlanen; schnallen; Schnallenritt/Schnallenrennen machen; schnirgeln; schokkeln; schumpeln; schustern; Steigatts machen; Steigauf machen; einen Stepp machen; Stixi Bonbon machen/geben; in die Suppe gehn; werfen; zusammenstechen.

Ein Rohr verlegen

Schon Georg Christoph Lichtenberg (1742–1799) wußte es: «Daß die wichtigsten Dinge durch Röhren getan werden. Beweise: erstlich die *Zeugungsglieder*, die Schreibfeder und schließlich unser Schießgewehr.»

Es gibt eine erhebliche Variationsbreite umgangssprachlicher Ausdrücke für ‹Geschlechtsverkehr ausüben›; sie sind teils deftig und explizit, teils verhüllend, oft phantasiereich, manchmal vulgär – zumeist jedoch aus männlicher Perspektive gestaltet, so wie in der Wendung *ein Rohr verlegen*. Doch daneben hört man u. a.: *eine Frau besteigen; es einer Frau mal richtig besorgen; bollern; bocken* (schweizerisch *bocke; böckle; böhndle); bumsen; bürsten* (wahrscheinlich durch das Bürsten mit den Schamhaaren entstanden); *das Schiff in den Hafen steuern* (das *Schiff* wird hier als Synonym für den Penis verwendet, der *Hafen* umschreibt hier die Vagina) und ähnlich: *den Braten in den Ofen schieben*; *das hot dog in das Brötchen tun*; *den Knüppel zwischen die Beine werfen*; *den Stecker in die Dose stecken*; *die Wurzel aus einer Unbekannten ziehen*; *einen machen*; *einen verstecken*; *eine Symbiose eingehen*; *es tun*; *geigen*; *in den Venusberg eintunneln*; *ins Schwarze treffen*; *jagen*; *knallen*; *knattern*; *letzte Ölung* (Synonym für den letzten Geschlechtsverkehr z. B. vor einer Reise); *Liebe machen*; *miteinander schlafen*; *nageln*; *nöken*; *perforieren*; *pimpern*; *pudern*; *pumpen*; *rammeln*; *stechen*; *stopfen*; *stoßen*; *tackern*; *tupfen*; *umlegen*; *vernaschen*.

Georg Queri (1912; Nachdr. 2003: 139), auf den wir später noch eingehen, weiß etliche kraftbayrische Ausdrücke beizusteuern: *er hat ihr an Oarstock aufgrieglt*; *an Dacht* (Docht) *eiführn*; *an Fleischbeschauer macha*; *d' Kachl eirührn*; *zsammdröschn* («*daß d' Haar in der Nachbarschaft umanandfliagn*»); *eine* «*herstoßn bis auf's hintere Tüpferl, wo der Schoaß wachst*»; *d' Wampn hersteßn*; *gockln* (die Henne treten) usw. Ludwig Zehetner ([2]1998) zählt auch *dengeln* und *boßen* (dessen Wortstamm sich auch in *Amboß* findet) «zur langen Reihe der Hüllwörter für ‹geschlechtlich verkehren›.»

Bei den vorgenannten und weiteren – von Alex Deppert (2001) umfänglich zusammengestellten und präzise analysierten – Ausdrücken reicht die Phantasie in der Regel aus, um die sprachlichen Formationsmechanismen zu entschlüsseln: es handelt sich u. a. um Bewegungs- und Tätigkeitsmetaphern (rhythmische Bewegungen, In-etwas-Eindringen), Stoßmetaphern, Geräuschmetaphern usw.

Andererseits gibt es auch Koitusbeschreibungen, die ganz auf ein Verb verzichten und solche, die ein völlig unmarkiertes Verb verwenden. In der mittelhochdeutschen Versnovelle «Von zwein koufmannen» des Ruprecht von Würzburg wird – wie wir an anderer Stelle dargelegt haben (vgl. Gutknecht 1965) – die Liebesnacht zwischen Hogier und Amerlîn dezent als ein «Kampf» umschrieben, «der einem weder Arm noch Bein bricht». In Walter Serners (1889–1942) absonderlicher Liebesgeschichte «Die Tigerin» (2000:12) heißt es lapidar: «Bichette hatte er *genommen*, wie er Dutzende von Frauen genommen hatte.»

Doch es gibt auf verschiedenen stilistischen Ebenen auch Wendungen, die der Erklärung bedürfen. Exemplarisch wollen wir zwei extreme Fälle erläutern: *erkennen* und *eine Nummer machen/schieben*.

Ein Weib erkennen oder eine Nummer schieben?

Als Präfixbildung zu *kennen* bedeutet althochdeutsch *irchennan* und mittelhochdeutsch *erkennen*: ‹innewerden, geistig erfassen, sich erinnern›. Von der gleichen Grundbedeutung geht die zugehörige Nominalbildung *Urkunde* aus. In der Rechtssprache ist *erkennen* seit dem 13. Jahrhundert im Sinne von ‹entscheiden, urteilen, bekannt machen› gebräuchlich (z. B. *das Gericht erkannte auf Freispruch*), woran sich neben *aberkennen* und *zuerkennen* das heute sehr häufige *anerkennen* anschließt (im 16. Jahrhundert wohl nach lateinisch *agnoscere* gebildet).

Daneben gibt es jedoch die (heute kaum noch verständliche) verhüllende Luthersche Wendung *ein Weib erkennen* für ‹Geschlechtsverkehr haben›: «Da nun Joseph vom Schlaf erwachte, tat er wie ihm des Herrn Engel befohlen hatte und nahm sein Gemahl zu sich und *erkennet* sie nicht bis sie ihren ersten Sohn gebar ...» (Matt. 1, 24–25). Dies ist ein Hebraismus, den schon die Vulgata übernommen hatte: «Et non cognoscebat eam ...»

Die Zeitschrift «praline» wußte es im Jahre 1999 (Heft 21) genau: «Auch auf dem Couchtisch läßt sich *eine Nummer schieben*.» Und in Edgar Hilsenraths Roman «Der Nazi und der Friseur» (1990:92) heißt es: «Der sieht aber nicht aus, wie einer, der 'ne Menge *Nummern schieben kann*. Ist doch bestimmt schon sechzig.» Der Ausdruck *eine Nummer machen/schieben*, den die «Brockhaus-Enzyklopädie» (Bd. 27; [20]1999:553) als «derbe Wendung» charakterisiert, ist für ‹Geschlechtsverkehr ausüben› seit ca. 1850 im Deutschen geläufig und wird von Heinz Küpper ([6]1997:576) kulturhistorisch kommentiert: «Aus der Prostituiertensprache hervorgegangen, wohl herzuleiten von der Entgeltsberechnung bei Bordellprostituierten, die nach der Zahl ihrer Kunden entlohnt werden oder von der Nummer, die im stark besuchten Bordell jeder Besucher erhält und nach der sich die Reihenfolge der Abfertigung richtet. Auch Anspielung auf die Zirkusnummer ist möglich.»

Abonnementsmarken der Bordelle wurden schon im alten Rom an ständige Besucher ausgegeben. Das «Bilderlexikon der Erotik» (Bd. 1) schreibt dazu:

Es haben sich solche «Tesserae» in den Lupanaren Pompejis aus Terrakotta oder Knochen gefunden, deren Bedeutung als Legiti-

mation oder Abonnement durch eine Freske gesichert ist. Es gab sogar Marken aus Blei (*nomismata lasciva*) für den unentgeltlichen Bordellbesuch. Diese Marken waren auf der einen Seite meist mit einer spintrischen (...) Darstellung versehen, etwa mit einer Kline (Ruhebett), auf der zwei Personen in verschiedenen Stellungen den Beischlaf ausübten, während die Rückseite verschiedene Ziffern aufwies, aus deren Charakter (XIIII statt XIV) man auf das hohe Alter dieser Einrichtung schließt. Man glaubt, daß die Zahlen angeben, in welcher Weise man die Liebeslust befriedigen wollte, da im Bordelljargon jede Art des Geschlechtsverkehrs durch eine Nummer bezeichnet wurde (...). –
In Paris sind heute noch sog. Bordellmünzen üblich, die auf der einen Seite eine erotische Darstellung, auf der anderen die Adresse eines Bordelles tragen (...). –
Lata [ist der] argentinische Bordellausdruck für die Blechmarke, welche die Prostituierte von der Besitzerin des Bordelles als Quittung für den abgelieferten tarifmäßigen Betrag erhält. Nachdem der Gast die Prostituierte verlassen hat, übergibt die Dirne der Bordellwirtin das erhaltene Geld und erhält dafür die Lata, die meistens jeden Montag gegen die Hälfte des Tarifes in Bargeld umgewechselt wird.

Auch im Ersten Weltkrieg sorgten Nummernrollen für Ordnung und korrekte Abläufe in den Soldatenbordellen: erst wurde eine *Nummer* gezogen, dann eine *geschoben*.

Poppen, ficken, vögeln – vulgär oder salopp?

Alex Deppert (2001:147) hat zu Recht herausgestellt, daß trotz der Vielfalt regional bzw. bereichsspezifisch verbreiteter sowie etlicher quasi-geheimsprachlicher Bezeichnungen in der deutschen Umgangssprache die vier Wörter *ficken*, *bumsen*, *vögeln* und *poppen* «gemeinsam öfter verwendet [werden] als der Rest zusammen».

Auffällig ist dabei, daß seit Anfang der 90er Jahre für das euphemistische *miteinander schlafen* bei der jüngeren Generation in ganz Deutschland zunehmend das Wort *poppen* zum Trendwort geworden ist. Es stammt aus dem Ruhrdeutsch (Ruhrplatt), bedeutet eigentlich ‹stopfen› und wird offenbar von vielen jüngeren Sprachteilnehmern als weniger «unanständig» empfunden als etwa die Wörter *vögeln* oder *ficken*, die dasselbe meinen: die Parole

«Make love, not war!» wurde daher in Köln zu «Poppe statt kloppe!»

Ficken, das mundartlich für ‹hin und her bewegen, reiben, jucken› gebrauchte Wort, mittelhochdeutsch als *ficken* (‹reiben›), niederrheinisch im 16. Jahrhundert als *vycken* (‹mit Ruten schlagen›) bezeugt, ist wohl – wie norwegisch *fikle* (‹sich heftig bewegen, pusseln›) – eine lautmalende Bildung. Diese alte Bedeutung zeigen noch der umgangssprachliche Ausdruck *fickerig* im Sinne von ‹unruhig, widerspenstig› und die landschaftlich gebräuchliche Bildung *Fickmühle* für ‹Zwickmühle›. Die sexuelle Bedeutung des Wortes *ficken* taucht zuerst im 16. Jahrhundert auf; die weiteren Nebenbedeutungen haben wir eingangs abgehandelt (vgl. S. 22 f.).

Vögeln, das auch im Wiener Dialekt als *fegln* äußerst beliebt ist, kommt schon im Althochdeutschen als *fogalōn*, im Mittelhochdeutschen als *vogelen* vor – in der ursprünglichen Bedeutung ‹Vögel fangen›, die sich über ‹Begattung der Vögel› zu *futuere* (im Sinne von ‹es machen wie die Vögel›) gewandelt hat und als solche bereits um 1300 belegt ist (vgl. Trübners «Deutsches Wörterbuch»).

Der Duden («Deutsches Universalwörterbuch A–Z»; ⁵2003) kennzeichnet das neuhochdeutsch benutzte Verb *vögeln* als «salopp» (S. 1742), *ficken* hingegen als «vulgär» (S. 541). In der Tat wird *fikken* im Deutschen von vielen Menschen als abwertend empfunden – Entsprechungen sind im Französischen: *bourrer* (‹vollstopfen›) und *sauter* (‹bespringen›); im Englischen *fuck* und *screw* (‹einschrauben›) – letzteres Verb ist vor allem bekannt durch den folkloristischen Reim: «Hooray! Hooray! The first of May! Outdoor screwing begins today!» Wir wollen kurz zeigen, wie deutsche Lyriker und Literaten in unterschiedlichen Zeiten zu den Wörtern *ficken* und *vögeln* standen.

Vögeln oder mausen?

Goethes «Mikrokosmisches Drama», das er «Hanswursts Hochzeit oder der Lauf der Welt» betitelte, war, wie Curt Riess (1967:158) richtig urteilt, «eine Art Protest gegen die Bevormundung durch seine Freunde, die ihm ständig predigten, daß er ein großer Dichter sei und vor hehren Aufgaben stehe.» Die Hauptrolle im Drama spielt der Bräutigam, dem die Gäste auf die Nerven gehen, da er mit seiner Braut Ursel Blandine allein sein möchte:

Ich möchte wohl meine Pritsche schmieren
Und sie zur Tür hinaus formieren,
Indes was hab' ich mit den Flegeln,
Sie mögen fressen, und ich will *vögeln*.

Auch Bertolt Brecht sprach in seinen «Gedichten über die Liebe» ungeniert über das *Vögeln*, so auch im «neunten Sonett»:

Als du das *Vögeln* lerntest, lehrt ich dich
So *vögeln*, daß du mich dabei vergaßest
Und deine Lust von meinem Teller aßest
Als liebtest du die Liebe und nicht mich.

Ich sagte: Tut nichts, wenn du mich vergißt
Als freutest du dich eines andern Manns!
Ich geb nicht mich, ich geb dir einen Schwanz
Er tut dir nicht nur gut, weil's meiner ist.

Doch nicht nur die «etablierte» Lyrik, sondern auch der literarische Volksmund hat einiges zu bieten: Die erste Strophe des anonym überlieferten Volkslieds «Wenn ich ein Vöglein wär'» (1778) ist in vielen Klo- und Spontisprüchen veralbert worden. Eduard Moriz (1984) nennt in seiner Sammlung neben anderen auch diese Version: «Wenn ich ein Vöglein wär', flög ich zu dir. Weil ich aber kein Vöglein bin, vögel ich hier.»

Als im Jahre 1912 Georg Queris «Kraftbayrisch – ein Wörterbuch der erotischen und skatologischen Redensarten der Altbayern» erschien, machte das Werk negative Schlagzeilen. Es wurde – letztlich aufgrund von Gutachten des berüchtigten Zensurbeirats bei der Polizeidirektion München – wegen «Verbreitung unzüchtiger Schriften» (§ 184 Reichsstrafgesetzbuch) verboten und beschlagnahmt. Erst durch das engagierte Eintreten von Michael Georg Conrad, Ludwig Ganghofer und Ludwig Thoma wurde der Prozeß vor dem «Königlichen Landgericht München I» letztlich zugunsten des Autors entschieden. Queri schreibt zu unserem Thema:

Ebensohäufig wie *vögeln* ist der Ausdruck *mausen*. Ein interessanter Sprachzwiespalt: in Mittel- und Norddeutschland hat *Votze* immer die Bedeutung von ‹vulva›, im Altbayrischen nie; es bezeichnet bei uns nur den Mund (*Fotzn*), im weiteren das ganze Gesicht und unter Umständen ‹Maulschelle›. *Mausen* dagegen ist droben der unzweideutige Ausdruck für ‹stehlen›, herunten für «coïre»; lediglich in dem Begriff *die Katze maust* findet man eine Ausnahmebedeutung. Bei solchen Sprachumständen ist der folgende Bühnenwitz glaublich: Als in München der «Biberpelz» von Gerhart Hauptmann zum ersten Male aufgeführt wurde, soll die Zensur den Satz «stehlen tun wir nicht – nur ein bißchen mausen» folgendermaßen abgeändert haben: «nur ein bißchen stibitzen …» (Queri, Nachdr. 2003:139)

Schlegel, Bierbaum, Brecht: Am besten fickt man erst...

Viele mag es überraschen – selbst Friedrich Schlegel (1772–1829), der große Theoretiker und Dichter der Frühromantik, hat sich mit erotischen Sonetten hervorgetan und wußte die sexuelle Lust deftig zu thematisieren:

So liegst du gut! Gleich wird sich's prächtig zeigen,
Wie klug mein Rat. Ich schiebe meinen Dicken
In dein bemoostes Tor. Man nennt das «*Ficken*».
Du fragst: warum? Davon laß mich jetzt schweigen!
Schon seh' ich Schmerz in deinen blauen Blicken.
Das geht vorbei. Du mußt zurück dich neigen,
Gleich wird dein Blut dir jubeln wie die Geigen
Von Engeln, welche ihre Brüste schicken
In bebender Musik zum Ohr der Welt.
Famos! Du einst dich mir in bravem Schaukeln,
Die Schenkel schmiegen pressend, es umgaukeln
Mich Düfte, die mich locken in die Unterwelt.
Ein Stoß und Schrei! – die weißen Glieder zittern
Im Kampf wie Apfelblüten in Gewittern.

Otto Julius Bierbaum (1865–1910) war Journalist in München und Berlin. Er hat seine Lyrik vorwiegend für das Kabarett geschrieben und war lebhaften Stilmitteln, so auch dem Wort *ficken*, nicht abgeneigt. Eines seiner Gedichte nannte er «Werbung»:

I
Sie sprach:
Hernach!
Er flog –
Sie trog.

II
Er sprach:
Ich möchte!
(O Schmach –
Der Schlechte!)
Sie lachte.
Ich auch!
(Der Achte
Im Bauch!)
Es passen
Die beiden
Sehr gut
Zusammen!
Was hassen
Und neiden?
Jung Blut
Muß rammen!
Denn los!
Famos!
Sie nicken
Und neigen,
Und *ficken*
Und schweigen.
Und krachen dir auch die Weichen:
Geh hin und tue desgleichen!

Brecht hatte weder vor dem saloppen Wort *vögeln* noch vor dem vulgären Verb *ficken* Berührungsängste. Wir lesen in seinem Gedicht «Sauna und Beischlaf»:

Am besten *fickt* man erst und badet dann.
Du wartest, bis sie sich zum Eimer bückt
Besiehst den nackten Hintern, leicht entzückt
Und langst sie, durch die Schenkel, spielend an.

Du hältst sie in der Stellung, jedoch später
Sei's ihr erlaubt, sich auf den Schwanz zu setzen
Wünscht sie, die Fotze aufwärts sich zu netzen.
Dann freilich, nach der Sitte unsrer Väter
Dient sie beim Bad. Sie macht die Ziegel zischen
Im schnellen Guß (das Wasser hat zu kochen)
Und peitscht dich rot mit zarten Birkenreisern
Und so, allmählich, in dem immer heißern
Balsamischen Dampf läßt du dich ganz erfrischen
Und schwitzt dir das *Geficke* aus den Knochen.

Obszöni, obszöni!

Es gibt eine Reihe von Beispielen in der etablierten modernen Literatur, in der die «schönste Sache der Welt» deutlich ausgesprochen wird, wohingegen – zumindest in der gehobenen Umgangssprache – nach wie vor das Tucholskysche Diktum aus dem Jahre 1931 gilt: «Der Mensch wird auf natürlichem Wege hergestellt, doch empfindet er dies als unnatürlich und spricht nicht gern davon. Er wird gemacht, hingegen nicht gefragt, ob er auch gemacht werden wolle.» (Bd. 9: 230)

In Wolfgang Siegs Kurzgeschichte «Cindy, oh Cindy …» (1985) wird in einem milieuspezifischen Dialog das Sexualvokabular voll ausgeschöpft:

«Was soll denn passieren?»
«Naja, wenn man mit Jungs rumfickt. Und erwischt wird. Und vielleicht sogar 'n Kind kriegt …»
Sie hat das Wort gesagt! Einfach so. Als wenn das nichts wär. Als Mädchen! Sagt «ficken»! Früher hab ich geglaubt, wenn man das Wort laut sagt, kann man nie in den Himmel kommen, und wenn man noch zu viele gute Taten anhäuft. Und die sagt das so. Ich merk, wie mein Schwanz anfängt zu zucken.
«Aber wenn man Lust zu … zu …»
«Nö, ich habe jedenfalls keine Lust zum Ficken.»
«Aber wenn man … da … nu befreundet ist, ich mein …»
«Bei mir läuft das nicht …»
Diese Heuchlerin! Bei den Titten! Diese falsche Sau! Und Alban wetzt sich den Stint ab bei der. Hat schon richtig Schwielen am Diddel. Und die macht einen auf Nonne!

Auch bei Hans Joachim Schädlich nimmt in der Erzählung «Mal hören, was noch kommt» (1995:69) der Berichtende kein Blatt vor den Mund: «Wo ich jünger war, hab ich mir gewünscht, daß ich beim *Ficken* krepier. Du bist ganz oben und – zack! kannst für immer oben bleiben. Hat mir 'ne Frau ins Ohr gesetzt, den Floh. Wie ich abspritz, sag ich zu ihr: Ich glaub, ich krepier! – Sie sagt: Bloß nicht. Den Ärger hatte ich schon. – Waas?, sag ich. Sie sagt: Der war älter.»

Eine eher indirekte Situationsschilderung der Sprachlexik in der DDR gibt Thomas Brussig in seinem amüsanten Roman «Helden wie wir» (1998):

> Triumphierend fragte ich – sinngemäß – meine Mutter: wie *bumsten* die Urmenschen? Wieder eine dankbare Frage, wie einst nach der Pimmelgröße, und wieder eine Antwort (…). Sie berührten sich des öfteren an den entsprechenden Körperstellen, besonders, wenn sie sich in der kalten Höhle frierend aneinanderkuschelten. Und ansonsten sollte ich das Lexikon nutzen. Ich tat es. *Bumsen* und *Ficken* standen nicht drin. In einem fünfzehnbändigen Lexikon. Ich nahm es als Indiz dafür, daß diese Pimmel-in-Mösen-Theorie Aberglaube ist. Wenn nicht mal das Lexikon davon weiß! Bei *Schwangerschaft* wurde ich fündig und hangelte mich über *Befruchtung* und *Samenzelle* zu *Geschlechtsorgane*. Andauernd stieß ich auf den *Eisprung*. Wichtige Sache, dieser Eisprung. Von *Bumsen* ist nie die Rede, von *Eisprung* andauernd. (S. 64 f.)

Ein drastischeres Beispiel findet sich bei Frank Schulz. Er präsentiert, wie Michael Kohtes in «Die Zeit» anmerkte, mit seinem Roman «Morbus Fonticuli oder die Sehnsucht des Laien» (2002) «eine furiose Mischung aus Schelmen-, Heimat-, Sitten- und Sozialroman, ein humoristisch-realistisches Monumentalwerk»; Stephan Maus nannte das Buch in der «Süddeutschen Zeitung» «ein Meisterwerk der literarischen Hochkomik, eine gelungene Symbiose aus Geistes- und Körperwissenschaften (…).» Schulz' kritischer Witz zeigt sich nicht zuletzt bei seinen Schilderungen erotischer Begegnungen: Auch im folgenden Kneipen-Dialog geht es um das vulgäre – er sagt: obszöne – Wort, das den Geschlechtsverkehr bezeichnet:

Und dann weiß ich nicht mehr genau; jedenfalls geriet Eugen mit der spätgebärenden Schwangeren vom Nebentisch aneinander, er war ihr wohl zu laut, und er bot ihr zur Versöhnung ein Stück Kuchen an, und dann machte sie einen Fehler und sagte – wahrscheinlich hat sie's schon witzig gemeint –: «Kuchen macht dick.» Und Eugen: «Nej? Ficken macht auch dick, ja?»

«Sag doch nicht dauernd ficken, Mensch», sagte Britta Legrand, und da mir die Göttinnen des Obstbrands inzwischen ziemlich häufig in den Schlund gepinkelt hatten, erwog ich doch noch kurz, Britta aus ihrem Elend herauszuholen, mit ihr nach St. Jottwede durchzubrennen, wohnhaft Dorfstraße 1 oder Am Arsch 7, sie jährlich zu schwängern und jeden Schwanzträger niederzuknallen, der sich unserem kleinen Bollwerk gegen die Schlechtigkeiten der Welt auf mehr als drei Meter näherte.

«Fickenfickenficken», sagte Eugen, «nej? Kch. Ja? Komm mir nicht so, ja? Diesen – Mist Nej? Es gibt die, die ficken sagen, und es gibt die, die nicht ficken sagen kch, weil sie's für frauenfeindlich halten oder was weiß ich kch. Nej? Und dann gibt's die, die heutzutage wieder ficken sagen, weil ihnen die, die nicht ficken sagen, auf die Nerven gehn, und dann wieder die, denen die auf die Nerven gehn, die nur deshalb wieder ficken sagen, weil ihnen die auf die Nerven gehn, die nicht ficken sagen, und deshalb nicht mehr ficken sagen, ja? Und mir geht diese Fickensagen-und-Nichtfickensagen-Kacke auf die Nerven, verstehst du? Nej?»

«Mann, bist du scheiße drauf», sagte Britta Legrand.

«Ich kch?» tobte Eugen. «Nee. Ja? Ich bin klasse drauf. Ich bin absolut klasse dr-»

«Man muß doch nicht ständig mit Obszöni-»

«Obszöni, Obszöni. Ficken an sich ist obszöni. Oder sollte es zumindest sein, ja? Wenn's nicht wenigstens noch 'n bißchen obszöni wäre, würde der Föhring, dieser bockschwule Schwanzlutscher, dieser ... Päderast, ja?, mit Ficken im Kirchenschiff werben, ja? Ah, vielleicht ist's ja auch schon alles zu spät. Vielleicht muß Muddi ihren Vaddi ja deswegen auch schon bespucken und mit dem Schneebesen eine fegen, weil er sonst keinen mehr steilkriegt, nej? Ich krieg ja selber keinen mehr steil, außer auf Schnee, nej? Hehehehehe! Nej?»

«Das liegt nicht am Coke, wenn's klappt, sondern am Saufen, wenn nicht.»

«Woher, nej?, willst du das wissen. Wir waren doch immer vollgedröhnt. Ja?»

Stundenlang ging das so weiter, bis das Café schloß.

Deutsch ‹ficken› = englisch ‹fuck›?

Matthias Altenburg definiert in der genannten Sammlung «Einhundert Wörter des Jahrhunderts» (1999) das Stichwort *Sex*, indem er in seinem Beitrag «Hier aufreißen!» eine tabulose Sprache kolportiert:

> … aber sie sagen nicht Titte hier und statt Schwanz sagen sie hier Penis und statt Votze sagen sie Bikini-Bereich obwohl doch selbst Mutter Teresa schon Schwanz und Votze sagt aber die Texte die hier stehen sind alle ausnahmslos eine so hypertrashige obszöne Scheiße daß ich nicht anders kann als mir vorzustellen wie die jungen Redakteurinnen an Weihnachten ihren Omas erzählt haben daß sie jetzt junge Redakteurinnen bei der *Vogue* und der *Elle* und der *Marie Claire* und der *Cosmopolitan* und der *Amica* sind und wenn die Oma noch halbwegs bei Groschen ist hat sie einfach geschwiegen und gelächelt und gedacht daß von ihr Gott sei Dank niemand mehr verlangen kann diese Scheiße zu lesen weil sie ja mich hat und ich für sie durch die Hölle oder den Himmel gehe ich weiß nicht ich werde das alles jetzt noch einmal lesen damit man mir nichts vorwerfen kann und dann werde ich mich ins Bett legen und werde Eva Herzigova ficken und werde Nadja Auermann ficken und werde Claudia Schiffer ficken (…) und am Ende rieche ich wie eine ganze Parfümerie nach *Eternity* und *Ocean dream* und *Havana pour elle* und *Havana the fragrance for men* weil ich immer diese Pröbchen und Duftstreifen aufgerissen habe auf denen steht *Hier aufreißen!*

Gewiß sind das deutsche *ficken* und das englische *fuck* etymologisch miteinander verwandt, ihre Verwendungsweisen unterscheiden sich jedoch signifikant voneinander. Darum sei ein Exkurs in die angelsächsische Welt gestattet.

Das magische Wort *fuck* ist eines der interessantesten der englischen Sprache. Es kann allein durch seine Lautäußerung Trauer, Freude, Liebe und Haß evozieren, denn es ist bei vielen Sprechanlässen seiner sexuellen Konnotationen entkleidet. Jeder Amerikaner kennt General Custers letzte Worte: «Where did all them *fucking* Indians come from?» oder die unsterblichen Worte des Kapitäns der Titanic: «Where is all this *fucking* water coming from?»

Seine Versatilität verdankt dieses klassische *four-letter word* – auch *cunt, damn, piss* und *shit* gehören dazu – u. a. der Zugehörigkeit zu mehreren Wortklassen: es kann als transitives Verb (*John fucked*

Mary) oder intransitives Verb (*Mary was fucked by John*) gebraucht werden, als Adverb (*Mary is fucking interested in John*), als Substantiv (*Mary is a terrific fuck*), sogar als Infix in Adverbia (*absofuckinglutely*) und selbst in einer Bildung mit Affix-Reduplikation: *fucked-up-edness*.

Ein amerikanischer Witz spielt mit der semantischen Ambiguität des Wortes *fucking*; er dürfte so klar sein, daß man ihn nicht übersetzen muß:

Absofuckinglutely!
(Zeichnung von Thyrso A. Brisolla)

> A Jewish family is considering putting their grandfather in a nursing home. All the Jewish facilities are completely full so they have to put him in a Catholic home. After a few weeks in the Catholic facility they come to visit grandpa.
> «How do you like it here?» asks the grandson.
> «It's wonderful. Everyone here is so courteous and respectful,» says grandpa.
> «We're so happy for you. We were worried that this was the wrong place for you.»
> «Let me tell you about how wonderfully they treat the residents here», grandpa says with a big smile.
> «There's a musician here – he's 85 years old. He hasn't played the violin in 20 years, and everyone still calls him ‹Maestro›! And there's a physician here – 90 years old. He hasn't been practicing medicine for 25 years and everyone still calls him ‹Doctor›! And me, I haven't had sex for 30 years and they still call me the *fucking* Jew.»

Der amerikanische Anthropologe und Volkskundler Alan Dundes (1985:55) attestiert in vergleichbaren Kontexten Sprechern der deutschen Sprache «das Bevorzugen des Analen gegenüber dem Genitalen» und verweist u. a. auf das folgende enthüllende Reimpaar (Waldheim 1910:404):

Gut *scheißen* das kann sehr beglücken
Viel mehr noch als manchmal das *Ficken*.

Lesern, die sich in die subtilen Verwendungsweisen von *fuck* vertiefen möchten, sei Jesse Sheidlowers Buch «The F Word» (1995) empfohlen – sofern sie die auf dem Buchrücken abgedruckte Warnung beachten, die allen Vorurteilen gegen das Wort Rechnung trägt:

> Warning: Usually considered vulgar. X-rated. Censored. Bleep. Not for polite company. Due to adult language, viewer and parental discretion advised. Wash your mouth out with soap. Good girls and boys don't use that kind of language. Not ladylike or gentlemanly. You should be ashamed of yourself. Not in front of the children. Obscene. Immoral. Immodest. And indecent. – Is this all you think about the F-word? Look inside for the full story.

Wer pädagogische Hilfe benötigt, der nehme sich Grant Kneebones «*Fuck*-Grammar» (2003) zur Hand, «the sexy little grammar of English»; dort heißt es zur Aktiv-Passiv-Relation:

> We form the *passive voice* by using a form of the verb *to be* plus the *past participle*. For example:
> Mary sucks Roger's cock. (*active*) *becomes*
> Roger's cock is sucked by Mary. (*passive*)
> Andrew would have fucked Lucy more often (active) *becomes*
> Lucy would have been fucked by Andrew more often (*passive*).

Wem fielen bei dieser methodisch-didaktischen Meisterleistung nicht die Worte Cole Porters (aus «Anything Goes») ein:

> Good authors too who once knew better words
> Now only use four-letter words
> Writing prose.
> Anything goes.

Let's move!

Die «viktorianische Prüderie» hat im angelsächsischen Raum eine besondere Tradition; es bedurfte langwieriger juristischer Auseinandersetzungen mit höchstrichterlichen Entscheidungen, ehe berühmte literarische Werke dem Zugriff der Zensur entzogen waren. Wir erinnern an die Romane «Ulysses» von James Joyce, an «Lady Chatterley» von D. H. Lawrence, an Henry Millers «Tropic of Cancer» («Wendekreis des Krebses») und das zweieinhalb Jahrhunderte alte klassische Werk der erotischen Literatur, John Clelands «Fanny Hill or Memoirs of a Woman of Pleasure». Hans J. Schütz hat 1990 in seinem Buch «Verbotene Bücher» viele Ketzer, Querdenker und Tabubrecher in Erinnerung gerufen und eine spannende Zensur-Geschichte von Homer bis Henry Miller vorgelegt. Er erwähnt auch den Skandal um den Münchner Arzt und Schriftsteller Oskar Panizza (1853–1921), der 1894 eine Satire auf die unmoralischen Lebenswandel der Renaissance-Päpste und das gleichzeitige Auftreten der Syphilis in Europa geschrieben hatte – das «Liebeskonzil: Eine Himmelstragödie in fünf Aufzügen»: Es folgte die Verurteilung Panizzas wegen «Vergehens wider die Religion, verübt durch die Presse» zu einem Jahr Einzelhaft, gefolgt von Exil und psychiatrischer Internierung.

Daß es bis in jüngste Zeit hinein Bemühungen der «Volkserziehung» für künstlerische Erotik-Darbietungen gibt, zeigt eine Meldung der Presseagentur AFP vom 8. 3. 2004, derzufolge das indonesische Parlament ein Gesetz ausgearbeitet hat, mit dem erotische Tänze und das Küssen in der Öffentlichkeit verboten werden sollen. Ein Paar, das in der Öffentlichkeit beim Küssen auf den Mund erwischt wird, soll dafür mit einer Viertel Milliarde Rupiah büßen. Allgemein soll als indiskret oder obszön angesehenes Verhalten wie Nacktheit oder Masturbation verboten werden.

Auch die Amerikaner hatten jüngst ihre Probleme: Der inszenierte sogenannte «Nippel-Skandal» («Nipplegate») der Sängerin Janet Jackson, deren Brustwarze in der Halbzeit-Show des American-Football-Finales sekundenlang im öffentlich zugänglichen Fernsehsender NBC zu sehen war, bewegte monatelang die US-Medien.

Selbst die Wörterbuch-Verfasser hatten es im angelsächsischen Raum nicht leicht. Als der britische Lexikograph Eric Partridge im

Jahre 1936 das Wort *fuck* in sein «Dictionary of Slang and Unconventional English» aufnahm, gab es Empörung bei Schulen, Bibliotheken und Polizei, obwohl – dies sei hervorgehoben – der Verfasser statt des Buchstabens ‹u› im Wort *fuck* ein Sternchen gesetzt hatte.

Noch in dem 1986 in New York veröffentlichten «New Dictionary of American Slang» unterschied der Herausgeber Robert L. Chapman durch eine gesonderte Kennzeichnung vulgäre Ausdrücke, die nur zu gebrauchen seien, wenn der Sprachbenutzer sich über ihre starke Wirkung im klaren sei, und Tabu-Wörter, die er nie verwenden dürfe. Dieses «Nie» ärgerte den Rezensenten Richard A. Spears; er äußerte in der Zeitschrift «American Speech» 1990: «Somebody must use such words or they would not exist!» («Irgend jemand muß doch solche Wörter gebrauchen, denn sonst gäbe es sie doch nicht!»)

Einfacher war es da schon für Anthropologen und Ethnologen. Im Jahre 1968 feierte Gershon Legman einen großen Erfolg mit seinem in New York veröffentlichten «Rationale of the Dirty Joke» (auf deutsch 1970 erschienen als «Der unanständige Witz»), einer einzigartigen Sammlung erotischen Volkshumors, auf die wir noch eingehen. Darin wurden erstmals mehr als 2000 sogenannte «unanständige» Witze nach Themengruppen und Motiven geordnet und kommentiert.

In den USA befaßt sich sogar eine Fachzeitschrift mit Tabus, Euphemismen, Schimpfwörtern, Graffiti usw.: Sie trägt den Namen «Maledicta», der übersetzt bedeutet «die Schmähungen, die Verwünschungen, die Flüche». Ihr Herausgeber, Reinhold Aman, glaubt jedoch, die Enttabuisierung der meisten Lebensbereiche sowie die sprachliche Ausdrucksarmut des Durchschnitts-Amerikaners, dessen Repertoire kaum mehr als 2000 Wörter umfasse, führten zu einem Niedergang der Schimpfkultur und damit zu einem verstärkten Umsichgreifen von Gewalt. Er beobachtet sogar eine weltweite Entwicklung: von der physischen über die verbale Aggression wieder zurück zur Keule.

Auch manche Briten nehmen die Tabuisierung der vermeintlich bösen *four-letter words* nicht mehr ganz so ernst. Eine Bausparkasse warb erst kürzlich in der britischen Sonntagszeitung «Observer» mit dem Slogan: «Two four-letter words you thought you'd never hear your husband use: *Let's move.*» (‹Zwei four-letter words, von denen Sie nie angenommen haben, daß Ihr Mann sie gebrauchen würde: *Let's move.*›) *Let's* und *move* haben jeweils vier Buchstaben, sind aber darum noch keine *four-letter words!*

Unser Fazit: Die Tabuisierung einzelner Wörter mag in bestimmten Situationen angebracht sein – sofern man berücksichtigt, was der Physiker und Schriftsteller Georg Christoph Lichtenberg schon vor 200 Jahren erkannte: «Man hofft zu viel von guten und fürchtet zu viel von schlechten Wörtern.»

Den Kaspar einwickeln

Wir stellten im 2. Kapitel bei der Behandlung der Körperteile fest, daß die volkspoetischen dialektalen Umschreibungen häufig drastisch, nicht selten urkomisch sind.

So wird beispielsweise das ‹Fummeln› und ‹Fingern› (*'Fingadln*) des Mannes am weiblichen Genital im Wienerischen deftig umschrieben: *an 'Fingabod 'nema* (ein Fingerbad nehmen: einen Finger in die Scheide einführen); *Gla'wiaschbün* (Klavierspielen auf der Vulva); *Ha'mauniga/Mando'lin schbün* (Harmonika/Mandoline spielen an der Vulva); *'grobön* (mit den Fingern an der Vulva krabbeln); *noch Greifn'schda foan* (nach Greifenstein – an der Donau – fahren): *ea is med ia noch Greifn'schda gfoan* (er hat an ihrer Vulva gespielt); der *Greifn'schdana* ist die Handlung selbst oder ein Mann, der Frauen gern betastet. Als *'Ghudschaschdich* (Kutscherstich) gilt das Einführen des Mittelfingers in die Scheide.

Und erst recht für den Vollzug des Geschlechtsakts gibt es im Wienerischen eine Vielzahl von Bezeichnungen, z. B. *beafor'ian* (eine Frau perforieren); *begln* (‹bügeln›, von der Vorstellung des die Frau plattdrückenden Mannes: *ea hod s begld*); *be'nüddsn* (benützen: eine Frau ~); *be'schdeign* (besteigen: eine Frau ~); *biaschdn* (bürsten: eine Frau ~); *dribalossn* (darüberlassen: *si hod eam 'driba lossn*); das Verb *'aufschdön* (aufstellen) begegnet in den Wendungen *d Fiass/ d Haggsn 'aufschdön* (die Beine – *Haggsn* = ‹Fuß, Füße, Hacken› – aufstellen: von der Frau gesagt); *Biggsn 'aufschdön/'aufreissn* (Büchse = ‹Vulva aufstellen, aufreißen›, jeweils aus der kommentierenden Perspektive über die Frau gesagt); daneben *Biggsn 'aufreissn/ bo'lian* (~ polieren: als entsprechende Bewertungen der männlichen Aktivität): eine vergleichbare Metaphorik nennen Yamada/Keller (2003:32) für das japanische Wort *manko-ake* (= ‹Muschi-Öffnen› – verwendet für «eine bestimmte Art des weiten Aufreißens von Chipstüten, so daß sich einem der Inhalt wie eine Vagina ‹entgegentürmt›»). Weitere Wiener Ausdrücke sind: *dauchn, 'eidauchn, am 'daucha(ra) sei* (tauchen); *an 'Diwanwoedsa mochn* (einen Diwanwalzer ausführen); *bo'lian* (polieren: *d fud bo'lian*); *'budan* (pudern, nach Oswald Wiener [1969] eines der am häufigsten gehörten Wörter; Siegmund A. Wolf [1956/1993] leitet es ab aus deutschem *pudern* im Sinne von ‹herumstoßen/-wälzen›, das auf alemannisches *bûden* ‹stoßen, schlagen› zurückgeführt wird; möglicherweise kommt es jedoch auch von *buttern*, denn *'riabuddn* steht für ‹Butterkübel› = cunnus); *'dswidschan* (eine Frau ~, etwa im Sinne von ‹verbrauchen›, wie man auch ein Glas Wein zwitschert, auch: *an Fogl* [= ‹Penis›] *'dswidschan lossn*); *eam 'einedran* (ihn hineindrehen›); *eam 'eine-braggn/'-druggn/'-gleschn/'-henga/'-haun/'-jauggn/ '-lochn/'-schobbm* (ihn hineinschlagen, -drücken, -klatschen, -hängen, -hauen, -jagen, -lochen, -stopfen; *schobbm* heißt soviel wie ‹gewaltsam füttern›); *en 'Modschga* bzw. *a 'Lodung 'einehaun =* ‹Samen hineinschleudern›; *'Ghaschbadl 'eiwiggln* (den Kaspar einwickeln); *an 'Freischdos mochn* (einen Fußball-Freistoß machen); *'ane lodn* (laden: eine Frau ~); *mobbsln* und *mebbsen* (eigentlich ‹schwängern›, hergeleitet aus jiddischem *meuberes*, bzw. rotwelschem *mepperes*); *mochn* (machen: *ea mochd ias* im Sinne von ‹er begattet sie›, *sie mochds eam* für ‹sie befriedigt ihn – mit der Hand oder Zunge›), jedoch auch: *'ane mochn* (eine Frau zum Koitus zwingen, beeinflußt durch rotwelsch *machern* und jiddisch *machriach sein* = ‹nötigen, zwingen›); *numa'rian* (numerieren), sehr häufig auch *a 'Numma mochn, a 'Numdschi schiam, a 'Numaro mochn:* vgl. S. 77 f.; *'schammadln* (*schammerln*, aus jiddisch *meschammesch sein* für ‹koitieren, bedienen›, womit übrigens auch das wienerische *'Schames* für ‹Diener› zusammenhängt); *'schdemma* (eine Frau stemmen, z. B. nennt Burnadz 1966 die Wendung *'Woggloasch aus-a'naunda 'schdemman*, wobei sich der ‹Wackelarsch› vom Schnepfengang der Strichmädchen herleite); *schdessn*, auch *an Schdos mochn* (stoßen: eine Frau ~: Burnadz nennt 1966 a *Be'sula schdessn* – jiddisch *Bsule* = ‹Jungfrau›); *schnaggsln* – durch das ehemalige Partygirl, Fürstin Gloria von Thurn und Taxis, in einem Fernsehinterview beim Talkmaster Friedman im deutschsprachigen Raum wiederbelebt («Die Schwarzen schnaggseln zu viel»); *waggn* (weichen, einweichen – wie von der Wäsche – *eam waggn lossn* im Sinne der ‹immisio penis sine motu sequenti›, also der von uns später noch besprochenen Praktik, die in den Lehrbüchern der Liebestechnik als *Karezza* bezeichnet wird: im volkssprachlichen Vers heißt es daher *med da Haund duad man 'eine / medn Oasch druggd mar au / dann lossd man drin waggn / das ar 'ausbliaddn kau*); das Verb *'aulana* (anlehnen) bedeutet nach Reiskels «Idioticon Viennense Eroticum»: ‹ein Weib an der Mauer stehend koitieren›, Burnadz nennt hierfür in «Die Gaunersprache der Wiener Galerie» die Übersetzung «homosexuell verkehren».

Vom hwG zum Kaiserwalzer

Wie für das Verb gibt es auch für das Nomen, das die genitale Vereinigung eines Mannes mit einer Frau bezeichnet, eine Fülle von Ausdrücken. Gustave Flaubert sagte in seinem Wörterbuch über die aus dem Lateinischen stammenden Termini *Coït/Copulation* (Koitus/Kopulation): «Mots à éviter. Dire: *Ils avaient des rapports ...*» – «Man vermeide diese Wörter. Man sage: *Sie hatten eine intime Beziehung ...*»

Die *Begattung* wird beim Menschen in medizinischen, naturwissenschaftlichen und zuweilen auch juristischen Kontexten häufig als *Koitus* (lateinisch *coïre* = wörtlich: ‹zusammengehen›, ‹begatten›), *Geschlechtsverkehr* und *Geschlechtsakt*, bei den Tieren als *Kopulation* oder *Paarung* bezeichnet. Die Tageszeitung «Die Welt» konstatierte im Jahre 2002: «Wenn ein Mann beim *Koitus* zusammenbricht, dann ist Viagra allenfalls indirekt schuld.»

Aber es gibt schon hier Ausnahmen bei der Verwendung. In der Wochenzeitung «Die Zeit» konnte man im Jahre 1999 lesen: «Unter normalen Bedingungen, bei ‹regelmäßiger *Kopulation* mit Orgasmus›, wie Reproduktionsmediziner sagen, besteht in einem weiblichen Zyklus nur eine Wahrscheinlichkeit von maximal 30 Prozent für eine Schwangerschaft.» In derselben Zeitung hieß es 2002: «Im Karneval, schreibt Bachtin, werden alle wesentlichen Ereignisse des Lebens ins Groteske gesteigert, ‹Essen, Trinken, *Begattung*, Schwangerschaft, Niederkunft, Körperwuchs, Altern, Tod, Zerfetzung, Zerteilung, Verschlingung durch einen anderen Leib›.»

Mit unserer Distinktion ging der Bericht in der Tageszeitung «Die Welt» im Jahre 2000 konform: «Ein Brummen in den Wipfeln verrät die Übeltäter: Tausende Maikäfer fressen sich durch das Laub und legen nach erfolgreicher *Paarung* ihre Eier in der Erde ab.»

Interessant ist die Verwendung des gleichen Wortes in derselben Zeitung im Jahre 2001: «Auch wenn alles korrekt wäre, liefern die Ergebnisse noch keinen Beweis für eine multiregionale Entstehung des modernen Menschen und seine *Paarung* mit anderen Hominiden.» Und «Spiegel-online» berichtete am 15. 1. 2004 über Leipziger Studentenproteste mit dieser Meldung:

> Die jüngste öffentlichkeitswirksame Aktion: Dreharbeiten für einen Softporno mit dem Titel «Die Bildung ist nicht die Hure der Wirtschaft». Dozent Dr. Vögler gibt sich als Experte zum Stopfen von Haushalts-, Bildungs- und weiteren Löchern..., Studentin Chantal bietet sich als Studienobjekt an – und läßt die Hüllen fallen. Unter dem Gejohle der Zuschauer gibt's nackte Tatsachen. Hinter einer Stoffwand folgt Schatten-Sex unter dem Motto «*Paaren* statt sparen».

Bei Goethe läßt sich in vergleichbarem Kontext noch der Ausdruck *sich begehen* finden: «Vögel und Frösch und Tier' und Mucken / *Begehn* sich zu allen Augenblicken / Hinten und vorn, auf Bauch und Rücken» (Satyros, V. 33 ff.: HA 4, 189).

Das Wort *Akt* steht nicht nur für die künstlerische (auch fotografische) Darstellung unbekleideter menschlicher Körper, sondern ist auch die Kurzform für *Geschlechtsakt* oder Geschlechtsverkehr. Die Internetzeitung «Süddeutsche Online» berichtete kürzlich: «Wenn man aber zehn Literaten bittet, einen *Geschlechtsakt* zu beschreiben, werden viele ihn nicht begreifen.»

Geschlechtsverkehr ist eine unmarkierte, neutrale Bezeichnung, die in Vernehmungsprotokollen gelegentlich sogar zu *GV* gekürzt wird; man kennt dort auch das Kürzel *hwG* für ‹häufig wechselnden Geschlechtsverkehr›. Zwei Beispiele aus der «Bild»-Zeitung: «Der Verteidiger weiter: ‹Beim Herumknutschen könne es auch zu einer nicht erkennbaren Sperma-Übertragung gekommen sein – auch ohne *Geschlechtsverkehr*›» (2000); «Da sterben die Leute an Aids, weil sie zu viel schnackseln (bayerisch für *Geschlechtsverkehr*)» (2001). Eine Wortmodifikation ist *Intimverkehr*: «Liegesitze im Bus ungeeignet für *Intimverkehr*?» fragte 1995 die «Süddeutsche Zeitung».

Das Verb *beiwohnen* und das Substantiv *Beischlaf* bezeichnen häufig im medizinischen und juristischen Bereich, speziell im Strafrecht, die Ausübung des Geschlechtsverkehrs (*conjunctio membrorum*), wobei eine *immissio seminis* nicht zu erfolgen braucht: «Die Verführung eines Mädchens unter 16 Jahren zum *Beischlaf* ist in Deutschland und der Schweiz strafbar und wird auf Antrag verfolgt; in Österreich liegt die Altersgrenze bei 14 Jahren.» Im Jahre 1816 erschien – unter der Autorschaft eines gewissen Dr. Becker – in 6. Auflage eines der aus heutiger Sicht skurrilsten medizinischen «Fachbücher» zu diesem Thema: «Der Rathgeber vor, bei und nach dem Beschlafe oder faßliche Anweisung, den Beischlaf so auszuüben, daß der Gesundheit kein Nachtheil zugefügt wird und die Vermehrung des Geschlechts durch schöne, gesunde und starke Kinder befördert wird»; darin heißt es, es gäbe «einige Arten der *Beiwohnung*, die in gar keinem Bezuge vorteilhaft, im Gegenteile derselben sehr hinderlich, und dem Körper, oft wiederholt, sehr nachteilig sind. Hierhin gehört denn zuerst der *Beischlaf* im Stehen. Die Muskeln werden dabei ungemein angegriffen: der Körper leidet also dabei doppelt.»

In manchen journalistischen Kommentaren wirkt die Verwendung des Ausdrucks amüsant. «Die Welt» bemerkte 2001: «Vor dem *Beischlaf* noch ein Bibelspruch, dann geht's in die Betten.» Am 21.8.2003 meldete die Internetseite des Nachrichtenmagazins «Der Spiegel» (spiegel.de): «Star-Autorin sieht Macht des *Beischlafs* schwinden: ‹Sex ist nicht mehr so eine große Sache›, sagte Candace Bushnell. Der *Beischlaf* eigne sich nicht mehr als Waffe, die Frauen gegen Männer einsetzen könnten, sagte die 44-jährige Blondine, die in ihrem Prada-Kostüm aussah, wie eine ihrer Heldinnen.»

Den Begriff *Kohabitation* – er kommt vom lateinischen Verb *cohabitare* (‹zusammenwohnen›) – liest man nicht nur für das ‹Beisammensein verschiedener Kulturen auf einem definierten Raum› oder ‹die Zusammenarbeit eines Staatsoberhauptes mit einer Regierung, die nicht dem gleichen politischen Lager angehört›, sondern (bildungssprachlich) auch als Ausdruck für ‹Geschlechtsverkehr›.

Neben den genannten gibt es weitere Bezeichnungen, die sich in Komposita mit dem Nomen *Liebe* finden. «Die Welt online» berichtete kürzlich: «Es gibt keinen Herzschlag, keinen Atem, keine Arbeit, keinen Sport, keinen Krieg, keinen Autoverkehr, keinen *Liebesakt* und erst recht nicht die Musik, die ohne Rhythmus auskäme.» Die «Stuttgarter Zeitung» schilderte 1996: «Es handelt sich um die rund 19jährige Zeitspanne zwischen der verbotenen *Liebes-*

Jean J. Grandville (1803–1847) zugeschrieben, © Erotic Art Museum Hamburg

vereinigung mit Meggie an einem einsamen Strand und jenem Tag, an dem das Fernsehpublikum den herangewachsenen Dane kennenlernt.» Und der «Tagesspiegel» wußte 1999 zu berichten: «Feurige Liebesschwüre gibt es nicht – energisch fordert Anna den *Liebesvollzug* bei Platonov ein.»

Für den Liebesakt gibt es – neben dem neutralen *es (tun)* – auch spaßhafte und phantasievolle Bezeichnungsvarianten, so u. a.: *Nahkampf*; *Frontalzusammenstoß*; *Tag der offenen Tür*; *Stoßpartie* und

Stoßmaloche; im Wienerischen finden sich Ausdrücke wie *'Gheisa-woedsa* (Kaiserwalzer); *Gim'nasdigschdund* (Gymnastikstunde); *'Fuadaloda* (Vorderlader = ‹von vorne›) bzw. *'Hinddaloda* (Hinter-lader = ‹Geschlechtsverkehr von hinten›, seltener zur Bezeichnung des ‹coitus analis› oder des homosexuellen Verkehrs).

To make love heißt die englische Wendung, die wohl auch für die Übersetzung «Liebe machen» Pate gestanden hat, die man heute ebenso im Deutschen hört wie *one-night stand* (Abkürzung: *ONS*, die umgangssprachliche Bezeichnung für den Geschlechtsverkehr, bei dem man sich nur für eine Nacht sieht und dann wieder trennt: im Englischen sagt man dafür auch oft *trick*). *To have sex* ist als ‹Sex haben› ins Deutsche eingegangen, ins Japanische als ‹sekkusu suru› (vgl. Yamada/Keller 2003:75).

Terminologie der Liebe

Für den österreichischen Dichter Ernst Jandl (1925–2000) war der Liebesvollzug so schlicht und einfach, wie er ihn in seinem Gedicht «Hoffnung» umsetzte:

> in die effnung
> vier dein glied ein
> glicklich zu sein
> glick
> glick

Doch: ob beim *Kaiserwalzer* oder beim *one-night stand* – die Prak-tiken und Positionen der Liebe haben ihre eigene Terminologie.

Die *Missionars-* und die *a tergo*-Stellung gehören dabei zu den Grundpositionen. Bei der sogenannten *Missionarsstellung* liegt die Frau auf dem Rücken und der Mann zwischen ihren Beinen. Eine kulturhistorisch interessante englischsprachige Herleitung des Aus-drucks findet sich in Graeme Donalds «The Dictionary of Modern Phrase» (1994:231):

> *Missionary Position*: Known in Shakespeare's time as ‹making the beast with two backs›, this arose in the heyday of the nineteenth century missionary operation in the South Sea islands and the like. It is unclear whether these interlopers found the native's healthy

approach to enthusiastic sex disturbing and recommended a less enjoyable, and therefore more godly, position, or, and doubtless this is the more likely, that the missionaries themselves were not averse to a bit of ungodly activity but always assumed the aforementioned position.

Für die Kopulation existiert – darauf wird im Zitat angespielt – spätestens seit Shakespeares «Othello» – auch das literarische Bild des «Tieres mit den zwei Rücken»: Iagos entsprechender Ausspruch lautet: «I am one, sir, that comes to tell you your daughter and the Moor are now making *the beast with two backs.*»

Auch im «Wordsworth Dictionary of Sex», das 1994 von Robert Goldenson und Kenneth Anderson herausgegeben worden ist, wird auf S. 156 konstatiert, daß die *figura veneris prima* von Missionaren in Polynesien gutgeheißen wurde, obwohl eben diese *Missionarsstellung* von den Polynesiern selbst als wenig attraktiv empfunden worden sein soll.

Wörtlich aus dem Lateinischen oder Italienischen übersetzt, bedeutet *a tergo*: ‹von hinten›. Bei der *a tergo*-Stellung wird der Geschlechtsverkehr vollzogen, indem der Mann seinen Penis von hinten in die Scheide der Frau einführt. Dabei kann die Frau stehen und dabei ihren Oberkörper nach vorn beugen oder knien – der Mann liegt hinter ihr, in der sogenannten *Löffelchenstellung*, oder kniet hinter ihr, in der sogenannten *Hündchenstellung* (englisch: *doggy style*), die auch Nelly Arcan in ihrem Roman «Hure» (⁵2003) erwähnt:

Dabei ist es nicht mein Leben, das mich bewegt, sondern immer das der anderen, jedesmal, wenn mein Körper in Fahrt kommt, hat ein anderer das Kommando über ihn, treibt ihn an, befiehlt ihm, gefügig zu sein, in *Hündchenstellung* hinzuknien oder weit gespreizt auf dem Rücken zu liegen, als Resonanzboden zu dienen, und die Töne aus meinem Mund stammen nicht von mir, das weiß ich genau, sie erfüllen nur eine Erwartung, den Wunsch nach meiner Stimme, die scharf macht, nach meiner Scheide, die glucksen muß, damit die Schwänze in sie eintauchen, damit sie in dem Stöhnen einer läufigen Hündin untergehen, das ich extra in ihre Ohrmuscheln hauche, und manchmal macht es mir Spaß, ich könnte nicht das Gegenteil behaupten, ich habe immer Spaß, wenn meine Stimme mich überzeugt, wenn hie und da etwas Natur, etwas Spontaneität durch meine Schreie dringt, ein Lied, das sich mit so etwas wie einem gut geführten Stoß trifft, ein Gedanke im richtigen Moment, das Gefühl, aus gutem Grund dazusein, für etwas gut zu sein, für meine Väter, meine Professoren, alle, die Lebensart, Lebenssinn und Lebensunterhalt für mich verkörpern, dazusein für die Wollust meiner Propheten, die durch meinen Hurenkörper geht und mir meine Wollust zurückgibt.

Die Schilderung dieser Sexstellung hat in der Geschichte der erotischen Literatur eine lange Tradition. Der italienische Dramatiker, Lyriker und Prosaschriftsteller Pietro Aretino (1492–1556) veröffentlichte unter dem Titel «I Modi» («Stellungen») sechzehn Sonette in einem schmalen Büchlein, das den Ruhm seines Verfassers über Jahrhunderte hinweg begründete und als Urtext aller modernen Pornographie gilt. Es wurde 1525 in Rom gedruckt, verboten und verbrannt. Wir zitieren aus der 1904 in Wien erschienenen deutschen Bearbeitung durch Heinrich Conrad und parallel aus der jüngst von Thomas Hettche besorgten Ausgabe (2003) die relevanten Ausführungen zur angesprochenen Stellung, wobei die Frau, das wird überdeutlich, ihre Vorbehalte artikuliert:

«Leg über meine Schulter mir den Schenkel, Dann aber bitte nimm die Hand vom Gliede. Willst Du, daß ich scharf stoße oder sachte, So gib mit dem Popo mir an das Tempo.	Komm, leg mir auf die Schulter dies Bein Und nimm vom Schwanz deine Hand, Wirst du gern heftig oder sanft bemannt, Falle dein Hintern in den Rhythmus ein.
Und sollt ins falsche Loch der Bursch mir schlüpfen, So nenn mich einen Strolch und Bauernlümmel, Denn vordres Loch und hintres unterscheid ich So gut, wie sich ein Hengst versteht auf Stuten.»	Und rutscht mir der Schwanz in den Arsch hinein, Nenn mich nur ruhig Rüpel und Ignorant. Mir sind Vulva und Anus so gut bekannt Wie dem Hengst die Stute, mein Mägdelein.
«O nein, die Hand nehm ich nicht fort, mein Guter. Daß ich so dumm sei, kannst du nicht erwarten; Und wenn dir das nicht paßt, dann Gott befohlen!	Niemals nimmt vom Schwanz deine Magd Ihre Hand. Diese Torheit verkneif ich mir. Geh mit Gott, wenn's dir so nicht behagt.
Von hinten hättest du allein Vergnügen, Von vorne haben beide gleiche Wonne; Also, mach mir's, wie's recht ist, oder pack dich!»	Hinten liegt das Vergnügen einzig bei dir, Vorn unser beider Lust. Und so sagt Deine Magd: Fick nach der Regel oder erfrier.

Thomas Hettche ergänzte seine Edition mit einem brillanten Essay, der Aretinos «Sonetti lussuriosi» zur aktuellen Welle literarischer und filmischer Freizügigkeit (u. a. durch Michel Houellebecq, Catherine Millet und Catherine Breillat) korreliert und von einem «Ende der Pornographie» ausgeht. Wie Georg Seeßlen (1990) spricht er vom «postpornographischen Blick», wie er sich z. B. im Film «Intimacy» des renommierten Bühnen-, Opern- und Filmregisseurs Patrice Chéreau dokumentiert: Während klassische Texte den Lustgewinn erstrebten, dominiert heute sezierende Distanz – ohne den unbedingten Willen, das Fleisch zu erobern.

Die «Freimütigen Bekenntnisse der Aloisia Sigea» des Advokaten Nicolas Chorier (1622–1692) aus Grenoble zählen mit Aretinos bekanntestem Werk, den «Kurtisanengesprächen» («Ragionamenti», 1533–1566), zu den berühmtesten Werken der erotischen Weltliteratur. Der Verfasser läßt die Damen Tullia und Octavia die denkbar freieste Ausdrucksweise gebrauchen, wenn sie einander über die lustvoll erlebten Absonderlichkeiten ihrer Liebesspiele berichten:

Tullia: Aloisio steht auf, zu neuem Kampf rüstet sich Fabrizio: hochrot. «Ich bitte Euch, gnädige Frau», sagte er, «dreht euch herum!»
Octavia: Ich weiß schon, wie es kommt!
Tullia: Seinem Wunsche gemäß drehe ich mich herum, denn ich wußte schon, daß ich's mir zum Gesetz machen mußte, in ihrer Wollust die Befriedigung der meinigen zu suchen. Als er aber meine Hinterbacken sah, neben denen weißes Elfenbein und Schnee dunkel hätten erscheinen müssen, da rief er: «Oh, wie seid Ihr schön! Aber bitte, richtet Euch auf die Knie auf und neigt den Oberkörper vornüber!» Ich senke Kopf und Brust und hebe das Gesäß empor. So standen denn beide Wege offen, die zu den beiden Arten der Liebe führen; der eine rein und keusch, der andere schmutzig und verbrecherisch. – «Welchen wählst du?» fragte Aloisio. – «Denselben, den du gegangen bist», antwortete Fabrizio, «nachher wollen wir weiter sehen.»
Octavia: Das war ja eine Drohung!
Tullia: Er ging also den rechten Weg, wie sich's gehört und ziemt. Diese eine Begattung kostete mich mehr Kräfte als die drei vorhergehenden zusammen genommen ...

Auch in der Erzählung von der «Jesuitenliebschaft» aus der Schrift «Die philosophische Therese», die Jean-Baptiste de Boyer, dem Marquis d'Argens (1704–1771), zugeschrieben wird, findet sich eine einschlägige Schilderung – über einen gewissen Pater Dirrag, aus dessen aufgeknöpfter Hose ein «glühender Pfeil» herausschoß, als er sich Fräulein Eradice zuwandte:

> Hören Sie nicht auf mich, meine liebe Tochter, aber lassen Sie sich leiten. Werfen Sie sich mit dem Gesicht zur Erde nieder; ich werde mit dem ehrwürdigen Strick alles Unreine vertreiben, das noch in Ihnen ist.
> Der gute Pater brachte sie nun in eine Stellung, die allerdings erniedrigend, aber für seine Absichten sehr bequem war. Niemals hatte ich meine Freundin so schön gesehen: ihre Hinterbacken waren halb geöffnet, und ich sah den doppelten Weg zur Wonne offen vor mir liegen.
> Nachdem der Mucker sie einen Augenblick bewundert hatte, netzte er den sogenannten Strick mit Speichel. Hierauf sprach er einige Worte im Tone eines Priesters, der durch seine Beschwörung den Teufel aus dem Leibe eines Besessenen austreibt, und dann begann der ehrwürdige Herr den Strick hineinzuschieben.

Doch auch das 20. Jahrhundert hält bei der Schilderung von Liebespositionen etliche Kuriositäten bereit. Im Jahre 1907 erschien unter einem bis heute nicht enträtselten Pseudonym – der Verfasser nannte sich Dr. L. van der Weck-Erlen – «Das goldene Buch der Liebe *oder* Die Renaissance im Geschlechtsleben: Ein Eros-Kodex für beide Geschlechter» in Wien als Privatdruck. Es offeriert 532 verschiedene Stellungen für Liebespaare, ein gigantisches System der Gymnoplastik. Um einen Eindruck zu vermitteln, sei exemplarisch die auf Seite 478 genannte «Spielhocke» vorgestellt:

> Er sitzt fast wie liegend auf dem Sessel, den Nacken an der Lehne, das Gesäß auf dem Sesselrande; der Körper ist strammgestreckt, nur das linke Bein ragt hoch hinangehoben.
> Sie, ihm zugewendet, steigt mit beiden Füßen so auf den Sessel, daß sein rechter Schenkel sich zwischen ihren Füßen befindet; nun hockt sie sich den Umständen anpassend und genau auf jene Stelle nieder, wo sie und er ganz in eins geschlechtlich verschmelzen.

Sein freies Bein ragt ursprünglich vor ihrem Oberkörper empor, kann aber seine Freiheit zu einigen Varianten benützen. Statt von rechts (d. h. statt über dem rechten Schenkel) kann dasselbe Bild auch von links stattfinden.

Fremdsprachen bei der Liebe

Die meisten Leser werden den Kalauer kennen, bei dem ein Mädchen sagt: «Französisch kann ich perfekt, nur mit der Sprache hapert es noch!» Wenn im Zusammenhang mit Sex von *französisch* oder *griechisch* gesprochen wird, dann ist damit nicht die Sprache gemeint, sondern jeweils eine besondere Art des Liebesspiels. Die gebräuchlichsten dieser Termini seien kurz erläutert.

Žarko Petan (1990; *Herren*: 75) formulierte es so: «Liebe geht durch den Magen – aber nur bei oralem Sex.» Beim oralen Sex unterscheidet man *Fellatio* (hergeleitet vom lateinischen *fellare* = ‹saugen›) und *Cunnilingus* (hergeleitet vom lateinischen *cunnus* = ‹weibliches Geschlechtsteil› und *lingus* = ‹Zunge›): beim *Cunnilingus* (auch *lambere/lingere cunnum/vulvam* genannt) wird die Schamgegend der Frau mit dem Mund, den Lippen bzw. der Zunge berührt, bei der *Fellatio* der Penis des Mannes. Die männlich-aktive Tätigkeit beim Oralverkehr wird mit dem lateinischen Verb *irrumare* bzw. dem Nomen *irrumatio* umschrieben.

Offenbar, weil man den Franzosen in Liebesdingen Erfahrung und Raffinement zuschreibt, wird diese Praktik, die nüchterner und drastischer *Lecken* oder *Blasen* genannt wird, häufig mit dem Epitheton *französisch* belegt. «Der Oralverkehr jeglicher Spielart» – so Max Christian Graeff (2001:73) – «wurde vermutlich seit dem 18. Jahrhundert so bezeichnet, als französische Prostituierte der gehobenen Kategorie diese Variante verstärkt anboten und sie zur Mode machten. Dahinter stand freilich ein wirtschaftlicher Gedanke, hatten sie doch so keinen Verdienstausfall während der Menstruation.» Spätestens seit Clintons Affäre mit Monica Lewinsky ist auch den meisten Europäern der amerikanische Ausdruck *blow job* für diese Praktik vertraut, die noch heute in manchen Ländern und in einigen Staaten der USA verboten ist.

Der umgangssprachlich für Oralsex gebräuchliche Ausdruck *französisch* ist auch den Wienern nicht fremd: *es fran'dsäsisch mochn* bedeutet auch dort ‹fellare› oder ‹lambere cunnum›; nur regional verständlich ist die Wendung *gegn 'Fudboch schaun* (*nach Futbach schauen* für ‹lambere cunnum›) – euphemistisch als Ortsname à la Schönbach gebildet. Girtler (1998:182) nennt aus dem einschlägigen «Milieu» für ‹oralen Verkehr durch eine zahnlose Prostituierte› den bedrückenden Ausdruck *altfranzösisch*.

‹Fellare› wird umschrieben als *an saugn* (einen saugen: *se hod eam an gsaugd*), als *schliggn* (in *'Schwaundsschliggn* = ‹Schwanzschlek-ken›), als *Schläggn* im Ausdruck *'Soedsschdangl schläggn* (die Salzstange schlecken) oder als *an schliafn* (einen schlürfen, z. B. in *sie an schliafn lossn*). Auch die auf das weibliche Genital ausgerichtete Handlung wird häufig als *schläggn* bezeichnet: z. B. in *'Fudschläggn* (Fotzeschlecken) oder *aum 'Schlägga sei*.

Oswald Wiener (1992) nennt ferner die auch im Wiener Dialekt beliebten Ausdrücke *blosn* (blasen = ‹fellare›); *'audsabbfm* (anzapfen = ‹fellare›); *an 'ausblosn* (einen ausblasen): *sie blosd eam an aus*; *si an blosn lossn* (‹irrumare›); für die gleichzeitige Ausübung von Fellatio und Cunnilingus: *Du'eddblosara* (Duettbläser). Reiskel (1904) verzeichnet für den Cunnilingus-Liebhaber den Ausdruck *'Dsungan-ad'läd* (Zungenathlet) und erwähnt für den impotenten Mann, der sich durch Cunnilingus befriedigen will, die Wendung *de 'Dsungan schdäd eam* (ihm steht die Zunge). Für ‹fellare› oder ‹lambere vulvam› findet sich auch der Ausdruck *in 'Ghölla ge* (in den Keller gehen), analog ist es der *Ghöllamasda* (Kellermeister), ‹qui cunnum lambit›. Ebensooft hört man *'Flädnschbün* (Flötenspielen), daneben auch *dsudsln* (zuzeln, saugen) für ‹fellare›, seltener für ‹lambere vulvam› (wie in *'Dswedschgndsudsla*); das Verb *'ausdsudsln* (‹irrumatio usque ad ejaculationem›) nennt Reiskel (1904); drastischer sind, wie erwähnt, *läggn* (lecken, hauptsächlich die Vulva: *'fudläggn, aum 'lägga sei*) und *ludschn* (lutschen, hauptsächlich den Penis).

Die Schilderung der Fellatio hat viele deutsche Dichter auf den Plan gerufen, so auch den Barockdichter Celander, den wir schon kennengelernt haben; er singt ein Madrigal von der heilsamen Wirkung der oralen Stimulation:

Du sprichst: Mein Hertz, das arme Ding,
Das müste schlapp und abgewergelt seyn,
Dieweil es mehr als eine schon bekommen,
Und zweiffels-frey in ihre Hand genommen.
Drauff sag ich: Ja, ich stimme mit dir ein:

Denn wenn etwas durch so viel Finger gehet,
Was Wunder, wenns nicht steiff mehr stehet?
Doch willst du, artige Plessine,
Daß es hinfort den Jungfern weiter diene,
So queckel es mit sanfftem Streicheln auf,
Und gib mir ein paar Schmätzgen drauff.
Denn will ich mich gewiß verpflichten,
Es wird sich wieder alsobald
Steiff in die Höhe richten.

Eine der amüsantesten modernen lyrischen Schilderungen einer Sexorgie bietet zweifellos Ror Wolf mit seinem Gedicht «Die Pflege der Geselligkeit». Sein Held, Herrn Waldmann, hätte an der Tafel nach dem Genuß von Schokoladenmus wohl auch die Fellatio nicht verschmäht, zog es dann aber doch vor, selbst aktiv zu werden:

plötzlich platzt etwas und jeder sieht:
waldmann steht, die schwarze witwe kniet.

mitten in die witwe, tief gebückt,
hat hans waldmann sich hineingedrückt.

und sie zuckt und schäumt und rauscht und haucht
faucht und schwimmt in ihre lust getaucht

keuchend feucht in ihrem trieb und drang
aufgestülpt in ihrem Überschwang.

aus den dunklen winkeln aus dem mund
kommt ein schrei so wild und wund so rund.

weiter! schreit sie und dann schreit sie: jetzt!
danach hat sich waldmann hingesetzt.

Viva México!

Vor einer Definition der *mexikanischen* Koitus-Variante, die unserem Buch den Titel gab, haben bislang alle sexualwissenschaftlichen Werke kapituliert. Ihre Ersterwähnung fand sie 1969 in einer Schrift des Philosophen Ernst Bloch (1885–1977), und sie soll den Leserinnen und Lesern nicht vorenthalten werden:

[Der Wiener Schauspieler] Girardi war spät, doch nüchtern von Freunden in einem Wiener Außenbezirk aufgebrochen. Ruhigen Gemütes überlegte er draußen, ob er, da die Stadtbahn nicht mehr lief, ein teures Taxi oder einen gesunden Fußweg heim nach Hitzing nehmen sollte. Entschied sich für letzteren, geriet dabei in eine hübsche, enge Altwienergasse, die er vorher nie gesehen hatte. Von den Fenstern her gut beleuchtet, und aus vielen hingen einladende Mädchen heraus, schnalzten ihm zu. Besonders anregend tat das eine in ganz schmalem Haus, je nur ein Fenster übereinander, altösterreichisch-gelb um die weißen Fensterrahmen, sie selber entzückend anzusehen. «Danke dir sehr», sagte der höfliche Mann, «ein andermal, bin jetzt zu müde, aber morgen nacht vielleicht, merke mir dein Haus.» Er war schon weitergegangen, als sie ihm noch nachrief: «*Schau, sei net blöd, komm doch her, i mach dirs mexikanisch.*» Der Mann lief aber weiter in die Nacht, durch immer bekanntere Gegend, Rotenturmstraße, Kärntnerstraße, Ring, heimwärts durch die Mariahilferstraße, hielt plötzlich an, «was hat dös Madl bloß gmaant mit dem mexikanisch?» Lange stand er still wie ein Schiff von streitenden Winden bewegt, riß sich los, kehrte um, Ring, Kärntnerstraße, Rotenturmstraße und so fort, bis er endlich die kleine alte Gasse wiederfindet, nur nirgends dort das so auffallend gewesene schmale Haus und das Mädchen in seinem einen Fenster. Hin und her die Gasse, fragte die sonst überall noch heraushängenden Huren nach dem verschwundenen Haus, «du Depp du blöder, brauchst a Haus oder a Hur», riefen die schnalzenden Weiber und schimpften noch hinter ihm her, als der Mann endlich abzog. Mehr als kopfschüttelnd, sehr enttäuscht, wegverspukt ihm beides, Haus und junge Hure. Der Fall selber war doch ganz läppisch, und über eine kleine Erzählung am gewohnten Kaffeehaustisch den nächsten Nachmittag oder Abend reichte das Pech doch kaum hinaus, ein allzu dünner Chok, aus sehr wenig Nicht-Geheurem, ganz ohne Salz. Bis ihn plötzlich, schon mitten in der Mariahilferstraße, die Erleuchtung, der Schlüssel, gleichsam die wahre, nun erst vollendete Spukgeschichte traf. Das so (wir setzen die Erklärung, die nun erst fabulöse Ausspinnung des Schauspielers Girardi wörtlich hierher): «Es gibt einen Engel, der kann es nicht länger mitansehen, wie falsch es die Menschen machen. Hat aber die Erlaubnis, alle hundert Jahre in Gestalt einer Hure auf die Erde, in die Wiener Gasse, in das sonst nicht vorhandene schmale, feine Haus zu kommen. Darf indes nur ein einziges Mal mit einem Mann, der vorübergeht, anban-

deln, um ihm das ganz anders zu machende Glück zu offenba-
ren. Und das verschlüsselte Wort lautet: *Schau, i mach dirs mexikanisch.* Kommt dann keiner auf den nur einmal vergönnten Ruf
hin, dann muß der Engel wieder verschwinden, hundert Jahre
lang. Noch keiner aber hat den Ruf bisher verstanden, als noch
Zeit dazu war, auch ich nicht, der Letzte bisher, und vielleicht der
Letzte überhaupt. Denn wenn niemand folgt, wird der Engel sich
sagen: Die Menschen verdienen's halt nit besser, und kehrt niemals wieder.» Damit endete der innere Monolog; mit seiner kuriosen Reue ging der sympathische Girardi nach Hitzing in sein
unverwunschenes Haus. (S.78–80)

Simmels ‹chinesische Schlittenfahrt›

Im Jahre 1978 veröffentlichte der Bestsellerautor Johannes Mario
Simmel den Roman «Hurra, wir leben noch», die heiter-ernste Geschichte von Jakob Formann, der nach dem Großen Krieg, abgeris-
sen, bettelarm und betrogen um sieben Jahre seines Lebens, entschlossen ist, sich die verlorene Zeit zurückzuholen – nicht zuletzt
bei einer besonderen Liebespraktik:

> Eine Stunde später, als Jill Bennett ihm mit Tränen in den Augen
> sagte, er solle bitte, bitte aufhören, sie könne nicht mehr, fühlte
> Jakob sich ein bißchen besser.
> Er saß auf dem Bett der platinblonden Jill, die fast so schöne
> Beine hatte wie BAMBI, rauchte eine Zigarette und sah über die
> Stadt und den Potomac-Fluß. Er sah auch eine Menge Peitschen
> und Handschellen und SS-Mützen im Zimmer.
> Die durch Dr. Watkins von ihrem Frustrationssyndrom absolut
> geheilte Jill hatte ihn (nach einer rührenden Wiedersehens-
> szene) flehentlich gebeten, ihr die Kleider vom Leib zu reißen,
> sich so eine Totenkopfmütze aufzusetzen und sie mit Handschel-
> len ans Bett zu fesseln. (Auf diese Weise waren sie und der Sena-
> tor doch geheilt worden – durch Tausch ihrer Rollen!)
> Jakob hatte sich empört geweigert.
> «Du bist wohl verrückt? Nie und nimmer tue ich das!»
> «Ich bin eine Verrätersau, eine kommunistische Agentin, eine ...»
> «Laß den Blödsinn, Jill!»
> «Ich flehe dich an, Jake. Wenn du nur noch einen Funken Liebe für

mich empfindest, dann beschimpfe und bedrohe mich, bis ich vor Angst fast ohnmächtig bin. Bitte, bitte, bitte.»

«Kommt überhaupt nicht in Frage.»

«Aber Doktor Watkins...»

«Eben. Von dem komme ich gerade. Ich muß etwas kontrollieren.»

«Was mußt du kontrollieren?»

«Meine Sexualschwäche. Los, leg dich hin und nimm das rechte Knie...»

«*Oh... oh... Die Chinesische Schlittenfahrt!*»

«Jawohl, die Chinesische Schlittenfahrt! Jetzt will ich doch wissen, ob ich die noch fertigbringe. Und ob du etwas hast davon!»

Er hatte es fertiggebracht. Sie hatte etwas gehabt davon! (Immer noch derselbe Dreckskerl von Nachbar, dachte Jakob. Haut schon wieder gegen die Wand, bloß weil Jill ein bißchen lärmt.) Ich weiß nicht, ist dieser Dr. Watkins vielleicht doch nicht so ein großer Mann? grübelte Jakob zuletzt. Er saß auf Jills Bett, rauchte eine Zigarette und betrachtete tiefsinnig den Potomac und die geschmackvollen Coca-Cola-Reklamen. Hinter sich hörte er ein langgezogenes Stöhnen. Dann spürte er Jills Hände. Dann ihre Lippen auf seinem Rücken. Dann bekam er viele heiße Küsse, den ganzen Rücken hinunter. Jill keuchte.

«Ist was?» fragte er und drückte die Zigarette aus, denn er bemerkte, daß – jedenfalls bei ihm – schon wieder etwas da war.

«Hast du noch einen Wunsch, Liebste?»

Sie hatte beiläufig noch drei.

Was Simmel sicher wußte: Die *chinesische Schlittenfahrt* (zuweilen auch *finnische Schlittenfahrt* genannt) ist eine Abwandlung der Missionarsstellung, bei der der Mann sich zwischen die Beine der auf dem Rücken liegenden Frau kniet, ihr Becken hebt und in sie eindringt. Während ihr Gesäß auf seinen Unterschenkeln lagert, beugt er seinen Körper über sie und «fährt mit ihr Schlitten», was ihr ein besonders intensives Gefühlserlebnis vermitteln soll, weil der G-Punkt – so schwören die Chinesen – dadurch besser erreicht wird.

Vom China-Bad zur Wiener Auster

Als *persisch*, gelegentlich auch als *arabisch* oder als *China-Bad* bezeichnen Eingeweihte eine aus dem asiatischen Raum stammende Sextechnik, bei der der Mann während des Geschlechtsverkehrs seinen Penis aus der Vagina zieht, ihn in heißes Öl oder Wasser taucht und anschließend wieder in die Vagina der Frau eindringt. Dadurch soll die Vagina stärker durchblutet und somit das Lustgefühl für die Frau gesteigert werden.

Griechisch steht umgangssprachlich für *Analsex* oder *Analverkehr*, eine auch von Heterosexuellen, vorwiegend jedoch von Homosexuellen betriebene Praktik. Der Begriff entstand zunächst als Code-Wort in der Prostitutionsszene und leitet sich daraus her, daß im antiken Griechenland die Knabenliebe verbreitet war. Gelegentlich wird auch *arabisch* als vulgärsprachlicher Ausdruck für Analverkehr verwendet: unter *arabischer Möse* wird dann der Anus verstanden; Girtler (1998:182) nennt aus dem Wiener «Milieu» die einheimischen Ausdrücke *Arschpudern* und *Kakaostich*.

Auch der *bulgarisch* genannte Geschlechtsverkehr deutet auf den «hinteren» Eingang beim Sex zwischen Männern, Mann und Frau oder auch Mensch und Tier. Im Englischen spricht man aufgrund sprachlicher Verformung von *buggery*; das Wort deutet auf die im 11. Jahrhundert in Bulgarien und Kleinasien verbreitete Sekte der *Bogumilen*, deren Lehre auf gnostischem Gedankengut beruhte. Ihre Gegner diffamierten sie mit dem Gerücht, sie trieben vielfältigen Analverkehr, da nach ihrer Philosophie der Zeugungsakt nicht gestattet sei.

Sex indisch steht umgangssprachlich für ein Liebesspiel, bei dem zwei Partner eine Vielzahl vor allem komplizierter Stellungen praktizieren, in der Regel vor dem (ersten) Orgasmus. Das Wort leitet sich vermutlich daraus ab, daß in dem aus Indien stammenden Erotik-Lehrbuch «Kamasutra» unterschiedlichste, teils akrobatische Sex-Stellungen beschrieben sind.

Karezza heißt eine bereits in altindischen Schriften geschilderte Technik des Geschlechtsverkehrs, bei dem der Koitus (bewußt) nicht bis zum Orgasmus betrieben wird. Der Penis wird in die Scheide eingeführt, doch die Partner verharren anschließend nahezu bewegungslos. Wir stimmen Max Christian Graeff (2001:124) ausdrücklich zu: «Die Selbstversuche zur Trennung von Flüssigkeiten und Emotionen mögen eine Erweiterung des Sexuallebens sein. Die Karezza kann dabei als Übung dienen. Ob sie jedoch tatsächlich das Nonplusultra der Sexualität darstellt, erscheint – zurückhaltend gesagt – ein wenig fraglich.»

Russisch oder *russische Ölmassage* ist die Umschreibung für eine anale Sextechnik ohne Geschlechtsverkehr. Dabei wird der Anus mit dem Finger – der mit Öl eingerieben ist – massiert.

Der *sächsische Koitus* (coitus saxonus) galt ursprünglich als eine Methode der Empfängnisverhütung. Dabei drückt die Frau an der Peniswurzel oder zwischen Hodensack und Anus mit zwei Fingern auf die Harnröhre, um den Samenerguß zu unterbrechen oder zu verzögern; im Extremfall ergießt sich der Samen als retrograde Ejakulation in die Blase des Mannes. Diese Technik, die als Methode der Empfängnisverhütung unbrauchbar ist, wird heute eher eingesetzt, um der Frau genügend Zeit zu verschaffen, auch den Höhepunkt zu erreichen.

Als *florentinisch* oder *schwedisch* ist eine Koitustechnik bekannt, bei der die Frau den Penis an der Wurzel so umfaßt, daß die Vorhaut straff zurückgezogen wird. Das Freilegen der Eichel soll bewirken, daß der Mann schneller zum Orgasmus kommt, weshalb diese «Handlung» häufig von Prostituierten praktiziert wird, damit ihre Kunden schnell ‹fertig werden›.

Eine als *japanisch* bezeichnete Übung besteht darin, die weiblichen Geschlechtsorgane per Hand bis zum Orgasmus zu stimulieren.

Als *spanischer* Sex gilt umgangssprachlich der sogenannte *Mamma-Koitus* (hergeleitet von lateinisch *mamma* = ‹die Brust›); er wird im Deutschen als *Busenverkehr* oder *Brustsex* – vulgärer als *Tittensex*, *Tittenfick* oder *Brustfick*, im englischen Sprachraum auch als *Dutch fuck* (= ‹holländischer Fick›) – bezeichnet. Dabei legt der Mann den erigierten Penis in den Busen seiner Partnerin und reibt ihn dort, bis es zur Ejakulation kommt. Die Herkunft der Bezeichnung gründet sich möglicherweise auf der (irrigen) Vorstellung vieler Männer, spanische Frauen hätten besonders große Busen. Julian Marian Burnadz führt in seinem Werk über «Die Gaunersprache der Wiener Galerie» (1996) auch für diese Praktik eine Vielzahl von Ausdrücken auf, so u. a. *Ama'duahobla* (Amaturhobler – *hobön* = ‹futere›); *'Duddlfigg* (Busenfick); *'Duddlmelochna* (Busenmelochner; jiddisch *melocho* = ‹Arbeit›); *'Duddlschbriddsa* (Busenspritzer);

ins Hoeds foan (ins Holz fahren); *Meia'reischdessa* (Meiereistoß); *Bal'ghonfoadd* (Balkonfahrt).

Italienischer Sex (auch unter der lateinischen Bezeichnung ‹coitus in axilla› bekannt) steht für Sex in der Achselhöhle; dabei reibt der Mann seinen Penis in die Achselhöhle seiner Partnerin oder (bei Homosexuellen) seines Partners. Mit dem Arm kann dabei der Druck auf den Penis je nach Lust geregelt werden.

Das Männer-Magazin «Matador» fragte im April/Mai 2004 in seiner Erstausgabe: «Wie funktioniert die *pazifische* Stellung?» Neben dem korrekten Hinweis darauf, daß der Ethnologe Bronislaw Malinowski (1884–1942) von 1915 bis 1918 die Sitten der Trobriand-Insulaner, der «Argonauten des westlichen Pazifiks», erforscht hat, konnten wir (auf S. 74) zugleich die Antwort lesen: «Beim Liebesakt lag die Frau hier traditionsgemäß unten und umschlang den vor ihr hockenden Mann mit beiden Beinen. Die *pazifische* Stellung war erfunden.»

Als *Wiener Auster* gilt eine spezielle Sexstellung, bei der die Frau auf dem Rücken liegend die Füße zum Kopf reckt. Legt der Mann sich auf die Partnerin, so wird dadurch beim Geschlechtsverkehr der Druck auf den Penis verstärkt. Diese Stellung hat nichts mit dem sogenannten *Goldfisch-Sex* zu tun, bei dem die Hände nicht im Spiel sein dürfen (in Anlehnung an Fische, die ja keine Arme bzw. Hände haben): die Partner fesseln sich die Hände auf den Rücken und versuchen dann, sich gegenseitig zu stimulieren und den Koitus auszuüben.

Abschließend sei auf eine Sexualpraktik verwiesen, die gemeinhin als *englisch* bezeichnet wird. Der Berliner Kulturhistoriker und Arzt für Haut- und Sexualleiden Iwan Bloch schrieb dazu (unter dem Pseudonym Eugen Dühren) schon 1912 in der zweiten Auflage seiner «Englischen Sittengeschichte», man könne «(...) die *Flagellomanie*, d. h. die Sucht zu prügeln und zu geißeln und die Vorliebe für den Gebrauch der Rute, als ein den Engländern eigentümliches Laster bezeichnen und diese unter allen Ständen und Lebensaltern verbreitete Leidenschaft als das interessanteste Kapitel in der Geschichte des englischen Sexuallebens betrachten» (Bd.1: 334). In einschlägigen Annoncen heutiger Tageszeitungen ist die an Flagellationsliebhaber gerichtete Abkürzung *engl.* für «englische» Sexualpraktiken gang und gäbe. Die «TAZ» witzelte im Jahre 1996: «Ich (noch verkannt) ergänze: Bestand hat nur der Debütant, der elegant und auch

No sex without responsibility! (Earl of Longford, 3. Mai 1954; Karikatur von Greser & Lenz)

charmant, nicht penetrant und arrogant, schon gar nicht wie ein *Flagellant*, doch unbekannt und fulminant das Abendland markant entspannt.» Engländer selbst sprechen vom *spanking* (= ‹Prügeln›), wobei die Schläge – besonders auf das Gesäß – mit der Hand, einem Stock, einer Gerte oder Peitsche ausgeführt werden.

Großer Beliebtheit erfreute sich im Mutterland des *spanking* die 1900 in Paris als «Nell in Bridewell» erschienene englische Übersetzung eines 1840 in Karlsruhe von Wilhelm Reinhard veröffentlichten Buches mit dem Titel «Lenchen im Zuchthause». Dabei handelt es sich um fragmentarische Aufzeichnungen eines Justizgehilfen, die die Strafen und Zustände in einem sogenannten «Spinnhaus» schildern, vor allem Körperstrafen, denen Mädchen, die sich Sitten- verfehlungen hatten zuschulden kommen lassen, im Zuchthaus unterzogen wurden. Das Werk wurde hauptsächlich privat verbrei- tet – angeblich, um die Abschaffung dieser Methoden zu bewirken, aber wohl eher aus sexuellen Motiven.

SOS-Technik

Neben der als «englisch» apostrophierten gibt es eine Reihe von Sexpraktiken, die mit *englischsprachigen* Termini versehen sind, dar- um aber weder neu noch besonders pfiffig sind.

Aus der Morsesprache entlehnt ist die sogenannte *SOS*-Sextech- nik, bei der sich schnelle, kurze Stöße des Mannes mit langsamen, tiefen abwechseln; als *Tossing* (von englisch: *toss* = ‹Hochwerfen›, z. B. einer Münze›) gilt unvorbereiteter Sex mit einem Fremden (z. B. in der Bahn, im Flugzeug usw.); als *Quickie* gilt das, was im Deutschen vulgär als *Spontanfick* bezeichnet wird; das *Necking* (ab- geleitet von englisch *to neck* = ‹knutschen› bzw. *neck* = ‹Nacken, Hals›) ist ein aus den USA stammender Begriff für gegenseitiges Streicheln und Küssen, wobei diese Liebkosungen nicht tiefer gehen dürfen als bis zum Hals – es gilt als Vorstufe des *Pettings.* Beim *kink(y) Sex* (frei übersetzt: «verrückter Sex», von englisch *kink* = ‹verdrehen, defekt, Tick›) spielt die Phantasie eine größere Rolle als der reale Kontakt (Rollenspiele, Telefonsex, verrückte Verkleidun- gen etc.). *Sixty-nine* wird nicht als Fremdwort übernommen, son- dern in der jeweiligen Landesliebessprache gebraucht: die in Frank- reich als *soixante-neuf,* im Neuhochdeutschen als *neunundsechzig* mit einer Zifferbenennung umschriebene Aktivität gemischter Paare (‹simul fellare et lambere cunnum›) heißt auch im Wiener- ischen ’*Neinasächdsg mochn*, die Schweizer sprechen vom *Nüüne- sächzgerle.*

Sittlich und sinnlich

Bei allen Praktiken und Positionen darf nicht vergessen werden, was unter *Sexualität* verstanden wird. Wolfgang Ertler (2001) beklagt eine Quantifizierung und «Medizinalisierung» der Sexualität. Kurt Löwit schrieb schon vor über einem Jahrzehnt in «Die Sprache der

Sexualität» (1992:14), im engeren Sinne bedeute Sexualität alles, was mit Geschlechtsorganen und Geschlechtsfunktionen, mit Trieb und Lust, mit Fortpflanzung zu tun habe, also *Genitalität*. Er gab aber zu bedenken:

Gegen diese zweite Bedeutung richtet sich die Behauptung, daß Sex nicht alles oder nicht alles Sex sei. Meist wird ja Sexualität zuerst in dieser engeren Bedeutung verstanden. Das zeigt eine Begriffsverengung an, wie sie auch dem Wort «sittlich» widerfahren ist. Unsittlich wird zuerst auf die Sexualität bezogen, nicht auf Neid oder Habsucht oder Lüge und Betrug usw. Nicht viel anders verhält es sich mit «sinnlich» und «Sinnlichkeit». Unter einem sinnlichen Menschen wird eher ein sexueller Genießer, wenn nicht Lüstling verstanden als einer, der seine Sinne auf allen Lebensgebieten verfeinert zu gebrauchen weiß.

So verhält es sich auch mit dem Begriff Sexualität: Er wird unmittelbar auf die Geschlechtsorgane bezogen, also genital verstanden und hier womöglich noch einmal eingeengt auf Petting oder Geschlechtsverkehr, also isoliert und ausgegrenzt. Diese eingeengte Sichtweise übersieht nicht nur die vielen sexuellen Verhaltens- und Erlebnismöglichkeiten außerhalb der Genitalregion – z. B. kann die Haut als ausgedehntes «Geschlechtsorgan» aufgefaßt werden –, sie läuft auch Gefahr, die psychosomatische Natur des Menschen, seine Einheit von Körper und Psyche, in der Umwelt zu übersehen.

Sie vergißt, daß nicht Glied und Scheide, sondern das Gehirn zum eigentlichen Geschlechtsorgan geworden ist. Im Gehirn fallen die Entscheidungen und werden die Weichen gestellt, sowohl für das Verhalten als auch für das Erleben, für das Empfinden von Lust und Unlust, und der größte Teil menschlichen Sexuallebens spielt sich hier ab, nämlich in der Phantasie: als sexuelle Tagträume, Wünsche, Gedanken, Bilder oder als nächtliche Träume mit sexuellem Inhalt.

Ein wenig Einerlei schwächt
auch die stärksten Triebe,
Und darum lebt mit Recht
der Wechsel in der Liebe!
Johann Matthias Dreyer (1716–1768)

Kapitel 4

Variatio delectat: Die sogenannten Perversionen

Das «Anderssein», das Abweichen von der sogenannten «Norm» in der Sexualität, ist kulturgeschichtlich und damit auch sprachwissenschaftlich ein vielfach vernachlässigtes, zuweilen immer noch tabubelegtes Forschungsfeld. Dabei unterliegen gemeinsprachliche und sondersprachliche Benennungen gerade dort erheblichen Wandlungsprozessen – als Reflex gesellschaftlichen Umdenkens in verschiedenen Zeitepochen.

Sokratische Krankheit oder sokratische Liebe?

Im «Bilderlexikon der Erotik» (Bd. 1: 475–478) wird das Wortfeld der *Homosexualität* in einer historischen Betrachtung wie folgt umrissen:

> Kulturgeschichtlich betrachtet, ergibt sich, daß die *Homosexualität*, die gleichgeschlechtliche Liebe, wie sie im Gegensatz zur andersgeschlechtlichen, der *Heterosexualität*, genannt wird, nicht erst ein Kulturprodukt ist, sondern fast überall, auch bei primitiven Völkern verbreitet ist und oft in Verbindung mit religiösen Sitten auftritt. Vielfach erscheint sie verknüpft mit kriegerischen Tugenden. Im alten Griechenland (Voltaire spricht von der «Sokratischen Krankheit») war sie in epidemischer Ausbreitung vorhanden. Lykurgos, der große Gesetzgeber Spartas, erklärte in seinen Gesetzen, daß «niemand ein tüchtiger Bürger sein könne, der nicht einen Freund im Bette habe». Spranger hat gezeigt, daß die antike Homosexualität weit mehr als die moderne von

einem geistigen Eros getragen war. Seit Justinian wurde Homosexualität als Verbrechen gebrandmarkt. Von zahlreichen großen Persönlichkeiten der Geschichte wird behauptet, daß sie homosexuell gewesen seien (Michelangelo, Heinrich III. von Frankreich, Verlaine, Platen, Iffland, Walt Whitman, Oscar Wilde u. v. a.). Karl Heinrich Ulrichs (1825–1895), selbst Homosexueller, gebrauchte zuerst zur Bezeichnung des männlichen Homosexuellen das Wort *Urning*, abgeleitet von Uranos aus Platons «Gastmahl», eine Bezeichnung, die bald Geltung gewann. Weniger ist dies der Fall für *Urninde* für eine weibliche Homosexuelle, für die die *Lesbierin* (die Bezeichnung verdankt den Tempelgebräuchen auf der Insel Lesbos ihren Ursprung) oder *Tribade* (vom griechischen *tribo* = ‹reiben›) gebräuchlicher sind. (…) Der Berliner Psychiater Prof. Westphal gebrauchte für *Homosexualität* zuerst den Ausdruck *Konträre Sexualempfindung*, der wissenschaftlich viel angewendet wird, daneben auch *Perversion* und *Sexuelle Inversion*. Von Wolzogen stammt der Ausdruck *Drittes Geschlecht*. (…) Für Homosexualität wird auch oft die Bezeichnung *Päderastie*, *Ephebophilie* oder *Knabenliebe* angewendet. Der Begriff, den der Nichthomosexuelle mit diesem Worte verknüpft, ist der der *Pädikation* (besser *Pedication* von *pedex = podex* abgeleitet), d. h. der *Coitus in anum*. Dieser sexuelle Akt kommt jedoch nicht so häufig vor, als angenommen wird, ja es geschieht sogar häufig, daß Homosexuelle einen heftigen Haß gegen die Päderasten hegen, weil es hauptsächlich diese sind, die die Gleichgeschlechtlichen so sehr der Verachtung und Anfeindung ausgesetzt haben. (…)

Ergänzend wird an anderer Stelle vermerkt, daß die sogenannte *sokratische Liebe* («amour socratique»), der von Voltaire in seinem «Dictionnaire philosophique» gebrauchte Ausdruck, auch von Magnus Hirschfeld als Titel für seine erste Arbeit über die gleichgeschlechtliche Liebe gewählt wurde. Johann Matthias Gesner (1691–1761), von 1734 bis zu seinem Tode Professor der Poesie und Beredsamkeit in Göttingen, wandte sich schon 1752 in seiner Schrift «Socrates sanctus Paederasta» (in: «Commentarii Societatis Regiae Scientiarum Gottingensis», Tomus 2: 1–31; Seperatdruck: Utrecht, Joannis van Schoonhoven & Soc., 1769) gegen diese Bezeichnung, weil angeblich Sokrates nicht homosexuell gewesen sei.

Auch Gustave Flaubert schreibt in seinem Wörterbuch unter dem Stichwort *Pédérastie*: «Maladie dont tous les hommes sont affectés à un certain âge.» («*Päderastie*: Krankheit, die in einem bestimmten Alter von allen Männern durchgemacht wird.») Hierbei ist zu beachten, daß die häufig getätigte Vermischung von Homosexualität und Päderastie nicht zulässig ist, da das besondere Merkmal der Päderastie eben nicht die gleichgeschlechtliche Ausrichtung, sondern jene auf Kinder ist.

Schwul – Emanzipations- oder Schimpfwort?

Es ist bekannt, daß die früher als *homosexuell* bezeichnete Gruppe heute Wert darauf legt, als *schwul* bezeichnet zu werden. Die «Gesellschaft für deutsche Sprache» zählt in ihrer Publikation «Wörter, die Geschichte machten» (2001) das Wort gar zu den «Schlüsselbegriffen des 20. Jahrhunderts», bei dem es in den 60er und 80er Jahren zu einem Konnotationswandel gekommen sei und präsentiert folgende etymologische Tour d'horizon:

Ursprünglich handelt es sich bei diesem Wort um die frühere Form von *schwül*: Im 17. Jahrhundert wird *schwul* in der Bedeutung ‹drückend warm oder heiß›, ‹drückend beklommen› in die Literatursprache übernommen (erst im 18. Jahrhundert setzt sich unter dem Einfluß des Antonyms *kühl* die umgelautete Form *schwül* durch). Die umlautlose Form *schwul* taucht in der heutigen Bedeutung ‹homosexuell› gegen 1900 in der Umgangssprache auf. Diese Bedeutungsübertragung liegt offensichtlich später auch der Wendung *warmer Bruder* zugrunde.
Im Rechtschreib-Duden der Bundesrepublik erscheint der Eintrag *schwul* allerdings erst 1967; in dem der DDR gar erst 1976 – beide Male mit der Erläuterung «derb für: homosexuell». In neueren Wörterbüchern gibt es den Zusatz «derb» nicht mehr; es hat also in den letzten Jahrzehnten ein Bedeutungswandel stattgefunden. (…)
Allerdings hat noch 1987 das Gericht entschieden, daß eine *Schwulengruppe* unter diesem Namen nicht ins Vereinsregister der Stadt eingetragen werden könne, da der Ausdruck *schwul* für die überwiegende Mehrheit der Bevölkerung «negativ, abwertend und abstößlich» sei und «eher provozierend» wirke. Gegen die Bezeichnung *homosexuell* dagegen sei nichts einzuwenden. Und im Jahr 1988 weigerten sich im Bundestag alle anderen

Parteien, zwei Anträge der Grünen zu behandeln, weil darin die Ausdrücke *schwul* und *lesbisch* vorkamen. Mittlerweile aber wird *schwul* auch außerhalb der Homosexuellenszene weitgehend wertneutral gebraucht und auch so verstanden.

Der Sexualwissenschaftler Volkmar Sigusch präzisiert in der Sammlung «Einhundert Wörter des Jahrhunderts» (1999), warum *schwul* heute sowohl Emanzipations- als auch Schimpfwort ist:

Seit dem 19. Jahrhundert wird *schwul* umgangssprachlich für jenes Verhalten verwandt, das wir heute *homosexuell* nennen, ein Wort, das der Schriftsteller Karl Maria Kertbeny 1868 erfand, das sich aber erst Jahrzehnte später allgemein durchsetzte.
Auf die erste deutsche Homosexuellenbewegung, die sich im Kaiserreich und in der Weimarer Republik formierte, war Anfang der siebziger Jahre nicht nur die zweite Homosexuellenbewegung gefolgt, sondern etwas Neues: die Schwulenbewegung. Sie veränderte das Selbstverständnis jener Männer gravierend, die die Medizin seit dem Ende des 19. Jahrhunderts aufgespürt und staunend als *Konträrsexuale*, *Invertierte* oder *Perverse* pathologisiert hatte. Dabei werden Männer von Männern seit Jahrtausenden begehrt – irgendwie.
Wie dieses Begehren jedoch erlebt, bewertet und bezeichnet wird, bestimmt die jeweilige Kultur. So ist beispielsweise die Differenz zwischen dem antiken mannmännlichen Eros, der zur platonischen Staatskunst aufstieg, und unserer gegenwärtigen Homosexualität enorm. Was immer Sokrates, Wittgenstein und Roland Barthes, Tschaikowski, Benjamin Britten und Cole Porter, Charles Laughton, James Dean, Cary Grant und Anthony Perkins, der Ökonom John Maynard Keynes, der FBI-Chef J. Edgar Hoover oder der Kolonialist Cecil Rhodes («Rhodesien») gefühlt und praktiziert haben mögen – *schwul* waren sie mit Sicherheit nicht, wie heute unhistorisch gesagt wird. (…)
Heute ist *schwul* beides: ein Emanzipations- und ein Schimpfwort. Einerseits gehören die Schwulen nicht mehr generell zu den Infamen, die Foucault so sehr am Herzen lagen, gibt es «Gay Pride Parades» und «Gay Games», werden schwule Paare kirchlich gesegnet, gibt es sogar Bestrebungen, das einst heilige Institut der Ehe für dessen einst unheilige Zerstörer zu öffnen. Andererseits werden sie als solche von Normopathen «geklatscht» und ermordet, fragt eine kirchliche Akademie zum hundertsten

Mal, ob Homosexualität angeboren oder erworben, ob sie gleichwertig sei, suchen Forscher das Homo-Gen, das es gar nicht geben kann.

Blasmichel oder Seelenverkäuferin?

Daß Alexander der Große, Julius Caesar, Leonardo da Vinci, Ludwig van Beethoven, Oscar Wilde, Ludwig II. von Bayern, Molière, Thomas Mann, Marlene Dietrich, Friedrich der Große, der Berliner Regierende Bürgermeister Klaus Wowereit und der derzeitige Erste Bürgermeister der Freien und Hansestadt Hamburg, Ole von Beust, als homosexuell galten bzw. gelten, beeindruckt die «Allgemeinheit» kaum. Nur langsam wurden allerdings in den letzten Jahrzehnten diesbezügliche Vorurteile abgebaut. Drei Ereignisse mögen das exemplarisch veranschaulichen: Die WHO hat erst 1992 davon Abstand genommen, Homosexualität als Erkrankung anzusehen und stuft sie seitdem als normale Spielart menschlicher Sexualität ein. Mit einer Mehrheit von 5:3 erklärte das Bundesverfassungsgericht in Karlsruhe am 17. 7. 2002 die eingetragene Partnerschaft von homosexuellen Männern und Frauen für vereinbar mit der Verfassung der Bundesrepublik Deutschland (Lebenspartnerschaftsgesetz). Am 31. 7. 2003 hat der Vatikan (in einem Dokument mit dem Titel «Erwägungen zu den Entwürfen einer rechtlichen Anerkennung der Lebensgemeinschaften zwischen homosexuellen Personen») alle Priester, Gläubigen und katholischen Politiker zum Widerstand gegen die Legalisierung der eheähnlichen Partnerschaften von Homosexuellen aufgerufen. In dem Dokument wird nochmals betont, daß die Ehe heilig sei, homosexuelle Beziehungen dagegen verstießen gegen das natürliche Sittengesetz. Daß Homosexualität gerade in katholischen Ländern als Laster gilt, das man gern seinem Nachbarn zuschreibt, erhellt u. a. aus der französischen Versprachlichung im 19. Jahrhundert als *vice allemande*, als «deutsches Laster».

Angesichts dieser Beschlüsse darf man sich nicht wundern, daß gemeinsprachlich noch heute eine Vielzahl pejorativer Ausdrücke im Umlauf ist. Für männliche und weibliche Schwule (letztere, wie wir oben hörten, auch *Tribaden* genannt) hält das Wienerische – wie Oswald Wiener vermerkt – eine Menge Ausdrücke bereit: *'Afddaghenich* (Afterkönig); *'Ausbuffschlegga* (Auspuffschlecker)/*'Ausbuffschleggarin* (Tribade); *'Blosmichadl* (Blasmichel/*'Blosmichadle-*

rin (Tribade); *Bubbm* (Puppe = ‹homosexueller Strichjunge›); *Dandd* (Tante = ‹Päderast, d. h. Mann mit sexuellen Vorlieben für Jungen›); *'Ghöllamacha* (Kellermacher, Päderast: *'Ghölla* = ‹Unterleib›; *mochn* = ‹futuere›); *'Oamdsudsla* (Armsauger: von *Oam* als Hüllwort für ‹Arsch› und/oder beeinflußt von rotwelschem/berlinischem *[Kinder-]Arm* für ‹Penis›); *'Oaschfigga/'Oaschbudara/'Oaschschuasdara/'Oaschdsudsla* (Arschficker -puderer -schusterer -sauger = ‹Päderast›); *'Schwafdsudsla* (Schweifsauger); *'Woame Schwesda* (warme Schwester = ‹Lesbierin›); *'Sönfagheifarin* (Seelenverkäuferin = ‹Lesbierin›). Girtler (1995:254) führt daneben aus der Wiener Gaunersprache noch *Drescherl, Ghazter, Schwuchtel, Bachener, Schmauserl* und *Schnallendrucker* auf, ferner *Zylindervergolder* und *Durchlauferhitzer* (Girtler 1998:182). Wolfgang Müller (2001:25) nennt in seiner akribischen Zusammenstellung viele weitere Ausdrücke, u. a. *Puseran*, denn eine Handzeichnung Albrecht Dürers aus dem Jahr 1494 hat die Legende: «Orfeus der erste *Puseran*.» ‹Homosexuell sein› wird im Wiener «Milieu» nach Girtler (1998:182) umschrieben durch: *er glüht bis in die Knochen* oder *er kann mit dem Finger schweißen*; der männliche Homosexuelle wird in der schweizerischen Jugendsprache (vgl. PONS 2002:74) *Schwüggel* genannt.

Neben diesen abschätzigen Ausdrücken und in Ermangelung einer für alle Sprachbenutzer akzeptablen neutralen Bezeichnung weicht man auch im deutschsprachigen Raum häufig auf die englischsprachigen Begriffe *queer* und *gay* aus – natürlich ist auch das unbefriedigend.

Lexikographisch sind die deutschen Bezeichnungen für das Homosexuelle – von *abartig* bis *Zylinderversilberer* oder *-vergolder* – aufgearbeitet worden, vor allem durch die hervorragenden Arbeiten von Jody Skinner (1997; 1999; 2001) und Sabine Ayshe Peters (2001), die eine perfekte Ergänzung zum «Gay Lexicon» bilden, das Bruce Rodgers 1972 unter dem Titel «The Queen's Vernacular» veröffentlicht hat.

Coming-out

Zu den «Schlüsselbegriffen des 20. Jahrhunderts» zählt die «Gesellschaft für deutsche Sprache» in ihrem Buch über «Wörter, die Geschichte machten» (2001) auch das Verb *outen*, das sich seit Beginn der 90er Jahre des 20. Jahrhunderts verstärkt in zwei (kommunikativen und grammatischen) Varianten durchsetzt. *Jemanden outen* steht für: ‹homosexuelle Personen, insbesondere Prominente, gegen ihren Willen in der Öffentlichkeit bloßstellen, indem man ihre Homosexualität preisgibt›; *sich outen* bedeutet: ‹selbst in der Öffentlichkeit zugeben, daß man homosexuell *(schwul)* oder bisexuell ist›. Dazu gehören Wendungen wie *sein Coming-out haben*, *über sein Coming-out reden* usw.

In der «Bild»-Zeitung konnte man im Jahre 2000 lesen: «Auf den ersten Blick hat sich das heute geändert: Show- und Fernsehstars ‹outen› sich als homosexuell, Schwulenbars und Schwulendiskos gelten als heiße Geheimtips.» Die Wochenzeitung «Die Zeit» meldete 2001: «‹Und das ist gut so› – diese Formel seines *Coming-out* als Schwuler ist und bleibt der markanteste Satz von Klaus Wowereit.» Das *Outen* ist heute nicht mehr auf die Sexualsphäre beschränkt – jeder Prominente, der in Neigungen und Handlungen nicht mit der Mehrheit übereinstimmt, ist *outinggefährdet.* Die «Schweriner Volkszeitung Online» vermerkte kürzlich: «Die Vorwürfe gipfelten darin, daß US-Präsident George W. Bush die Vereinten Nationen vor die unmögliche Wahl gestellt habe, sich entweder als Marionette Washingtons oder als absolute ‹Null› zu *outen*.»

Autoerotik und Anti-Onaniergeräte

Im Nomen *Autoerotik* ist das Bestimmungswort *Auto-* im Sinne von ‹selbst, eigen, persönlich, unmittelbar› hergeleitet aus dem griechischen Wort *autós* (‹selbst, eigen, persönlich›). Der Mensch, der Autoerotik oder *Masturbation* betreibt, befriedigt sich dabei selber, entweder mit der Hand oder mit Hilfe von Gegenständen. Von Karl Kraus, der sich mit festen Bindungen schwer tat, stammt das Diktum: «Ein Weib ist unter Umständen ein ganz brauchbares Surrogat für die Freuden der Selbstbefriedigung. Freilich gehört ein Übermaß an Phantasie dazu.» Der Schweizer Fritz Herdi zitiert in seinem Band «Limmatblüten» (2001:109) einen pragmatischen Spruch: «Onaniere hät sini Vorteil: choscht nüt und chasch d Gschwindigkeit ii-stele.»

Deutlich sind die Schilderungen in den «Memoiren des Saturnin» des Jean Charles Gervaise de Latouche (1715–1782):

Aber tapferer Saturnin, hast Du denn nicht fünf Finger an der Hand, um gegen die Unbotmäßigkeit des Fleisches siegesgewiß anzukämpfen? Frag doch bei heuchlerischen Pfaffen (...), wie die's machen! Man hat nicht immer ein Bordell, ein Nonnenkloster zur Hand; aber man hat immer seinen Schwanz. Sie bedienen sich selbst und onanieren so lange, bis ihr Gesicht jene bleiche Farbe aufweist, die die Dummen für die Folge von Kasteiungen halten. (S. 136)

Die katholische Kirche hat diese kostenfreie Praktik, bei der man die Geschwindigkeit einstellen kann, noch vor rund 30 Jahren (in der «Kongregation für die Glaubenslehre» vom 29. 12. 1975) diffamiert: «Tatsache ist, daß sowohl das kirchliche Lehramt in seiner langen und stets gleichbleibenden Überlieferung als auch das sittliche Empfinden der Gläubigen niemals gezögert haben, die Masturbation als eine zumindest schwer ordnungswidrige Handlung zu brandmarken ...»

Das seit dem 19. Jahrhundert gebräuchliche Verb *masturbieren* mit der Bedeutung ‹(sich) selbst befriedigen› ist aus dem gleichbedeutenden lateinischen *masturbari* entlehnt, das seinerseits wohl aus *manu stuprare* (‹durch die Hand schänden›) hervorgegangen ist.

Synonym wird das Verb *onanieren* gebraucht: bei dieser Wortbildung handelt es sich um ein Eponym, also ein Wort, das von einem Namen hergeleitet ist. Der Name *Onan* verweist auf eine biblische Gestalt des Alten Testaments. Onan war der Sohn des Juda, der seinerseits einer der zwölf Söhne des Jakob war. Als sein ältester Bruder Er (auch Ger genannt) starb, mußte Onan, der damaligen Sitte entsprechend, der Witwe seines Bruders beiwohnen, um mit ihr Kinder zu zeugen (Leviratsehe). Im 1. Buch Mose, Kap. 38, 1–11 heißt es:

Aber da Onan wußte, daß die Kinder nicht sein eigen sein sollten, ließ er's auf die Erde fallen und verderben, wenn er einging zu seines Bruders Frau, auf daß er seinem Bruder nicht Nachkommen schaffe. Dem HERRN mißfiel aber, was er tat, und er ließ ihn auch sterben. Da sprach Juda zu seiner Schwiegertochter Tamar: Bleibe eine Witwe in deines Vaters Hause, bis mein Sohn Schela groß wird. Denn er dachte, vielleicht würde der auch sterben wie seine Brüder. So ging Tamar hin und blieb in ihres Vaters Hause.

Onan hat, wie der Text ausweist, keine Selbstbefriedigung betrieben, sondern den sogenannten *coitus interruptus* praktiziert.

Die *Onanie* galt vor allem im 18. und 19. Jahrhundert, aber auch noch in den ersten Jahrzehnten des 20. Jahrhunderts als krankhaft. Deswegen wurde, oft zusätzlich aus religiösen Gründen, fanatisch gegen die «Selbstbefleckung», vor allem von Jugendlichen, angekämpft, die mit der Furcht verschreckt wurden, die Praktik könne Impotenz, Verblödung, Rückgratverkrümmungen oder eine Tuberkuloseerkrankung auslösen: «Kronzeuge» war dabei der französische Arzt Samuel Auguste André David Tissot (1728–1797) mit seinem 1770 auch in Deutschland publizierten Werk «Von der Onanie, oder Abhandlung über die Krankheiten, die von der *Selbstbefleckung* herrühren». Zwei Jahrzehnte später erschien in Halle das Buch von Friedrich Wächtler (1791):

> «Wie die grossen und kleinern Schul- und Erziehungsanstalten gegen das Laster der *Selbstbefleckung* am ersten gesichert, und wie die davon angesteckten Zöglinge gerettet und vor den Folgen desselben bewahret werden können? Nebst einem Anhange: Über die Folgen der natürlichen Wollust u. Mittel, den Geschlechtstrieb in Ordnung zu bringen – hoffentlich zu Jedermanns Befriedigung beantwortet von einem praktischen Erzieher.»

Der deutsche Pastor Karl Gottfried Bauer (1765–1842), Verfasser der Schrift «Über die Mittel, dem Geschlechtstriebe eine unschädliche Richtung zu geben» (1791), war der Auffassung, «Flatulenz und Verstopfung (...), Hypochondrie (...) Geschlechtskrankheiten, Blutvergiftung (...), Störungen in ihrem Nervensystem» würden während der Masturbation beim Lesen eines erotischen Romans herbeigeführt, weshalb er empfahl, daß Frauen nicht lesen sollten. Auch Carl Friedrich Pockels (1757–1814), ein Philanthrop, meinte, daß «gefühlsbetonte Menschen, besonders Frauen, [masturbieren]», da sie leicht durch Phantasien (in Romanen und erotischer Literatur) erregbar seien (vgl. Naphy 2002:167). Und noch 1851 gelangte ein gewisser Dr. I. F. Albrecht in seinem Buch «Heimlichkeiten der Frauenzimmer oder die Geheimnisse der Natur hinsichtlich der Fortpflanzung des Menschen ...» zur Feststellung:

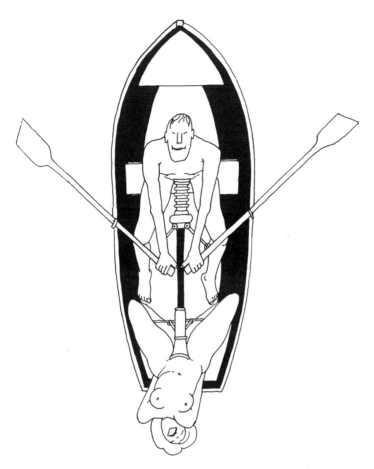

Eine Bootsfahrt, die ist lustig… (Zeichnung von Tomi Ungerer)

Ein unnatürliches Laster, die *Onanie* oder *Selbstbefleckung*, deren schreckliche Folgen schon im Alten Testamente beschrieben werden, dient besonders recht ausschließlich dazu, den Körper zu schwächen und den Geist völlig abzustumpfen, ja das Subject, welches dem Laster ergeben ist, ganz und gar körperlich, vorher aber oft moralisch zu töten.

Von Mark Twain, der eigentlich Samuel Langhorne Clemens hieß, erschien 1964 in 100 Exemplaren als Privatdruck («privately printed for the trade») in England die Schrift «Some thoughts on the science of onanism, *or*, Mark Twain in erection: with apologies to Bernard DeVoto», offenbar ursprünglich eine Rede, die der Verfasser 1879 vor dem Pariser «Stomach Club» gehalten hat. Wir wollen uns einige Passagen daraus zu Gemüte führen, denn Hans Wollschläger hat diesen Text übertragen – unter dem Titel «Einige Gedanken über die Wissenschaft der Onanie *oder* Mark Twain in Erektion»; der Dichter warnt darin

… vor einer Spezies der Belustigung …, welcher Sie alle, wie mir nicht entgangen ist, sehr zugetan sind: der sogenannten «Selbstbefriedigung». Alle großen Schriftsteller, die sich über Gesundheit und Moral verbreitet haben, im Altertum sowohl als in der Moderne, haben mit diesem erlauchten Gegenstande gerungen: das allein schon beweist seine Würdig- und Wichtigkeit. Dabei sind freilich durchaus unterschiedliche Standpunkte vertreten worden. (…)

Robinson Crusoe bekennt: «Ich kann nicht beschreiben, was alles ich dieser zarten Kunst verdanke.» Cetewayo, unser berühmter Zulu-Kaffer, tat die Bemerkung: «Ein Schuß in die Hand ist mehr wert als zwei in den Busch.» Der unsterbliche Benjamin Franklin hat einmal gesagt: «Masturbation ist die Mutter aller Erfindung.» Und in anderem Zusammenhang, in dem er sie als «die beste Politik» bezeichnet, prägte er das geflügelte Wort: «Selbst ist der Mann!»

Michelangelo und sämtliche anderen Alten Meister – das Wort «Meister», will ich bemerken, ist eine Zusammenziehung, eine Abbreviatur sozusagen – haben eine ähnliche Sprache geführt. (…)

So haben sich die erlauchtesten unter den Meistern dieser berühmten Wissenschaft geäußert: Apologeten sie alle. Die Zahl derjenigen aber, welche wider sie zeugen und Sturm laufen, ist Legion; sie haben starke Argumente in das Feld geführt und gar bittere Worte dagegen gesprochen, – doch es fehlt uns der Raum, dieselben hier in größerer Breite zu wiederholen. Brigham Young, ein Experte von unbestreitbarer Autorität, sagte: «Zwischen jener anderen Verrichtung und ihr besteht doch ein

Unterschied wie zwischen Blitz und Blitzableiter.» Salomo urteilte: «Es zeuget nun nichts für sie, denn daß sie wohlfeil ist und billig.» (…)

So komme ich zum Schluß und sage: «Wenn Sie Ihr Leben schon geschlechtlich verspielen müssen, dann geben Sie acht, daß der Trumpf auch sticht, den Sie in der Hand haben.» Und wenn Ihre Konstitution einmal von einer revolutionären Erhebung erschüttert wird, so legen Sie nicht gleich selbst Hand an, um ihre Vendôme-Säule niederzubringen, sondern lassen Sie das andere besorgen!

Man muß wissen: Die Pariser Vendôme-Säule war während der Kommune 1871 von Revolutionären umgestürzt worden.

In den USA wurden noch Ende des 19. und Anfang des 20. Jahrhunderts zahlreiche Patente für die Herstellung von *Anti-Onaniergeräten* eingereicht. Auch der deutsche Arzt und Pädagoge Daniel Gottlob Moritz Schreber (1808–1861), nach dessen Namen der Schrebergarten benannt ist, hat seine Kinder mit derartigen Instrumenten malträtiert.

Heute wird die Selbstbefriedigung als eine völlig normale Spielart der menschlichen Sexualität angesehen. Zudem gibt es inzwischen eine Vielzahl an Geräten, die der Erfüllung von Lust beim Onanieren dienen: für Frauen künstliche Penisse, für die es weltweit und seit Jahrhunderten viele Formen und Namen gab. Die Griechen sprachen von *olisbos* oder *baubon*, später nannte man sie in Europa *bijoux indiscrets*, *bijoux de religieuse*, *consolateurs*, *cazzi*, *parapilla*, *lady's friends*, *indiscreet toys*, *Schwanzaffen*, *Witwentröster*, *dildoes* oder *godemichés*. Die Bezeichnung *Dildo* ist zurückzuführen auf das italienische *dilettare* (‹erfreuen, amüsieren›). Im 16. Jahrhundert prägte Pierre de Bourdeille, Sieur de Brantôme, die Bezeichnung *Godemiché* – vermutlich nach dem lateinischen *gaude mihi*: ‹erfreue mich!› – für die in Frankreich immer raffinierter gefertigten Nachbildungen erigierter Penisse.

Thomas Geerdes (1993:75 f.) führt uns auf der Suche nach Lustapparaten rund um die Welt:

Den ostasiatischen Völkern waren die künstlichen Phalli gleichfalls nicht unbekannt. Die Spanier haben sie bei der Entdeckung der Philippinen vorgefunden. (…) Sehr verbreitet sind künstliche

Phalli in Japan. Am bekanntesten ist der unter dem Namen *Hi-ragana* gebrauchte Lustapparat. Er ist ein künstlicher Penis aus Horn oder Schildpatt, von dem ein japanisches Sprichwort meint, daß er ein unentbehrlicher «Genußartikel» der Frauen sei und für manche Frau mehr bedeute als ein wirklicher Mann. Die westeuropäischen Länder haben die *Godemichés* von den Alten kennengelernt. Der Bischof Burchard von Worms wetterte schon im 12. Jahrhundert gegen die künstlichen Mannesglieder, deren Gebrauch besonders in der italienischen Renaissance immer allgemeiner wurde. Fortini von Siena spricht im 16. Jahrhundert von dem gläsernen Gegenstand, der mit warmem Wasser angefüllt wird und den die Frauen benutzen, um sich selbst zu befriedigen. Man nannte ihn in Italien *passatempo* oder *diletto*. Die Technik seiner Herstellung wurde immer raffinierter: Katharina von Medici fand einmal nicht weniger als vier solcher «*Bienfaiteurs*» im Koffer einer ihrer Hofdamen. Im 17. Jahrhundert wurden in Frankreich Godemichés aus Samt oder Glas benutzt. Damals wurde eine raffinierte Neuerung angebracht, die sich besonders im 18. Jahrhundert großer Beliebtheit erfreute: ein künstlicher Hodensack, der mit heißer Milch gefüllt wurde und dessen Kompression den Akt der Ejakulation vortäuschen sollte. Auch in Deutschland waren diese Werkzeuge der Wollust nicht unbekannt (…).

Benjamin Rosso (1981:30) weiß davon zu berichten, daß es in der Eremitage in Leningrad eine Schale gibt, «auf deren Boden wir eine Griechin bei der gleichzeitigen Benutzung von zwei solcher – übrigens für einen Mann erschreckend großer – Apparate zeigt.»

Und wo bleiben die Männer? Für sie gibt es Ersatzvaginae oder aufblasbare Puppen aus Gummi oder Kunststoff, sogenannte *Seemannsbräute*. Katja Doubek, die «Das intime Lexikon» (1999) herausgab, berichtet, daß Sarah Ferguson ihren Humor unter Beweis stellte, indem sie Prinz Andrew «eine aufblasbare Frauenpuppe schenkte, die er selbstverständlich in seiner Suite aufstellte» (S. 161). Sex-Puppen wurden auch von der modernen Kunst entdeckt; anläßlich der Bewerbung um den angesehenen britischen Turner-Preis schockten die Brüder Jake und Dinos Chapman im Jahr 2003 die Öffentlichkeit damit, daß sie unter dem Titel «Death» (Tod) ein Paar aufblasbarer Sex-Puppen beim Oral-Verkehr präsentierten. Ihr Grundsatz: Nichts ist erfolgreicher als der Exzeß!

In Charles Bukowskis Erzählung «Liebe für $ 17.50» verliebt sich der Protagonist Robert in eine Schaufensterpuppe, die er Stella nennt: «Sie war nicht wie all die anderen Frauen, die er gekannt hatte. Sie wollte nicht mit ihm ins Bett, wenn er gerade keine Lust dazu hatte. Er konnte sich die Zeit aussuchen.»

Solche Hilfsmittel – es gibt Kataloge derartiger *sex toys* – können in Sex-Shops erworben oder über den einschlägigen Versandhandel bezogen werden.

Eine vieldiskutierte literarische Darstellung der Onanie findet sich in Günter Grass' Novelle «Katz und Maus»: Das Mädchen Tulla Pokriefke stachelt darin den schwächlichen Mahlke zur Teilnahme an der Onanie-Olympiade an, bei der sich Mahlkes ungeahnte Potenz zeigt: «Er hatte es uns wieder einmal gezeigt (…).»

Eine witzig umgesetzte Onanie-Szene findet sich auch in Alan Parkers «Angela's Ashes» (1999; deutsch: «Die Asche meiner Mutter»), der Verfilmung des gleichnamigen, im irischen Limerick spielenden Romans von Frank McCourt aus dem Jahre 1996.

Taschenbillard

Die Masturbation – *d Na'dua radsn* (die Natur reizen), wie es bei Julius Jakob im «Wörterbuch des Wiener Dialekts» heißt – wird in der österreichischen Hauptstadt amüsant umschrieben: Frauen, die sich selbst befriedigen, nennt man *'Dsiddaschbülarin* (Zitherspielerin), oder man spricht davon, daß sie *se an 'ghidsln* (sich einen kitzeln) oder *Bala'leigga schbün* (Balalaika spielen: *Bala'leigga* = ‹cunnus›), bei Männern sagt man, daß sie *'ribön* (reiben); *möggn* (den Penis melken); *nef'ghenan/naf'ghenan* (eigentlich ‹huren›: vgl. rotwelsch *Nafke* = ‹Hure› < jiddisch *Naphko* = ‹öffentliche Dirne›, belegt für Wien schon bei Joseph Schrank); *'räbön* (*rebeln*, eigentlich: vor dem Weinpressen die Reben vom Stengel pflücken); *wiggsn* (wichsen – Laubenthal [2001:184] definiert die *Wichsecke* als «durch sog. Schamwand abgetrennte Ecke mit WC in mehrfach belegten Haftäumen»); *'obawiggsn* (herunterwichsen); *'obareissn* (herunterreißen); *'obafeddsn* (herunterfetzen); *'obaschleidan* (herunterschleudern); *'Doschnbi'ja schbün* (durch die Hosentasche Taschenbillard spielen); das *'Schdäaufmanderl bo'lian* (das Stehaufmännchen polieren); *se an dsubbfm* (sich einen zupfen); *se an 'owelochn* (sich einen hinunterlachen); *schleidan* (schleudern): *a Schleidara machen*; *schön* (schälen): *ea schöd se an*; *waggsln* (Wachs auftragen); *wudsln* (wurzeln); *se an 'odruggn* (sich einen abdrücken); *se an 'owehadsn* (sich einen hinunterheizen); *se an 'odswiggn* (sich einen abzwicken). Roland Girtler (1995:254) steuert noch diese Varianten bei: *schwarteln, er zieht sich einen in die Länge, er zieht sich einen von der Palme/Leber, zangerln, gurkeln, die Gurke rebeln*. Burnadz verzeichnet 1966 für den Onanisten die ausdrucksstarke Bezeichnung *'Schbilmann*; Girtler (1998:182) nennt u. a. : *Schwartler* und *Schwartlberger*.

Umkehrung aller Werte

Als *Sadismus* bezeichnet man gemeinhin eine sexuelle Praktik, bei der geschlechtliche Befriedigung durch Quälen eines Sexpartners erreicht wird. Auch dieser Begriff ist ein sogenanntes *Eponym*, also von einem Namen hergeleitet, in diesem Falle von dem des französischen Schriftstellers Donatien-Alphonse-François Marquis de Sade (1740–1814). Der Marquis verfaßte aufklärerische, obszön-erotische Erzählungen, Romane und auch Theaterstücke. Rund 30 Jahre seines Lebens verbrachte er in Gefängnissen, u. a. wegen sexueller Vergehen. Paul Englischs (1927:473) Urteil über den Schriftsteller läßt nichts an Deutlichkeit zu wünschen übrig:

> Ihren Kulminationspunkt erreichte die erotische Literatur der galanten Zeit mit dem *Marquis de Sade*. In seinen Werken ist alles vereinigt, was sich nur eine im Kote der verwerflichsten Gemeinheit wühlende Phantasie ersinnen kann: eine Umkehrung aller Werte. Das Gute wird in den Schlamm getreten, dem Verwerflichsten ein Loblied angestimmt und der Abschaum der Menschheit als führende und erlauchte Geister sowie als erstrebenswertes Ideal hingestellt.

Englisch bestätigt die Korrektheit der Schilderungen und Bewertungen, die Jules Janin 1834 in der Zeitschrift «Revue de Paris» (S. 321) abgegeben hat:

> Soll ich Ihnen die Bücher de Sades analysieren? Blutige Leichname, den Armen ihrer Mütter entrissene Kinder, junge Frauen, die man zum Schluß einer Orgie erwürgt. Pokale, angefüllt mit

Blut und Wein, unerhörte Folterungen. Man heizt Siedekessel, errichtet Folterbänke, zieht Menschen bei lebendigem Leibe die Haut ab. Man schreit, man flucht, man beißt sich untereinander, man reißt einander das Herz aus dem Leibe, und das ohne Aufhören, zehn Bände hindurch, und auf jeder Seite, in jeder Zeile, immer und immer wieder.

Einer Notiz aus den «Tagebuchblättern» von E. und J. Goncourt vom 29. 1. 1859 ist zu entnehmen, wie Flaubert über de Sade urteilte: «Sade ist das letzte Wort des Katholizismus. Aus Sade spricht der Geist der Inquisition, der Geist der Folterstrafe, der Geist der mittelalterlichen Kirche, der Abscheu vor der Natur.» Mario Praz (³1988:107) formulierte es so: «Sades Teufeleien unterscheiden sich kaum von Experimenten in einem chemischen Laboratorium.»

Hier sei, der Charakterisierung Englischs folgend, kurz auf zwei Werke des Verfassers verwiesen, die die Schatten menschlicher Natur ausleuchten: 1791 erschien seine «Justine», die in der ersten Auflage nur obszön ist, ohne die blutrünstigen Ereignisse der späteren Ausgaben aufzuweisen; 1797 kam die gemeinschaftliche Edition der «Justine et Juliette» mit 104 scheußlichen Illustrationen heraus, scheußlich sowohl hinsichtlich des Sujets als der Ausführung. In der Vorrede sagt er: «Die Tugend selbst, mag sie auch einen Augenblick zittern, muß vielleicht einmal ihre Tränen vergessen, aus Stolz, in Frankreich ein so bedeutendes Werk zu besitzen, in dem die zynischste Sprache mit dem stärksten und kühnsten System, den unsittlichsten und gottlosesten Ideen verbunden ist.»

Beim heutigen Gebrauch der Wörter *Sadist* und *sadistisch* schwingt meist allein die allgemeine Bedeutung (‹jemand, der Freude daran hat, andere zu quälen› bzw. ‹grausam›) mit. Die «Berliner Zeitung» meldete 1995: «Nach der Koloraturarie im 2. Akt (‹Der Hölle Rache kocht in meinem Herzen›) sagte meine Begleiterin: ‹Der Mozart ist doch ein schöner *Sadist*, daß er diese hohen Töne komponiert hat.›» Ernster klingen die Worte Roland Villeneuves (1988:292) in seinem Buch «Grausamkeit und Sexualität»: «Man könnte eine Weltgeschichte unter dem Gesichtspunkt des *Sadismus* schreiben. Ist er nicht ein Gemälde voll der wildesten Ausschweifungen? Kann man sie studieren, ohne daß den aufmerksamen Beobachter das Grauen vor dem ganzen Menschengeschlecht überkommt?»

Mozart: «Es ist alles kalt für mich – eiskalt!»

Partner des Sadisten ist häufig ein *Masochist*, der den zugefügten Schmerz bis zum eigenen Höhepunkt auskostet. Zu diesem Eponym schreibt Hermann Schreiber in seiner literaturpsychologischen Studie, die 1969 unter dem Titel «Erotische Texte – Sexualpathologische Erscheinungen in der Literatur» erschienen ist:

> Es gibt antike Gemmen und Vasenbilder, die einen bärtigen Greis auf allen vieren zeigen, auf dessen Rücken eine meist nackte junge Frau sitzt; sie lacht und treibt ihn mit einer Gerte an, ringsum ist ein idyllischer Garten angedeutet. Alle sind glücklich, so sonderbar die Situation auch ist, und am glücklichsten ist der augenscheinlich Leidtragende, der Greis selbst. Für dieses merkwürdige Phänomen, für die Wollust im Leiden, den Genuß am eigenen Schmerz, hat Krafft-Ebing in seiner epochemachenden Untersuchung *Psychopathia Sexualis* die Bezeichnung *Masochismus* gewählt; ähnlich dem Phänomen *Sadismus* war damit eine uralte Verirrung des menschlichen Geschlechtstriebes endlich mit einem einprägsamen Namen versehen, der auch heute noch gültig ist. (…) Und doch hat nur sie den Schriftsteller unsterblich gemacht, denn während die Werke des Marquis de Sade heute zweifellos auch dann noch gelesen würden, wenn die Grausamkeitswollust *Tiberianismus* hieße, müßte Leopold von Sacher-Masoch allen Ernstes befürchten, daß seine vielen Romane im weichen Plüsch der Kitschüberproduktion rettungslos versinken würden und versunken blieben. (S. 102)

Schreiber verweist sodann auf eine Stelle aus Reinhard Federmanns Buch «Sacher-Masoch oder die Selbstvernichtung» aus dem Jahre 1961:

> Die Bücher, in denen der Autor sich selbst und seinem Publikum unermüdlich seine Lieblingsvorstellung ausmalte, in stereotypen Situationen und in beinahe gleichbleibenden Wendungen, waren ein Geschäft. So kommt es, daß Sacher-Masochs Œuvre über sechzig Buchtitel umfaßt, wobei es sich großenteils um mehrbändige Romane und Novellensammlungen handelt und wozu die dramatischen Versuche und zahllosen verstreut erschienenen Erzählungen nicht gerechnet sind.

Hält man sich vor Augen, daß die große Masse dieser Arbeiten von nur geringem literarischem Wert ist, so findet man darin die Ursache der allgemeinen Nichtachtung, die dem Autor von seiten der Literarhistoriker entgegengebracht wird. Rechnet man den Tabu-Wert hinzu, mit dem sein Name durch die Prägung des Begriffs Masochismus belegt worden ist (…), dann braucht man sich überhaupt nicht mehr darüber zu wundern, daß einer der begabtesten Dichter der österreichischen Literaturgeschichte heute fast völlig in Vergessenheit geraten ist.

Peter Weibel, Herausgeber des zweibändigen Werkes «Phantom der Lust: Visionen des Masochismus», schreibt im Nachwort zum ersten Band (2003:466):

Masochismus ist (…) eine Erfindung der psychiatrischen Nomenklatur des 19. Jahrhunderts und Sacher-Masoch beziehungsweise Krafft-Ebing sind seine Taufpaten. Von Graz, dem Geburtsort des Masochismus, ausgehend, hat der Begriff «Masochismus» eine weltweite Wirkung erzielt. Graz und Österreich haben aber über diese Geburt schamvoll geschwiegen, und so ist es in Graz, in Österreich wie auch in der Welt unbekannt geblieben, daß der Masochismus aus Österreich beziehungsweise Graz stammt. Obwohl bereits Mozart am 30. September 1790, zur Zeit, in der er *Cosi fan tutte*, seine populäre Oper über die Mechanik der Liebe, komponierte, an seine Frau Constanze schrieb: *«es ist alles kalt für mich – eiskalt»* und somit das Feld des masochistischen Phantasmas, die kalte Distanziertheit, bereits umriß, hat Österreich offensichtlich nicht eine historisch traumatische Erfahrung, eine ursprüngliche traumatische Wunde, eine traumatische Urszene, die seine Entwicklung nachhaltig geprägt hat und ihm einen pathologischen Stoß versetzte, überwinden und abarbeiten können, so daß es zwar den Masochismus als Symptom und Begriff gebar, aber sich dessen nicht bewußt werden konnte und wollte.

Elisabeth Fiedler stellt in ihrem Aufsatz «Masochismus als Strategie» (in: Weibel 2003: 470–473) heraus, daß der Sadismus im Bewußtsein zwar mit Grausamkeit, Gewalt und dem selbstbefriedigenden Zusehen, dem Voyeurismus, verbunden ist, zugleich aber auch die Position der Stärke, des Triumphators, des Überlegenen impliziert. Der Masochismus hingegen – so Fiedler – werde als

Unterwürfigkeitsmodell und damit mit Schwäche gleichgesetzt und erscheine daher als wenig repräsentabel. Er zähle zu den letzten Tabus, dem viel eher der Makel einer Perversion anhafte als dem Sadismus. Lust an Qualen, an der Unerfülltheit von Sehnsüchten und das gleichzeitige Erkennen der Unmöglichkeit einer Erfüllung gelten offenbar als suspekter als das konkrete Wissen um das Wollen einer Demütigung im Sadismus. «Natürlich», so die Verfasserin, «können masochistische Symptome auch vorgespielt und zu strategischen Zwecken mißbraucht werden:

> Befriedigung durch Unterwerfung erreichte ihren jüngsten medialen Höhepunkt mit der Erfindung von Reality Shows, von *Big Brother* über öffentliche Entschuldigungssendungen bis zu *Starmania*.In Filmen wie *Crash* (David Cronenberg), *Fight Club* (David Fincher) oder *Femme Fatale* (Brian de Palma) werden Unterwerfungsszenarien, Destruktion und Autoerotik von einem breiten Publikum aufgenommen, ohne den Begriff des Masochismus auszusprechen.
> Von Fitness-Studios über Bungee Jumping, Bodybuilding, Massenmarathonläufen bis hin zur Mode, die Piercen, Tattoos, Verschnürungen, extreme high heels als hype vorgibt, dem Kokettieren mit der kriminellen Bildsprache in der Werbung findet eine Form des (Pseudo)masochismus statt, eine Sehnsucht nach Erfüllung geheimer Wünsche durch Schmerz, der Wunsch nach dem «letzen Kick», wobei auch hier unbewußt die Unerfüllbarkeit der Sehnsüchte und des Begehrens wahrgenommen wird.

Als es darum ging, dem Sexleben Alfred Kinseys (1894–1956), des Gründers des «Institute for Sex Research» an der Indiana University at Bloomington, nachzuspüren, berichtete die «Bild»-Zeitung 1997 völlig korrekt: «Er war ein heimlicher Homo, ein *Masochist*, sexbesessen und ein Voyeur – ‹ein Mann mit vielen Problemen›, schreibt der Historiker James Jones (Universität Houston) in seiner Kinsey-Biographie.»

Die Geschichte der O.

Als Kinsey Ende 1940 damit begann, in der Bevölkerung Umfragen zum Sexualverhalten durchzuführen, wurde die Wissenschaft auf die *Sadomasochisten* aufmerksam. Die besten deutschen Einführungen in diesen Bereich stammen von Thomas A. Wetzstein et al. (1997) und Matthias T. J. Grimme (2002).

Während *Sadisten* und *Masochisten* psychisch krank sind – sie werden von den Sadomasochisten *Realsadisten bzw. Real-Masochisten* genannt –, sind *SM*-Anhänger eine sexuelle Minderheit, die ihre «Spiele» (auch *Sessions* genannt), die sie als Erweiterung, nicht als Einschränkung der normalen Sexualität betrachtet, für eine begrenzte Zeit und innerhalb fester Grenzen unter dem Gebot der absoluten Freiwilligkeit durchführt. *Safe, sane, and consensual* («sicher, geistig gesund, freiwillig») sind die Maximen des *konsensuellen Sadomasochismus.*

Die Grenze, die Sadomasochisten zwischen sich und den *Vanilles* (Nichtsadomasochisten) ziehen, ist fließend. *SM*-Anhänger vollziehen gern das sogenannte *Switchen*, nehmen also gern beide Rollen an. Die Bezeichnungen für die während einer Session eingenommene Rolle variieren: es wird von *dominant* und *devot*, von *S* und *M*, vom *aktiven* bzw. *passiven* Partner oder von *Top* und *Bottom* gesprochen. Ein Spiel kann von dem Top oder Bottom durch ein spezielles Codewort (meist *Safeword* genannt) abgebrochen werden: in deutschsprachigen Ländern wird als solches oft «Mayday» gewählt. Die seriöseste und erschöpfendste inhaltliche und terminologische Aufarbeitung mit umfangreichem Literaturverzeichnis im Rahmen einer «Enzyklopädie des Sadomasochismus» findet sich im Internet unter *www.datenschlag.org.*

Die literarische Aufarbeitung des Sadomasochismus erfolgte durch den 1954 erschienenen erotischen Roman «Die Geschichte der O.» Der «Spiegel» stellte dazu am 1.8.1994 (Nr. 31, S. 160) fest:

Manche mögen's heiß. Die Initialen, die der Gebieter ihr in den Po einbrutzelt, erfüllen sie mit «unsinnigem Stolz»; die Peitsche beschert ihr einen «rauschhaften Zustand», und «wohltätig sind die Ketten». So war sie, die O, die lustvoll leidende Heroine der «Geschichte der O», in die Welt gesetzt vor 40 Jahren von einer unbekannten Pauline Réage; Groll und Gusto hat das Skandalon dann weltweit erregt und Kino gemacht. Immer aber blieb die Frage: Wer war's? Einige führende Franzosen, die den «O»-Gout priesen, standen lange in dem Ruch, das Werk pseudonym verfaßt zu haben. So André Pieyre de Mandiargues, François Mauriac sowie der «Académie Française»-Literat Jean Paulhan.

Der weltweite Bestsellerroman, der in vielen Ländern lange nur unter dem Ladentisch verkauft werden durfte, war 1955 in Frankreich mit dem «Prix Deux Magots» ausgezeichnet worden. Erst vierzig Jahre nach seinem Erscheinen hat sich Dominique Aury, bürgerlich Anne Desclos, im «New Yorker» als Autorin geoutet und damit endlich das Rätsel gelöst, wer sich unter dem Verfassernamen Pauline Réage verberge. Provoziert durch ihren Freund Jean Paulhan, der sicher war, daß sie so etwas nicht schreiben könne, habe sie den an ihn gerichteten «Liebesbrief» verfaßt.

If you were queen of pleasure...

Großbritannien und die USA haben eine lange Geschichte literarischer Zensur. Sie hängt mit dem Verb *to bowdlerize* zusammen. *To bowdlerize a book* bedeutete, daß alle Wörter, Textstellen, Charaktere oder Handlungsträger aus einer Veröffentlichung entfernt wurden, die als *indecent*, also «unanständig» galten.

Der britische Arzt Thomas Bowdler (1754–1825) veröffentlichte 1818 (als revidierte Fassung der von seiner Schwester Henrietta Maria 1807 editierten Originalversion) einen «gereinigten» Band, den er «Family Shakespeare» nannte. Der Lyriker und Essayist Algernon Charles Swinburne (1837–1909) vertrat allerdings im Jahre 1894 die Ansicht, hämische Kommentare über Bowdlers Reinigungsaktion seien dummes Geschwätz, denn der Mann, der es ermöglicht habe, Shakespeares Werke auch intelligenten und phantasiebegabten Kindern zugänglich zu machen, habe dem Dichter letztlich einen großen Dienst erwiesen. Bowdler sollte also keine Schläge bekommen – das meinte Swinburne, der als bekennender Masochist keinen Hehl aus seiner passiv-flagellantischen Neigung machte («If you were queen of pleasure, / And I were king of pain …»).

Hans Rudolf Vaget (1999:23f.) klärt uns auf, daß der phallische Gott bis lange nach Goethes Tod auch aus dessen Dichtung verbannt war. Die tiefe Ursache sei in dem Tyrannen Zeitgeschmack zu suchen, «über den Goethe Eckermann gegenüber so beredt Klage führte und der den Deutschen schließlich nach dem unrühmlichen Beispiel des ‹Family Shakespeare› einen ‹Family Goethe› beschert hat.»

Seid reinlich bei Tage
Und säuisch bei Nacht
So habt ihrs auf Erden
Am weitsten gebracht.
Johann Wolfgang von Goethe

Kapitel 5

Jenseits von Gut und Böse: Kebsen, Callgirls und Bordelle

Es ist ein Roß entsprungen ...

Viele Leser werden das alte Weihnachtslied «Es ist ein Ros' entsprungen» kennen – es stammt aus dem 15. Jahrhundert. Ernest
Bornemann, der berühmte Sexualwissenschaftler, zitiert eine anonyme Parodie seiner Anfangsstrophe:

> Es ist ein Roß entsprungen
> Aus einem Hurenstall.
> Zuhälter wollten's fangen
> Und kamen schnell zu Fall.
>
> Und die Moral von der Geschicht:
> Wer Pferdchen hat und hüt' sie nicht,
> Verliert sie bald, der Bösewicht!   (1973:360)

Hier wird – dichterisch verfremdet – das Verhältnis zwischen Zuhältern und Prostituierten besungen, die *Huren* genannt und mit
Pferdchen gleichgesetzt werden. Das sagt viel aus über die schönfär-
berische Sicht der Gesellschaft, wenig über die Schwierigkeiten in
dem komplizierten Beziehungsgeflecht dieses Milieus. Gerade auf
den Bereich der Prostitution läßt sich Friedrich Nietzsches Aphorismus beziehen, den er in seinem Buch «Jenseits von Gut und
Böse» geprägt hat: «Und niemand lügt so viel als der Entrüstete.»
Einen guten Überblick über die gegenwärtigen und früheren recht-

135

lichen Regelungen zur Prostitution bietet die Arbeit von Sabine Gleß (1999; vgl. dazu auch Thomas Feltes,1999).

Natürlich hat die Prostitutionsszene seit Jahrhunderten auch literarisch ihren Niederschlag gefunden. Die Darstellung des Lebenslaufs von Prostituierten findet sich schon in einem Roman des 16. Jahrhunderts, in der berühmten «Lozana Andaluza» von Francisco Delicado (1480?–1535), ferner in den aus dem 18. Jahrhundert stammenden Werken Daniel Defoes (1660–1731), «Moll Flanders» (1722) und «Roxana» (1724), in der Geschichte der «Manon Lescaut» (1756) des Abbé Prevost (1697–1763) sowie in Deutschland im zweibändigen Werk von Johann Christian Siede (1765–1806): «Die schöne Diana, Berlins erstes öffentliches Mädchen» (1794 und 1796).

Wir können hier nicht detailliert auf literarische, juristische und sozialpolitische Fragestellungen der Prostitutionsszene eingehen. Gleichwohl spiegeln sich viele milieuspezifische Probleme und die Einstellung der Gesellschaft zu ihnen natürlich auch in der Sprache wider.

Die nackte Bürgerin – sittenwidrig?

Thomas Henkel (2001) befaßt sich in seinem unter dem Titel «Sittenwidrigkeit der nackten Bürgerin?» erschienenen Beitrag mit dem vor einigen Jahren ergangenen Urteil des Verwaltungsgerichts Berlin (Az: *VG 35 A 570.99*), das sich deutlich gegen die Sittenwidrigkeit der Prostitution ausspricht. Fast einhundert Jahre hatte die Prostitution in Deutschland als sittenwidrig gegolten – nach dem Reichsgerichtsurteil aus dem Jahre 1901 widersprach das Rechtsgeschäft mit Prostituierten «dem Anstandsgefühl aller billig und gerecht Denkenden». Die Begründung des neuerlichen, bahnbrechenden Urteils geht ausführlich darauf ein, daß hinsichtlich der sozialen Bedeutung von Prostitution über die vergangenen Jahrhunderte erhebliche Veränderungen innerhalb des abendländischen Kulturkreises zu beobachten sind. Wir geben im nachfolgenden einführenden Abschnitt historisch relevante Ausführungen aus dem Urteil in leicht gekürzter Form wieder, als Hintergrundfolie für die sich anschließenden sprachlichen Analysen.

Frauen schaffen an, das Patriarchat kassiert ab

Aus der in der Antike nachweisbaren sakralen (Tempel-) Prostitution (z. B. Aphrodite-Verehrung in Korinth), bei der sich die jungen Frauen als Fruchtbarkeitsopfer stellvertretend für die Gott-
heit einem Priester oder einem Fremden hingaben, entwickelte
sich schon früh in den großen Städten die profane (gewerbsmäßige) Prostitution. Beispielsweise in Athen waren seit dem
7. Jahrhundert v. Chr. für die ärmeren Bürger *Dikteriaden* in Bordellen kaserniert, während wohlhabende Bürger sich von *Hetären* und *Auletriden* (Flötenspielerinnen) mit Musik und Tanz
unterhalten ließen. Unter dem Einfluß des Christentums wurden
Prostituierte zunächst diffamiert, zeitweise sogar mit der Todes-
strafe bedroht, und sahen sich erst im späteren Mittelalter wieder zunehmend toleriert. Die *Freudenhäuser* standen im Besitz
der Landesherren, der Städte und auch der Kirche. Ein Viertel der
Teilnehmer an den Kreuzzügen waren bezahlte Frauen. Zur Zeit
des aufgeklärten Absolutismus in Preußen war Prostitution eine
offen konzessionierte Erwerbstätigkeit, um dann während der
ersten Hälfte des 19. Jahrhunderts mit dem Wandel der Einstellung zur Sexualität, der Entwicklung des bürgerlichen Frauen-
ideals und der Neuinterpretation des Gewerbebegriffes von der
merkantil-fiskalischen Erwerbsquelle zur «ehrlichen Arbeit» wieder ins Abseits der offiziellen Rechtsordnung zu geraten und po-
lizeilich reglementiert zu werden. Erst 1927 wurde die Prostitution nach einer sozialreformerischen Kampagne wieder «freige-
geben» und von der Polizeiaufsicht des Kaiserreichs befreit.
Doch schon wenig später nahmen die Nationalsozialisten diese
Reform wieder zurück, indem sie jegliche «Verfehlung gegen die
geschlechtliche Sittlichkeit» verdammten und Prostituierte als
Asoziale und «geborene Verbrecher» in Lager deportierten. Zugleich wurden jedoch in vielen deutschen Städten Bordelle ein-
gerichtet, u. a. für Wehrmachtssoldaten und «fremdvölkische Ar-
beiter» sowie in Arbeits- und Konzentrationslagern. In der
Bundesrepublik Deutschland ist Prostitution innerhalb der durch
das Strafrecht gezogenen Grenzen erlaubt. Rund 70 % der
männlichen Bevölkerung haben irgendwann in ihrem Leben mit
einer der z.Zt. etwa 400 000 Frauen Kontakt, die einen Jahresum-
satz von ca. 12,5 Mrd. DM erwirtschaften und deren Dienste täglich etwa 1,2 Mio. mal in Anspruch genommen werden. Gleichwohl werden die Frauen noch immer zivil-, arbeits- und sozial-

rechtlich diskriminiert. Dies ist mit dem in den letzten Jahrzehnten zu beobachtenden Wandel der sozialethischen Bewertung der Prostitution nicht (mehr) zu vereinbaren.

Prostituierte: Synonyme und Quasi-Synonyme

Das Wortfeld für Prostituierte ist im Deutschen relativ reich an Synonymen. Während man im Lateinischen von *scortum, femina* oder *puella* sprach, stößt man in unseren Wörterbüchern durchweg auf Bezeichnungen wie *Animierdame, Beischläferin, Buhlerin, Callgirl, Dirne, Freudenmädchen, Gefallene, Grisette, Hübschlerin, Hure, Kokotte, Konkubine, Kurtisane, Liebesdienerin, Mädchen, Masseuse, Mätresse, Metze, Model(l), Nutte, Prostituierte, Straßenmädchen* und *Strichmädchen.*

Ich sprach von *Synonymen,* d.h. Bezeichnungen, die im Gebrauch in der fachlichen Kommunikation gleiche Bedeutung haben, und muß mich als Sprachwissenschaftler sogleich korrigieren, denn es handelt sich natürlich nur um *Quasi-Synonyme,* d.h. Bezeichnungen, deren Bedeutungen sich zwar in der natürlichen Sprache unterscheiden können, die aber für Zwecke der Wörterbuchdokumentation gleichgesetzt werden. Auch im vorliegenden Bereich werden die aufgeführten Varianten durch den jeweiligen sprachlichen Ko- und den außersprachlichen Kontext – z.B. die historischen, soziologischen, juristischen und gesellschaftlichen Dimensionen – mitbestimmt. Die gemeinsame Bedeutungskomponente bei den genannten Bezeichnungen ist die gewerbsmäßige entgeltliche Preisgabe des eigenen Körpers zum Geschlechtsverkehr.

Schimpf-, Spott- und Scherznamen

Der erwähnte Differenzierungsgrad bei den genannten *gemeinsprachlichen* Nomina ist bereits erheblich, er ist schwierig einzuschätzen und teilweise kaum nachvollziehbar in den *dialektalen* Ausprägungen und den *Sondersprachen.* Heinrich Klenz führt 1910 in seinem sogenannten «Schelten-Wörterbuch» noch folgende Bezeichnungen für *Freudenmädchen* auf, die beim heutigen Leser weitgehend auf Unverständnis stoßen, ihn vielleicht aber zugleich belustigen:

Alleemensch, Betze, Biene, Blechtude, Bleivogel, Bödelsch, Brandhure, Bruchbiene, Bubenhure, Bübin, Buttervogel, Chonte, Deipel, Dirne, Dohle, Evas Tochter, Feger, Fiedel-Else, Fiesel, Fimmel, Fose, Frauenzimmer, Fuchsmaschine, Fuchtel, Fummel, Gammel, Geige, Gelbseidene, Glid, Glunde, Gluphur, Grasmücke, Grasnymphe, Groschensloch, Gurre, Hanne, Hellerhure, Hübscherin, Huldin, Aller-Buben-Sonntag, Kletterhanne, Klunte, Klüngel, Knallnymphe, Kommißnickel, Kramtsvogel, Krone, Lager-Meuble, Lais, Landhure, Landschwester, Laura, Lorumhenne, Luder, Lusch, Melkerin, Metze, Meuble, Möse, Motte, Möwchen, Mus, Musch, Nachtvogel, Nafke, Nickel, Nille, Nymphe, Patentjungfer, Privatdozentin, Rasenwälzer, Rierbein, Rosinante, Sack, Saubesen, Saumensch, Schandbalg, Schicksel, Schleppsack, Schnalle, Schnepfe, Schottel, Schref, Sechserkalle, Sone, Spinde, Spinne, Spritzbüchse, Strahlhure, Strichvogel, Tiffe, Teckel, Töle, Titte, Toppsau, Trine, Trülle, Wallrutscher, Wetterhahn, Zobelchen, Zugvogel.

Das «Schelten-Wörterbuch» ist eine Sammlung von Schimpf-, Spott- und Scherznamen, besonders der Handwerker. Bedenkt man, daß offizielle Hurenorganisationen die Bezeichnung *Hure* heute nicht mehr als abwertend empfinden und sogar den Terminus *Sexarbeiterin* für Prostituierte vorschlagen, so mag der handwerkliche Bezug für das «horizontale Gewerbe» als durchaus gerechtfertigt erscheinen. Auf jeden Fall hat das zitierte Urteil das Gesetzesverfahren zur rechtlichen Absicherung von Prostituierten gefördert, das den Betroffenen den Weg in Sozial-, Renten- und Krankenversicherungen ebnen und zur Anerkennung der Prostitution als Beruf führen kann.

Badeguste oder Fuchsmaschine?

Für die Einträge im «Scheltenwörterbuch» und in modernen Lexika findet sich eine kulturhistorisch sinnvolle Ergänzung bei Ernest Bornemann, dessen Werk den Titel trägt: «Sex im Volksmund: Der obszöne Wortschatz der Deutschen» (1991; erstmals 1974). Er nennt beispielsweise für Prostituierte im Studentenvokabular des 18. und 19. Jahrhunderts: *Alma, Elysia, Empuse, Erosine, Florbüchse, Fuchsmaschine.* Für Prostituierte des Mittelalters führt er auf: *Badedirne, Badhur, Fladerfetzerin;* schließlich war

(…) der Badekult des Mittelalters (…) weniger Reinlichkeitsfanatismus als Vorschub für einen Bordellbetrieb, in dem die Bademägde nicht nur den Männern, sondern auch den Frauen sexuell dienten. In Rußland überlebte diese Praxis bis ins 19. Jahrhundert. In Berlin überlebten die Worte *Badeguste* und *Bademinna* als Synonyme für Prostituierte noch über ein Jahrhundert, nachdem die Badeprostitution bereits ausgestorben war.

Ambulante Dirnen des Mittelalters hießen *Allerweltshuren, fahrende Frauen* und *Landstörzerinnen*. Die *babylonische Hure* des Mittelalters war die *Babel*: in vielen Kunstwerken des Mittelalters findet sich die *große Babel*, sitzend auf einem roten Pferd mit sieben Köpfen und sieben Hörnern; sie trägt ein rotes, goldbesticktes Gewand und in der Hand den «Becher der Sinnenlust».

Die Prostituierte, die im Hinterzimmer von Kaufmannsläden bei Kerzenlicht arbeitete, wurde *Kerzenhur* genannt, die «Edelhuren» des 19. Jahrhunderts, auf die wir noch eingehen werden, hießen *Kokotte, Mätresse, Salondame* oder *Tausendgüldenkraut* (so ursprünglich der Spitzname der Marie Preindl – sie lebte von 1803–1828 –, die ein Minimum von 1000 Gulden von ihren Liebhabern verlangte, danach die Bezeichnung für alle Kokotten im Wiener Volksmund).

Der erwähnte Synonymreichtum gemeinsprachlicher Bezeichnungen für Prostituierte erweitert sich beträchtlich, wenn regionale Dialektausdrücke hinzugenommen werden. Darum wollen wir nachstehend aus der Vielfalt exemplarisch einige Varianten aus Wien, Hamburg und Zürich beleuchten.

Hamburger Bordsteinschwalben

Gerade über die Prostitution in Hamburg ist, besonders im 19. und 20. Jahrhundert, eine Vielzahl von Publikationen erschienen. Dem Werk von J. Zeisig, «Memoiren einer Prostituirten oder die Prostitution in Hamburg» (1847), folgten zahllose Schriften des erwähnten Hamburger Arztes und Schriftstellers Johann Wilhelm Christern – er publizierte auch unter dem Namen Wilhelm Christern und den Pseudonymen Baron v. Rosenberg, O. Vokativus, Vokativus II., Felix Rose und Wilhelm von Reinbeck (bzw. Wilhelm von Reinbek). Zu seinen Veröffentlichungen pikanten und zweideutigen Inhalts für das Altonaer «Verlagsbureau» und die auf gleicher Stufe stehende «Verlagsanstalt in Leipzig» zählten u. a. «Entschleierte Geheimnisse der Prostitution in Hamburg» (1847); «Die hamburgische Prostitution – dargestellt in Biographien, Skizzen und Genrebildern» (1860); «Galante Mysterien Hamburger Maitressen, Unterhaltenen, Grisetten und Loretten» (1861a); «Die bärtige Luise: Eine Skizze aus dem Leben einer bekannten Tänzerin» (1861b); «Die flotte Lotte: Memoiren einer Prostituierten während ihres Aufenthaltes in Hamburg, England und Amerika» (1861c) und «Hamburgs galante Häuser bei Nacht und Nebel» (^{8}1862).

Der Sondersprachenforscher Klaus Siewert (2003) hat, teils gestützt auf Vokabularien Günther Silvesters (1968), in seiner eindrucksvollen Sammlung für «Hamburgs Nachtjargon» u. a. festgehalten: *Starlet*; *Asphaltschwalbe*; *Bordsteinschwalbe*, die auf der Straße *trabt* (= als Straßenprostituierte auf Männerfang ausgeht); *Tille* (bedeutet schon im Rotwelschen ‹Frauenzimmer, Dirne›: daher heute auch *Animiertille* für Animierdame); *Auspufftille* (Prostituierte vom Autostrich); *Bordtille* (Prostituierte, die mit Seeleuten an Bord geht); *Kokstillle* (Prostituierte, die Kokain schnupft); *Reestille* (Prostituierte, die viel redet; *reesen* = ‹sprechen›, möglicherweise aus rotwelschem *Geseire* = ‹unnützes Geschwätz› hergeleitet); *Leasinghure* (die Prostituierte, die von einem Zuhälterring an einen außenstehenden Zuhälter vermietet wurde); *Bügelschwalbe* (Amateurprostituierte); *Stiefelfrau* (= Domina – schon im Rotwelschen galt die Stiefelfrau als ‹Dirne, die masochistische Neigungen befriedigt›). Als *Hühner* werden insbesondere die abhängig arbeitenden Prostituierten von ihren Zuhältern bezeichnet; auch *Ische* (übernommen vom jiddischen Wort *Ische* = Frau) ist ein umgangssprachliches Wort für ‹Mädchen, Geliebte›: *Reune mal das Ponum von der Ische* (Guck dir mal das Gesicht von der Frau an!; *reunen/roinen* = ‹sehen› < jiddisch *ro(j)enen* = ‹sehen›; jiddisch *ponum* = ‹Gesicht›). Die umgangssprachliche Bezeichnung *Biene* für ‹Gelegenheitsfreundin, leichtes Mädchen› ist nach Küpper (1963, Bd.2: 69) möglicherweise herzuleiten von dem Insekt, das von Blüte zu Blüte fliegt.

Die Tätigkeit von Prostituierten wird häufig euphemistisch als *Anschaffen* bezeichnet. Nach Siewert ist das Verb *ackern* – speziell im Kontext *sie geht für mich ackern, sie ackert in der Straße* – der «Begriff, der die Position zwischen Zuhälter und Hure ausmacht».

Die speziell für Hamburgs Nachtjargon (ibid.:101) aufgeführten Bezeichnungen *Klöpferchen* und *Klopfmaloche* deuten darauf, daß die Prostituierten im Bordell ans Fenster klopfen, um einen Gast anzulocken. Übrigens wußte schon Michel de Montaigne (1533–1592) über die italienischen *Fensterschwalben* zu berichten: «Jede versteht, ihren verlockendsten Reiz sichtbar zu machen, zeigt nur die obere Hälfte des Gesichts oder die untere oder das Profil, die eine ist verhüllt, die andere gar nicht; kurz, man sieht nicht eine einzige Häßliche am Fenster.»

Die Tätigkeit der Prostituierten ist, sofern sie nicht als *Solobraut* (d. h. unabhängig) arbeitet, u. a. gekennzeichnet durch ihre Beziehung zu ihrem *Zuhälter* und zu ihren Kunden, den sogenannten *Freiern*.

Die Rolle der Luden

Die Frau, die für Zuhälter arbeitet, wird als *Partie* bezeichnet – *eine Partie aufreißen* heißt: ‹eine Frauen- oder Mädchenbekanntschaft machen› –, als *Brandpartie* gilt eine ‹Frau, die dem Zuhälter kein Geld mitbringt›. Nach Siewerts (2003:66) ist auch der Ausdruck *Fallpartie* geläufig, immer dann nämlich, «wenn die Prostituierte vom Anschaffen mit *Blockschulden* zurückkommt.» Der *Block* ist der Rechnungsblock für die Prostituierten im Bordell, den die Wirtschafterin führt; entsprechend sind die *Blockschulden* die ‹Mietschulden der Prostituierten im Bordell, in dem sie arbeitet›.

Das seit dem 19. Jahrhundert belegte Wort *Zuhälter* wurde ursprünglich in der Sprache der Polizei analog zu dem im 15. Jahrhundert für Dirne gebräuchlichen Wort *Zuhälterin* gebildet. Die spätmittelhochdeutsche Wendung *mit einem zuohalten* hatte die Bedeutung ‹zu einem halten› und bezeichnete zunächst das außereheliche Verhältnis einer Frau zu einem Mann. Über die Analogbildung ‹außerehelicher Geliebter› kam es später zur Bedeutung ‹Dirnenbeschützer› und ist heute gemeinsprachlich gängig; in seinem Bericht «Leichen im Keller», den Aloys Behler für «Die Zeit» (am 16. 3. 2000, auf S. 56) schrieb, heißt es: «Udo mit dem fein geschnittenen Gesicht, der ‹lieber für einen Engländer als für einen *Zuhälter*› gehalten werden möchte und inzwischen nichts mehr fürchtet als Komfortverzicht, denkt an die Einrichtung eines ‹Nostalgiepuffs, so 'ne Art Disneyland der 70er, WG-Atmosphäre›, Rififi aber hat entschieden die Nase voll (‹Im Ernst, Udo, das wird alles immer perverser›) und träumt vom Rückzug in den Ruhestand.»

Im einschlägigen Milieu wird der Zuhälter oft *Louis* oder *Lude* genannt: der Ausdruck ist aus dem Vornamen *Ludwig* gekürzt, wobei Ludwig die auch im Rotwelschen übliche Entsprechung für den französischen Namen *Louis* bildet. Die Verwendung von *Ludwig* und *Louis* (auch *Pufflouis*) im Sinne von ‹Zuhälter› bezieht sich möglicherweise auf die gleichnamigen französischen Könige im 17. und 18. Jahrhundert, die wegen ihrer zahlreichen Mätressen bekannt waren. Den *Luden* umgibt eine Vielzahl von Komposita: der *Hartgeldlude* und der *Heiermannslude* bzw. die *Heiermannszigarre* (als *Heiermann* bezeichnete man in Hamburg früher ein Fünfmarkstück) sind ‹Zuhälter, die über wenig Geld verfügen›; beide wohnen in der Regel in *Ludensteigen*, also Hotels, in dem sich Angehörige dieser sozialen Gruppe, des sogenannten *Ludenkreises*, aufhalten. Nur die erfolgreichen Zuhälter können sich luxuriöse Accessoires leisten, das sogenannte *Ludenspielzeug*, zu dem neben teuren Autos und Rennbooten vor einigen Jahren auch als *Ludenvisitenkarte* das goldene Feuerzeug der Marke Dupont gehörte.

Das denominative Verb *luden* wird in der Bedeutung ‹als Zuhälter arbeiten› gebraucht, jemand, der Frauen zur Prostitution animiert, wird oft *Poussierer* genannt, im Falle besonderen Geschicks wird er als *Oberpoussierer* bezeichnet; den Zuhälter, der nicht akzeptiert wird, nennt man *Schmock*.

Benzinstuten auf dem Wiener Schnepfenstrich

Hua (Hure), *'Ghalle* (Kalle), *Gradn* (Gräte), *Heid* (Häutchen), *Mendsch/~adl* (Mensch/~erl), *Be'dinarin* (Bedienerin), *Horidson-'ddale* (Horizontale), *'Hoebseidene* (Halbseidene) sind nach Oswald Wiener einige Grundbezeichnungen für eine Prostituierte. Varianten sind *Be'sula* (= ‹Mädchen, Jungfrau› < jiddisch *bsule* = ‹Jungfrau›); *'Bossgeign* (Baßgeige); *'Feglarin* (Vöglerin: *a guade ‹Feglarin›*); *Gams* (Gemse; Wiener [1992: 439] führt das Wort – unter Verweis auf Wolf [1956/1993] – auf rotwelsches *Gambe(h)s* = ‹Kind› zurück); *Me-'dressn* (Mätresse); *Meddsn* (Metze, nach Wien aus Deutschland eingesickert, wo es – wie Ludwig Günther in seiner Arbeit über die «Bezeichnungen für die Freudenmädchen im Rotwelsch» [*Anthropophyteia*, Bd. 9: 1912] herausstellte – zur Bedeutung ‹Hure› aus dem Vornamen *Mechthild* gekommen war). Günther hat auch in seinem späteren Werk über «Die deutsche Gaunersprache» (1919;

nachgedruckt 2001) erwähnt: «Von den Gaunern und Kunden werden u. a. *Hanne, Suse* und *Trine* (Kurzformen von Johanna, Susanna und Katharina) für leichte Dirnen gebraucht.» Auch *Biggsn* (Büchse) wird, ebenso wie *Schnoen* (Schnalle), für ‹Dirne› gebraucht, wobei die Geschlechtsteil-Bezeichnung (*Biggsn* bzw. *Schnoen* = ‹cunnus›) jeweils als *pars pro toto*-Bildung aufzufassen ist: Nach Kluge (²⁴2002:817) kam es dabei aus der Jägersprache (nach der Schuhschnallenform des Genitals weiblicher Tiere) bei *Schnalle* zur Bedeutungsübertragung auf ‹Hure, Dirne›.

Weitere Bezeichnungsvarianten für die Liebesdienerinnen – je nach Alter, Status, Betätigungsort oder angebotenen Leistungen – sind: *Bri'abbarin* (nach Burnadz [1966] ‹Dirne, mannstolles Weib, fellatrix, gebildet nach Priapus›); *Schlabbfm* (Schlapfen, Hausschuh, zu deutsch *Schlapp*: ‹verwahrlostes Weib›); *Schlaumbbm* (Schlampe); *'Schleifschda* (Schleifstein, synonym für Wetzstein, also ‹Gerät, an dem man [sich den Penis] wetzt›); *'Noböhua* (Nobelhure); *Schlundsn* (Geliebte: das tschechische *šlunce* [‹Sonne›] ist eine Übersetzung aus rotwelschem *sonne*, jiddischem *sonah*, hebräischem *zôna* = ‹Hure›); *Schnebbfm* (Schnepfe: Louis Günther verweist schon 1912 in seiner erwähnten Arbeit über «Die Bezeichnungen für die Freudenmädchen im Rotwelsch ...» auf die Bedeutung ‹Hure› wegen des mit dem Hinterteil wackelnden Gangs der Strichmädchen, Ignaz Franz Castelli verzeichnete bereits 1847 in seinem «Wörterbuch der Mundart in Österreich unter der Enns» für *Schnepfenstrich* die Bedeutung: ‹der von den Dirnen begangene Bezirk›); *'Baghua/'Bagmensch* (Parkhure = ‹Prostituierte, die ihr Geschäft in öffentlichen Parkanlagen betreibt›); *'Ausghoedene* (eine Ausgehaltene = ‹Mätresse›); *'Ausgrunnane* (eine Ausgeronnene = ‹alte Hure›); *Ben'dsinschduaddn* (Benzinstute), *'Auddoghalle, 'Auddogradn, 'Auddoheidl, 'Auddomenschadl* – jeweils für Dirnen, die sich auf den Geschlechtsverkehr im Auto des Kunden spezialisiert haben; *Ma'ssörin* (Masseuse); für die ‹fellatrix› gibt es Ausdrücke wie: *'Saugarin, 'Maulfeglarin* (Maulvöglerin), *Ba'nananschliggarin* (Bananenschleckerin), *Fran'dsäsin* (Französin) oder *'Beidlschliggarin* (Beutel-[= ‹mentula›]-Schluckerin). ‹Prostituierte unter behördlicher Aufsicht› nennt man *Regis'driadde* (Registrierte), *Ghond'ddroehua* (Kontrollhure), *Lidsen'siadde* (Lizensierte), *Legiddi'miadde* (Legitimierte) oder *Ghond'ddroemadl* (Kontrollmädchen).

Roland Girtler (1995:255 und 1998:182 f.) unterscheidet zwischen neutral-wohlmeinenden Ausdrücken (*Hacknbraut*, *die/meine Alte*, *Madl*, die *Beste*, die *Tante*, die *Schwester*, die *Bauchschwester* oder *Deckelkatz*) und Schimpfwörtern für Prostituierte (das *Ban* [Bein], das *linke Ban* [= ‹hinterlistige Dirne›], die *Kleschn* [= ‹Vulva›], die *Fut*, das *Blasban* oder *Maulpuderban* [oral verkehrende Dirne]).

Wiener Galeristen und Strizzis

Auch für die Zuhälter (*'Dsuahoeda*) gibt es im Wienerischen variationsreiche Bezeichnungen: *'Ägon* (Egon); *'Alfons* (Alphonse); *Loisl* (Louis); *Lud* (Lude < Ludwig); *'Beidschadlbua* (Peitscherlbub); *Bua* (Bursche); *'Degga/'Degghengsd* (Decker, Deckhengst); *'Gaumsjaga* (Gemsenjäger, vgl. *gams* = ‹Dirne›); *Beasch* (Emil Kläger verzeichnet *Bärsch*); *Gale'rist* (‹Zuhälter›, ‹Schwerverbrecher› – wie Oswald Wiener ausführt, benannt nach der *Galerie*, dem charakteristischen Gefängnisstockwerk der veralteten, in Österreich in der weit überwiegenden Mehrzahl der Zuchthäuser vorhandenen Bauweise); *'Ghabböbua* (Kappelbub = ‹Zuhälter›: nach den früher von den Wiener Zuhältern getragenen – laut Avé-Lallemant (1858–1862) verwegenen – Kappen, die sie trugen); *'Ghoba* (Kober, eigentlich ‹Bordellwirt›, eventuell aus dem Rotwelschen nach jiddisch *kübbo*, *kowo* = ‹Schlafkammer, Bordell› – auch die Bordellmutter heißt *'Ghoberin*; vgl. hierzu S. 151); *'Schdriddsi* (Strizzi – Max Mayr leitet das Wort aus dem mittelhochdeutschen Verb *striuzen* = ‹anrempeln› ab, für Julius Jakob kommt es vom italienischen Wort *strizzare* = ‹auspressen›, glaubhafter erscheint Wehles Herleitung [1980:267 f.] aus tschechischem *stryc*, Pl. *stryci* = ‹Onkel›): Girtler (1998:183) nennt für den ‹primitiven, gewaltigen Zuhälter› noch die rotwelschen Ausdrücke *Gulaschstrizzi* und *Burernhäutlstrizzi* (Burenwurst ist eine billige Wurst in Wien).

Hamburger Haubentaucher

Klaus Siewert (2003) nennt aus Hamburgs Nachtjargon neben der Bezeichnung *Kellemann* eine Reihe weiterer Synonyme für den *Zuhälter*: Die Wendung *die Finger gebrochen haben* bedeutet ‹ein Zuhälter sein›: *schon in der Wiege die Finger gebrochen haben* hört man daher im Sinne von ‹ein geborener Zuhälter sein›; ein *schlimmer Fin-*

ger ist ein ‹brutaler Zuhälter, der die Frauen häufig sogar *einreitet* oder *zureitet*, d. h. durch erzwungenen Geschlechtsverkehr gefügig macht; *Haubentaucher* oder *Hühnerhabicht* sind die Ausdrücke für einen ‹unfähigen Zuhälter›; natürlich gibt es auch Zuhälter, die *zwei*- oder *dreispännig fahren* – von zwei oder drei Prostituierten leben oder als Zuhälter entsprechend mehrere Prostituierte als Freundinnen haben.

Eine szenetypische Bezeichnung für Zuhälter ist auch *Loddl.* Der *Duden* («Deutsches Universalwörterbuch A–Z»; ⁵2003: 1029) vermutet, das Wort sei zu nordostdeutschem *loddern* (mit der Bedeutung ‹müßig gehen, faulenzen›), einer Nebenform von *lottern* zu stellen. In einer Reportage von Rob Kieffer über «Die mörderische Eifel» in «Die Zeit» (vom 24. 1. 1997, S. 57) konnte man lesen: «Hochsitze fliegen in die Luft; Scheunen werden angezündet; in Bundeswehrdepots wimmelt es von Spionen; Kölner *Loddel* mit Spitznamen wie Koks-Frenzi und Dom-Bomber fallen ein; Dorftresen werden zu konspirativen Treffs von Agenten des BND, der CIA und des KGB; in Provinzdiskotheken geben sich Ecstasykuriere die Klinke in die Hand; in Amtsstuben, die mit guter deutscher Eiche ausgestattet sind, nehmen korrupte Lokalpolitiker die Bestechungscouverts skrupelloser Industrieller entgegen.»

Gerade in Hafenstädten wie Hamburg kennt man natürlich auch die ausländischen Bezeichnungen für den *Beschützer, Luden, Loddel* oder *Stenz* der *Damen*: z. B. den französischen *Souteneur, Mac, Maquerreau* oder *Apache* (speziell in Paris) sowie den britischen *ponce* oder den anglo-amerikanischen *pimp*.

Pimp – Story of my Life

Iceberg Slim alias Robert Beck ist der bekannteste «Pimp» aller Zeiten. Nach einem Vierteljahrhundert exzessiven Lebens und nach mehreren Gefängnisaufenthalten schwor er Ende der 50er Jahre des letzten Jahrhunderts dem kriminellen Leben ab und begann seine Schriftstellerkarriere. Seine Romane wurden in den USA zu Bestsellern. Der Roman «Pimp – Story of my Life» erschien 1969 und avancierte in den USA zum Kultbuch, weil es «die schwärzeste Geschichte des schwarzen Amerika erzählte» und, wie «The Times» urteilte, «eine unglaubliche Tour de force der Fleischeslust und Gewalt» repräsentierte. Im Jahre 2003 wurde das Buch von Bernhard

Schmid kongenial ins Deutsche übersetzt und vermittelt uns einen schonungslosen Blick auf die Zuhälterszene:

Er kannte mich vom Hörensagen und wußte, daß ich aus Chicago war.
«Ja, ich bin Iceberg», sagte ich, «aus der Windy City.»
«Sag mal, Mann», fuhr er fort, «was sagst du zu dem alten Red Eye? Treff ich den doch glatt letzten Monat in New York. Ein richtiger Patentlude. Den kennst du doch sicher auch?»
Ich sah ihn an, als hätte ich ihn beim Zungenkuß mit einer Schwuchtel erwischt.
«Hör mal, Freundchen», sagte ich. «Ich hab keine Zeit für Spielchen. Ich kenne Red Eye. Du willst den letzten Monat gesehen haben? Dann solltest du besser mal zum Dachdecker gehen! Weil du nämlich 'n Rad abhast. Red Eye hat vor fünf Jahren Dauerwurst bekommen. In Pittsburgh. Die volle Länge.»
Er grinste mich an, als hätte er eine Flasche Rotz gesoffen. Dann wollte er meine Größe wissen. Er sagte mir, ich sollte es mir bei ihm gemütlich machen. Er müßte über die Straße zu seinem Lager, um die Ware zu holen.
Ich warf einen Blick in das winzige Schlafzimmer. Auf dem Bett lag eine nackte Braut.
Ich fragte mich insgeheim: «Was ist denn das für 'n Schrubber?»
Ich trat ans Bett und sah sie mir an. Sie war besoffen, völlig hinüber. Sie erinnerte mich an den Zwerg. Die Braut da war drall, geradezu feist. Ich wußte, wie ich sicher gehen könnte. Ich hatte sie seinerzeit mit dem Drahtbügel blutig geschlagen. Die Narben mußten ihr geblieben sein. Ich drehte sie auf den Bauch. Die Narben waren da.
Ich stand da und sah sie mir an. Phyllis! Ich mußte an den harten Knast in Leavenworth denken. Und jetzt war sie mir ausgeliefert, die stinkige Fotze. Allein ihr Anblick machte mich schier verrückt.
Ich schnappte mir die Cognac-Flasche von der Kommode. Ich brauchte den Stöpsel. Ich holte meinen Stoff heraus. Von der Portion, die ich in den hohlen Stöpsel schüttete, wäre ein Junkie krepiert. Und sie war clean.
Ich sah eine Flasche Wasser zum Mixen auf dem Boden. Ich füllte den Stöpsel und strich ein Streichholz an. Ich hielt es unter den Stöpsel. Ich stieß meine Pumpe hinein. Ich zog sie auf. Der Tag der Abrechnung war da.
Ich stieß ihr den Nagel in eine Vene hinter dem Knie. Ihr Blut bil-

dete rote Schlieren in der Fixe. Ich wollte eben den Gumminippel zusammendrücken, als ich aus dem Fenster sah. Ich sah ihren Typ über die Straße spritzen. Er schob einen Schrankkoffer in Richtung Pension.

Ich erstarrte. Ich riß den Nagel wieder heraus. Ich schob mir die geladene Pumpe in den Schuh. Ich steckte mir den Stoff wieder im Zwickel an die Shorts. Ich hatte mich gerade in den Wohnzimmersessel geworfen, als er zur Tür hereinkam. Ich schwitzte wie ein Schwein. Er roch Lunte. Immer wieder sah er aus dem Augenwinkel nach seiner Braut.

Er dachte, ich hätte sie in seiner Abwesenheit genagelt. Ich fragte mich, wie lange er sie schon hatte. Er war ein Krimineller. Er würde sie zum Teufel schicken, wenn er dahinter kam, was er sich da angelacht hatte. Früher oder später würde ihm jemand ein Licht aufstecken. Er würde erfahren, daß der Zwerg mich in den Knast gebracht hatte. Ich nahm mir von der Ware, was ich brauchte. Er verschwand im Schlafzimmer, um nach ihrer Möse zu sehen.

Pufflatscher und Sahnefreier

Das Wort *Freier* für den Kunden der Prostituierten – ob im Puff, in Massagesalons, in Modellwohnungen, in Nobelhotels, in sogenannten *Absteigen* oder auf der Straße – ist keineswegs neu, es begegnet schon im Rotwelschen in der Bedeutung ‹Fremder, Herr, Mann, Bursche›. Nicht ganz von der Hand zu weisen ist auch ein Anschluß an niederländisches *vrijen* (koitieren) und *vrijer* (jemand der koitiert), zumal dieses Wort mit dem neuhochdeutschen Verb *freien* im Sinne von ‹auf Brautschau gehen› wortgeschichtlich identisch ist. Der Charakterisierung der Freier sind keine Grenzen gesetzt: Es gibt den *grantigen* (d. h. schwer zu nehmenden) *Freier*; den *linken* (d. h. schlechten) *Freier*; den *Haschfreier* (rauschgiftsüchtiger Gast); den *Pernodfreier* (Gast, der Pernod trinkt); den *Sektfreier* (guter Gast, der Sekt ausgibt; Girtler [1995:255] spricht hier vom *gstopften Gogl!);* den *Seibelfreier* (Gast, der nur redet und nichts ausgibt, an dem nichts zu verdienen ist); den *Tittenfreier* (Gast, der vollbusige Frauen bevorzugt); den *Scheinfreier* (zum Zweck polizeilicher Ermittlungen als Gast Getarnter). Am beliebtesten bei Prostituierten sind natürlich der *Sahnefreier*, der viel Geld hat und es gern ausgibt, und der *Stammfreier* (ein Gast, der regelmäßig wiederkommt), am unbeliebtesten ist neben dem *Pufflatscher* (jemand, der sich lange im Puff aufhält, ohne «mitzugehen») ein *Putzfreier*, ‹ein Gast, der immer Streit sucht›: die Wendung *auf den Putz hauen* ist seit 1939 aus der Soldatensprache bekannt und in die Umgangssprache eingegangen mit dem Bedeutungsspektrum ‹aufbegehren, energisch auftreten, Forderungen stellen›. Wenn Prostituierte *einen Freier poussieren* bedeutet das, daß sie ihn zur Prostitution animieren; Günther Silvester (1968:12) nennt in diesem Zusammenhang sogar das Wort *anwichsen: wichs mich nicht an!* im Sinne von ‹animiere mich nicht zum Trinken›. Wenn sie *einen Freier abgreifen*, dann heißt das, daß sie ihn finanziell ausnehmen, zum Teil sogar illegal, z.B. durch *Greifmaloche* (Taschendiebstahl) oder dadurch, daß sie ihn *melken* (während des Beischlafs bestehlen). Daß alle Freier grundsätzlich für dämlich gehalten werden, liegt nahe und spiegelt sich in der Sprache: Wer sich ein *Freierstück* leistet, begeht eine große Dummheit; auch die Wendung *eine Feder am Hut haben* steht für die Bedeutung ‹Freier› – *ich habe doch keine Feder am Hut* will deshalb sagen: ich bin doch kein Freier.

'ne perverse Nummer

Neben den eingangs zitierten Prostitutionsromanen gibt es im deutschsprachigen Raum eine Reihe von modernen literarischen Darstellungen des «Milieus». Speziell im Hamburger Raum lebt ein Autor, der seit mehren Jahrzehnten zu den brillantesten und bösartigsten Satirikern gehört, wobei er das Hochdeutsche ebenso virtuos beherrscht wie das Niederdeutsche und den regionalen Stadtdialekt – das Missingsch. Wolfgang Sieg schildert uns in seinem Buch «Schräge Vögel: Lauter harmlose Geschichten» (2002:42 f.) eine *Peepshow*, eine Szene der besonderen Art:

> Heute morgen hatte ich die absolute Glückssträhne. Das klingelte man so. Hörte gar nicht wieder auf. Überall kullerten schon die Markstücke rum, rollten über Boden. Nach dem fünften Gewinn kommt Messer-Peter, der die Scheine in Hartgeld umwechselt, hinterm Tresen hoch, baut sich vor mir auf und sagt: «Nun ist aber gut …»
> «Ich kann hier mein Geld verspielen wie jeder andere …»
> «Nun ist gut, hab ich gesagt, und wenn du nicht sofort deine

Pickelnase hier wegträgst …» Er greift anzüglich inne Hosentasche, wo er sein Rasiermesser hat.

Okay. Hab ich die Kurve gekratzt, aber dreißig hatte ich abge-
saugt. Was macht der Mensch mit so ein' Vermögen?

Klar, erst mal schiebt er sich 'ne Super-Körri mit Fritten doppelt
und Majo rein. Danach zwei Indianer-Bier. Und denn ist er bereit
für die tiefern Gefühle. Die besten Piepshows bietet «Sexworld».
Da bring' sie noch echte Nummern mit Paare, und wenn die
Dam' «Solo» machen, denn sowieso mit Magnum-Zittergurken.
Ja, und wenn du dir für fünf 'n Moddel bestellst, die inne Einzel-
kabine hinter die Glasscheibe nur für dich rackert, denn wird dir
was geboten in deine fünf Minuten, da brauchen se keine drei
Minuten, wie woanders, um sich auf den Hocker zu setzen, und
denn wolln sie 'n Aufschlag von noch mal 'n Heiermann, ehe sie
überhaupt anfang' mit ihre Gurken, nee, bei «Sexworld» geht
das gleich ab, mit volle Pulle.

Hab ich die allerbesten Erfahrung' mit diesen Laden. Also: wirst
du garantiert nicht übern Tisch gezogen. Aber was ich heute …
glaub das oder nicht, aber ich bin noch voll ab.

Wie gesagt, ich steck den Heiermann in den Schlitz und sag dur-
che Sprechanlage, daß ich Beate will. Hab ich nämlich gesehen,
daß die neu ist. Frisch von' Lande. Wenn sie neu sind, habn sie oft
noch den total'n Idealismus drauf. Also, geben sich aus in ihr'n
beruflichen Ehrgeiz. Na ja, Beate kommt denn auch. Setzt sich
auffen Hocker, wirft die Zittergurke an, ich nehm auch Platz,
mach mich untenrum frei, entspann mich, reiß schon mal 'n Lap-
pen vonne Kleenex-Rolle ab, denk: Die ist noch ziemlich jung,
höchstens zwanzig, sieht auch noch nicht so abgebürstet aus, da
guckt die mich an, echt, guckt mir voll in die Augen, und die
Gurke in ihre rechte Hand summt … richtig gemütlich, aber fünf
Minuten sind schnell rum. Komm zur Sache, denk ich noch. Sie
guckt noch immer, und denn sagt sie: «Ich liebe dich.»

Echt!

Ich denk, ich hab 'ne Falte in' Trommelfell, aber sie noch mal: «Ich
liebe dich!»

«Was ist denn nu kaputt?» sag ich, «was soll das denn? Willst du
nu endlich anfang' oder was? Die fünf Minuten sind schon über
die Hälfte weg.»

Stimmte sogar, die Zeit war um, aber sie bleibt sitzen, fängt auch
nicht an, daß ich mal dalli mein' Heiermann einwerfen soll, läßt
das Licht an, dabei klingelt das schon, daß 'n anderer Kunde sie
geordert hat, aber sie bleibt hocken, guckt mich immer noch an.

Ganz graue Augen hat sie, grau mitten schwarzen Rand rum, und sagt NOCH MAL: «Ich liebe dich!»
Mann war das 'ne perverse Nummer!
«Ist ja schon gut», sag ich, «aber nu mach los! Bin ich vielleicht hergekomm', um mich verscheißern zu lassen, oder willst du mich antörn?»
Bei der Zittergurke werden schon die Batterien schlapp, das Summ' wird immer tiefer. Nu sind schon fast zehn Minuten um! Und sie legt die Zittergurke auffen Fußboden. Legt die auffen Fußboden! Was ja total unhygienisch ist bei all den Bakterien auffen versifften Teppichboden, aber ist ihr voll egal, sie sagt noch mal: «Hörst du mich, Liebster, mein ganzes Leben lang hab ich auf dich gewartet. Du bist mein Traumprinz! Meine große Liebe!»
Wenn in diesem Moment nicht Knall-Wolle vonne Kasse gekomm' wäre und ihr ohne lange Sabbelei 'n volles Ding anne Backe geknallt hätte, also, ich weiß nicht, was aus mir geworden wär! Ich kenn ja nu, weiß Gott, alle möglichen Maschen: Gummilaver, Lederbräute, Sado, Maso, alles, was gut und teuer ist, aber DIESE ANMACHE! So was hab ich bis jetzt noch nicht erlebt…

Kobern um Kopfgeld

Die Kontaktsuche der Prostituierten zu den Freiern und das Aushandeln des Liebeslohns nennt man, wie angedeutet, in einschlägigen Kreisen *kobern*. Die etymologische Herleitung des Verbs ist nicht restlos geklärt: die jiddischen Wörter *kowo*, *kübbo* tragen die Bedeutung ‹Schlafkammer, kleines Gelaß, Bordell, Hütte, Zelt›; auch das niederdeutsche Nomen *koop* in den Bedeutungen ‹Kauf, Geschäft› und ‹Preis, Kaufpreis› kommen als Ursprung in Frage. Varianten von *kobern* sind die präfigierten Verben *ankobern* (einen Freier ansprechen) und *nachkobern* (Geld nachfordern oder den vorab vereinbarten Preis erhöhen). Eine Hotelbar, in der Gäste angesprochen werden, heißt *Koberbar*, das Bordellzimmer, in dem die Prostituierten in *Koberfummeln*, den *Buko* (= ‹Beischlafutensilien-Koffer›) griffbereit neben sich, auf Gäste warten, heißt *Koberzimmer*, der Portier vor dem Etablissement ist der *Koberheini*.

Handgeld nennen die Prostituierten die erste Tageseinnahme, *Fußgeld* heißt die Summe, die sie vom zweiten Freier erhalten, das *Kopfgeld* bekommen sie vom dritten Gast.

Die *Kuppe* – das Nomen ist wohl mit dem Verb *kuppeln* (verbinden, zum Beischlaf zusammenbringen) verwandt – ist das Geld, das der Zuhälter von einer Prostituierten kassiert. *Kuppelboost* und *Kuppelboostin* werden im Hamburger St.-Pauli-Milieu der Wirt bzw. die Wirtin genannt, die Zimmer an Prostituierte vermieten. Diese beiden Ausdrücke führen uns zu den beiden schon mehrfach erwähnten Wörtern für die häufig belegten Örtlichkeiten der Prostituierten, dem *Bordell* und dem *Strich*. Beide befinden sich, wenn auch nicht ausschließlich, so doch häufig auf dem sogenannten *Kiez*, weshalb dieses Wort kurz erläutert werden soll.

Kiezgefilde

Das Wort *Kiez* ist slawischer Herkunft, denn es benannte ursprünglich eine kleine Auenrandsiedlung in Form einer gedrängten Dorfzeile im slawischen Siedlungsgebiet rechts der Elbe. Kieze entstanden neben Burgen als Wohnsitze niederer Dienstleute slawischer Abkunft, die häufig Fischer waren: daher sprach man vom sogenannten *Fischer-Kiez*. Manche Kieze wurden zu Vorstädten, von daher wurde dann *Kiez*, speziell im Rotwelschen, zu einem geringschätzigen Wort für ein anrüchiges Stadtviertel. Heute dient *Kiez* nicht nur zur regionalen Bezeichnung für arme Stadtviertel. In Hamburg spricht man beispielsweise vom *Kiezgefilde*, wenn man den Stadtteil St. Pauli meint, in dem das Vergnügungsviertel liegt. Gäste, die am Wochenende dorthin einströmen, gelten ebenso wie Menschen, die es häufig in dieses Viertel zieht, als *Kiezgänger*.

Bretterhütte oder Bienenhaus

Ob auf dem Kiez oder außerhalb – sofern die Dirnen nicht in Modellwohnungen oder im Auto arbeiten, betätigen sie sich in Massagesalons oder in *Bordellen*. Über die Herkunft dieses Wortes ist viel Unsinn veröffentlicht worden. Werner Danckert verläßt sich noch in seinem Buch «Unehrliche Leute: Die verfemten Berufe» (1963:147) auf die 1912 von Iwan Bloch (in dessen Untersuchung über «Die Prostitution», Bd. 1: S. 70 f.) vertretene Meinung und schreibt: «Das Bordell (*bordel*) der mittelalterlichen Stadt entstand aus *bordeau* [13. Jahrhundert] zu *bord* und *eau*, also ‹am Flußufer›, oder auch ‹außerhalb der Mauern an dem Stadtgraben, der die

Wälle umzieht›.» Richtig daran ist einzig, daß das französische *bordel*, ebenso wie das italienische *bordello*, aufzeigen, wie unser Wort *Bordell* bereits in mittelhochdeutscher Zeit aus dem Romanischen entlehnt wurde. Die romanischen Wörter – sie bedeuteten ursprünglich ‹Bretterhüttchen› – gehören jedoch als Verkleinerungsformen zu einem in altfranzösischem *borde*, altprovenzalischem und spanischem *borda* bewahrten Wort mit der Bedeutung ‹Hütte, Bauernhof›, das seinerseits auf ein gemeingermanisches Wort zurückgeht. Die Verkleinerungssformen verraten uns schon, so Lujo Bassermann (d. i. Hermann Schreiber; 1965:131), «daß die kleinen Häuschen oder Lauben eine besondere Bedeutung hatten, einen zweiten Sinn, den die kokette Verkleinerung verbergen und zugleich beziehungsvoll andeuten sollte.»

Für das *Bordell* gibt es im Wienerischen eine Vielzahl von Ausdrücken, so u. a.: *'Binenhaus* (Bienenhaus); *'Chunebeis/'Ghunebeis/'Ghonddebeis* (Bordell, gebildet aus jiddischem *Chonte* = ‹Hure› und jiddischem *Bes* = ‹Haus›); *'Reiddschui* (Reitschule); *'Renschdoe* (Rennstall); *'Laushudschn* (nach Burnadz [1966] Lausschaukel = ‹verrufenes Hotel›/‹verwahrlostes Bett›); *'Oschdeign* (Absteige); *'Waundsnbuag* (Wanzenburg = ‹verrufenes Hotel›).

Vom Brettspiel zum Bettspiel?

Von dem im Wienerischen auch belegten Wort *Buf* (Puff) liest man bei Oswald Wiener, es könne aus rotwelschem *puffen* = ‹schlafen; futuere› hergeleitet sein, doch diese Erläuterung ist nicht recht befriedigend. Friedrich Kluge ([24]2002:728) hält die Bezeichnung *Puff* für ‹Bordell› für eine vulgärsprachliche studentische Bildung aus dem 15. Jahrhundert und glaubt, nach der Interjektion *puff* habe sich zunächst die Bedeutung ‹Stoß› herausgebildet – schon im Mittelhochdeutschen belegt als *buf* –, dann, offenbar nach dem Geräusch der aufschlagenden Würfel, auch die lautmalende Bezeichnung für ein ‹Brettspiel mit Würfeln›: «Da solche Spiele in den alten Badehäusern zwischen Männern und Frauen gespielt wurden und das Spiel dann zwanglos in mehr erotische Spiele übergehen konnte, galten die Badehäuser bald als eine Art Bordell, und *Puff* stand häufig als Teil für das Ganze.» Diese These überzeugt: Aus im 16. Jahrhundert belegten verhüllenden Wendungen wie *hat... mit ihr anfahen im pret zu spilen* dürfte sich über *mit*

einer Dame Puff spielen das Wort *Puff* für ‹Bordell› herausgebildet
haben, sicher unter dem Einfluß von *puffen,* das landschaftlich –
ebenso wie *stoßen, bumsen* – noch heute für ‹mit jemandem schlafen› steht. Um das Wort *Puff* gruppiert sich eine Reihe von Komposita: *Puffkellner* (Wirtschafter, Bordellkellner), *Puffgänger*
(Bordellbesucher) usw.

Im Hamburger Milieu wird die Bezeichnung *Kabuff* (< rotwelsch
Kabuff = ‹schäbiges Zimmer›) ebenso für eine ‹billige Absteige› verwendet wie die Bezeichnung *Kletterpoove,* denn *klettern* bedeutet
im Rotwelschen und umgangssprachlich ‹absteigen› bzw. ‹sich prostituieren›.

Das Freudenhaus bei Schiller und Stramm

Als Synonym zu Bordell gibt es auch das Wort *Freudenhaus.* Auch
bei Friedrich Schiller stoßen wir auf das Wort – im «Wilhelm Tell»
(1804) heißt es (5. Aufzug, 2. Szene):

> WILHELM: Sieh Mutter sieh – dort steht ein frommer Bruder,
> Gewiß wird er um eine Gabe flehn.
> HEDWIG: Führ ihn herein, damit wir ihn erquicken,
> Er fühl's, daß er ins *Freudenhaus* gekommen.
> (Geht hinein und kommt bald mit einem Becher wieder.)
> WILHELM zum Mönch: Kommt, guter Mann. Die Mutter will
> Euch laben.

Bei diesem *Freudenhaus* geht es natürlich nicht um ein Bordell: Das
Haus Tells ist ein ‹fröhliches Haus› oder ein ‹Haus, in dem Freude
herrscht›, weil das Kind den Apfelschuß überstanden hat und der
Vater zurückerwartet wird.

Bei späteren Poeten, so u. a. bei dem durch Dichter des italienischen Futurismus beeinflußten August Stramm (1874–1915), dessen
Lyrik durch Infinitivhäufungen und Wortneuschöpfungen geprägt
ist, wird das Wort *Freudenhaus* in unserem heutigen Sinne gebraucht.

Goethes Lusthaus

Auch das Wort *Lusthaus* hatte bei Goethe noch keinerlei erotische Konnotationen: Es bezeichnete ein Gartenhaus, eine Laube: «Wilhelm hatte das *Lusthaus* in dem Garten, bei dem er die Nacht zugebracht, liebgewonnen» (Wilhelm Meisters Lehrjahre/5. Buch/ 14. Kapitel: HA 7, 333). Auch der *Lustraum* war für den Frankfurter Dichter ganz allgemein ‹ein Raum, um sich zu vergnügen›: «Die Ufer, Buchten und Busen des Meeres, der Vesuv, die Stadt, die Vorstädte, die Kastelle, *die Lusträume*!» (Italienische Reise/Neapel/27. 2. 1787: HA 11, 185). Auch wenn das *Lusthaus* bei Goethe keine erotischen Konnotationen hat, steht fest, daß der Dichter auch der Lust im fremden Hause keineswegs abgeneigt war, selbst wenn er sein Portefeuille zücken mußte.

In den tagebuchartigen Aufzeichnungen seiner «Briefe aus der Schweiz», die von seiner ersten Schweizer Reise im Jahre 1775 stammen, mit der er sich durch Abstand über die Gefühle zu seiner Verlobten Lili Schönemann klar zu werden versuchte, berichtet er nämlich von einem einschlägigen amourösen «Abenteuer»:

Mein Abenteuer ist bestanden, vollkommen nach meinen Wünschen, über meine Wünsche, und doch weiß ich nicht ob ich mich darüber freuen oder ob ich mich tadeln soll. Sind wir denn nicht gemacht das Schöne rein zu beschauen, ohne Eigennutz das Gute hervor zu bringen? Fürchte nichts und höre mich: ich habe mir nichts vorzuwerfen; der Anblick hat mich nicht aus der Fassung gebracht, aber meine Einbildungskraft ist entzündet, mein Blut erhitzt. O! stünd' ich nur schon den großen Eismassen gegenüber, um mich wieder abzukühlen! Ich schlich mich aus der Gesellschaft und in meinen Mantel gewickelt nicht ohne Bewegung zur Alten. Wo haben Sie Ihr Portefeuille? rief sie aus – Ich hab' es diesmal nicht mitgebracht. Ich will heute nur mit den Augen studieren. – Ihre Arbeiten müssen Ihnen gut bezahlt werden, wenn Sie so teure Studien machen können. Heute werden Sie nicht wohlfeil davon kommen. Das Mädchen verlangt *** und mir können Sie auch für meine Bemühung unter ** nicht geben. (Du verzeihst mir, wenn ich dir den Preis nicht gestehe.) Dafür sind Sie aber auch bedient wie Sie es wünschen können. Ich hoffe, Sie sollen meine Vorsorge loben; so einen Augenschmaus haben Sie noch nicht gehabt und … das Anfühlen haben Sie umsonst.

Sie brachte mich darauf in ein kleines artig meublirtes Zimmer: ein sauberer Teppich deckte den Fußboden, in einer Art von Nische stand ein sehr reinliches Bett, zu der Seite des Hauptes eine Toilette mit aufgestelltem Spiegel, und zu den Füßen ein Gueridon mit einem dreiarmigen Leuchter, auf dem schöne helle Kerzen brannten; auch auf der Toilette brannten zwei Leuchter. Ein erloschenes Kaminfeuer hatte die Stube durchaus erwärmt. Die Alte wies mir einen Sessel an, dem Bette gegenüber am Kamin, und entfernte sich. Es währte nicht lange so kam zu der entgegengesetzten Türe ein großes, herrlich gebildetes, schönes Frauenzimmer heraus; ihre Kleidung unterschied sich nicht von der gewöhnlichen. Sie schien mich nicht zu bemerken, warf ihren schwarzen Mantel ab und setzte sich vor die Toilette. Sie nahm eine große Haube, die ihr Gesicht bedeckt hatte, vom Kopfe: eine schöne regelmäßige Bildung zeigte sich, braune Haare mit vielen und großen Locken rollten auf die Schultern herunter. Sie fing an sich auszukleiden (...)
Ich beschreibe dir meine Reflexionen, weil ich dir mit Worten die Reihe von entzückenden Bildern nicht darstellen kann, die mich das schöne Mädchen mit Anstand und Artigkeit sehen ließ. Alle Bewegungen folgten so natürlich auf einander, und doch schienen sie so studiert zu sein. Reizend war sie, indem sie sich entkleidet, schön, herrlich schön, als das letzte Gewand fiel (...).

Es gibt Begegnungen berühmter Männer mit der Prostitution, die nicht so glimpflich ausgingen wie die oben geschilderte: Nietzsche, der sich infizierte, hat dabei ebenso schlecht abgeschnitten wie André Gide, der sich in Malaga Filzläuse holte – *Stangelmatrosen*, *Moosanteln* oder *Rohrbienen*, wie man laut Girtler (1995:154) im Wiener «Milieu» sagt.

Der dickste Strich

Heinz Küpper subsumiert ([6]1997:809) unter die Bezeichnung *Strich* die Straßenprostitution als solche und den Stadtbezirk, der den Straßenprostituierten vorgeschrieben ist, und nennt ferner die seit 1955 ff. geläufige Bezeichnung *dickster Strich* für das oder die Stadtviertel, in dem bzw. in denen sich die Prostitution am dichtesten konzentriert. Der fleißige Kompilator vertritt die Auffassung, die Bezeichnung *Strich*, für deren Entstehungzeit er wie andere Sprach-

WHAT'S ON A MAN'S MIND

forscher das 16. Jahrhundert ansetzt, sei «hergenommen vom Streichen der Vögel und Fische zum Zwecke der Begattung»; die meist zur Herleitung herangezogene Vokabel *Schnepfenstrich* sei jünger.

Auf jeden Fall findet sich der Ausdruck *Strich* schon in der mittelalterlichen Gaunersprache und bezeichnete dort u.a. die festen Routen, die die Bettler, Ganoven und andere Vaganten benutzten (vgl. Angelica Kopecný 1980:90). Im «Liber Vagatorum», einem Bettel-Lexikon aus dem Jahre 1510, gibt es sogar das Wort *Senfstrich* für ‹Bett›. Im «Wörterbuch der Diebs-, Gauner- oder Kochemersprache (Wien, 1854) heißt es s.v. *Strich* im heutigen Sinn: «Der Weg, den Unzuchtsdirnen gewöhnlich zur Anlockung der Männer begehen.» Heute gibt es eine große Zahl von Wortbildungen rund um den *Strich*. Küpper listet neben anderen die folgenden auf:

Strichbein: n Straßenprostituierte 1920 ff.
Striche: f Bordell. Verkürzt aus «Strichlokal» (o. ä.) im Sinne von «Gastwirtschaft mit Bordellbetrieb». 1955 ff.
stricheln: Straßenprostitution betreiben. 1950 ff.
strichen (strichen gehen): *intr.* auf Männerfang ausgehen. Spätestens seit 1900.
Stricher: 1. Junge, der gegen Entgelt zu homosexuellem Verkehr bereit ist; Junge, der auf der Straße oder in öffentlichen Bedürfnisanstalten homosexuelle Bekanntschaften sucht. Spätestens seit 1900. 2. umherstreunendes Mädchen. 1920 ff.
Stricherl: Geschlechtsverkehr. *Österr.* 1920 ff. *Rotwelsch.*
Strichfahrerin: Prostituierte, die vom Auto aus Kunden zu finden sucht. 1955 ff.
Strichgang: abendliche Kundensuche von Straßenprostituierten. 1950 ff.
Strichgegend: Stadtviertel, in dem weibliche und männliche Prostituierte Kunden suchen. 1900 ff.
Strichhure: Straßenprostituierte; Frau, die, ohne gewerbliche Prostituierte zu sein, gelegentlich auf Männerfang ausgeht. 1900 ff.
Strichjunge: Prostituierter; Junge, der gegen Entgelt zu homosexueller Betätigung bereit ist, ohne selbst homosexuell veranlagt zu sein. Seit dem späten 19. Jh.
Strichkoffer: Kulturbeutel (Kosmetiktasche) der Straßenprostituierten. 1920 ff.
Strichler: 1. Zuhälter. 1850 ff. 2. Prostituierter. 1900 ff., *prostituiertensprachlich.*
Strichlerin: Straßenprostituierte. 1950 ff.
Strichmädchen: junge Straßenprostituierte. 1900 ff.
Strich-Milieu: (Grundwort *franz.* ausgesprochen) Lebensbereich der Prostitution. 1920 ff.
Strichninchen: junge Straßenprostituierte. Entweder Anspielung auf das Gift «Strychnin» (im Sinne allgemeiner Gefährlichkeit) oder zusammenhängend mit «Kaninchen» (mollig faßt es sich an). 1950 ff.
Strichrabe: junger Prostituierter, der bei günstiger Gelegenheit auch Beischlafdiebstahl begeht. 1920 ff.

Strichstraße: Straße, auf der die Prostituierten auf Männerfang ausgehen. Berlin seit dem frühen 19. Jh.
Strichvogel: Prostituierte(r) auf Kundenfang. Seit dem 19. Jh., *prostituiertensprachlich.*

Wir verlassen den Bereich der Dialekte und Regiolekte und kehren zu den gemeinsprachlichen Bezeichnungen für die Repräsentantinnen des «ältesten Gewerbes der Welt» zurück, die wir zuweilen mit literarischen Verwendungsweisen und in einigen Fällen mit sondersprachlichen Varianten kontrastieren.

Die Mädchen vom Strich

Wir haben den Begriff *Strich* soeben erläutert. Der Begriff *Straßenmädchen* erklärt sich von selbst; die «Berliner Zeitung» verbreitete im Jahre 2000: «So ging es einst schon Julia Roberts als ‹Pretty Woman›: Kaum hatte sich das *Straßenmädchen* in edle Fummel gehüllt, da war es auch flugs oberschichttauglich.» Vorwiegend die auf dem *Straßenstrich* tätigen Frauen, häufig aber auch generell alle Prostituierten, werden als *Strichmädchen* oder *Stricherinnen* bezeichnet: *auf den Strich gehen* ist fast synonym für ‹der Prostitution nachgehen›; für das Wienerische nennt Girtler (1995:255) das Äquivalent *in die Hackn gehen*. Die «Süddeutsche Zeitung» kolportierte im Jahre 1996: «Auch von einem Mord am Berliner *Strichmädchen* Zsanett S. am 2. März dieses Jahres wollte der Arzt nichts wissen.» Und die Wochenzeitung «Die Zeit» berichtete im Jahre 2000 in einer Rezension: «Mit der Perücke, die sie zu Beginn von Pretty Woman als *Stricherin* trug, streifte Julia Roberts im Handumdrehen auch das Außenseitertum ab: Ein märchenhafter Kleiderwechsel ersetzte die schmerzhafte Häutung.»

Die bloßgestellte Prostituierte

«Freud selbst» – so schilderte es «Die Zeit» im Jahre 2001 – «empfand es als besonders schlimm, eine Straße entlangzuirren, in der sich *Prostituierte* aufhielten.» Das Wort *Prostituierte*, das heute einen nüchternen und sachlichen Klang hat, hängt mit dem Verb *prostituere* zusammen, das im Lateinischen bedeutet: ‹öffentlich zur Unzucht preisgeben› und im Deutschen mit *(sich) prostituieren* wiedergegeben wird.

Doch das war nicht immer so: Goethe verwendet das Wort *prostituieren* im Sinne von ‹bloßstellen›: «[…] wenn er sich bei unvollständiger Erfahrung zu *prostituieren* Anstalt macht» (an Schiller, 2. 12. 1794: AGA 20,43); «ein gewisser Wieland habe uns ungebeten wie Euripides die Ehre angetan, dem Volke unsre Masken zu *prostituieren*» (Götter, Helden und Wieland: HA 4, 204); «Lottens Porträt habe ich dreimal angefangen, und habe mich dreimal *prostituiert*» (Die Leiden des jungen Werthers/1. B./24. 7.: HA 6, 41); «Ich fing an, sie alle von Herzen zu verachten, und es war mir eben, als wenn die ganze Nation sich recht vorsätzlich bei mir durch ihre Abgesandten habe *prostituieren* wollen» (Wilhelm Meisters Lehrjahre/4. Buch/16. Kapitel: HA 7, 260); «Was wird man zum Exekutor sagen, der dem Toten auch gar sein Sterbehemde auszieht und seine mißgestalte Nacktheit an eine Landstraße hingeworfen, den Augen des Publikums *prostituiert*, und Vögeln und Hunden preisgibt?» (Leben und Charakter Herrn Christian Adolf Klotzens: AGA 14, 154); «[daß ich] soviel als möglich von meinen Dingen, die mich jetzt *prostituieren* würden, mit aus Franckfurt genommen habe» (an C. Goethe, 12.–14. 10. 1767: HAB 1, 52).

Animierdamen und Callgirls stoßen Bescheid

Nicht alle *Animierdamen* gehen bis zum Letzten, doch sehr häufig steht ihre Bezeichnung euphemistisch für eine ‹Prostituierte›. Das wußte auch Erich Kästner, der eines seiner Gedichte süffisant überschrieb: «Eine Animierdame stößt Bescheid»:

> Ich sitze nachts auf hohen Hockern,
> berufen, Herrn im Silberhaar
> moralisch etwas aufzulockern.
> Ich bin der Knotenpunkt der Bar.
> (…)
> Selbst wenn mich einer Hure riefe,
> obwohl ich etwas Beßres bin,
> das ist hier alles inklusive
> und in den Whiskys schon mit drin.
> So sauf ich Schnaps im Kreis der Greise
> und nenne dicke Bäuche Du
> und höre, gegen kleine Preise,
> der wachsenden Verkalkung zu.

Und manchmal fahr ich dann mit einem
der Jubelgreise ins Hotel.
Vergnügen macht es zwar mit keinem.
Es lohnt sich aber finanziell.
(…)

Das «Anglizismen-Wörterbuch» (2001:197), das den Einfluß des
Englischen auf den deutschen Wortschatz nach 1945 untersucht,
führt zum Wort *Callgirl* aus:

> *Callgirl* präzisiert zwar im Unterschied zu Dirne, Hure, Straßen-,
> Freudenmädchen etc. die Arbeitsweise (‹Frau die telefonisch Ver-
> abredungen trifft›), verhüllt aber zugleich (wie weitere Anglizis-
> men aus diesem Wortfeld) den Sachverhalt der Prostitution. *Call-
> girl* wurde besonders 1963 durch deutsche Presseberichte über
> die englische «Profumo-Affäre» bekannt: Als die Beziehung zwi-
> schen dem britischen Verteidigungsminister Profumo zu dem
> Callgirl Christine Keeler aufgedeckt wurde, gab es einen Skan-
> dal, und der Minister mußte zurücktreten.

Große Aufmerksamkeit erlangte (durch Presseberichte und die spä-
tere Verfilmung) auch der Mord an Rosemarie Nitribitt, einem
Frankfurter Callgirl. Die Tageszeitung «Die Welt» meldete noch im
Jahre 2001: «Der Lärm um das Nitrat ist fast so lange her wie der
Skandal um Rosemarie Nitribitt, das berühmte *Callgirl* der 50er-
Jahre.»

Chonte, Circe, Bajadere

Das «Bilderlexikon der Erotik» (Bd. 1:227f.) nennt *Chonte* als Bezeichnung für ‹Freudenmädchen› in der Gaunersprache:

> Das Wort stammt aus dem Hebräischen, doch ist seine Herkunft
> dunkel. Avé-Lallemant leitet es von *Chennet sein* (*chono*), d. i.
> ‹artig, honett sein› ab. Nach Dr. A. Landau könnte die Bezeich-
> nung vielleicht zu dem chaldäischen *lechente* = ‹Kebsweib› ge-
> stellt werden. Ein Anonymus F. P. (*Anthropophyteia*, Bd. 8) leitet
> das Wort von dem biblischen Eigennamen *Ham* (genauer *Châm*,
> in der Aussprache der deutschen und polnischen Juden *Chom*)

ab, dessen Träger – aus Genesis 9,22 (es ist Noahs Sohn) als schamlos bekannt – zum Typus des unzüchtigen Menschen schlechtweg wurde. Davon dann das Wort *Chonte*, das eigentlich *Chomte* heißen sollte. Doch erklärt sich das *n* statt des zu erwartenden *m* aus euphonischen Gründen und hat in den semitischen Sprachen auch sonst seine Parallele. Wahrscheinlich ist das Wienerische *Honte* oder *Hontesse* für Freudenmädchen (nach Reiskel, *Anthropophyteia*, Bd. 2) nur eine Abänderung des Anfangsbuchstabens des Wortes.

Noch heute geläufig ist das Verb *bezirzen/becircen* in den Bedeutungsnuancen ‹(wie eine Circe) verführen, betören, bezaubern, umgarnen› und ‹auf verführerische Weise durch charmante Überredung für seine Wünsche gewinnen›. Das Verb ist hergeleitet von *Circe* (griechisch *Kirke*), einer Zauberin auf der Insel Aiaia, die die Gefährten des Odysseus in Schweine verwandelt und ihnen erst auf seine Bitten hin wieder Menschengestalt gegeben hat. Dichterischen Niederschlag fand diese Episode aus Homers «Odyssee» 1850 in Deutschland in dem Gedicht «Zauberin Kirke», das Bernhard von Lepel (1818–1885), der engste Freund Theodor Fontanes, abgefaßt hat, und 1909 in der Komödie «Kirke» von Karl M. v. Levetzow.

Auch Friedrich Nietzsche erwähnt in «Ecce Homo» (1888, publiziert 1908) «die christliche Moral, (…) die eigentliche *Circe* der Menschheit» und fährt wenig später fort: «Die *Circe* der Menschheit, die Moral, hat alle psychologica in Grund und Boden gefälscht – vermoralisirt – bis zu jenem schauderhaften Unsinn, dass die Liebe etwas ‹Unegoistisches› sein soll (…). Man muß fest auf *sich* sitzen, man muß tapfer auf seinen beiden Beinen stehen, sonst *kann* man gar nicht lieben.»

Bei Flaubert heißt es in seinem Wörterbuch unter dem Stichwort *Bayadère/Bajadere:* «Toutes les femmes de l'Orient sont des *bayadères*. – Mot qui entraîne l'imagination.» («Alle Frauen des Orients sind *Bajaderen*. – Dieses Wort beflügelt die Phantasie ungemein.») In der Tat verzeichnet kaum ein Wörterbuch heute noch dieses Wort, das eine ‹indische Tempeltänzerin› meint. Beim Erzähler Max Dauthendey (1867–1918) lesen wir in «Lingam/Der Zauberer Walai»: «Der Zauberer Walai sah tief aus dem Schlaf heraus den letzten Tanztakten der rasenden *Bajadere* zu; dann zwinkerte er mit beiden Augen wie ein Tiger, der blutunruhig durch die Wimpern blinzelt, und stieß den Atem zischend durch die geschlossenen Zähne aus.» Friedrich Kluge (²⁴2002:83) verrät uns, daß das Wort aus französischem *bayadère* entlehnt wurde, dieses aus portugiesischem *bailadeira*, einem Nomen agentis zu portugiesisch *ailar* (‹tanzen›), das seinerseits auf spätlateinischem *ballāre* fußt. Bekannt und berühmt wurde das Wort durch Goethes Gedicht «Der Gott und die Bajadere: Indische Legende.»

Beischläferin, Buhlerin, Dirne oder Fohse?

Das Wort *Beischläferin* für eine Frau, die den Geschlechtsverkehr ausübt oder ausgeübt hat, wird – ähnlich wie *Beischlaf* – heute vorwiegend in juristischen oder in ironisch-distanzierenden Kontexten verwendet. In einem Artikel der «Berliner Zeitung» im Jahre 2001 hieß es: «Sie war 18 und arbeitete in einem eleganten Modehaus, als ein Graf auf sie aufmerksam wurde und als schöne *Beischläferin* für Seine Majestät ausmachte.»

Etwas unsicher ist der Sprachwissenschaftler noch hinsichtlich der semantischen Einordnung des Wortes *Luder*: es gibt *Boxenluder, Liebesluder, Teppichluder*. Ratlos fragte selbst Eckhard Henscheid in seinem Büchlein «Erotik pur mit Flirt-Faktor» (2002:25):

> Aber was ist denn nun bloß der Unterschied zur *Schlampe* und *Schnalle* und *Nutte* und *Nummer*, zum wohl weicheren bayerischen *Pritscherl*? *Max* und *Bild* wissen's auch nicht. Es wird beim *Luder* halt der neue Bedarf nach einem alten U-Klangrausch sein; also nach dem Lose-unkeusch-dirnenhaft-eben-Richtiggehend-lululustmolchlustigen; dem, um es ganz unheimlich verrucht zu unken, halt «Ewigweiblichen» (Goethe).

Das heute als stark veraltet empfundene Wort *Buhlerin* findet sich in älteren Texten, wo es oft synonym zu *Mätresse* gebraucht wird. In Wilhelm Heinses (1746–1803) «Ardinghello» heißt es an einer Stelle: «Solange nicht ein Sokrates mit seiner Schule am hellen Tag über die Straße zu einer neuen reizenden *Buhlerin* ziehen darf, um ihre Schönheit in Augenschein zu nehmen, wird es nicht anders werden.» Friedrich Kluge (²⁴2002:159) glaubt, trotz der späten Belege handele es sich bei *Buhle* wohl um ein altes Wort und stellt es etymologisch zu gemeingermanischem *bōla* mit der Bedeutung ‹Schlafplatz›.

Das auf deutsches und niederländisches Sprachgebiet beschränkte Wort *Dirne* – mittelhochdeutsch *dierne*, althochdeutsch *diorna*, mittelniederdeutsch *dērne*, niederländisch *deern(e)* – geht zurück auf germanisches * *þewernō* mit der Bedeutung ‹Jungfrau, Mädchen›. Diese alte Bedeutung ist noch in den Mundarten bewahrt; man denke an norddeutsches *Deern* und bairisch-österreichisches *Dirndl*. In mittelhochdeutscher Zeit wurde das Wort dann auch im Sinne von ‹Magd, Dienerin› verwendet und gelangte schließlich im 16. Jahrhundert zur heutigen Bedeutung ‹Hure›, z. B. in der Straßburger Verordnung für die öffentlichen Häuser vom Jahre 1500: «were ouch sache das ein frowenwürt, würtin oder hushälter einer *dyrnen* cleyder lihen etc.»

In Ludwig Tiecks (1773–1853) Briefroman «William Lovell» (6. Buch, 11.–13. Brief) lesen wir: «O wohl den Verworfenen, die bei Karten oder Wein, bei einer *Dirne* oder einem langweiligen Buche sich und ihr Schicksal vergessen können!» Bei Goethe hatte *Dirne* zunächst die Bedeutung ‹Mädchen› – ohne negativen Beiklang: «Blitz, wie die wackern *Dirnen* schreiten! / Herr Bruder komm! Wir müssen sie begleiten … (Faust I/Vor dem Tor/V. 828 f.: HA 3, 33). Gelegentlich schwang jedoch auch eine negative Konnotation mit, wenn der Dichter von einer *Dirne* sprach: «[…] indes sie die Gerichtspersonen für eine freche *Dirne* erkannten …» (Wilhelm Meisters Lehrjahre/1. Buch/13. Kapitel: HA 7,51).

Für *Fose* gibt das «Bilderlexikon der Erotik» (Bd. 4:826) folgende sprachgeschichtlich aufschlußreiche Erläuterung:

Votze, auch *Foze*, *Fotse*, *Fottse*, ein im deutschen Sprachgebiete weitverbreiteter Vulgärausdruck für ‹Vulva›, der ursprünglich das Maul bei Tieren bedeutete. Dem gleichen Wortstamme dürfte der namentlich in Norddeutschland und in der Kunden- und Zuhältersprache vorkommende Ausdruck *Fose* = Dirne, d. i. ein Frauenzimmer, das einen Zuhälter unterhält, angehören, eine Bezeichnung, die nicht, wie vermutet wurde, mit dem französischen *la fausse* zusammenhängt, sondern, wie dies bei erotischen Termini oft vorkommt, als *pars pro toto*-Bezeichnung – also ursprünglich *vulva*, später *meretrix* – in den Sprachgebrauch aufgenommen worden ist.

«Ratschläge einer älteren Fohse an eine jüngere» nannte Bert Brecht eines seiner Gedichte, in dem, ähnlich wie bei *Büchse/ Schnalle*, die Bezeichnung *Fohse* (= ‹Fotze›) als *pars pro toto* für *Hure* zu interpretieren ist:

> Wenn ich dir sag, wie man als *Fohse* liebt
> So hör mir zu mit Fleiß und ohn Verdruß
> Weil ich schon lang durch Kunst ersetzen muß
> Was dir die Jugend einige Zeit noch gibt
> Doch wisse, daß du desto jünger bleibst
> Je weniger mechanisch du es treibst.
>
> Mit Faulheit ist's bei jedem gleich verhunzt
> Riskiert nur, daß er dich zusammenstaucht
> Und er, wenn du ihn fickst, daß dir die Fotze raucht
> Stinkfaul am Arsch liegt und «Mehr Demboh» grunzt.
> Und nennt der Herr die beste Arbeit schlecht
> Halt deinen Rand: der Herr hat immer recht.
> (...)

Es scheint für unsere Bezeichnung (abgesehen von der orthographische Gestaltung) weitere Subspezifizierungen zu geben: Ernest Bornemann (1991: s. u. 48.2) nennt noch die *Offiziersfose* als Insassin eines Offiziersbordells und die *Unteroffiziersfose* als Insassin eines Bordells für Unteroffiziere; der Berliner Ausdruck *Fo(h)senhahn* für ‹Zuhälter› paßt ins Bild.

Nabokovs Nymphe

Eduard Stemplinger (1933:103) definiert wie folgt:

> *Nymphen* (= Weiblein, Fräulein) sind reizende Mädchengeister der Haine, Quellen, Wiesen, Wälder und Grotten; sie verkehren oft freundlich mit Menschen, verlieben sich in sie, behexen sie, oft zu ihrem Schaden oder Verderben. Übertragen gilt *Nymphe* seit dem 18. Jahrhundert auch für ein junges, schönes Landmädchen, wird aber vermutlich durch die Studentensprache zu ‹Liebchen, Dirne› herabgedrückt. In dieser Bedeutung treffen wir Zusammensetzungen wie *Dorf-, Freuden-, Gassen-, Nacht-, Straßen-* und *Theaternymphe*. Nach griechischem Vorbild wird in der Zoologie *Nymphe* für Libelle und Larve (Puppe) gebraucht. *Nymphenhaft* bildete Wieland.

Auch Vladimir Nabokov (1899–1977) beschreibt seine Erfahrungen mit einer Nymphe namens *Lolita*, die den Titel seines gleichnamigen Romans bildet. Der Begriff *Lolita* steht – selbst im Duden («Deutsches Universalwörterbuch A–Z»; ⁵2003:1029) finden wir ihn verzeichnet – seitdem für ‹Kindfrau›. Nabokov schildert sein Nymphchen so:

> Was mich verrückt macht, ist das zwiespältige Wesen dieses Nymphchens – jedes Nymphchens vielleicht; diese Mischung aus zarter, träumerischer Kindlichkeit und einer Art spukhafter Ordinärheit; sie stammt aus der stupsnasigen Niedlichkeit von Anzeigenphotos und Illustriertenbildern, aus der verwaschenen Rosigkeit halbwüchsiger Stubenmädchen in der Alten Welt (die nach zerquetschten Gänseblümchen und Schweiß riechen) und von den sehr jungen Hürchen, die in Provinzbordellen als Kinder verkleidet werden; und das alles vermengt sich mit der köstlichen, makellosen Zartheit, die durch Moschus und Müll, durch Trübsal und Tod hindurchschimmert, o Gott, o Gott! Und das Allererstaunlichste ist, daß sie, *diese* Lolita, *meine* Lolita, das antike Gelüst des Schreibenden individualisiert hat, so daß über allem und jedem nur sie existiert – Lolita.

Werner Bartens et al. (2002:219) definieren in ihrem «Letzten Lexikon» ein nach der *Nymphe* benanntes Phänomen:

> *Nymphomanie*, auch Mannstollheit und Mutterwut, ist laut *Meyer* 1902 «ein durch ausartenden Geschlechtstrieb veranlaßter, übermäßiger, krankhaft gesteigerter Drang zum Beischlaf beim weiblichen Geschlecht». *Brockhaus* definierte Nymphomanie oder «Furor uterinus» 1892 weniger mißverständlich als «das unnatürlich gesteigerte Verlangen der Frauen nach Geschlechtsgenuß».
> Die Krankheit, die gelegentlich selbst bei geistig gesunden, «völlig sittsamen Frauen» auftritt, hat ihre Ursache oft «in der Gegenwart von Schmarotzern (z. B. Springwürmern) in den äußern Geschlechtsteilen oder auch andern, Kitzel und Jucken verursachenden Zuständen oder in Erregung der Phantasie durch unzüchtige Lektüre.»
> Die männliche Bruderkrankheit *Satyriasis* entsteht analog durch eine «unangemessene, die Sinnlichkeit aufreizende Lebensart, vorwiegende Beschäftigung der Gedanken mit wollüstigen Bil-

dern, zu frühe und unnatürliche Befriedigung des Geschlechtstriebs», endet aber oft in «Greisenblödsinn».

Carol Groneman räumt in ihrem Buch «Nymphomanie: Die Geschichte einer Obsession» (2001:189f.) mit derartigen Vorurteilen auf:

> Zu Beginn des 21. Jahrhunderts stellt *Nymphomanie* weder als organisches Leiden noch als spezifische Geistesstörung eine relevante Kategorie dar. Dennoch lebt sie in der populären Kultur fort: verkörpert durch die fröhliche Nymphomanin und durch das mißbrauche Kind, das zur Sexsüchtigen heranwächst. Diese neuen, ebenso oberflächlichen wie zweidimensionalen Varianten der alten Klischeevorstellungen von weiblicher Sexualität zeigen, daß die Fragen: Wie viel ist zu viel? Wie viel ist genug? Und wer befindet darüber? noch immer nicht zufriedenstellend beantwortet sind (...). Die alte doppelte Moral wurde durch eine nuancenreichere und kompliziertere Glaubenslehre ersetzt. Frauen befinden sich nach wie vor in einer schizophrenen Situation: Sie sollen sinnlich sein, aber nicht allzu aggressiv; sie dürfen die lesbische Liebe leben, solange sie nicht als Mannweib auftreten; sie dürfen sexuell erfahren sein, aber nicht erfahrener als ihr Partner.

Goethes Metze und westfälische Knalle

Eine Hure war für Goethe eine *Metze*: «Daß alle braven Bürgersleut' / Wie von einer angesteckten Leichen, / Von dir, du *Metze*! seitab weichen» – so heißt es in Faust I (Nacht/V. 3753ff.: HA 3, 119). *Trulle* war des Dichters verächtliche Bezeichnung für ein weibliches Wesen, ursprünglich für ein ‹Kebsweib› (Hermann und Dorothea/2. Gesang/V. 263f.: HA 2, 455).

Auch bei Christoph Martin Wieland (1733–1813) können wir lesen: «Es war unmöglich, eine ehrliche Frau von einer *Metze* an etwas anderm zu unterscheiden, als an der seltsamen Affektation, womit diese sich bemühten wie ehrliche Frauen, und jene wie *Metzen* auszusehen.» (Der goldene Spiegel/II, 3) Friedrich Kluge (²⁴2002:617) erläutert das heute nicht mehr gebräuchliche Wort:

> Die Form ist einerseits eine Koseform des verbreiteten Namens *Mechthild*, der zu *Mädchen* verallgemeinert und dann abgesun-

ken sein konnte, doch ist es auch möglich, daß eine *s*-Ableitung von *Magd/Maid* vorliegt (…): vgl. neuniederländisches *meisje* (mittelniederländisch auch *meidsen*) und schweizerisches *Meitschi*.

Ernest Bornemann gibt (1991 unter 48.2) folgende sprachgeschichtliche Ergänzung für *Metze*: «… in der Studentensprache des frühen 18. Jahrhunderts noch ein anständiges Mädchen. Erst durch Beifügung der Adjektive *üppig*, *offen*, *geil* wurde die *Metze* zur Hure.»

Das «Bilderlexikon der Erotik» (Bd. 1:544) verweist auf den westfälischen Ausdruck *Knalle* für Prostituierte, der offenbar vom Verb knallen = ‹koitieren› hergeleitet ist, ebenso wie auch das in der Studentensprache gebräuchliche *Knallnymphe* (vgl. Kluge, *Deutsche Studentensprache*, Straßburg 1895) für Prostituierte und *Knallhütte* für Bordell: «Letzterer Ausdruck findet sich in der angegebenen Bedeutung schon in dem 1780 erschienenen Schauspiel ‹Das Purschenleben› (von K. Th. E. Traitteur) und ist von der Studentensprache in die Gaunersprache übergegangen (s. Avé-Lallemant).» Daß *knallen*, ebenso wie *bumsen* und *stoßen* für das Koitieren noch heute gebraucht wird – der *Knall* ist die ‹Ejakulation› – bestätigt Heinz Küpper ([6]1997:431).

Schicksen und Gunstgewerblerinnen

Schickzo war im Jiddischen der Ausdruck für ein nichtjüdisches Mädchen. Er hat, wie Siegmund A. Wolf (1993) feststellt, «eine wesentliche Bedeutungsverschlechterung erfahren. Er wird heute nur noch auf sehr leichte Mädchen und Prostituierte angewendet.» Klaus Siewert (2003) nennt aus dem Nachtjargon in vergessenen Hamburger Liedern um 1970 (mit Texten aus den 50er und 60er Jahren) den Ausdruck *Schicksenherrlichkeit* für ‹Prostituiertenszene›. Günther Silvester führt in seinem «Wörterbuch der Kiezsprache» (1968) als weitere Komposita auf: *Barschickse* für ‹Barfrau›; *Strichschickse* für ‹Prostituierte›; *Kontrollschickse* für die bei der Gesundheitsbehörde registrierte Prostituierte; *Tripperschickse* für ‹geschlechtskranke Prostituierte›.

Die Ausdrücke *Gunstgewerblerin* und *Gunstgewerbler*, die man gelegentlich in Zeitungsberichten lesen kann, haben meist einen sprachspielerisch-scherzhaften Anklang. Die «Junge Welt» brachte im Jahre 2000 einen Artikel, in dem gefragt wurde: «Ist auch Biedenkopf ein *Gunstgewerbler*?», in der «TAZ» konnte man 1994 lesen: «In Diskotheken verteilten die *Gunstgewerbler* Handzettel (‹so ’ne Art Visitenkarten, so an die Tische vorbei, wo die Mädels standen›)».

«*Freudenmädchen: hat nicht viel zu lachen...*»

... diese apodiktische Definition steht in Flauberts «Wörterbuch der Gemeinplätze». Dabei ist gerade *Freudenmädchen* eine Bezeichnung für Prostituierte, die ähnlich wie frühere Namen (*gelustiges Fräulein, folles femmes* u. a.) den Gedanken des Rausches, der ausgelassenen Freude zum Ausdruck bringt. Dabei schwang mit, daß die Prostitution – nach Ivan Bloch – eine Art von Geschlechtsrausch der Menschheit sei, als Reaktion gegen die vernunftmäßige Gestaltung und Regelung des Geschlechtslebens innerhalb der Gesellschaft und des Staates.

Es gibt dafür ein freimütiges literarisches Zeugnis. Als in Frankreich die ersten großen Literaturprozesse geführt wurden und sich Schriftsteller wie Flaubert und Baudelaire wegen angeblich unzüchtiger Schriften zu verantworten hatten, entstand das Buch «L'École des Biches» («Die Schule der Freudenmädchen») – es erschien zuerst 1868 in Brüssel. Die Autorschaft ist unsicher: vier Verfasser, Ernest Baroche, Frederik Hankey, Alfred Bégis und Edmond Duponchel waren möglicherweise gemeinsam daran beteiligt. Die deutsche Übersetzung, die 1971 herauskam, wurde in Buchhandlungen nur unter einer Bedingung abgegeben:

> Der Käufer dieses Buches hat auf einem beigelegten Verpflichtungsschein versichert, daß er das 21. Lebensjahr vollendet hat, auf den Inhalt des Buches vorbereitet war und daran keinen Anstoß nimmt. Er hat sich weiterhin verpflichtet, es vor Jugendlichen unter 21 Jahren unter Verschluß zu halten und allen Personen vorzuenthalten, die wahrscheinlich dieses Buch nicht objektiv als literarisches Werk zu werten verstehen.

Zum Inhalt: Auf einer imaginären Bühne finden sich die Akteure zu einem erotischen Schauspiel, das bislang in keinem Theater aufgeführt worden ist, zusammen. Ihre verspielten Dialoge und lasziven

Handlungen zeigen sie als liebeslustige Weltkinder ihrer Zeit mit einer unverblümten und amüsanten Direktheit, z. B. auch in nachfolgender Szene:

> Caroline: … Verliert eure Zeit nicht. Kommt in mein Schlafzimmer, um euren Plan in die Tat umzusetzen. Mein Bett ist weit bequemer als mein Salonmobiliar.
> *Gesagt und getan; Caroline wirft sich auf ihr Bett und streckt sich, den Kopf am Fußende, auf dem Rücken aus.*
> Komm, Herzchen; hock dich rittlings über meinen Kopf, spreiz deine Schenkel, so, schön weit, damit meine Augen leicht erkennen können, was sich über ihnen abspielt, und damit meine Zunge nahe genug ist, um dein hungriges Kätzchen zu bedienen. So ist's ausgezeichnet! Beug dich jetzt vor. Pack fest meine Hinterbacken an. Nicht so eilig, Kleine, wart doch … noch nicht … und Sie, Herr Sodomit, knien sich, den Schwanz in der Hand, zwischen Maries Beine und richten ihn auf das Loch, das es zu durchbohren gilt … Marie, streck deinen Hintern schön hoch! … Nicht dort, Ungeschickter! Sie sind zu tief unten; Sie gleiten zur Nachbarin hinüber … Höher … lassen Sie, ich zeige Ihnen den Weg … Da haben Sie's endlich! Und jetzt ans Werk! Daß mir auch jeder seine Pflicht tut, und Venus mit allen!
> *Marie nimmt als leidenschaftliche und beherzte Anhängerin des Kultes von Paphos die ersten Sturmangriffe mit solcher Unerschrockenheit auf, daß dieses doch so starke Glied ohne die kleinste Bewegung von ihrer Seite in ihrem Hintern verschwindet, und wenn Caroline den Verlauf der Dinge nicht mit eigenen Augen verfolgte, würde sie nicht glauben, daß ein so enger Gang so schnell erobert worden sei …*

Das Wort *Freudenmädchen* ist heute noch geläufig, hat aber einen antiquierten Beigeschmack und findet sich eher in älteren Texten. Karl Brackertz übersetzt aus den Volks-Traumbüchern des byzantinischen Mittelalters in seiner gleichnamigen Sammlung (1993): «Mit einem *Freudenmädchen* zu schlafen bedeutet großen Gewinn.» Otto Julius Bierbaum schreibt in seinem Roman «Prinz Kuckuck» (1907/08): «Deshalb verachten wir auch die *Freudenmädchen* nicht, diesen Notbehelf einer verirrten Kultur.» Auch Wilhelm Hauff (1802–1827) verfaßte nicht nur Märchen, sondern eine der schönsten Bordellgeschichten; in «Die Sängerin» (1922 in Erich Singers

Anthologie «Die rote Laterne» veröffentlicht) heißt es: «Mademoiselle! Das Haus, welches Sie bewohnen, ist ein Freudenhaus; die Damen, die Sie um sich sehen, sind *Freudenmädchen* ...»

Das «Bilderlexikon der Erotik» nennt unter Bezug auf Avé-Lallemant für *Freudenmädchen* den aus der Gaunersprache stammenden Ausdruck *Bauchfreundin.* In Wien war – nach Reiskel («Anthropophyteia», Bd. 2; 1905) – die Bezeichnung *Bauchschwager* für ‹den Vorgänger oder Nachfolger des Liebhabers eines Mädchens› und dementsprechend das Femininum *Bauchschwägerin* für ‹die Vorgängerin oder Nachfolgerin der Geliebten eines Mannes› bekannt.

Privatdozentin, Masseuse und mordende Nutte

Privatdozentin war nach dem eingangs erwähnten «Scheltenbuch» des Heinrich Klenz (1910) früher hauptsächlich in Berlin der Spottname für «bessere Dirnen». Nach Kluge («Deutsche Studentensprache», 1895) wurde der Ausdruck von den deutschen Studenten schon um 1825 für Dirnen schlechthin verwendet. Im Jahre 1831 veröffentlichte C. B. von Ragocky in Leipzig ein bemerkenswertes Buch mit dem Titel:

«Der flotte Bursch oder neueste durchaus vollständige Sammlung von sämmtlichen jetzt gebräuchlichen burschicosen Redensarten und Wörtern, so wie eine genaue Aufführung aller Sitten und Gebräuche, welche bei Comitaten, Aufzügen, Wein-, Bier- und Fuchscommerschen oder sonstigen solennen Festivitäten vorkommen und strenge beobachtet werden müssen; nebst einem Appendix mehrerer Originale, origineller Einfälle und Anekdoten aus der Burschenwelt (...).»

Darin findet sich die Definition: «*Privatdozentin* heißt ein galantes Frauenzimmer, dem per privilegium der Männerbesuch gestattet ist.» Sinnesverwandt ist auch ein Ausdruck für Prostituierte, wie er um 1700 in Breslau und Leipzig gebräuchlich war: *Schüler ex collegio quinto*, also Schüler aus der «fünften Fakultät», d. h. dem Bordell (Kluge, a. a. O.).

Roland Girtler (1998:183) weiß, daß der Ausdruck keineswegs veraltet ist; er kennt die *Privatdozentin* aus dem Wiener «Milieu» in der Bedeutung ‹Dirne mit eigener Wohnung›.

Wer glaubt, die in den meisten europäischen Tageszeitungen angebotenen Massage-Dienste böten erst in jüngster Zeit sexuelle Dienstleistungen an, der irrt. Das «Bilderlexikon der Erotik» (Bd. 1:605 f.) weist auf die lange Tradition solcher Unternehmungen und verdeutlicht, daß es sich beim Ausdruck *Masseuse* um einen geradezu klassischen Euphemismus für ‹Prostituierte› handelt:

> Unter dem Schlagwort *Massage* verbirgt sich ein eigener Zweig der geheimen Großstadtprostitution. Durch Zeitungsinserate, deren Textierung für den Kenner eindeutig ist, wird die Kundschaft angeworben und zum Besuch eines «behaglichen» Massagesalons eingeladen, wo «mondäne» oder «kräftige» Damen nach allen möglichen «Systemen» einzeln oder auch zu zweit (sog. Doppelmassage) massieren. Alle diese Masseusen, denen die Behörde schwer beikommen kann, weil sie irgendein Diplom oder einen Gewerbeschein besitzen, sind geheime Prostituierte, die mit ihren Kunden zwar gewöhnlich nicht den normalen Geschlechtsverkehr ausüben, aber ihn durch Masturbation, Cunnilingus, Flagellation usw. zu befriedigen wissen.

«Als sie in Los Angeles im weißen Pelzmantel eine Party besuchte, wurde sie von einer Frau rüde attackiert: ‹Du mordende *Nutte*!›, schrie die offenbar militante Tierschützerin und warf ein Glas Rotwein auf Hurleys Mantel.» So stand es im Jahre 2001 in der Tageszeitung «Die Welt». Hier wird deutlich, daß die Bezeichnung *Nutte* als schlimmes Schimpfwort benutzt wurde. Das Wort ist erst im 20. Jahrhundert aufgekommen, war ursprünglich ein Berliner Dialektausdruck für jugendliche Prostituierte und ist sprachlich nahezu identisch mit *Nute*. Es diente zunächst als vulgäre Bezeichnung des weiblichen Geschlechtsteils, wurde danach auf ‹Mädchen› und später auf ‹Hure› übertragen.

Günther Silvester (1968) nennt aus Hamburg noch folgende Komposita: *Nuttenkellner* (Bordellkellner, besonders für Kellner in der Herbertstraße, der Hamburger Bordellstraße); *Tablett-Nutte* (St. Pauli-Kellner); *Nuttenkutscher* (Kraftfahrer, der die Prostituierten zur behördlichen Untersuchung fährt); *Nuttenprinz* (Mann, der bei den Prostituierten besonders beliebt ist). *Nuttensilo* ist eine in Hamburg scherzhaft gebrauchte Bezeichnung für ein Appartementhaus, in dem vorwiegend Nutten wohnen, die Bezeichnung *Asphaltnutten* steht gelegentlich für Taxifahrer.

Abgenutzte Blechtude oder liederliche Geige

Blechtude, studentischer Ausdruck für ein liederliches Frauenzimmer (Kluge, «Deutsche Studentensprache», 1895), findet sich als *Blechtute* (nach Avé-Lallemant: ‹abgenutzte, verlebte, alte Metze›) auch in der Gaunersprache, in der das Wort wohl seinen Ursprung hat: vgl. auch das eingangs erwähnte «Schelten-Wörterbuch». Die *Düte, Dute* kommt metaphorisch auch für ‹weibliches Geschlechtsteil› (vulva) vor (Grimm, «Deutsches Wörterbuch», 4); es kann also *Blechtute* als altes blechernes Horn oder als Trompete aufgefaßt werden, wie ja überhaupt Musikinstrumente, z. B. die Geige, gern mit der vulva bzw. der Frau verglichen werden.

Das «Bilderlexikon der Erotik» verrät uns die aufschlußreiche Gleichsetzung: *Geige* (*Geigerl* oder *Geign*) ist ein «altes volksmäßiges Sinnbild für das Weib» überhaupt, dann besonders für liederliche Dirnen (Grimm, «Deutsches Wörterbuch»). In diesem Sinne gebrauchten die Studenten das Wort schon frühzeitig für Prostituierte; sie unterschieden *Haus-* und *Nachtgeigen*. Und Dr. rei. cneip. J. Vollmann (d.i. Johannes Gräßli) nennt 1846 in seinem «Burschikosen Wörterbuch» eine *Geige*: ein «Stoßbogeninstrument», eine «Tonbüchse», eine «Stichscheibe», eine «öffentliche Person», eine «Hallendame», ein «Saumensch». Hier wird also *Geige* – der Ausdruck bezeichnet, wie gesagt, auch das weibliche Geschlechtsteil (vulva) wie der *Fiedelbogen* das männliche Glied (weshalb *geigen* oder *auf der Geige spielen* gleich ist mit ‹sich begatten› [Kluge, «Deutsche Studentensprache»]) – für die ganze weibliche Person gebraucht, was nach Rudolf Kleinpaul («Leben der Sprache und ihre Weltstellung», Bd. 1) wohl mit der Sitte früherer Zeiten zusammenhängt, gefallenen Mädchen von Amts wegen eine alte Geige umzuhängen. Bei den Gaunern scheint die Metapher *Geigerl* = ‹Hure› früher besonders in Wien heimisch gewesen zu sein (vgl. Ludwig Günther, «Freudenmädchen», 1912).

Studenten-Violine und geliebte Hure

Von der *Studenten-Violine* hat auch ein deutscher Barockdichter gesprochen, der sich hinter dem bis heute ungelösten Pseudonym *Le Pansiv* verborgen hat. Im Jahre 1729 erschien unter dem Titel «Poetische Grillen bey müßigen Stunden gefangen» eine umfängliche

Sammlung, die neben erotischen Sonetten, unflätigen Epigrammen, Quodlibets und zynischen Studentenliedern auch ein Gedicht enthielt, in dem es heißt:

Unter allen Frauenzimmer
In dem deutschen Elb-Athen
Wird des Nachts bei Sternenschimmer
Keine nicht gassaten gehn,
Als die geile Begerine,
Die *Studenten-Violine*.

Wenn dies Nachtlicht nun erscheinet,
Stellt sich bald die Lichtputz ein,
Die das Licht zu putzen meinet,
Ob es gleich von Fleisch und Bein,
Und da hält die arme Nille
Wie ein Lamm geduldig stille.
Fügt sich nun ihr Liebesglücke
Fragt sie nicht: wer, wie und wo,
Sie ist zwar vom Mittelstücke
Weit beschrien, doch ists nicht so,
Ihre Jungferschaft ist enge
In die Quer und in die Länge.

Possen! Ihre Liebestasche
Ist mitnichten ausgedehnt,
Allenfalls hat sie die Flasche
Von Luisen schon entlehnt,
Deren Tropfen (helf mir lachen!)
Weite Jungfern enge machen.
(...)

Die Bezeichnung für *Hure* war im Althochdeutschen *huora*, im Mittelhochdeutschen *huore*. Althochdeutsches *huor* war ‹außerehelicher Geschlechtsverkehr; Ehebruch›, *huoron* bedeutete entsprechend ‹außerehelichen Geschlechtsverkehr haben; Ehebruch begehen›. Sprachgeschichtlich betrachtet, ist die *Hure* ‹die Begehrte, Geliebte›, denn die vergleichbaren Bildungen in anderen indogermanischen Sprachen deuten auf die indogermanische Wurzel **karo-s* mit der Bedeutung ‹lieb, begehrt›. Die vorerwähnten Hurenorganisationen tragen dem offenbar Rechnung, indem sie das Wort *Hure* nicht mehr als anstößig und abwertend deuten. Gemeinsprachlich wird das Wort natürlich immer noch als derb empfunden, es dient als vulgärer Ausdruck für Prostituierte, aber auch für jede zum Beischlaf leicht geneigte Person. Früher, war es die Bezeichnung jeder Gefallenen, auch der Ehebrecherin. In Friedrich Hebbels (1813–1863) «Judith» heißt es: «Dann erschrick nicht, sondern ruf mir zu: ‹Holofernes hat dich zur *Hure* gemacht, und Holofernes lebt noch!›»

Ehrbare Huren hießen früher solche Verführte, die sich nur mit einem einzigen Liebhaber vergangen hatten, im Gegensatz zu *Allerweltshuren*, zu denen die *Frauenhäuslerinnen*, die Gelegenheitsprostituierten und die genannten *fahrenden Frauen* zählten (vgl. S. 140).

Das Wort *Hure* ist nicht zu verwechseln mit dem Wort *Huri* für die ‹Paradiesjungfrau des Korans›: bei Henrik Ibsen heißt es in «Peer Gynt»: «Und willst Du nicht glauben, vernimm als Beweis: Er macht Dich zur *Huri* im Paradies.» *Huri* ist von dem arabischen Begriff *hûr* abgeleitet und bedeutet: «diejenigen, in deren Augen das Weiße und das Schwarze stark hervortreten» – mit diesem Ausdruck wird auf die besondere Schönheit dieser Frauen hingewiesen.

Kebsen, Kokotten und Konkubinen

Hermann Fischer gibt in seinem Buch «Grundzüge der Deutschen Altertumskunde» (1917:77) folgende Definition: «Die *Kebse* unterscheidet sich von der Ehefrau dadurch, daß sie dem Mann in weniger formaler Weise stets lösbar verbunden und ihre Kinder nicht Erbnachfolger des Vaters, sondern der Mutter sind.»

Für das Wort existieren im Westgermanischen nachgewiesene Bildungen, im Mittelneuhochdeutschen gibt es *kebes* (auch in der Bedeutung ‹Konkubinat›), im Mittelniederländischen *kevese* (auch in der Bedeutung ‹Küchenmagd› oder ‹Ehebruch›), doch sein Ursprung ist nicht sicher geklärt. Möglicherweise gibt es einen Zusammenhang mit niederländisch *kevie, kooi* (‹Hütte, Nachtlager›). Der Begriff gerät bereits im 15. Jahrhundert außer Gebrauch, wird allerdings in der zweiten Hälfte des 18. Jahrhunderts, vor allem in der Dichtung, wieder verwendet, ohne Unterbrechung auch im Kompositum *Kebsweib*.

Noch bei Hermann Löns (1866–1914) können wir lesen: «Rechts und links von ihm kauern seine *Kebsen*, die blonde Lombardin und die schwarze Provenzalin, auf bunten Kissen, und im Kreise um den

Königsstuhl stehen die Großen: Herzöge, Geheimschreiber, Marschälle, Priester» («Mein braunes Buch/Die rote Beeke»).

«Die Welt» berichtete am 24. 3. 2004 über die neue «Re-Invention»-Tour der US-Popkönigin Madonna; die Legende unter dem «freizügigen» Photo lautete: «Nichts liebt sie mehr als erotische Selbstinszenierungen: Madonna als verführerische *Kokotte* im barocken Outfit.» Das Wort *Kokotte* entstammt dem Französischen: dort bedeutet *cocotte* ‹Hühnchen›. Die Kokotten waren die Edelprostituierten des 18./19. Jahrhunderts; sie legten großen Wert auf ein elegantes Äußeres und waren zu ihrer Zeit sehr begehrt. Eine Kokotte zu haben war nicht anrüchig, es galt in der damaligen Gesellschaft vielmehr als Statussymbol, zumal sich nur wohlhabende Männer eine Kokotte leisten konnten, da die sich ihre Dienste teuer bezahlen ließ. Im Unterschied zu den *Mätressen* hatten die Kokotten nicht nur einen, sondern mehrere Liebhaber – nacheinander oder gleichzeitig. Kokotten sind mit den heutigen *Callgirls* vergleichbar.

Man liest das Wort in älteren Büchern mit zeitgeschichtlichem Bezug oder heute in zeitbezogenen Artikeln: Bei Franziska Gräfin zu Reventlow (1871–1918) heißt es in «Das Männerphantom der Frau» (1898): «In der *Kokotte*, dem ‹Mädel› und der Lebedame aus *Fin de siècle*-Kreisen, da vielleicht noch am ehesten ist ‹das Weib› zu finden, das absolute Weib, das den Mann am besten kennt und am richtigsten zu beurteilen und zu nehmen weiß.» Petra Kipphoff schilderte in der Wochenzeitung «Die Zeit» (am 26. 11. 1998, S. 48): «In Otto Dix' ‹Nachtbar› von 1927 dient die Form des im kultischen und kirchlichen Zusammenhang entstandenen Dreiflügelaltars dem Auftritt von Krüppeln, *Kokotten* und Kavalieren der besonderen Art.»

Kurt Tucholsky (1890–1935) hätte dieses Zitat gefallen; er wußte, was eine *Kokotte* ist, denn er stellte schon 1914 die Frage:

Eine feile Dirne?

In der Charlottenburger Stadtverordnetenversammlung hat ein Redner in der Hitze des Gefechts die bürgerliche Presse «eine feile Dirne» genannt. Darob gab es ein Hallo, und die angegriffenen Blätter durften feststellen, daß sich eine solche Rempelei von selber richte.

Ich weiß doch nicht recht. Ist die bürgerliche Presse wirklich mit einem Straßenmädchen zu vergleichen? Nein. Leider nein. Die deutsche Bürgerpresse ist nicht in dieser Weise korrupt. Ihr Wesen ist nicht zu treffen durch den Hinweis auf kleine Bestechungen und Käuflichkeiten, die mit dem Inseratengeschäft und der Kunstkritik zusammenhängen. Sie ist keine feile Dirne, die man sich für ein paar Mark kaufen kann. Sie ist etwas viel Gefährlicheres. Verglichen kann sie vielleicht werden mit einer großen *Kokotte*, die ein gutes Herz hat und, wenn sie nicht gerade Grafen und Barone rupft, wohl auch einmal einen Tee für Minderbemittelte einlegt (...).

Es ist irgendwo Geld im Spiel, aber leider nicht offen und eindeutig. Man weiß meist nicht, wo und wie, und sie küßt heute, dem sie gestern die Augen ausgekratzt hat. Sie ist viel zu fein, um sich bloß Geld auf den Nachttisch legen zu lassen, sie nimmt mehr, viel mehr, sie nimmt alles. Also kein Straßenmädchen, sondern das, was der Franzose eine «grande cocotte» zu nennen pflegt.

Max Weber formulierte es in seinem Beitrag über «Wirtschaft und Gesellschaft» (in: Marianne Weber, Hg., «Grundriß der Sozialökonomik», Tübingen 1922, S. 427) so: «Zwischen Ehe und Prostitution stand namentlich beim Adel der [sic!] *Konkubinat*, die dauernde Sexualbeziehung zu Sklavinnen oder Nebenfrauen oder zu Hetären, Bajaderen und ähnlichen, in Freiheit von der Ehe lebenden Frauen, der groben oder sublimierten *freien* Ehe.»

Das Wort *Konkubine* ist entlehnt aus lateinischem *concubina* (‹Beischläferin›), einem Nomen, das vom Verb *concubāre* (‹zusammenliegen›) gebildet wurde. Es findet in literarischen Bezügen und politischen Kommentaren immer wieder Verwendung. Jean Paul (1763–1825) schreibt: «So heirathet man oft ein runzlichtes Gesicht des Geldes wegen, und entschädigt dafür das angeborne Gefühl des Schönen durch eine *Konkubine*, die Extrapost der Ehe» («Grönländische Prozesse/Beschluß 2»). Bei Karl Dietrich Bracher heißt es 1960 in der «Propyläen Weltgeschichte»: «Dort residierte der Duce in dem Badeort Salò als Diktator von Hitlers Gnaden, nahm blutige Rache an seinen Opponenten im Faschistischen Großrat (einschließlich Ciano) und fiel einen Tag vor Hitlers Selbstmord an der Seite seiner *Konkubine* beim Versuch, verkleidet in die Schweiz zu entkommen, den Kugeln italienischer Partisanen zum Opfer» (vgl. «Zusammenbruch des Versailler Systems und Zweiter Weltkrieg»).

Friedrich Nietzsche (1844–1900) konnte sich auch über den Begriff *Konkubinat* eines Ausspruchs nicht enthalten: in «Jenseits von Gut und Böse» spöttelte er: «Auch das *Concubinat* ist corrumpirt worden: – durch die Ehe.»

In modernen Bezügen findet man gelegentlich für *Konkubine* die Bezeichnung *Nebenfrau*. «Die Welt» berichtete im Jahre 2001: Die vom persischen Volk geliebte Kaiserin hatte – so gestand sie Jahre später in einem Interview – selbst ihren Gatten um die Trennung gebeten, weil ihr der Gedanke an eine *Nebenfrau* unerträglich gewesen sei.»

Kurtisanen und Mätressen

Gustave Flaubert schreibt in seinem Wörterbuch unter diesem Stichwort: «Das Wort begegnet heute kaum noch, und wenn, dann in historischen Bezügen.» Bei Max Dauthendey, bei dem wir schon auf die *Bajadere* gestoßen sind, findet sich auch eine Stelle, in der die *Kurtisane* erwähnt wird: «Holongku trug dieses heimliche Bild in das Futter seines Hausrockes eingenäht; denn es soll Glück bringen, das nackte Bild einer *Kurtisane* stets bei sich zu tragen …» («Im blauen Licht von Penang»).

Das «Bilderlexikon der Erotik» (Bd. 1: 560) gibt eine treffliche Definition:

> *Kurtisane*, ursprünglich als *Courtisane* die «Dame demoiselle» oder «Chaperonniere» bezeichnend, die dem Hof (*cour*) eines Fürsten folgte, also die «mulier cohortalis». Der Italiener hat zuerst diesem Worte eine anstößige Nebenbedeutung gegeben, indem er als Kurtisane eine «Prostituierte von Ruf» bezeichnete. Es unterliegt wohl keinem Zweifel, daß ursprünglich die italienischen Hetären als *Cortegiane* in ihrem äußeren prunkvollen und anspruchsvollen Auftreten die vornehmen Hofdamen nachahmten und ihnen daher auch in satirischer Absicht diese Bezeichnung verliehen wurde. In Italien, und zwar vornehmlich in Venedig und Rom, hat sich auch das Kurtisanentum herausgebildet, als dessen Blütezeit man wohl das 16. Jahrhundert annehmen kann. Im allgemeinen waren die *Kurtisanen* nichts als ein Abklatsch der griechischen *Hetären*. (…)
> Einzelne Kurtisanen waren jedenfalls sehr kostspielige Luxusgeschöpfe.

Berühmte Vertreterinnen waren: Imperia da Ferrara (1481–1512), Camilla da Pisa (16. Jh.), Tullia d'Aragona (1510–1556) und Veronica Franco (ca. 1546–1591).

Friedrich Kluge ([24]2002:604) zählt das Wort *Mätresse* zum erweiterten Standardwortschatz, klassifiziert es jedoch zu Recht als «stark veraltet». In Johann Philipp Bauers Schrift «Der Mensch in Bezug auf sein Geschlecht» (1841:188) können wir noch lesen: «Öffentliche Hurenhäuser mindern die Neigung der ehelosen und selbst der verheirateten Männer, sich *Maitressen* zu halten.» Das Wort hat (vor allem im 17. Jahrhundert) die Bedeutung ‹Geliebte eines Fürsten› und ist vom französischen Wort *maîtresse* (eigentlich ‹Gebieterin, Meisterin›) entlehnt, der motivierten Form von französisch *maître* (‹Gebieter, Herr, Meister›), das seinerseits auf lateinisches *magister* (‹Vorgesetzter, Lehrmeister›) zurückgeht. Heinz Küpper ([6]1997:516) führt die ab 1870 gebräuchliche scherzhafte – aus *Maitresse* umgebildete – Bezeichnung *Maitherese* für ‹außereheliche Geliebte› auf.

Jüngst schrieb die Internetzeitung «Die Welt Online»: «Weiterhin bezeichnen die Medien Camilla als die ‹Mistress› des Thronerben, ungnädig gedeutet: seine *Mätresse*, höflicher: seine Geliebte.»

Messalina oder Pompadour?

Die Ausdrücke *Messalina* und *Pompadour* liest man eigentlich nur noch in älteren Quellen und in wissenschaftlichen und journalistischen Berichten mit historischen Bezügen.

Eine Anspielung auf *Messalina*, die sittenlose Gemahlin des Kaisers Claudius, findet sich beispielsweise bei Ferdinand Gregorovius (1821–1891) in seiner «Geschichte der Stadt Rom im Mittelalter» (13. Buch, 4. Kapitel, 3): «Der Name Vanozza, ein Diminutiv von Giovanna, erinnert durch seinen Klang an die Zeiten des berüchtigten Marozia, jedoch ist es irrig, sich unter der Freundin Borgias eine *Messalina* vorzustellen.»

Die «Süddeutsche Zeitung» berichtete im Jahre 2002: «Auch hartgesottene Senatoren, die in der First Lady eine Kreuzung aus *Messalina* und *Madame Pompadour* sahen, hat Hillary inzwischen verzaubert – mit einer Mischung aus Charme, Bescheidenheit und harter Arbeit.»

Werner Hofmann referierte in seinem Buch «Das irdische Paradies: Kunst im 19. Jahrhundert» (1991:22): «In den asiatischen Königsfrauen beschreibt Bachofen die männerbeherrschende ‹femme fatale› der alten Welt – genau in dem Augenblick, da die Phantasie der Maler und Dichter von den großen Hetärengestalten, von Kleopatra und *Messalina* gefesselt wird.»

Madame *Pompadour* war bekanntlich die Geliebte Ludwigs XV. Hermann Schreiber (1993:154 f.) zeichnet in seinem Buch «Die ungekrönten Geliebten: Leben und Liebe der großen Mätressen» ein sehr differenziertes Bild von ihr:

> … Jeanne-Antoinette Poisson, Marquise de Pompadour, war und blieb trotz aller schönen Titel und trotz des großen Vermögens, das sie zusammenraffte, ein Mädchen aus dem Volk, und das Leben bei Hof, die Abwehr der Intrigen, die Beherrschung des Königs und die Führung der Politik nötigten sie zu einer dauernden Überanstrengung, der ihre Gesundheit schon bald nicht mehr gewachsen war. Seit etwa 1750 störte dies Ludwig, der sehr ängstlich war und nichts so sehr fürchtete wie die Ansteckung, weil er sich schon in jungen Jahren eine Geschlechtskrankheit geholt hatte; aber es war um diese Zeit schon so, wie die Herzogin von Brancas gesagt hatte: Ludwig brauchte die Pompadour; ihre Gesellschaft und Freundschaft waren ihm unentbehrlich, und so konnte sie ihre Position trotz der militärischen Mißerfolge, die ihre Politik widerlegten, im wesentlichen bis zu ihrem Tod am 15. April 1764 halten. Und diese Zeit, dieses letzte Dutzend Jahre, in dem sie nicht mehr seine Geliebte, aber nicht viel weniger als eine zweite Königin war, sind jene Zeitspanne, in der die Marquise sich tatsächlich als eine Frau von Format erwies und jenen Begriff der *Mätresse* schuf, den nur ganz wenige Frauen so ausfüllen konnten wie sie.

Der eponymische Ausdruck *Pompadour* begegnet uns in der Literatur relativ selten. Bei Otto Julius Bierbaum findet sich eine Stelle: «Willst du mich nicht als deine *Pompadour* mitnehmen?» («Prinz Kuckuck/III–C–3– Der Gymnasiast der Liebe»).

Sirene oder Vamp?

«Dem ward der schönste Preis der Preise …, / Der, ob auch die *Sirenen* riefen, / Sich bei der stürmevollen Fahrt / Des Lebens in des Busens Tiefen / Den Frieden des Gewissens wahrt»: So beginnt ein Gedicht von Emil Rittershaus (1834–1897). Eduard Stemplinger (1933:131) erläutert:

> Die Sirenen (griechisch *Seirenes*) gelten ursprünglich als Toten-
> geister, die nach Blut (Vampire!) und Liebesgenuß (Goethes
> «Braut von Korinth»!) lechzen. Erst in alexandrinischer Zeit
> kommt eine neue Legende auf, nach der sie einstens spröde
> Jungfrauen waren. Die Kunst stellte sie als Vögel mit Jungfrau-
> enleib dar. Bei Homer locken sie durch bezauberndem Gesang die
> vorüberfahrenden Menschen ins Verderben. Odysseus läßt sich
> an den Mastbaum binden und verstopft die Ohren der Gefähr-
> ten mit Wachs. Ihre Deutung auf die Lockungen der Sinnlichkeit
> begegnet uns schon bei antiken Autoren. Das Wort erscheint
> schon im Mittelhochdeutschen als *sîrên* …

Das Wort gehört zum bildungssprachlichen Wortschatz und begegnet uns gelegentlich im Sinne von ‹schöne, verführerische Frau›. In
der Tageszeitung «Die Welt» konnte man im Jahre 2001 lesen:
«Oder der skeptische Engländer Francis Bacon, der, ganz Kind der
Renaissance, erkennt: ‹Allein im Leben richtet die Liebe viel Unheil
an, zuweilen wie eine *Sirene*, zuweilen wie eine Furie.›»

Vamp hat weniger die Bedeutung ‹Prostituierte›; eher definiert
sich ein Vamp als ‹kalte Frauenschönheit, deren Sinnlichkeit ein
Mann leicht verfällt›. Das Wort ist im Englischen durch Kürzung
aus *vampire* entstanden und bezog sich ursprünglich auf den män-
nermordenden Frauentyp des amerikanischen Stummfilms. Wör-
terbuchschreiber streiten sich um das erste Auftreten des Wortes.
Nach einer Version geht die Bezeichnung zurück auf den 1915 ge-
drehten Film «Les Vampyres» von Louis Feuillades, das «Oxford
English Dictionary» führt einen früheren Erstbeleg von Chesterton
aus dem Jahre 1911 an.

Vamp ist weitgehend synonym mit dem französischen *femme fatale* und überschneidet sich zum Teil mit *Sexbombe*. Heutige Belege
finden sich z. B. bei Rolf Michaelis in der Wochenzeitung «Die Zeit»
(am 2.1.1998, S. 39): «Zu guter Letzt gerate ich an Evelyn Künn-
ecke, die Verführerin, die Kirke, ein *Vamp* original Berliner Prove-
nienz (…).» Und in der «Bild»-Zeitung konnten wir 2001 verneh-
men: «Ein bißchen *Vamp*, ein bißchen Diva – für den ‹Playboy›
zeigt sich die Berliner Jura-Studentin von einer ganz neuen Seite.»

Gespielin oder Grisette?

Den Ausdruck *Gespielin* für ‹leichtfertiges Mädchen› findet man heute fast nur noch in historischen Bezügen oder in journalistischen Beiträgen, die sich durch einen stark ironischen Unterton auszeichnen. Bei Helmut Kracke erfahren wir (1968:305): «Ein Gegenstück aus dem Rokoko ist Gabriele Emilie du Chatelet, Übersetzerin von Newtons ‹Principia Mathematica›, Verfasserin einer Schrift über Leibniz, Preisträgerin der Akademie, daneben *Gespielin* von Voltaire und manchem anderen hochgeistigen Zeitgenossen.» Und «Der Spiegel online» berichtete kürzlich: «Mit einer blutjungen langbeinigen *Gespielin* im Arm mimen sie den wilden Mann – düsen im Porsche durch Berlin-Mitte oder München-Schwabing, schlürfen Martini und feiern in Szene-Clubs bis in die frühen Morgenstunden.»

Aus dem Altfränkischen entlehnt ist das französische Wort *gris* (‹grau›), dazu stellt sich das französische Wort *grisette* mit der Bedeutung ‹graues Tuch, Kleidung aus grauem Tuch›, woraus sich später – nach eben dieser grauen, schlichten Kleidung – zunächst die Bedeutung ‹Näherin, Putzmacherin› und anschließend ‹leichtfertiges Mädchen› entwickelte. Als Fremdwort ist *Grisette* ins Deutsche übernommen worden. Es findet sich nicht selten in älteren Prosatexten, z.B. bei Karl Ferdinand Gutzkow (1811–1878): «Die wahnsinnige Liebe einer *Grisette* und die noch tollere einer Gräfin haben ihn so verhätschelt, so verzärtelt, daß in ihm jede Fähigkeit eines leidenschaftlichen Aufflammens fast erstorben ist» («Die Ritter vom Geiste»/8. Buch, 13. Capitel:1). Bei Dora Duncker (1855–1916) lesen wir in ihrem Roman «Großstadt» (1900): «Das war so die Freundin, wie er sie sich immer gewünscht, aber trotz seines tollen Lebens noch niemals gefunden hatte, halb Dame, halb *Grisette*.» Und in einer Theaterrezension im «Berliner Tageblatt» (vom 16.2.1902, S.3) heißt es: «In der Todesangst macht die *Grisette* das Geständnis, mit dem Erschlagenen ihren Liebhaber betrogen zu haben.»

Heute ist das Wort nicht mehr durchgängig bekannt, wird nur noch in einigen journalistischen Beiträgen ganz dezidiert eingesetzt. In der Wochenzeitung «Die Zeit» schrieb Ursula März (am 29.3.1996 auf S.31): «Vor allem *Grisetten*, Straßenmädchen, Halbweltdamen halten das Versprechen auf Geheimnis und Fiktion»; in derselben Zeitung konstatierte Gerwin Zohlen unter der Überschrift «Das Dilemma Haussmann» in einem Artikel (vom

6. 12. 1996, S. 21): «Man konnte ihm opulente Diners und ein paar Affären mit *Grisetten* nachsagen, doch war er völlig unbestechlich.»

Halbweltdamen und Hetären

Auch der erwähnte Ausdruck *Halbweltdame* klingt heute sehr kapriziös und wird ironisch-distanzierend verwendet. Die «Berliner Zeitung» behauptete im Jahre 1998: «Kurz vor seiner Ermordung begann Kennedy ein Verhältnis mit einer aus der DDR stammenden *Halbweltdame.*»

In historischen Kontexten begegnet der Ausdruck häufiger; so berichtete Hugo Friedender 1910 in seiner «Sammlung interessanter Kriminalprozesse von kulturhistorischer Bedeutung» über «Die Ermordung der Medizinalrätin Molitor auf der Promenade in Baden-Baden»: «Inzwischen besuchte er in Gesellschaft von *Halbweltdamen* Theater, Konzerte und Zirkus und lebte in Saus und Braus.»

«Eine *Hetäre* ist eine in der Liebe Selbständige», urteilte im Jahre 2001 die «Berliner Zeitung» und lag damit nicht falsch, denn *Hetären* (griechischen *Hetairen*) sind ‹Freudenmädchen›. Zum Teil gewannen sie auch politischen Einfluß, wie bei uns fürstliche Maitressen: Berühmte Namen sind Lais und Phryne. Lukians «Hetärengespräche» und Alkiphrons Briefe geben einen Einblick in das Treiben der Hetären, das seine Blütezeit im 5. Jahrhundert v. Chr. erlebte und damals Bestandteil einer bestimmten Lebenskultur war – so wie in späteren Zeiten das Zusammenleben mit den *Konkubinen*, den *Kurtisanen*, den *Mätressen*, den *Geliebten* und schließlich dem «festen Verhältnis» oder dem heutigen *Callgirl*.

Für *Hetäre* gibt es im Deutschen keine rechte Entsprechung – das stellte schon Christoph Martin Wieland (1733–1813) in seiner Lukian-Übertragung fest: «Kurtisane» passe nicht, weil *Hetära* im Griechischen die Bedeutung ‹Kamerad› oder ‹guter Freund› hat:

> Dieses jovialische Volk, das in allem die Euphemie liebte, fand keine anständigere Benennung als diese für die Mädchen, die vom Ertrag ihrer Reizungen lebten, die Kunst zu gefallen als eigentliche Künstlerinnen trieben, und überhaupt dazu bestimmt waren, die Mannspersonen, denen nach griechischer Sitte beinahe aller gesellschaftlicher Umgang mit dem ehrbaren Teil des

schönen Geschlechts versagt war, für diese Entbehrungen einigermaßen zu entschädigen.

Max Brod (1909) läßt in seinem Essay «Die Erziehung zur Hetäre» seinen Protagonisten Mansvet Liebhardt sagen:

Die Hetäre der Griechen, die Oiran der Japaner, wie erschienen doch diese Frauen den sehnsüchtigen Männern ihrer Zeit als Erfüllung aller Feinheit, als lebende Romantik. Kennerinnen aller Künste und oft auch Meisterinnen, Mädchen edelster Freude fürwahr, und im Range weit über den kümmerlichen Sklavenseelen der Ehefrauen. Und noch die Cortigiane der Renaissance, die Lenclos des Dixhuitième kamen meinem Idealbild vielleicht nahe. Aber jetzt sind die frei Liebenden zu Dirnen, noch unter den Rang der Ehefrauen, während die Ehefrauen nicht emporgestiegen sind, herabgesunken. Der ganze Typus: Weib (…) hat sich verschlechtert.

Schon Leopold von Sacher-Masoch (1836–1895) fragte in «Venus im Pelz»: «Welche brave Frau ist je so angebetet worden, wie eine *Hetäre*?» Günther Hunold (²1980:38) schildert in seinem Buch «Hetären, Callgirls und Bordelle» die subtile Liebeskunst der Hetären so:

Die *Hetären* kannten bereits alle erotischen Finessen, die man erst in heutiger Zeit nach und nach wieder entdeckt, obwohl sie seit Jahrtausenden zum Liebeskulturgut der Menschheit zählen: Wohldosierte Getränke, die das Liebesbedürfnis anregten, ohne völlig trunken zu machen; ausgesuchte Leckerbissen, die auch einen raffinierten Feinschmecker anzuregen vermochten; eine Technik der Liebe, die nichts ausklammerte und jeden Wunsch erfüllte; raffinierte Zärtlichkeiten in Verbindung mit unzüchtigen, aber geistvollen Reden; mit einem Wort: Bilder, Farben, Formen und absolute körperliche Gepflegtheit gaben den Hetären eine ungewöhnliche Stellung und verschafften ihnen hohes Einkommen, Ansehen und öffentliche Anerkennung.

Gefallene und Verlorene

Im Ausdruck *Gefallene* für ‹Prostituierte› schwingt eine soziale Wertung mit. Man liest ihn heute nur noch selten – ein Beispiel ist eine kürzlich veröffentlichte Bemerkung in einem kritischen Bericht im «politikforum.de»: «Leute wie Du sind übrigens meist die ERSTEN, die ganz laut HIER schreien, wenn sie mal ‹gratis dürfen›. Oder sie haben versucht, eine ‹Gefallene› gegen ihren Willen zu ‹missionieren› und sind dabei ganz fürchterlich abgezockt worden.»

Um die Wende zum 20. Jahrhundert gab es eine Reihe von Prostitutionsromanen, die das Wort in ihrem Titel trugen. Im Jahre 1905 erschien in Wien unter dem Pseudonym Carl Morburger – der wahre Autor war Joseph Schossberger – der Roman «*Die da gefallen sind. Eine Geschichte aus den Niederungen.*» Ein Jahr später wurde in Berlin – mit einer Einleitung von Hans Ostwald – Hedwig Hards Buch «Beichte einer *Gefallenen*» veröffentlicht; nach den Worten Ostwalds handelt es sich um die Autobiographie einer Prostituierten, die authentisch das Auf und Nieder ihres Lebens schildert.

Neben der *Gefallenen* steht als sozialkritische Bezeichnung die *Verlorene*. Im Jahre 1904 erschien in Berlin unter dem Verfassernamen «Manon» der Roman «Memoiren eines Freudenmädchens: Interessante Enthüllungen aus dem Leben einer *Verlorenen.*»

Margarete Böhmes 1905 veröffentlichtes «Tagebuch einer *Verlorenen*», 1988 neu aufgelegt, trug den Untertitel «Von einer Toten». Es war von seinem Erscheinen bis weit in die 20er Jahre hinein ein Bestseller. Die in Husum geborene Verfasserin vieler Unterhaltungsromane griff mit dem Tagebuch mutig ein Thema auf, das allen gesellschaftlichen Schichten des bürgerlich-puritanischen Kaiserreiches bekannt war, über das man aber nicht zu sprechen wagte: die Prostitution. Sie wählte für ihren Roman die literarische Form des Tagebuchs, dessen fiktives Original einer erdachten Ich-Erzählerin nach deren Tod lediglich von ihr überarbeitet und herausgegeben wurde. Dadurch vermittelte sie den Eindruck der Authentizität, verlieh dem Werk durch «Milieu»-Schilderungen Spannung und weckte die Neugier des Lesepublikums.

Frauen, die man kaufen kann

Wir sind auf eine Reihe von Bezeichnungen für Prostituierte aus der Gemeinsprache, aus Dialekten und aus dem Schelten-Wörterbuch eingegangen. Daß es im Volksmund sehr viel mehr gibt, beweist die mehr als neun Spalten lange Aufstellung, die sich im Buch von Ernest Bornemann (1991; s. u. 48.2) findet.

Neben expliziten Bezeichnungen für Prostituierte gibt es natürlich auch umschreibende Wendungen, z. B. die schlichte von der *käuflichen Frau* (inklusive schöner Nacht) im Gedicht von Hugo Kersten (1892–1919), das Hartmut Geerken (2003:139) in seiner «Anthologie erotischer Gedichte des Expressionismus, geordnet nach Positionen, Situationen, Körperteilen, Organen und Perversionen» aufführt:

Frauen

Frauen, das sind so Dinger für das Bett;
Mit blanken Knien, Lust der Fingerspitzen.
Sie tragen süße Düfte im Corsett,
die unsere Nerven angenehm erhitzen.
(…)
Man findet sie an jeder Bar in Haufen.
Und ihre Achselhaare riechen sehr
nach schönen Nächten. Die kann man hier kaufen.
Sie kosten zwanzig Mark und manchmal mehr.

Wie *Frau*, so steht auch das Wort *Mädel* häufig euphemistisch für ‹Prostituierte›. In Egon Erwin Kischs einzigem Roman, «Der Mädchenhirt» (1914) – der Titel ist eine Übersetzung des tschechischen Wortes «Pasak» (‹Zuhälter›) –, heißt es: «Und heute war Jarda ja hergekommen, nicht mehr, um die *Mädel* für ein paar Minuten mit splendiden Herren zusammenzubringen, sondern um sie zu bewegen, sich von Mani Busch für ewig irgendwohin in ein galizisches Soldatenbordell verkuppeln zu lassen.»

Selbst im berühmten Lied von Hans Albers drängt sich dieselbe Deutung auf: «Auf der Reeperbahn nachts um halb eins, ob Du'n *Mädel* hast, oder hast keins, amüsierst Du Dich, denn das findet sich, auf der Reeperbahn nachts um halb eins. Wer noch niemals in lauschiger Nacht, einen Reeperbahn-Bummel gemacht, das is'n armer Wicht, denn der kennt Dich nicht: Mein St. Pauli, St. Pauli bei Nacht.»

Selten habt ihr mich verstanden,
Selten auch verstand ich euch,
Nur wenn wir im Kot uns fanden,
So verstanden wir uns gleich.
Heinrich Heine

Kapitel 6

Der Mensch lebt nicht vom Sex allein:
Deftiges und Parodistisches

«Die Liebe ist ein seltsames Spiel, sie kommt und geht von einem
zum andern, sie nimmt uns alles, doch sie gibt auch viel zu viel, die
Liebe ist ein seltsames Spiel…» – so sang einst Connie Francis.
Ähnlich ist es mit der Sprache auf dem Feld der Liebe. Ob Lieder-
texte, Filmtitel oder populäre Wendungen, schnell gehen sie von
einem zum andern, häufig in abgewandelter Form.

So lautete der Titel eines amerikanischen Spielfilms aus dem Jahre
1959 (mit Marilyn Monroe in der Hauptrolle) – *Some like it hot* – im
Deutschen: «Manche mögen's heiß». Dieter Höss hat ihn zwei Jahrzehnte später variiert: *Manche mögen's weiß, sprach die Badenixe
und ließ den Bikini an* (1979). Jeder liebte die flotten Sprüche: *Lieber intim als in petto* – *Lieber nett im Bett als cool auf dem Stuhl* –
Lieber ein Schäferstündchen als zwei Überstunden – *Es bumst die
Maus, es fickt der Bär, es lebe der Geschlechtsverkehr!*

Alle Menschen werden Brüder… – wer kennt sie nicht, diese Zeile
aus Friedrich Schillers Gedicht «An die Freude» (1803), die 1786 im
Erstdruck noch lautete: *Bettler werden Fürstenbrüder.* Hansgeorg
Stengel hat sich bemüht, die Fröhlichkeit hochzuhalten und aller
verklemmten Miesmacherei eine Abfuhr zu erteilen: *Keine Ode an
die Sinnenfreude – Illustrierte Blätter bieder? / Venusakt entfemi-
nint? / Alle Menschen werden prüder? / Das hat Schiller nicht ver-
dient* (1980:27).

Antizitate und Antiredensarten

Gerade *Zitate* und *Redensarten* werden oft von sprachsensiblen Schreibern auf ihren erotischen Gehalt abgeklopft und, je nach Situation, amüsant, zuweilen zynisch, appliziert, modifiziert oder zu Aphorismen der Liebesweisheit stilisiert, wie dies unsere Auswahl von Beispielen zeigen soll, die Wolfgang Mieders Sammlungen (Ges. f. dt. Spr. 1997; 1998; 1999) etliche Anregungen verdankt.

Die Wahrheit lügt in der Mitte

Ob Frauen und Männer ohne einander auskommen können? Die (zumeist männlichen) Aphoristiker sind sich nicht einig, die meisten ihrer Sprüche tendieren allerdings zu skeptischen Grundaussagen. So formuliert Hugo Ernst Käufer: *Ein Mann ohne Frau ist wie ein Vogel ohne Brille* (1984:41), und Wolfgang Willnat weiß diesen Vergleich beizusteuern: *Ein Mann ohne Frau ist wie ein Kopf ohne Schmerzen* (1985:106 f.). Werner Mitsch kapriziert sich auf einen bestimmten Frauentyp und konstatiert: *Eine emanzipierte Frau ohne Weltschmerz ist wie ein Meteorologe ohne Ischias* (1980:48). Das berühmte Zitat *Der kluge Mann baut vor* aus Friedrich Schillers «Wilhelm Tell» (1804; 1. Akt, 2. Szene) hat Carl Hagemann in seinen «Aphorismen zur Liebesweisheit» (1921) modifiziert: *Der kluge Mann baut vor: ist auf alles gefaßt. Die Frau ist klüger: sie gibt nach und entwaffnet den Mann. Und waffenlos ist er ihr immer unterlegen.*

Cherchez la femme?

Bei Rainer Maria Rilkes Mutter, Phia Rilke (1851–1931), lesen wir in ihrem im Jahre 1900 veröffentlichten schmalen Bändchen, dem sie den Titel «Ephemeriden» gab: «Das älteste geflügelte Wort ist zweifellos *cherchez la femme*, denn Adam gebrauchte es bereits im Paradiese.» Strenggenommen hat Frau Rilke nicht recht, denn die älteste Form der Redewendung findet sich, das kann jeder bei Büchmann nachlesen, wohl in Juvenals «Satiren» (6, 242 f.): *Nulla fere causa est, in qua non femina litem moverit* («Es gibt kaum einen Prozeß, den nicht irgendeine Frau veranlaßt hätte»); und auch Johann Gottfried Seume (1763–1810) erwähnt in seinem «Spaziergang nach Syrakus im Jahre 1802» ein englisches Sprichwort: *Where there is a quarrel there is always a lady in the case* («Wo's irgendeinen Streit gibt, da ist immer eine Frau mit im Spiel»; 1863, I, S. 174). Doch in der wörtlichen Form *Cherchez la femme! – Sucht die Frau (die dahinter steckt)* – kommt das Zitat zuerst 1864 in dem Drama «Les Mohicans de Paris» (II, 13) des älteren Alexandre Dumas (1802–1870) vor, und zwar als Schlagwort eines Pariser Polizeibeamten. Heinrich Nüsse kann das Diktum nicht in der ursprünglichen Form stehenlassen: *Cherchez la Femme! Bitte weder mit Kamera noch mit Lupe* (1973).

Neben dem *Suchen* wird auch das *Warten* gnadenlos persifliert. Den Spruch *Stell dir vor, es gibt Krieg, und keiner geht hin* hat Thea Lust im Titel ihres Buches umgeformt zu: *Stell dir vor, sie wartet auf dich, und keiner weiß wo* (1989). Ähnlich wurde Schillers «Lied von der Glocke» (1800) schon im Jahre 1917 in einer Karikatur abgewandelt: *Beim Stelldichein – Köchin: «‹Drum prüfe, wer sich ewig bindet›, sagt der unsterbliche Schiller da oben! Ja, wat hilft det, zwei Stunden prüfe ich jetzt schon, aber er kommt nicht!»* (in «Fliegende Blätter» 147, Nr. 3766, S. 154).

Zu Füßen liegen oder auf der Stelle treten?

Eines steht fest: Manches in den Beziehungen zwischen Mann und Frau muß man wohl einfach *durch die Blume sagen*. Aber schon 1936 konnte jeder dazu im «Simplicissimus» (Nr. 18 v. 26.7.1936, S. 212) den Kommentar lesen: *Das muß anstrengend gewesen sein früher, als man seine Gefühle ‹durch die Blume› ausdrücken mußte! Jetzt sagt man sich's einfach durch die Schallplatte.* 1977 legt Gerhard Uhlenbruck nach: *Die wahre Liebe sollte man immer durch die blaue Blume sagen* (S. 103); einige Jahre später erläutert er: *Wer etwas durch die Blume sagen will, der nimmt ein Blatt vor den Mund* (1983:39). Doch Ulrich Erckenbrecht mahnt: *Durch die Blume reden führt zu Stilblüten* (1995:20).

Liebende dürfen es ruhig einräumen: *Jemandem zu Füßen zu liegen* ist keine Schande. Gerhard Uhlenbruck präzisiert: *Ich liege den Frauen zu Füßen, weil auch die schön sind* (1977:25); er gibt allerdings zu bedenken: *Jemand, der einem anderen zu Füßen liegt, muß sich nicht wundern, wenn er getreten wird* (1980:15). Und im Blick auf manche Schöne stellt derselbe Autor fest: *Alle lagen ihr zu Fü-*

ßen, aber keiner stand zu ihr (1997:26). Umgekehrt resigniert auch Eberhard zur Nieden: *Wenn einem jemand zu Füßen liegt, ist man oft gezwungen, auf der Stelle zu treten* (1978).

Auch die Wendungen *den Bock zum Gärtner machen* und *jemanden ins Gebet nehmen* lassen sich in bestimmten zwischenmenschlichen Beziehungen variieren. Gerhard Uhlenbrock stellt lakonisch fest: *In der Ehe wird mancher Bock zum Kindergärtner gemacht* (1977:3), und Werner Mitsch warnt: *Beim Schäferstündchen sollte man nicht den Bock zum Gärtner machen* (1979:75) – sonst können die Folgen in der Tat so verheerend sein, wie sie Emil Baschnonga schildert: *Statt ins Bett nahm sie ihn ins Gebet* (1975).

Die Wendung *sein eigener Herr sein* hat schon Karl Friedrich Wilhelm Wander (1803–1879) in sein «Politisches Sprichwörterbrevier» aufgenommen: *«Ich bin mein eig'ner Herr!» spricht zu der Gattin Er. / Sie lispelt schlau: «Und ich – meine eig'ne Frau!»* (um 1860). Werner Mitsch ergänzt: *Eine Lesbierin ist eine Dame, die ihr eigener Herr sein will* (1978:39); auch Gerhard Uhlenbruck fragt: *Ist eine emanzipierte Frau ihr eigener Herr?* (1979:65).

Herzhaft und scherzhaft: lustvolle Wider-Sprüche

Paul Heyse (1830–1914) nannte es eine «Gründliche Torheit»: *Die menschlichste der Schwächen Ist, / über das, was uns das Herz gebrochen, / Noch obendrein den Kopf uns zu zerbrechen.* Ein trauriges Fazit zieht dagegen Phia Rilke (1900): *Es gibt auch Herzen, die sich mehr als einmal brechen lassen.* Trost spendet einzig Guido Hildebrandt mit seiner Bemerkung: *Besser zehn Herzen als ein Genick gebrochen* (1977:19), und Andreas Bender vertritt die Ansicht: *Lieber 'nen Korb kriegen als irgend 'ne Schachtel* (1987).

Zwei Grundeinsichten vermittelt uns Gerhard Uhlenbruck: *Man kann sein Herz auch verschenken, indem man es in andere Ohren ausschüttet* (1977:20) und *Verstand und Gefühl sind zwei so verschiedene Dinge nicht: Wie käme es sonst, daß man mit dem Herzen auch immer den Kopf verliert?* (1977:115); später fügt er die weitere Erkenntnis hinzu: *Wenn man sein Herz verschenkt, dann sagt man, daß man es verloren hat* (1979:18) und gelangt schließlich zur Definition – *Liebe: Sein Herz kann man nicht halbherzig verschenken!* (1996:459).

Apropos *den Kopf verlieren* – schon um 1850 wußte Moritz

Gottlieb Saphir: *In der Liebe verlieren die beiden Liebenden den Kopf, und da die Liebe blind macht, können sie den Kopf nicht wieder finden* (S. 101). Ähnlich argumentiert Gerhard Uhlenbruck: *Die Liebe verdreht einem den Kopf – bis man ihn verliert oder eine Schraube locker hat* (1983: 15).

Hiebe auf den ersten Blick

Kaum eine sprachliche Wendung hat von Aphoristikern eine vergleichbare Zuwendung erfahren wie das berühmte Diktum von der *Liebe auf den ersten Blick*. Dabei gibt Sigmund Graff zu bedenken: *Nichts ist von der Natur sorgfältiger vorbereitet worden als die Liebe auf den ersten Blick* (1967: 134). Skeptisch äußert sich daher Žarko Petan: *Es war Liebe auf den ersten Blick. Nach der Hochzeit stellten beide fest, daß er kurzsichtig und sie weitsichtig war* (1979:53). Wenig optimistisch resümiert Bernd Thomsens Klo-Spruch: *Liebe auf den ersten Blick endet oft beim letzten Fick* (1986a). Und vollends desillusionierend klingt Werner Ehrenforth: *Ich halte wenig von der Liebe auf den ersten Blick. Sie endet zu oft in der Ehe* (1990:67).

Richard Breckner räumt ein: *Ein schönes Mädchen ist wie ein Fliegenpapier, denn wir Männer gehen ihr immer auf den Leim* (1929: 34). Möglichst bevor man *jemandem auf den Leim geht*, sollte man sich *seine Hörner abstoßen*, aber – so mahnt Hellmut Walters: *Die Hörner, die man sich abgestoßen hat, werden einem nachher wieder aufgesetzt* (1974).

Gift und Gegengift

Es ist nachvollziehbar, daß manche Aphoristiker ihren kritischen Blick auch auf die Zeit *vor* der Ehe richten. Besonders drei der zu geflügelten Worten gewordenen Zeilen aus Friedrich Schillers Gedicht «Lied von der Glocke» (1800) reizen zur Modifikation: *Drum prüfe, wer sich ewig bindet, / Ob sich das Herz zum Herzen findet! / Der Wahn ist kurz, die Reu ist lang.* Peter Rühmkorf zitiert aus dem «Volksvermögen» seiner Exkurse in den literarischen Untergrund die Zeilen: *Drum prüfe, wer sich ewig bindet / Ob sich nicht noch was Bessres findet. / Die Wahl ist kurz, die Reih ist lang* (1967:113). Wesentlich älter ist der anonyme Spruch, der aus der Zeit um 1925 stammt: *Drum prüfe, wer sich ewig bindet, / Ob sich auch 'ne Wohnung findet.*

Und in der Ehe? Wer *hat die Hosen an?* Žarko Petan weiß es: *Frauen sind unter der Bedingung bereit, die Höschen auszuziehen, daß sie in der Ehe die Hosen anhaben dürfen* (1983:13). Daß es in der Ehe nicht immer rund läuft, weiß auch Gerhard Uhlenbruck; treffend präsentiert er in seinem Bändchen mit dem Titel «Eigenliebe macht blind» (1985) folgende Definitionen: (1) *Der VW-Ehemann – Seiner Freundin erzählt er, daß seine Ehescheidung läuft und läuft und läuft.* (2) *Ehekrise: Sie waren ein Herz und eine Seele – weil beides dem Partner fehlte!* Ben Witter drückt es anders aus: *«Wir sind doch ein Herz und eine Seele», seufzte sie und blickte zu mir auf. Ich machte mich kleiner* (1978:21).

Innenansichten einer Ehe bietet auch Werner Ehrenfort: *Unter dem Pantoffel stehen – viele Männer ihren Mann* (1984:50); gleichwohl stellt Zoltán Bezerédj fest: *Der sympathischste Held ist der Pantofffelheld* (1991).

Die Triade *Kinder, Küche, Kirche*, die die angeblich typischen Tätigkeitsfelder der Ehefrau charakterisiert, läßt sich bis zu einem Sprichwort aus dem Jahre 1557 zurückführen: «Vier K gehören zu einem frommen Weib, nemlich, dass sie Achtung gebe auff die Kirche, Kammer, Küche, Kinder.» Es nimmt nicht wunder, daß das Wort in einem von Renate Neumann gesammelten Graffito neu auftaucht: *Kinder Küche Kirche / schneller Fick / wir scheißen auf das Frauenglück* (1986:306); Claudia Keller hat das Wort schon im Titel ihres 1990 erschienenen Buches problematisiert: *Kinder, Küche und Karriere: Neue Briefe einer verhinderten Emanze.*

Die erste Strophe von Goethes Gedicht «Das Göttliche» (1783) lautet bekanntlich: *Edel sei der Mensch, / Hilfreich und gut! / Denn das allein / Unterscheidet ihn / Von allen Wesen, / Die wir kennen.* Henning Venske kannte keine Gnade bei seiner Abwandlung im Jahre 1972: *Das Menschliche – Feudel sei die Frau, / Hilfreich und gut! / Denn das allein / Unterscheidet sie / Von allen Besen, / Die wir kennen* (1983:76).

Der mündige Volksmund

Die Weisheit *Alte Liebe rostet nicht* ist von vielen Schriftstellern modifiziert worden; schon im Jahre 1879 wollte die Zeitschrift «Fliegende Blätter» sie nicht uneingeschränkt akzeptieren und bestand auf einer Spezifikation: *Alte Liebe rostet nicht – wenn sie gut vergoldet ist* (Nr. 71, S. 7). Josef Gössel äußerte sich drastischer: *Alte Liebe rostet nicht – aber die Alte* (1923). Žarko Petan machte die generelle Aussage: *Liebe ist nur in Ausnahmefällen rostfrei* (1983:19).

Auch die Liebe, die nach dem Volksmund durch den Magen geht, ist vielfältig von Aphoristikern beschworen worden, wobei warnende Stimmen nicht fehlen. Elias Canetti (1905–1994) gibt schon im Jahre 1935 in seinem Roman «Blendung» zu bedenken: *Das Eheglück geht nicht bloß durch den Magen, das Eheglück geht durch die Möbel, ganz eminent durch das Schlafzimmer, aber ich möchte sagen prominent durch die Betten, durch die Ehebetten sozusagen* (S. 82 f.). Rund ein halbes Jahrhundert später räumt auch Žarko Petan ein: *Liebe geht durch den Magen – deshalb ist nach dem fünfzigsten Jahr Diät geboten* (1983:12).

Auch eine andere Liebes-Wendung wird häufig kritisch, aber kontrovers interpretiert: Während Žarko Petan beobachtet hat: *Liebe macht blind, darum tasten sich Verliebte ab* (1979:38), stellt Oliver Hassencamp klar: *Liebe macht nicht blind. Der Liebende sieht weit mehr als da ist* (1977:32).

Das Fleisch wird wellig

Das Bibelzitat (Matt. 26,41) «Der Geist ist willig, aber das Fleisch ist schwach» hat Rudolf Alexander Schröder schon um 1930 wie folgt kommentiert: «*Der Geist ist willig, aber das Fleisch ist schwach.* Ja, freilich! Aber du könntest auch sagen: *Das Fleisch ist willig, aber der Geist ist schwach.* Denn nicht dein Geist ist es, der sich sehnt; dein Fleisch sehnt sich. Der Geist ist schwach zu helfen.» Ron Kritzfeld, der eigentlich Fritz Kornfeld heißt, nimmt den Bibelspruch im Jahre 1981 zum Anlaß eines gänzlich anderen Fazits: *Alter – Das Fleisch wird wellig, doch der Geist bleibt wach.* Bei Beate Kuckertz wird ein etwas anderer Akzent gesetzt: *Das Fleisch ist willig, und der Geist gibt nach* (1987), Ulla Gast nimmt die Erkenntnis sogar in den Titel ihres Buches auf: *Der Geist ist willig, das Fleisch will auch: Ausreden für die Liebe – davor, dabei, danach* (1991).

Seit 1563 ist sie überliefert – die in vielen Variationen überlieferte Volksballade, deren erste Strophe vielen Lesern noch bekannt sein dürfte: *Es waren zwei Königskinder, / Die hatten einander so lieb; / Sie konnten zusammen nicht kommen, / Das Wasser war viel zu tief.* Weniger bekannt dürfte die Version sein, die Frank Wedekind

(1864–1918) geschaffen hat; er nannte sie «Altes Lied»: *Es war einmal ein Bäcker, / Der prunkte mit seinem Wanst, / Wie du ihn kühn und kecker / Dir schwerlich träumen kannst. / Er hat zum Weibe genommen / Ein würdiges Gegenstück; / Doch sie konnten zusammen nicht kommen / Sie waren viel zu dick.*

Eine noch respektlosere Fassung lesen wir in der Graffiti-Sammlung, die Bernd Thomsen herausgegeben hat: *Es waren zwei Königskinder, / bei denen klappte es nie, / sie konnten zusammen nicht kommen, / denn er kam immer zu früh* (1986b:78). Peter Rühmkorf hat etwas leisere Töne angeschlagen (in: «Zersungene Lieder III»): *Es waren zwei Königskinder, / die liebten einander so quer; / das eine dacht, es wird minder, / das andere dacht, es wird mehr* (1989:127).

Die erste Strophe von Goethes «Erlkönig»-Ballade (1782) dürfte den meisten Lesern geläufig sein: *Wer reitet so spät durch Nacht und Wind? / Es ist der Vater mit seinem Kind; / Er hat den Knaben wohl in dem Arm, / Er faßt ihn sicher, er hält ihn warm.* Neben vielen anderen gibt es auch diese derbe Verballhornung, die Bernd Thomsen in seiner Sammlung «horizontaler Graffiti» aufführt: *Wer reitet so spät auf der Kellnerin Bauch? / Das ist der Wirt mit seinem Schlauch! / Er hält sich an den Titten fest, / damit sich's besser ficken läßt* (1986b).

Erotisches Volksvermögen: wider den genitalen Ernst

Bei Peter Rühmkorf (1967:58) liest sich die letztgenannte Strophe ein wenig anders: *Wer reitet so spät auf Mutters Bauch? / Das ist der Vater mit seinem Schlauch! / Er hält sich an den Titten fest, / daß es sich besser ficken läßt*; sie wird eingebettet in eine Vielzahl von Kinderversen, die der Autor einfühlsam kommentiert:

> Beim Entwicklungsstand unseres Kulturkreises, dem das Sexuelle schon lange kein Mysterium mehr ist, sondern allenfalls eine durch Reiz- und Verhütungsmittel einerseits, durch Enzykliken und Gerichtsverordnungen zum anderen bestimmte Tabuzone, hat man sich wohl damit abzufinden, daß der mit seiner Wissensgier Alleingelassene sich seinen schlimmen Reim auf die zweideutigen Sachen macht. Immerhin verfügen wir ja noch nicht über eine zivilisierte Aufklärungspädagogik, die für kindliche Fragen die rechte Lektion bereithielte. (1967:60)

Nach der oben genannten zitiert Rühmkorf u. a. noch folgende Strophen:

> Leise zieht durch Mamas Bauch
> Papas lange Gurke
> Und schon nach neun Monaten
> Kommt ein kleiner Schurke

> In der Berliner Fickanstalt
> Werden die Mädchen festgeschnallt,
> Hose runter, Beine breit,
> Ficken ist 'ne Kleinigkeit

> Lakritzen, Lakritzen
> Die Mädchen haben Ritzen
> Die Jungens haben 'n Hampelmann
> Da ziehen die Mädchen gerne dran

Rühmkorf räumt ein, daß es sich bei vielen Kindergesängen anscheinend nur um böswillig zersungene Schlager und Gedichte handelt:

Im krassen Gegensatz zu einer romantischen Heilsvorstellung, die vom unschuldigen Kindermund sich Offenbarungen in erster Instanz erwartet, hat dieser selbst wohl meist aus zweiter Hand gelebt. Literarische Originalität oder Ursprünglichkeit, wenn man denn diese Trennung einmal machen will – obwohl, was hier unterschieden wird, so schief getrennt scheint wie die alten Geisterantipoden Kultur und Zivilisation –, sind kaum von ihm zu erwarten. Auch wird ein Erstgeburtsstreit vermutlich meist zu Gunsten des Kunstproduktes ausfallen. Trotzdem möchten wir gerade an dieser Stelle und im Hinblick auf so wenig feine Persiflagen betonen, daß die Natur sich oft bestens gegen die Literaturvorlage zu behaupten vermag. Die Rücksichtslosigkeit im Umgang mit literarischen Fertigfabrikaten führt häufig zu Texten, die noch haften, wenn die Erinnerung an die Vorlage längst verblaßt ist. Die parasitäre Ausnutzung vorgegebener Strophen entschuldigt sich nicht nur als nennen wir es einmal freibeuterisches Naturverfahren; sie kann durchaus einmal ein erkünsteltes Original erst richtig aktivieren. (1967:57)

Nächstenhiebe

Nicht nur Kinderverse der Subpoesie bedienen sich vorgefundener Attrappen – ähnlich verhält es sich in umgangssprachlichen Diskursen bei Moralpostulaten, deren Formulierungen zum Klischee erstarrt sind, und das nicht erst in jüngerer Zeit. Der schon kurz genannte Ignaz Franz Castelli (1781–1862), ein populärer und vielseitiger Dichter des Wiener Biedermeier, auf den wir unten noch näher eingehen werden, hat diese Tendenz schon um 1820 aufgezeigt, indem er den Bibel-Spruch *Liebe deinen Nächsten wie dich selbst* (Galater 5,14) in eigenwilliger Auslegung in seinen Vierzeiler über «Nächstenliebe» integrierte: *«Ihr Menschen, liebet euren Nächsten stets!» / Befiehlt der Kirche heiliges Gesetz. / Seht, wie gehorsam ihm die fromme Suse ist, / Sie liebet immer den, der ihr der Nächste ist.* Wolfgang Wilnat legt anderthalb Jahrhundert später nach – mit dem zitierten Sponti-Spruch *Liebe Deine Nächste* (1985:107).

Auch Ron Kritzfeld präsentiert eine Definition durch Bezug auf ein verkürztes Bibelzitat (Matt. 7,6) – *Untreue: Wirft Perlen vor die Neue* (1978:30). Ähnlich ist der Spruch *Der Glaube versetzt Berge* (1. Kor. 13,2) von Gerhard Uhlenbruck einsichtsvoll umgemünzt worden: *Die Liebe kann nicht nur Berge, sondern auch eine Familie versetzen* (1977:1). Nachvollziehbar ist daher, was derselbe Autor den Männern ins Stammbuch schreibt: *Liebe deinen Nächsten, aber nicht dessen Frau* (1983:42).

Die Wirtin und ihre Verse

Felix von Rexhausen verweist in seinem Buch «Germania ohne Feigenblatt» (1986:142) auf eine Untersuchung zur Sexualethik des deutschen Wesens aus dem Jahre 1879, die auch auf deutsche und französische Studentenlieder eingeht:

«Selbstverständlich gibt es in Deutschland Studentenlieder, die sehr kraftvoll von der Zuneigung zum schönen Geschlecht reden – die deutschen Studenten müßten keine Studenten, nicht junge Männer (…) sein, wenn es anders wäre. Ein recht deftiges Beispiel für diese Art von Liedern ist ‹Die Lindenwirtin›.

Die Lindenwirtin

‹Keinen Beutel im Becher mehr
und der Beutel schlaff und leer,
lechzend Herz und Zunge.
Angetan hat's mir dein Wein,
deiner Äuglein heller Schein,
Lindenwirtin, du junge!›
(…)

Wie aber wird ein vergleichbares Thema vom französischen Studentenlied ‹ausgestaltet›?

Les cent Louis d'or

Ich hatt 'ne Schöne fast verführt,
doch dann sprach sie ganz ungeniert:
‹Pardon, Herr, ich muß von mir weisen,
was Sie hier so galant mir preisen!
Ich hab geschworen sittsam Gebaren
meinem Verlobten, meinem Mann –
die Jungfernschaft recht zu bewahren;
niemand als er soll da je 'ran!›

‹Nun spiel doch nicht, sprach ich, die Harsche –
ich bin in Schwung, komm, schick dich drein,
daß ich dich wenigstens erarsche:
einhundert Goldstück werden dein!›

Sie tat sich wirklich darin schicken,
als ich am nächsten Eck sagt scharf:
‹Sofort will ich in'n Arsch dich ficken,
wenn ich dich sonst nicht ficken darf!›
Der Gasthof, in den wir dann rannten,
war angenehm, Bett breit wie lang,
und während wir voll Wollust brannten,
erarscht ich sie. Der erste Gang.

‹Nun will ich ohne vieles Reden›,
sie mir die Eichel lutschend sprach,
‹mein Fotzloch Eurer Zunge geben –
nur: daß ich meinen Schwur nicht brach!›
Gleich lagen wir, Kopf mußt bei Knie sein;
zwei Liebesleut im Dialog;

> ich leckte voller Inbrunst sie fein,
> indes sie mir am Pimmel sog.»

Jörg von Uthmann führt uns in seinem 1998 veröffentlichten «Wegweiser zu den verschwiegenen, geheimnisvollen, kuriosen, zuweilen auch morbiden und makabren Sehenswürdigkeiten Deutschlands» – so der Untertitel seines Buches – zum vielbesungenen Wirtshaus an der Lahn:

> Vieles spricht dafür, daß Lahnstein der Ort des Geschehens ist. Hier wandelte 1697 – die Jahreszahl ist über dem Eingang eingekerbt – ein gewisser Balthasar Kalkofen das alte Zollhaus der Kurfürsten von Trier in eine Gastwirtschaft um (heute Lahnstr. 8, gleich neben der Brücke). Später übernahm seine Witwe Katharina, geb. Filsengräber, den Betrieb und führte ihn bis zu ihrem Tode 1727 weiter. Sie also könnte durchaus die berühmte «Frau Wirtin» gewesen sein. (S. 324)

In der Tat war das Wirtshaus bis 1999 ein überregional bekanntes Gourmet-Restaurant; es ist jetzt allerdings geschlossen. Unzweifelhaft hat auch der fünfundzwanzigjährige Goethe am 18. 7. 1774, und zwar in Begleitung des Theologen Lavater und des Pädagogen Basedow, im Wirtshaus Bohnen und Speck als Mittagessen eingenommen. «Es steht ein Wirtshaus an der Lahn» lautet übrigens der vielsagende Haupttitel des genannten Wegweisers, dessen Autor damit die erste Strophe jener üppig grassierenden *Wirtin-Verse* aufnimmt, die Goethe, wie im Buch vermerkt wird, um folgende Strophe anreicherte:

> Frau Wirtin hatte auch ein Kind,
> das hatte einen krummen Pint.
> Man wollt' ihn biegen grade,
> doch als er grade gerade war,
> da brach er ab – was schade war.

Liebesspiele auf Zelluloid

Die Wirtin-Verse sind in der Tat deftig, gehören zu jenem Genre der Volkspoesie, das sich bewußt ins literarische Souterrain begibt und dessen Obszönität sich nicht als Randerscheinung abtun läßt, sondern gattungsspezifisch ist. Es überrascht daher nicht, daß die Wirtin auch in den deutschsprachigen Titeln mehrerer peinlicher Verfilmungen auftaucht; im Jahre 1955 entstand unter der Regie von J. A. Hübler-Kahla der Streifen «Die Wirtin an der Lahn», es folgten, jeweils unter der Regie von Franz Antel, «Frau Wirtin hat auch einen Grafen» («Sexy Susan Sins Again»; 1968), «Frau Wirtin hat auch eine Nichte» («Susan, Napoleon and the Baby»; 1969), «Frau Wirtin treibt es jetzt noch toller» (1970), «Frau Wirtin bläst auch gern Trompete» (1979) und «Frau Wirtins tolle Töchterlein» (1972).

Bei der Bewertung dieser Machwerke drängt sich ein Vergleich mit dem ungleich höheren Niveau auf, das die Verfilmungen erotischer Klassiker durch den italienischen Regisseur Pier Paolo Pasolini auszeichnet. Er gestaltete zwischen 1970 und 1974 eine sogenannte «Trilogie des Lebens». Sie wurde durch den Film «Il Decameron» (1970) eingeleitet; ausgehend von der spätmittelalterlichen Novellensammlung Giovanni Boccaccios (1313–1375), reiht der Film acht Episoden aneinander, die durch eine Rahmenhandlung lose miteinander verbunden sind. Aus den «Canterbury Tales», in denen der englische Dichter Geoffrey Chaucer (um 1340–1400) die mittelalterliche Welt in ihrer bunten Fülle festgehalten hat, wählte Pasolini die derb-komischen Szenen als Grundlage für den zweiten Teil seiner Trilogie – «I racconti di Canterbury» (dt. «Pasolinis tolldreiste Geschichten»; 1971). Im Jahr 1974 kam als letzter Film dieser Reihe «Il fiore delle mille e una notte» (dt. «Erotische Geschichten aus 1001 Nacht») heraus; in seinem Mittelpunkt steht ein junges Sklavenmädchen, um das sich Episoden über das Verhältnis zwischen Mann und Frau sowie zwischen Meister und Sklave ranken.

Den Vorwurf der Kritiker, diese Filme trotz erkennbarer sozialkritischer Tendenzen auf den Kassenerfolg hin produziert zu haben, beantwortete Pasolini 1975 mit seinem radikalsten und provozierendsten Œuvre, seiner Faschismusparabel «Salò o le centoventi giornate della città di Sodoma» (dt. «Salò – Die 120 Tage von Sodom»). Darin griff er auf den berüchtigten Roman des Marquis de Sade, «Les 120 journées de Sodome ou l'école du libertinage» (1785; dt. 1905 als «Die 120 Tage von Sodom oder die Schule der Ausschweifung» erschienen) zurück, verlagerte die Geschichte jedoch aus dem zu Ende gehenden absolutistischen Zeitalter ins faschistische Italien des Jahres 1944 und zeigte, wie vier Männer der Großbourgeoisie eine Gruppe ausgesuchter Jünglinge und Mädchen in ihre hochherrschaftliche Villa verschleppen lassen. Der mit seiner Darstellung sadistischer Orgien schwer erträgliche Film ist in mehreren Ländern ein Opfer der Zensur geworden. Pasolini selbst äußerte über sein Opus: «Salò wird ein grausamer Film sein. So grausam, daß ich (so nehme ich an) mich zwangsläufig davon distanzieren muß, so tun, als würde ich das alles nicht glauben, als sei ich ganz starr vor Überraschung.»

Die obligate Verbalsperre

Werner Eugen-Ernst hat im Jahre 1984 unter dem Titel «Frau Wirtin von der Lahn» einen Sammelband herausgegeben, «gewidmet all denen, die in vorgerückter Stunde gern das Kind beim Namen nennen und dann die Sau herauslassen»; Georg von der Schmidt benennt im Vorwort radikal das Ziel dieser erotischen Lieder:

> Wir alle, die wir gerne *ficken* und *vögeln, bumsen* oder *pimpern*, neigen dazu, den erigierten Pimmel offen vor uns herzutragen – und an der obligaten Verbalsperre zu scheitern. Wenn *die* Sache für uns Sache ist, wird eher schweigend am Latz genestelt, denn ein offenes Wort gesagt, geschweige denn – ein Reim.

Über die Frau Wirtin selbst heißt es am Ende des Buches:

> Jüngst war ich selber an der Lahn
> und sah mir die Frau Wirtin an.
> Doch, was mußte ich erblicken,
> es ist ja alles Schwindelei,
> die läßt sich gar nicht ficken.

Die «Sache» erleben die unterschiedlichsten Gäste der Wirtin, darunter Bursche, Korporal, Schmied, Töchterlein, Cousin – und Magd:

> Frau Wirtin hat auch eine Magd,
> die hatte dieser Welt entsagt,
> und ging ins Männerkloster:
> dort sang sie mit den Mönchen fromm
> das Hurenpaternoster.

Vorzugsweise tauchen in den volkstümlichen Wirtin-Strophen Standespersonen auf; den prozentualen Anteil errechnete die akribische Analyse, die Beppo Freiherr von Voegelin im Jahre 1969 unter dem Titel «Frau Wirtin in Klassikers Munde» in der «Wissenschaftlichen Verlagsanstalt zur Pflege deutschen Sinngutes» präsentiert hat: «ein Pastor» (28 %), «ein Kaplan» (12 %) und «ein General» (8 %). Die bekannteste Pastoren-Strophe verzeichnet allerdings Peter Rühmkorf 1967 in seinem Buch «Über das Volksvermögen»:

> Frau Wirtin hatt' einen Pastor,
> Der trug am Schwanz 'nen Trauerflor:
> Er konnte nicht vergessen,
> Daß ihm die böse Syphilis
> Die Eichel abgefressen.

Es lohnt sich zweifellos, die Verse über die «Wirtin an der Lahn» auch als literarisches und literatursoziologisches Phänomen zu betrachten und sie in historische Zusammenhänge zu rücken. So bemerkte schon der als jüngstes von acht Kindern eines Dorfwirts geborene Abraham a Santa Clara (1644–1709), dessen temperamentvolle Kanzelreden später massenhaften Zulauf aus allen Schichten fanden: «Wirtinnen sind lose Dinger, und wo ihnen der Mann fehlet, seind sie allesamt kein Deuth mer werth als Hurenpack.» Georg Büchner (1814–1837) nahm eine Wirtin-Strophe in sein Bühnenfragment «Woyzeck» (1836) auf, das 1979 von Werner Herzog mit Klaus Kinski in der Hauptrolle verfilmt wurde:

> Frau Wirtin hat 'ne brave Magd,
> Die sitzt im Garten Tag und Nacht.
> Sie sitzt in ihrem Garten,
> Bis daß das Glöcklein zwölfe schlägt
> Und paßt auf die Soldaten.

Ende des 19. Jahrhunderts erregte die Wirtin Anstoß – so heißt es in einem Brief Friedrich Nietzsches aus dem Jahre 1867: «Wir saßen gestern lange noch beisammen. Dann sangen die anderen aber ausschließlich alberne Wirtinnen-Lieder. Ich ging.» Zu späteren Entwicklungen lesen wir bei von Voegelin:

Die «sittsame» Jahrhundertwende brachte die größte Flut der «Privatdrucke», die je über Europa hereinbrach. Um 1900 erschien auch ein schmaler Band «Die Wirtin an der Lahn», der als Privatdruck zu Liebhaberpreisen gehandelt wurde. Sein Herausgeber dürfte Joseph Conrad gewesen sein, der ja auch Mirabeaus «Bekehrung» und den «Duftenden Garten des Scheich Nefzaoui» verlegte. Dieser erste Wirtinnen-Band konnte trotz intensivsten Suchens nicht mehr aufgefunden werden, findet sich aber bei Emil Karl Blümml, Gustav Gugitz und Franz Blei erwähnt. (1969:68)

Spittelberglieder

Emil Karl Blümml (1881–1925) war ein bekannter Volkskundler, Gustav Gugitz (1874–1964) ein nicht minder bekannter Wiener Heimatforscher. Neben vielen wissenschaftlichen Werken hatten sie im Jahre 1924 gemeinsam – unter den Pseudonymen K. Giglleithner und G. Litschauer – das Buch «Der Spittelberg und seine Lieder» «in beschränkter Anzahl als Privatdruck für Freunde der Verfasser und für Subskribenten» herausgebracht. «Kroatendorf» war der nach den Zugereisten von der Drau und aus Ungarn geprägte Beiname der Wiener Vorstadt *Spittelberg* (vgl. auch S. 207), die von etwa 1700 bis ins 19. Jahrhundert als «Hurenhauptquartier von Wien» galt und durch das lasterhafte Treiben in den als Bordellen dienenden Wirtshäusern rasch in Verruf geriet. Als mit der Publikation zum ersten Mal auf die bis dahin verborgenen Seiten der Volkskultur aufmerksam gemacht wurde, prallten in Wien einerseits ein zügelloses Treiben, andererseits eine strikte Tabuisierung der Sexualität aufeinander, denn in weiten Kreisen dominierte die bürgerliche Doppelmoral.

Der renommierte Wiener Schauspieler und Musiker Stephan Paryla hat das verdrängte und lange unter Verschluß gehaltene Kapitel Wiener Kulturgeschichte wiederentdeckt und mit seinem Damentrio im Februar 2004 unter dem Konzert-Titel «Hur und Moll: Lieder nach der Sperrstund'» während des Schwechtaler Satire-Forums die «Spittelbergliadan» neu zu Gehör gebracht.

Neben Blümml und Gugitz zählte der Schriftsteller, Übersetzer und Herausgeber Franz Blei (1871–1942) zu den ersten wissenschaftlichen Sammlern erotischer Literatur. Blümml gab vor dem Ersten Weltkrieg die in loser Reihenfolge erscheinenden «Futilitates: Beiträge zur volkskundlichen Erotik» heraus, eine Fundgrube einschlägiger Volkspoesie; Blei kaprizierte sich auf «schöngeistige Erotik». Für seine zwischen Dezember 1905 und Herbst 1906 «für Subskribenten gedruckte» Zeitschrift «Der Amethyst: Blätter für seltsame Litteratur und Kunst» handelte er sich zunächst ein gerichtliches Verbot ein, wurde indessen später in München nicht nur freigesprochen, sondern – wie er 1930 in seiner autobiographischen «Erzählung eines Lebens» darstellt – von neun der zwölf Geschworenen um die Zusendung des inkulpierten Buches gebeten.

Beppo von Voegelin hat auf vier Heftordner aus einer umfänglichen Sammlung von Wirtin-Versen zurückgegriffen, die Franz Blei für ein geplantes, aber nicht verwirklichtes Buchprojekt angelegt hatte: «Blei entdeckte auch als erster den Zauber, mit dem die Wirtin selbst aus sonst stockmoralischen Poeten Strophen herausgelockt hatte» (S.69).

Frau Wirtin in Klassikers Munde

Sechs Beispiele aus dem Werk «Frau Wirtin in Klassikers Munde» seien im Folgenden exemplarisch vorgestellt, wobei empfohlen wird, die Aufmerksamkeit sowohl auf die Dichterworte als auch auf den Voegelinschen Kommentar zu richten. Über Goethe heißt es:

> Infolge einer nie ganz geklärten Freundschaft mit dem Erbprinzen von Sachsen-Weimar übersiedelte der Jurist später nach Weimar, wo er verschiedene Hofämter innehatte und unter anderem ein bedeutendes Werk über die Farbenlehre verfaßte. Sein in Bezug auf Sexualität in jeder Hinsicht äußerst bedenklicher Lebenswandel bewirkte seinen frühzeitigen Tod am 22. März 1832.

> Es steht ein Wirtshaus an der Lahn
> Mit einer Wirtin wundersam –
> Greift die zu ihrer Leier,
> So sitzen alle Gäste da
> Und greifen sich die Eier.

> Dieser Vers (...) findet sich in einem Brief vom 21. März 1775 an den bedeutendsten seiner Zeitgenossen, den Physiognomiker

Johann Kaspar Lavater. (…) Auch die folgende, Goethe zuge-
schriebene Strophe findet sich – zumindest nach Franz Blei – in
den Tagebüchern eines Zeitgenossen Goethes, nämlich bei dem
Goethe-Verehrer Sulpiz Boisserée:

Frau Wirtin hatt' auch einen Schlächter,
Der war bei Zeus kein Kostverächter –
Wenn den die Geilheit packte,
Da sprang er auf den Ladentisch
Und fickte das Gehackte.   (S. 12 f.)

Diese Strophe sei freilich – so Beppo von Voegelin – «hinsichtlich
des Wortes ‹Ladentisch› etwas untypisch für Goethe».

Vom österreichischen Erzähler Adalbert Stifter (1805–1868)
wurde dieser Text bekannt:

Frau Wirtin hatt' auch einen Vater,
Und nur für Maß und Ordnung tat der
Als Alter mit der Alten
Des Mittwochs und zur Sonntagnacht
Die Liebesblum' entfalten.

Voegelin vertritt die Auffassung, für genaue Kenner des Stifterschen
Werkes sei an dieser Strophe interessant, «daß der Dichter hier seine
bekannte Abneigung gegen den Coitus als Vergnügen (…) ver-
drängt hat» (S. 27). Charakteristisch für Stifter und die Tradition des
klassisch-romantischen Denkens sei allerdings das Verb *entfalten*.

Der Erzähler und Lyriker Joseph Viktor von Scheffel (1826–1886)
schuf dieses Juwel:

Frau Wirtin hatt' ein Mägdlein fein,
Der war das Möslein, ach, so klein.
Für liebliches Erröten
Genügte wohl ein Nädelchen,
Denn mehr könnt' sie gar töten.

Über diesen aus Scheffels Briefen an seinen Studienfreund Rudolf
Köhler bekannt gewordenen Beitrag urteilt Voegelin, die «Butzen-
scheibenromantik», die in den unzähligen Studentenliedern Schef-

fels immer wieder zum Durchbruch komme, habe auch hier ihre Spuren hinterlassen. Er fügt hinzu: «Man kann mit Sicherheit annehmen, daß Scheffel noch weitere Strophen zu diesem Lied geschrieben hat, doch sind diese entweder zu Volksliedern zersungen worden oder verloren gegangen.» (S. 29)

Der Lyriker Detlev von Liliencron (1844–1909) hat sogar zwei Wirtin-Strophen hinterlassen. In der ersten kommt – so Voegelin (S. 32) – «die besondere Vorliebe des Dichters für das Artistische (…) weniger in der Form als im Inhalt zum Ausdruck»:

> Frau Wirtin hatt' auch einen Clown,
> Der war possierlich anzuschaun:
> Er sprang durch einen Reifen
> Direkt in ihren Unterleib
> Und fing dort an zu pfeifen.

Der Dichter steigert sich und zeigt seinen meisterlichen Stil in einem weiteren Beitrag:

> Frau Wirtin hatt' ein Glockending,
> Das hing und machte Klingeling
> An der bestimmten Stelle.
> Und wenn sie einen Mann sich fing,
> Da klang das Glöcklein helle.

Hier ist nach Voegelin (S. 33) «der meisterliche Stil unverkennbar, (…) der Wortimpressionismus von Liliencron (…) zu höchster Vollendung entwickelt» und «macht diese Strophe zu einem bedeutenden Markstein der Poesie des späten 19. Jahrhunderts.»

Voegelin hat erkannt, daß die von anonym gebliebenen Barden an deutschsprachigen Biertischen gepflegten volkstümlichen Strophen deftiger sind als die Dichterworte:

> Was Schriftsteller oft nur zaghaft andeuteten, wird hier mit dem richtigen Namen genannt. Schon Blümml wies in seinen «Futilitates» auf die «Ehrlichkeit» des Volksmundes in erotischen Belangen hin. (…) Eine gewisse Ausnahme in dieser Hinsicht bildet allerdings die Schweiz, aus der kaum Wirtinnen-Strophen bekannt sind. Glaubwürdigen Berichten zufolge soll

aber gerade dort die «stärkste» Wirtinnen-Strophe entstanden sein. Sie ist derartig haarsträubend, daß sie hier – selbstverständlich unter Berücksichtigung des Schweizer Moralbedürfnisses – wiedergegeben werden soll (S. 72):

Frau Wirtin ' – ' – '
– ' – ' – ' – ' :
– ' – ' – ' –
– ' – ' – ' – '
– ' – ' – ' – !!!

Der Naturgelehrte und Schriftsteller Georg Christoph Lichtenberg (1742–1799) hätte an diesen Versen sicher seine Freude gehabt, stammt doch von ihm der Ausspruch: «Es ist, als ob unsere Sprachen verwirrt wären; wenn wir einen Gedanken haben wollen, so bringen sie uns ein Wort, wenn wir ein Wort fordern, einen Strich, und wo wir einen Strich erwarten, steht eine Zote.» Und was eine *Zote* ist, wissen wir durch den Literaturkritiker und Schriftsteller Max Rychner (1897–1965): «Die Zote ist die niedrigste Erhebung des Geistes über das Fleisch. Kaum läßt sich unterscheiden, wer von beiden das Wort führt.»

Das in den Liedern so deftig geschilderte Treiben der Wirtinnen und natürlich auch ihrer Kellnerinnen hat eine lange kulturgeschichtliche Tradition, über die wir im «Bilderlexikon der Erotik» (Bd. 1, S. 524) nachlesen können:

Kellnerinnen als Animiermädchen und Prostituierte waren schon im frühen Altertum bekannt, so in Ägypten als *hnmt*, die die jungen Leute durch ihre Reize anlockten, aber auch im griechischen *kapeleion* und in der römischen *taberna, caupona, popina* oder im *ganeum*, d. h. in Wein- und Wirtshäusern mit *Damenbedienung* wußte man den Zusammenhang zwischen Wein, Weib und Gesang wohl auszunützen. Die Wirtshäuser waren daher auch oft eine Stätte der Prostitution, zumal auch die Schenkwirtin oft eine syrische oder orientalische Prostituierte war. Es sind auch Schilder erhalten, wo Animierkneipen neben den Genüssen der Ceres und des Bacchus auch jene Amors durch Vermittlung der Kellnerinnen anpriesen. Constantinus erklärte durch ein Gesetz die *ministrae cauponae*, d. h. die Kellnerinnen der Animierkneipen, für Prostituierte. Auch im Mittelalter waren die weiblichen Angestellten der Weinschenken leicht zugänglich, und die Badestuben waren oft nur verrufene Kneipen mit weiblicher Bedienung. In England kamen im 17. und 18. Jahrhundert die Barmaids auf, die vielfach mit der Prostitution im Zusammenhang stehen. Besonders in Süddeutschland und in Österreich ist die Kellnerinnenwirtschaft mit Animierbetrieb stark in Flor gekommen. Am charakteristischsten waren in Wien im 18. Jahrhundert die *Bierhäuselmenscher* auf dem Spittelberg und in Bayern die Bierstuben-Kellnerinnen. Aber auch in Berlin spielten die Animierkneipen mit Kellnerinnen, oft in orientalischen oder Tiroler Kostümen, eine große Rolle. Sie übten namentlich auf den Bruder Studio stets eine große Anziehungskraft aus.

Zwei Knaben stiegen auf den Gattern...

Nach den Wirtin-Strophen wollen wir die Unsinnspoesie, vertreten durch *Leberreime, Klapphornverse, Schüttelreime, Clerihews* und *Limericks*, auf ihren erotischen Gehalt abklopfen.

Die sogenannten *Leberreime* beginnen stereotyp mit «Die Leber ist von einem Hecht»; ihre Tradition reicht bis ins 16. Jahrhundert zurück. In der Literatur des 19. und 20. Jahrhunderts tauchen sie nur noch gelegentlich auf, heute sind diese scherzhaften Tischgedichte fast ausgestorben: «Die Leber ist von einem Hecht / Und nicht von einem Zander. / Wer eine Frau zum Manne nimmt, / Der bringt was durcheinander.»

Die *Klapphornverse* sind scherzhafte Vierzeiler, die in der Regel mit «Zwei Knaben...» beginnen. Sie verdanken ihre Schöpfung dem genialen Einfall des Göttinger Universitätsnotars Daniel, der im Juli 1878 in den Münchener «Fliegenden Blättern» (Nr. 1720) unter dem Titel «Idylle» den berühmten Vierzeiler veröffentlichte: «Zwei Knaben gingen durch das Korn – Der andre blies das Klappenhorn – Er konnt' es zwar nicht ordentlich blasen – Doch blies er's wenigstens einigermaßen.» Dieser Urvers rief eine Flut von Nachahmungen hervor. Darunter befanden sich binnen kurzem auch – wen wundert's – erotisch-pointierte Varianten, wie beispielsweise: «Zwei Knaben stiegen auf den Gattern – Der eine sprach: Du hast kein Vattern – Da sprach der andre: Geh nur zu – Vielleicht noch mehr als Du!» oder: «Zwei Knaben sinnen auf l'amour – Und gehen stets zur gleichen Hur' – Zum Glück nicht noch zu gleicher Zeit! – Ihr wär das gleich, vermeint die Maid.»

Eine Reihe von Klapphornversen zielt auf plump-erotische Situationen oder skatologische Motive, die manchmal im Schlußvers abrupt ins Harmlose verkehrt werden, z. B.: «Zwei Damen saßen im Kupee – Der einen tat ihr Bauch sehr weh. – Da sprach die andre: weißte – Bei der nächsten Station, da … steigste aus.»

Rolf W. Brednich hat im Jahre 1979 eine höchst amüsante Volkslied-Sammlung herausgegeben: «Erotische Lieder aus 500 Jahren. Texte und Noten mit Begleit-Akkorden.» Darunter befindet sich (auf S. 126) auch das folgende – aus mündlicher Überlieferung stammende – Lied mit Klapphornversen.

Zwei Knaben lagen als Embryo
im Mutterleibe comme il faut.
Da sagt der eine ‹Achtung bücken,
es kommt ein Strahl, die Alten ficken.›
Freut euch …

Zwei Damen gingen hochbeglückt
spazieren in einem Garten;
die eine wurde zuerst gefickt,
die andre mußte warten.
Freut euch …

Zwei Mädchen spielten sich am Ding,
die eine langsam, die andre flink;
da sagt die Langsame zur Flinken:
‹Riech, wie meine Finger stinken.›
Freut euch …

Zwei Knaben lagen mal im Stroh,
von einem sah man den Popo,
vom andern nur die Knie,
und dieser Knabe hieß Marie.
Freut euch …

1979 stellte Brednich im Rückblick auf die Verse aus den «Fliegenden Blättern» fest: «Nach der Melodie ‹Freut Euch des Lebens› gesungen, ist die Zahl der Verse nach 100 Jahren Legion.»

Weniger im Vordergrund stehen erotische Anspielungen bei den *Schüttelreimen*: «Und mag ich sonst auch keine Mädchen: / Heut bist Du doch die meine, Kätchen!» Dasselbe gilt für die sogenannten *Clerihews*, benannt nach Edmund Clerihew Bentley (1875–1956):

«Sir Humphrey Davy / Abominated gravy. / He lived in the odium / Of having discovered sodium.» Hierbei handelt es sich um Vierzeiler über berühmte oder berüchtigte Persönlichkeiten, deren Name den Reim der ersten Zeile liefert: «Zu Goethe / sprach ganz schnöde / die Frau von Stein: / ‹Ich will *nur* deine Muse sein!›»

Wenn auch häufig präsent, wird die erotische Grundstimmung in den sogenannten *Schnaderhüpfln* relativ milde versprachlicht: Drei Beispiele aus der bekannten Sammlung «... gibt's koa Sünd» von Walter Schmidkunz (1938) mögen dies verdeutlichen: sie sind, wie fast alle Strophen, fokussiert auf das «Deandl», ein Grundwort des «Bergchinesischen», über das der Verfasser erläuternd bemerkt: «Mit *Dirn* oder gar *Dirne* hat das *Deandl* nur dem Wortstamm nach etwas zu tun. *Deandl* ist die noch nicht verheiratete Weiblichkeit insgesamt, vom Säugling angefangen bis in die Zonen der entschwindenden Heiratsfähigkeit hinein.»

Drobn auf der Alm
geht allweil der Wind
und bei meim Diandl woaß i's scho
Sie hats gern gschwind. (S. 17)

Du tausendschöns Deandl
du Himmelschlüss-l,
bei dir möcht i schlafn
a kloawinzigs biss-l. (S. 110)

Mei Schatz is katholisch
und i reformiert
drum wird's z'erscht katholisch
und na reformisch probiert. (S. 128)

Es war mal ein Mann namens Kranz...

Geradezu klassisch sind die erotisch-sexuellen Anspielungen im *Limerick*, einem volkstümlichen englischen Fünfzeiler (mit 3, 3, 2, 2, 3 Hebungen nach dem Reimschema a–a–b–b–a), der auch von vielen bekannten Dichtern gepflegt worden ist – unter ihnen Tennyson, Swinburne, Rossetti, Ruskin, Gilbert, Lear, Carroll, Galsworthy und Nash. Eigentlich handelt es sich bei Limericks um Stegreifverse, die in mündlichem Umlauf sind und deren beste Exemplare, wie der berühmte Folklore-Spezialist Gershon Legman (1980) konstatiert, aufgrund ihrer Obszönität eigentlich nicht druckbar sind. Ein (noch relativ harmloses) Beispiel aus seiner Sammlung amerikanischer und britischer Strophen: «A Greek scholar who walked like a duck / Had a habit of running amuck, / Till little Miss Royster / Lured him out of his cloister, / And taught the old codger to fuck.»

Es gibt auch französische, lateinische und deutsche Limerick-Versuche, allein sie wirken stets ein wenig gequält: «Ein Girl im Mercedes-Coupé / Schoß, verliebt, entlang die Chaussee, / Sprach : ‹Ich krieg, lieber Asmus, / Geht's rasant, 'nen Orgasmus / Allein schon vom Fahren, o weh!» Zweifellos sind Limericks schwierig zu übertragen: ein so erfahrener Übersetzer wie Paul Baudisch gibt ein ansprechendes Beispiel (in: Legman 1970:152): «There was a young fellow named Locke / Who was born with a two-headed cock. / When he'd fondle the thing / It would rise up and sing / An antiphonal chorus by Bach»; die deutsche Version lautet: «Es war mal ein Mann namens Kranz / Mit einem doppelten Schwanz: / Der sang nachts im Bett / Ein Liebesduett / Von Schubert (Vorname: Franz).»

Gershon Legman hat sich nicht nur mit Limericks befaßt; eines seiner berühmtesten Werke behandelt und typologisiert den sogenannten «unanständigen Witz»: sein Originaltitel lautet «Rationale of the Dirty Joke. An Analysis of Sexual Humor» ([2]1971). Es ist eine einzigartige Sammlung erotischen Volkshumors, in der mehr als zweitausend unanständige Witze nach Themengruppen geordnet und kommentiert werden. Die geschichtlichen, psychoanalytischen und literarischen Erörterungen machen das Buch zu einem erstrangigen Dokument gesellschaftlichen Selbstverständnisses im Bereich der erotischen Folklore. Eine kurze Beispielgruppe:

Alte Jungfern sind angeblich dankbar für die sündlose Chance, die eine Vergewaltigung ihnen bietet. Hier ein Witz, der meistens mit dem amerikanischen Bürgerkrieg verknüpft wird, eigentlich aber in der ganzen Welt vorkommt. Ein junges Mädchen und seine jungfräuliche Tante werden von feindlichen Soldaten gefangengenommen, die sich anschicken, sie zu vergewaltigen. Das Mädchen bittet um Schonung, die Tante aber fällt ihr ins Wort: «Mach kein Geschrei. Die Soldaten haben ihre Befehle. Krieg ist Krieg.» Auch mit osteuropäischem Milieu: «Ein Pogrom ist ein Pogrom.» – Raubüberfall auf einen Eisenbahnzug: «Also schön», sagt der eine Räuber, «jetzt plündern wir sämtliche Männer aus und vögeln sämtliche Weiber.» «Einen Augenblick», sagt der andere. «Nehmen wir doch lieber den Zaster und hauen wir ab!» Eine alte Jungfer: «Jetzt möchte ich aber wissen, wer hier zu bestimmen hat.»

Viele der prototypischen Witze Legmans beruhen, wie hier, auf Scheinlogik, andere auf Homophonie oder sonstigen Spracheigenschaften, die die Entstehung von Witzen begünstigen. Ähnliche Fälle gibt es auch im Deutschen, ihre Verbreitung wird durch die Internet-Kommunikation beschleunigt: morgendliche Bürowitze werden nicht mehr nur im Kollegenkreise erzählt, sondern im Zeitalter des Cybersex bequem auch per E-Mail verbreitet:

Zwei Schweine sitzen auf einer Bank. «Weihnachten ist schön», sagt das eine plötzlich. «Geschlechtsverkehr ist schöner», meint das andere nach einer Weile. Gibt das erste zu bedenken: «Weihnachten ist öfter.»

Abschiedsszene eines jungen schwäbischen Paares auf dem Bahnsteig. Die junge Frau mit Tränen in den Augen «Scheide tuet weh!» – Er: «S Schwänzle au!»

Der erotische Sprachwitz, zumal in Dialektform, gedeiht nicht allein bei den kleinen literarischen Formen, sondern auch in Erzählungen und Schwänken. Oskar Maria Graf ist 1894 in Berg/Kreis Starnberg geboren und 1967 als Exilschriftsteller in New York gestorben, wohin er vor dem NS-Regime geflohen war. Im Nachwort zu einer seiner Schwanksammlungen, die wir herausgepickt haben, formulierte er augenzwinkernd eine Entschuldigung:

> Nachdem das Manuskript dieses Buches fertig war, las ich es einem kleinen Freundeskreis vor. Man machte mich darauf aufmerksam, daß einiges darin (...) in Motiv und Handlung etwas Ähnlichkeit mit Geschichten aus dem «Dekameron» des Boccaccio hätte. Da meine Bildung mangelhaft ist, bitte ich um Verzeihung – ich habe das Buch leider nicht gelesen und weiß also nicht, inwieweit ich mich «angelehnt» habe.

Ob wir ihm diese Einlassung abnehmen, sei dahingestellt. Komik und erotische Würze der von Graf vorgelegten, im bäuerlichen Milieu spielenden Geschichten gemahnen in der Tat an das berühmte Vorbild. Daher akzeptieren wir mit Vergnügen den Titel des 1927 erschienenen Werkes: «Das bayrische Dekameron», in dem sich u. a. die erotische Wortgeschichte mit dem Titel «Der Hirnpecker» findet – einer alten bayrischen Schnurre nacherzählt:

> Der Gschwendtner-Xaverl hat schon lang Absichten gehabt auf die Reinlochner-Zenzl, leicht erratbare Absichten. Aber was sollt' er machen: Die Zenzl ist – wie man bei uns sagt – «eine, wo man die andern fangt damit». Sie begreift das Deutlichste nicht.
> Der Xaverl ist vorige Woche mit der Zenzl im Berbifinger Holz spazierengegangen. Er im Sonntagsstaat und sie feiertäglich beieinander. Sie gehn also so dahin. Der Xaverl biegt in die verstecktesten Fußwege ein, ganz handsam folgt sie ihm, unwidersprochen. «Mei Liabe», sagt endlich der Xaverl, wie sie ganz allein und versteckt in einer Dickichtlichtung stehen: «Mei Liabe, jetzt werd's g'fährlich! Jetz konn sei, daß a Hirnpecka daherkimmt! ... Do hoaßt's aufpass'n!»

«A Hirnpecka?» fragt die Zenzl neugierig: «Hirnpecka? Wos is denn dös?»

«Dös? ... Hm, mei Liabe», fängt der Xaverl wieder an, und umständlich erklärt er ihr, was der Hirnpecker für ein gefährlicher Vogel ist. Er kommt auf einmal aus der Luft herausgeschossen, und besonders auf die Weiberleute ist er aus. Er schießt gradwegs auf's Hirn zu, krallt sich fest und pickt das ganze Hirn aus. «Auf d' Mannsbilder geht er net! Dö fürcht' er», sagt der Xaverl. «So, hm! Soso», meint die Zenzl schon ein bißl gruslig, und da – auf einmal – zischt ein Vogel zirpend im Gebüsch in die Höhe. Die Zenzl zuckt wirklich zusammen, und gleich schreit der Xaverl: «Wirf di' hin auf'n Bodn, Zenzl! Schnell! Sonst bist verlor'n! Wirf di' hin und deck dei'n Kopf mit'm Rock zua!»

Eh er's gesagt hat, ist's auch schon geschehen. Die Zenzl liegt im weichen Moos und – lieber Leser, Du tätest es doch auch! – «schützend» wirft sich der Xaverl auf sie. Und richtig, die Zenzl spürt ganz woanders, daß etwas auf sie einpickt. Aber, komisch, sie ist gar nicht wehleidig. Mittendrin kichert sie unter ihrem dicken, übergeschlagenen Faltenrock: «Peck nur zua, du Sauvogel, du elendiger! Peck nur! Bis zum Hirn kimmst ja doch net, Viech, dappig's!»

Erhabene Dichtung? Sie brachte jeden in die Höhe ...

Es läßt sich nicht leugnen: Friedrich Schiller war *der* «Nationaldichter» des 19. Jahrhunderts, beliebter noch als Goethe. Seine gängigsten Balladen gehörten zum allgemeinen Rezitations-Repertoire, die Lektüre seiner Werke war verpflichtend. Insbesondere Schillers «Lied von der Glocke» (1799/1800) wurde zu einer Ikone der klassischen Dichtung mit einer unantastbaren sittlich-idealistischen Botschaft. Gerade Schillers Pathos rief natürlich viele Parodisten auf den Plan: die hehren Worte wurden zu Gebrauchstexten, die «zersungen» wurden. Die «Glocke» wurde zu einem der meistparodierten Werke. Oft unter präziser «Wahrung von Strophenform, Zeilenlänge, Reimschema und wo möglich sogar Wortlaut», so Christian Grawe im Nachwort seiner Sammlung von Schiller-Parodien aus zwei Jahrhunderten (1990:231), «wurde Schillers poetische Vergegenwärtigung der mit dem Glockenschall verbundenen bürgerlichen Lebenssituationen» parodierend auf unterschiedlichste Bereiche übertragen, ob es um das Bierbrauen ging, die Wurstproduktion, das Kaffeerösten – oder den Beischlaf, wie dieser kurze Ausschnitt zeigt:

An die Freude

Henriette, schöner Götterfunken,
Du mit dem gekrausten Trumm,
Wir begraben wollusttrunken
Schwänze in dein Heiligthum!
Deine Vettel plättet nieder,
Rauh vom Tripper, jeden Hanns;
Jeder Matte stehet wieder,
Bauer fließt von jedem Schwanz.
Chor:
Seid gevögelt, Millionen!
Diesen Stoß der Hurenwelt!
Brüder – in der Votze Zelt
Muß ein Langhanns immer wohnen! (…)

Auch «Das Mädchen aus der Fremde» – von Schubert vertont («The maiden from strange parts») – wurde im Umfeld des schon erwähnten Ignaz Franz Castelli in einer frivol parodierenden Fassung auf der Basis einer genauen Kenntnis der Vorlage virtuos nachgedichtet:

Friedrich Schiller (1759–1805)	Anonym (um 1840)
Das Mädchen aus der Fremde	*Das Mädchen aus der Fremde*
In einem Tal bei armen Hirten	In der Stadt Wien am Stock im Eisen
Erschien mit jedem jungen Jahr,	Erschien, so oft es Abend war;
Sobald die ersten Lerchen schwirrten,	Mit einer Brust, um dreinzubeißen,
Ein Mädchen schön und wunderbar.	Ein Mädchen schön und wunderbar.
Sie war nicht in dem Tal geboren,	Sie war nicht in der Stadt geboren,
Man wußte nicht, woher sie kam,	Man wußte nicht, woher sie kam,
Und schnell war ihre Spur verloren,	Und schnell war ihre Spur verloren,
Sobald das Mädchen Abschied nahm.	Sobald der Schub sie mit sich nahm.
Beseligend war ihre Nähe	Beseligend war ihre Nähe,
Und alle Herzen wurden weit,	Ihr Löchlein war noch gar nicht weit,
Doch eine Würde, eine Höhe	Sie brachte jeden in die Höhe,
Entfernte die Vertraulichkeit.	Durch ihrer Hand Geschicklichkeit.

Sie brachte Blumen mit und Früchte,	Sie brachte Chancre und Bubonen,
Gereift auf einer andern Flur,	Gereift auf Welschlands schöner Flur;
In einem andern Sonnenlichte,	So wie in Spaniens lichten Zonen,
In einer glücklichern Natur;	Wo jedem gleich kommt die Natur.
Und teilte jedem eine Gabe,	Sie theilte jedem eine Gabe,
Dem Früchte, jenem Blumen aus,	Dem Chancre, dem Bubonen aus,
Der Jüngling und der Greis am Stabe,	Der Jüngling, wie der Greis am Stabe,
Ein jeder ging beschenkt nach Haus.	Ein jeder ging beschenkt nach Haus.
Willkommen waren alle Gäste,	Venerisch wurden alle Gäste,
Doch nahte sich ein liebend Paar,	Doch nahte sich ein alter Narr,
Dem reichte sie der Gaben beste,	Dem brachte sie der Gaben beste,
Der Blumen allerschönste dar.	Die allerdickste Filzlaus dar.

Die Freud dau'rt kurz, der Tripper lang

Der erwähnte Ignaz Franz Castelli – er publizierte auch unter den Namen: Bruder Fatalis, Kosmas, Rosenfeld und C. A. Stille – schlug nach einem Jurastudium die Beamtenlaufbahn ein, die er, nur unterbrochen durch Amts- und Bildungsreisen, bis zu seiner Pensionierung 1843 durchlief. Die berufliche Stellung gab ihm Gelegenheit zur Pflege seines literarischen Talents, das in ein vielseitiges Œuvre mündete. Er verfaßte Dramen, Erzählungen, Rätsel, Kriegslieder, Fabeln, publizierte eine Sammlung von Wiener Anekdoten und abgewandelten Sprichwörtern und gab fünf Bände mit «poetischen Kleinigkeiten» heraus: «Als einst der Monsieur Witz / die Madame Unhöflichkeit / in die Arme nahm, / entstand daraus das Epigramm.» 1855/56 erschien von ihm ein «Österreichisch-katholischer Volks-Kalender zur Verbreitung von Religiosität und Vaterlandskenntnis», und 1861 wurden dann seine vierbändigen Memoiren veröffentlicht, in denen er u. a. über Beethoven schreibt: «Der große Beethoven konnte mich sehr wohl leiden, so oft er mich sah, fragte er mich immer: ‹Was gibt's denn wieder für kolossale Dummheiten?› Ich erzählte ihm immer neue Bonmots und Anekdoten, und er lachte immer um so herzlicher, je derber diese waren.»

Joseph Kiermeier-Debre und Fritz Franz Vogel (1995b:153 f.) charakterisieren Castelli in ihrer Arbeit über pornographische Parodien aus dem Biedermeier als Gründer der «Ludlamshöhle», einer Wiener Künstlervereinigung, der u. a. Franz Grillparzer, die beiden

Die Rute macht aus bösen Kindern gute! (Sprichwort; Karikatur von Ernst Kahl)

Brüder Jeitteles, C. M. von Weber, H. Anschütz und viele andere Hauptstädter angehörten.

Die Herrenrunde ist gegenüber ihrem Vorbild aus Goethes «Faust» durchaus erlaucht zu nennen, denn sie ist von Reputation und Stand ihrer Mitglieder mehr als die «Zeche lustiger Gesellen» in «Auerbachs Keller in Leipzig». Die Wiener Herrenrunde konstituierte sich aber wohl in derem Geiste. Da hat vermutlich einer wie bei Goethe gefragt – «Will keiner trinken? Keiner lachen?» –, und ein anderer hat ebenso zitatenfest mit Goethe geantwortet: «Das liegt an dir: du bringst ja nichts herbei, / Nicht eine Dummheit, keine Sauerei».

Später präzisieren die Autoren:

Eine sich schon seit etwa 1816 täglich versammelnde Gesellschaft lustiger Jünglinge, Schauspieler, Musiker und bürgerlicher Geschäftsleute traf sich 1820 zum gemeinsamen Besuch des Theaters an der Wien, wo des dänischen Dichters Adam Gottlob Oehlenschlägers (1779–1850) ‹Ludlamshöhle› zum ersten Male gegeben wurde. (…) Zum Professor der Frivolitätswissenschaft (…) bestimmte die Herrenrunde Ignaz Franz Castelli.

Und dieser Castelli trat neben seinen vielen anderen Beiträgen insbesondere durch «Die Sauglocke» hervor, die, wie Kiermeier-Debre und Vogel einräumen, «unter dem Diktat des Koitus» steht, der sie aber auch literarische Qualitäten attestieren: «Dahinter steckt auch ein gut Teil – wie in aller parodistischen Tätigkeit – literaturkritische Auseinandersetzung mit dem Zeile für Zeile zum ‹bocksmäßigen Gegengesang› bezwungenen Original.»

Die Sauglocke

Strotzend, steif empor gerichtet,
Steht der Schwanz in stolzer Kraft;
Deine Jungfrauschaft zernichtet
Er, und heilt mit Lebenssaft.
Aus dem Schwanze heiß
Spritzt es in die Gaiß,
Soll das Werk den Meister loben,
Nur recht tüchtig nachgeschoben.
(…)
Wohlthätig ist des Schwanzes Kraft,
Wenn sich der Mensch bezähmt bewacht,
Und jeden Fuchs, den er vollbracht,
Verdankt er seiner eignen Kraft;

Doch wehe, wenn vener'scher Saft
Den Weg zum Schwanze sich verschafft,
Bald zeigt sich seine gift'ge Spur
Selbst an der kräftigsten Natur.

Grauenerregende Gemeinheit des Ausdrucks

Auch Gottfried August Bürger (1747–1794) gibt sich in seinen bekannten Gedichten recht frei und natürlich, unbeschwert von sitt-
lichen Bedenken, weshalb ihn Schiller in der «Jenaischen Allgemeinen Literaturzeitung» (Nr. 13 u. 14 v. 15. u. 17. 1. 1719) tadelte. Es
gibt sogar direkt obszöne Verse von ihm. Er übersetzte – wie Paul
Englisch (1927:205 f.) anführt – folgenden Zweizeiler und schickte
ihn an Lichtenberg (veröffentlicht in «Die Opale», hg. v. Franz Blei,
Leipzig: J. Zeitler, 1907, 1. Halbjahresband, S. 205):

> «Si, nisi quae forma poterit te digna videri,
> Nulla futura tua est, nulla futura tua est
>
> 1.
> Wenn außer Wohlgestalt, vollkommen, wie die deine,
> Dein Herz nicht eine rührt, so rüht dein Herz nicht eine.
>
> 2.
> Wenn außer einer Braut, der deine Reize fehlen,
> Du keine wählen darfst, so darfst du keine wählen.
>
> 3.
> Wenn außer der, die dir an Schönheit gleicht auf Erden,
> dein keine werden kann, so kann dir keine werden.
>
> 4.
> Wenn außerm Ideal der höchsten Wollustregeln,
> Du keine v..... kannst, so kannst du keine v...... .
>
> *Doch fürs erste ist es wohl an diesen genug,*
> *das erste und das letzte sind wohl die besten.»*

Für Paul Englisch bilden diese Verse Bürgers

> ... noch nicht die Krone seiner erotischen Leistungsfähigkeit in
> dichterischem Gewande. Es existiert ein Machwerk, das an grau-
> enerregender Gemeinheit des Ausdrucks nicht mehr übertroffen

werden kann (…). Es ist wohl das unflätigstes Stück, das in deutscher Sprache erschienen ist. Johann Heinrich Voß, Gottfried August Bürger und Friedrich Leopold Graf zu Stolberg sollen die Verfasser sein (…). Es besteht kein Zweifel an der Autorschaft der drei Dichter. Forscht man dem Grunde nach, der bestimmend war für die Verfertigung dieses ungeheuerlichen Opus, so ist man wirklich in Verlegenheit, eine plausible Erklärung zu finden. Daß die dargestellten Wünsche ernst gemeint sind, kann man füglich bezweifeln. Vielleicht geht man nicht fehl mit der Annahme, daß diese schreiende Profanierung des Geschlechtlichen in bewußter Reaktion gegen den seichten von Milch und Honig triefenden Stil der Anakreontiker entstanden ist als Protest gegen das Tändelnde und Verherrlichende der platonischen Liebe in den Schäfergedichten. Das wäre gewiß eine Erklärung, wenn auch noch lange keine Entschuldigung.

Um die Leser(innen) nicht länger auf die Folter zu spannen, seien nachfolgend Ausschnitte aus den in drei «Priapischen Oden» dargestellten «Phantasien» präsentiert, die von Bürger, Voß und Stolberg im Wettstreit verfertigt wurden, wobei Letzterer die Dichterkrone erhielt.

Gottfried August Bürger (1747–1794)

Es knallet alles was lebet,
Was in den Lüften schwebet,
Es knallt die ganze Welt.
(…)
Der Elefant von hinten,
Weiß auch das Loch zu finden,
Der Bär bohrt seine Frau,
Mit Lust wohl in den Rauh,
Warum denn Menschen nicht?
(…)
Ihr Nonnen und ihr Pfaffen!
Ihr sollt beisammen schlafen,
Laßt Messe Messe sein;
So oft die Glocken läuten,
So oft sollt ihr euch reiten,
Steckt ihn fein tief hinein.

Bemerket diese Worte,
Ihr Jungfern aller Orte,
Hört meine Lehren doch;
Verlaßt die samtnen Dinger,
Und steckt statt eurem Finger,
Den rechten Schwanz ins Loch.

Johann Heinrich Voß (1751–1826)

An Priap
Leckt Votzen, ihr neun Pindars-Luder,
Leckt mit Apoll, der schläfrig geigt;
Und dessen kleiner matter Bruder,
Nur durch das Fingern aufwärts steigt:
Priap! beseele meine Leier,
Und gönne ihr das rege Feuer,
Das sich durch deine Klöt ergeußt;
Und durch die aufgeschwollenen Röhren,
Um deine Wollust zu vermehren,
Dickschäumend in die Votze fleußt.
(…)

Friedrich Leopold zu Stolberg (1750–1819)

Wahl meiner künftigen Gattin und ihrer Eigenschaften
Vivat, wer ohn' allen Eckel,
Auch den ärgsten Gassen-Reckel,
Frisch durch Läuse, Schorf und Dreck
Fuchst ins Teufels Namen weg.

Nicht weiß wie Milch und Blut, gepudert und frisiert,
Und mit dem reichsten Schmuck von Frankreich ausgeziert,
Nein, ruprigt, ledergelb und schmierig wie ein Schwein,
Soll die, die ich mir einst zur Gattin wähle, sein.
(…)

Pornographie im Bade

Wir haben im zweiten Kapitel davon gesprochen, daß die Grenzen zwischen erotischer Literatur und Pornographie fließend sind. Um eine klare Bestimmung dessen, was Pornographie ist, haben Literaturkritiker und Juristen seit Jahrhunderten gerungen. Nicht zuletzt frömmlerische Doppelbödigkeit und heuchlerische Moral gesellschaftlicher Konventionen erschwerten für viele Beteiligte den Zugang zu einem liberalen Kunstbegriff. Dichter, die zugleich Rechtsanwälte sind, hatten und haben es da leichter. Einer von ihnen war Ludwig Thoma (1867–1921), der sich in vielen seiner Erzählungen, Dramen und Gedichte mit Humor gegen religiöse Heuchelei und wilhelminischen Untertanengeist zu behaupten wußte, wie der nachfolgende Ausschnitt aus seinem Gedicht «Im Bade» beweist:

Doktor Schnüffelberger, Redaktör
Einer durchaus gut kathol'schen
Zeitung, kam aufs Land von München her,
Um sich von der dort'gen alkohol'schen
Stimmung und was sonst die Nerven reizt,
Zu erholen. Denn das Waldozon
In Verbindung etwa auch mit Baden
Kann dem abgehetzten Großstadtsohn
An und für sich überhaupt nicht schaden.
Seine Arbeit nahm er auch mit sich
Auf das Pornographische bezüglich.
Nackicht, ganz und halb, und lüderlich,
Nur für die Verdorbensten vergnüglich.
Mit der Lupe sah er das Detail,
Wenn auch schon mit Abscheu, aber gründlich.

Nachdem er die Landidylle erreicht und an ein Seegestade gelangt ist, nimmt der «Antipornograph», sich ins knietiefe Wasser wagend, eine «Sie» von «beachtenswertem Weiberfleische» wahr, und «es wühlt ihm in den Eingeweiden»:

Platsch! Nun taucht sie in das Wasser ein,
Röchelnd sagt der Lump und Pharisäer:
«So was sollte eigentlich nicht sein,
Ich beleuchte das noch heute näher.
Außerdem: wie schrecklich kann doch schaden
Unsrer Jugend das verfluchte Baden,
Nicht ein jeder ist, wie ich, gefeit
Angesichts von solcher Nackigkeit!»

Masochismus in Berlin

Kurt Tucholsky (1890–1935) hat sich vielfältiger publizistischer Genres bedient – des Romans, des Gedichts, der Glosse, der Anekdote und des Feuilletons. Parodistisch pointiert gibt er nachfolgend einen ganz besonderen «Reisebericht»:

> Die schönste Geschichte über Masochismus, die ich weiß:
> Wir lagen in einem polnischen Nest, gleich hinter der damaligen deutschen Grenze, hinter Marggrabowa. In unserm Armierungsbataillon waren Schlesier und Berliner anmutig gemischt. Und eines sternenklaren Abends stand ich hinter einer Hausecke, da schlugen die trauten Laute der Heimat an mein Ohr. A richtich! Ich lauschte.
> Es waren zwei waschechte Berliner, die sich da um die Ecke unterhielten. Der eine mußte von Beruf wohl so eine Art Zuhälter gewesen sein; jedenfalls rühmte er sich dessen und erzählte viel von einer gewissen Ella, bei er die Spinde abjewackelt hätte. Dieses Mädchen nun hatte auch eine masochistisch veranlagte Kundschaft, die sie gut und richtig bediente. Und ich hörte:
> «Ick komm also ruff bei Ellan, un die hatte sonen Meckerjreis, den mußte sie imma vahaun. Jutet Jeld – jedet Mal achssich Mark. An den Ahmt wah a ooch da. Wie ick die Korridortür uffschließe, heer ick schon von weitn: Wißte mal die Pantoffeln uffhebn! Jleich hebst du die Pantoffeln uff, du Sau! Du Hund! Heb mal die Pantoffeln uff!» –
> «Wat hast denn da jemacht?» fragte der andre.
> «Na», sagte der erste, «ick bin rinjejangn un hab zu den altn Herrn jesacht:
> Warum tun Sie denn die Dame nich den Jefalln un hehm die Pantoffeln uff –?» (Bd.10:58f.)

Make them yodel, baby!

Felix Rexhausen hat schon 1972 in seinem «satirischen Geschichtsbuch» (S. 143) diese Filmtitel genannt, die er in sämtlichen Tageszeitungen auf einer Seite lesen mußte: «Fürst Kitzler und seine Fickgesellschaften»; «Wer stößt denn da mit Krem?»; «Komm, bring die heiße Milch zum Überlaufen!»; «Das süße Ungeheuer von Loch Nass»; «Pornröschen und Hodennot». Da uns zwischenzeitlich das

Privatfernsehen für linguistische Feldforschung und Datenerhebungen unschätzbare Dienste leistet, läßt sich die Filmliste erheblich verlängern und auch unter translationswissenschaftlichen Gesichtspunkten analysieren – den deutschen Titeln sind jeweils die englischen Versionen in Klammern beigegeben: «Casanova & Co.» («Some like it cool»); «Alle Kätzchen naschen gern» («All kitties go for sweeties»); «Drei Oberbayern auf Dirndljagd» («The Pussy in the Bathhouse»); «Sylvia im Reich der Wollust» («Joy of Flying»); «Bohr weiter, Kumpel!» («Keep Digging, Buddy!»); «Komm liebe Maid und mache» («Brazen Woman of Honoré de Balzac»); «Babystrich im Sperrbezirk» («Baby Sex – Forbidden Ground»); «Geh, zieh Dein Dirndl aus!» («Make them yodel, baby!»).

Das Niveau dieser Titel muß nicht diskutiert werden – auch hier hat die Wirklichkeit die Parodie überholt. Ähnlich ist es auf dem Markt der sogenannten Kontaktanzeigen in Tageszeitungen, dem wir uns abschließend zuwenden wollen, weil uns beispielsweise der Text einer am 20. 1. 2004 im «Hamburger Abendblatt» erschienenen Annonce neugierig machte. «An WEM denken Sie gerade?» wurde dort gefragt. Druckfehler? Grammatische Unkenntnis? Weit gefehlt! Es handelt sich um die «listige» Werbung für WEM – dahinter verbirgt sich indessen nicht die «Wirtschaftsstelle Evangelischer Missionsgesellschaften», die es in der Hansestadt auch gibt, sondern ein Etablissement, das sich «Wellness Erotic Massage» nennt. Doch Näheres darüber später – unter Kontaktanzeigen.

Kontaktanzeigen

Grundsätzlich gilt: Bei den Inseraten hat man «seriöse» von «unseriösen» zu unterscheiden, wobei die Grenzen fließend sind und in beiden Kategorien gelogen wird, was das Zeug hält. Die «seriösen» Anzeigen werden bevorzugt von den zu Beginn unseres Buches geschilderten Singles aufgegeben und zeichnen sich durch mehr oder weniger witzige Formulierungen aus: «Elektriker sucht Anschluß», «Frosch sucht Prinzessin», «Miststück sucht Bauerntölpel», «Jägermeister sucht kühle Blonde», «Rolling Stone sucht endlich Halt» usw. Das Phänomen dieser Kontaktanbahnung ist schon in mehreren Romanen und auf der Bühne verarbeitet worden; drei Beispiele:

Von Marissa Piesman, einer Rechtsanwältin in New York, erschien auf deutsch unter dem Titel «Kontaktanzeigen» im Jahre

2000 ein witziger Kriminalroman mit vielen Einblicken in die Höhen und Tiefen des Single-Daseins.

Für Stefanie Schreiber entstand die Idee zu ihrem 2002 erschienenen Roman «Abenteuer Kontaktanzeigen. Über die Schwierigkeiten, ein Paar zu werden», als sie mit Freundinnen ihre Erfahrungen auf der Suche nach dem Traummann austauschte.

Auch in der Single-Komödie «Traumfrau verzweifelt gesucht» des aus England stammenden Wahlkölners Tony Dunham geht es um die stets gleiche Konstellation: Harald ist von seiner Partnerin im verflixten siebten Jahr sitzengelassen worden. Nun sucht er verzweifelt seine (neue) Traumfrau – über Zeitungsannoncen …

Den «unseriösen» Anzeigen öffnen – getreu dem Motto: *Sex sells!* – Boulevardzeitungen, aber auch ernsthafte Blätter ihre Spalten. Vergleichbares gilt für das Internet: unter einschlägigen Adressen (*poppnett.de*; *Hamburger-Deerns.de*; *tor-zur-lust.com*; *will-seitensprung.de*; *meet2cheat.com*) bieten sich «Traum*modelle*» feil.

Im Blick auf die hier erwartete Analyse «unseriöser» Kontaktanzeigen aus Tageszeitungen erklären wir nach sorgfältigem Studium unsere uneingeschränkte Solidarität mit der nachfolgenden Notiz Felix Rexhausens in seinem Buch «Germania unter der Gürtellinie» (1972:143):

> Die hier vorgesehenen Texte wurden mit Rücksicht auf die schwer ringenden Mitglieder und auf Bitten des Verbandes Deutscher Gesangs- und Gebetbuchhersteller und der Interessenvereinigung Deutsche Kirchenwirtschaft, der Verbände der deutschen Vergnügungs-, Lustbarkeits- und Getränkeindustrie, des Dachverbandes Deutscher Kommunalbordelle, des Deutschen Eltern-, Lehrer- und Erzieherschutzbundes, des Deutschen Vereins zur Wiederaufrichtung gefallener Mädchen und der Deutschland-Stiftung für Weibertreu sowie der Deutschen Liga für saubere Freikörper und des Gemütskulturbundes Deutscher Homophiler (Dobermann-Bund)
>
> GETILGT.

Literaturverzeichnis

(benutzte und weiterführende Werke)

Adelung, Johann Christoph (Hg.) (1774–1786): *Versuch eines vollständigen grammatisch-kritischen Wörterbuches der hochdeutschen Mundart [...].* 5 Bde. Leipzig.

– (Hg.) (1793–1801): *Grammatisch-kritisches Wörterbuch der hochdeutschen Mundart: mit beständiger Vergleichung der übrigen Mundarten, besonders aber der oberdeutschen.* 4 Bde. Leipzig [Ndr. Hildesheim, New York 1970].

Albrecht, Johann Friedrich Ernst (1976): *Heimlichkeiten der Frauenzimmer oder Die Geheimnisse der Natur hinsichtlich der Fortpflanzung des Menschen; über Befruchtung, Beischlaf und Empfängnis und eheliche Geheimnisse zur Erzeugung gesunder Kinder und Erhaltung der Kräfte und Gesundheit.* 6., mit d. neuesten Erfahrungen verb. Aufl. [Nachdr. d. Ausg. Quedlinburg und Leipzig 1851, neu hg. v. Axel Matthes. München: Rogner & Bernhard].

Anglizismen-Wörterbuch. Der Einfluß des Englischen auf den deutschen Wortschatz nach 1945. (2001). Begründet v. Broder Carstensen, fortgeführt v. Ulrich Busse. 3 Bde. Berlin/New York: Walter de Gruyter.

Anonym [= Sonnleithner, Ignaz von] (1811): *Mundart der Oesterreicher oder Kern ächt österreichischer Phrasen und Redensarten. Von A bis Z.* Wien. [Nachdr. Wien 1996: Jahresgabe ... der Wiener Bibliophilen Gesellschaft.]

Apollinaire, Guillaume (1985): *Die elftausend Ruten.* Dt. Übers. v. Rudolf Wittkopf. München: Matthes & Seitz Verlag.

Arcan, Nelly (ˢ2003): *Hure.* Aus d. Französischen v. Holger Fock u. Sabine Müller. München: Verlag C. H. Beck.

Aretino, Pietro (1904): *Dichtungen und Gespräche des Göttlichen Aretino.* Deutsche Bearb. v. Heinrich Conrad. Privatdr. d. Herausgebers [d.i. Wien, Fritz Freund – Wiener Verlag].

Aretino, Pietro / Thomas Hettche (2003): *Stellungen. Vom Anfang und Ende der Pornografie.* Köln: DuMont Literatur und Kunst Verlag.

Arnold, Heinz Ludwig (Hg.) (1970): *Dein Leib ist mein Gedicht. Deutsche erotische Lyrik aus fünf Jahrhunderten.* Bern etc.: Rütten & Loening.

– (1997): *Das erotische Kabinett.* Leipzig: Gustav Kiepenheuer Verlag.

Avé-Lallemant, Friedrich Christian Benedict (1858–1862): *Das deutsche Gaunerthum in seiner social-politischen, literarischen und linguistischen*

Ausbildung zu seinem heutigen Bestande. 4 Bde., Leipzig. [Neuaufl. in einem Bd. n. d. überarb. Ausg. 1914 in zwei Bänden; Wiesbaden 1998: Fourier.]

Bacciocco, F(riedrich) A(lbert) [= Stieböck, Leopold] (1890): *Der Wiener Dialect und seine hochdeutsche Stiefschwester: ein Beitrag zur hochdeutschen Lautlehre vom Standpunkte des Wiener Dialects.* Wien: Manz.

Balle, Christel (1990): *Tabus in der Sprache.* Frankfurt/M. etc.: Peter Lang.

Bartens, Werner/Martin Halter/Rudolf Walther (2002): *Letztes Lexikon.* Frankfurt/M.: Eichborn Verlag.

Baschnonga, Emil (1975): *Durch die Blume.* Zürich: Pendo.

Bassermann, Lujo (d. i. Hermann Schreiber; 1965): *Das älteste Gewerbe. Eine Kulturgeschichte. Wien etc.: Econ-Verlag.*

Bauer, J(ohann) Phil(ipp) (1841): *Der Mensch in Bezug auf sein Geschlecht. Oder Aufsätze über Zeugung, Befruchtung, Fruchtbarkeit, Enthaltsamkeit, Beischlaf, Empfängniß, Ehe u. a. ähnliche Gegenstände. Nach den neuesten Werken der französischen Aerzte deutsch bearbeitet von ~.* 4., verb. Ausg. Leipzig: Adolf Frohberger.

Bauer, Karl Gottfried (1791): *Über die Mittel, dem Geschlechtstriebe eine unschädliche Richtung zu geben.* Mit e. Vorr. u. Anm. v. C. G. Salzmann. Leipzig: Crusius.

Bausinger, Herrmann (2003): «Anbandeln, Anbaggern, Anmachen. Zur Kulturgeschichte der Annäherungsstrategien», in: Burkhard, S. 54–63.

Becker, Gottfried Wilhelm ([6]1816): *Der Rathgeber vor, bei und nach dem Beischlafe oder faßliche Anweisung, den Beischlaf so auszuüben, daß der Gesundheit kein Nachtheil zugefügt, und die Vermehrung des Geschlechts durch schöne, gesunde und starke Kinder befördert wird.* Wiesbaden: Panorama-Verlag [Nachdr. d. Erstausg.].

Bender, Andreas (1987): *Kleine Socken jucken auch. Sprichwörter, Redensarten und Zitate – verdreht.* Frankfurt/M.: Eichborn Verlag.

Bernstein, F. W. (1988): *Lockruf der Liebe.* Zürich: Haffmanns Verlag.

Bezerédj, Zoltán (1991): *Aphorismen-ABC. Silberne Sprüche, Gedankensplitter, Wortspiele.* Frankfurt/M.: Rita G. Fischer.

Blei, Franz (Hg.) (1907): *Die Opale. Blätter für Kunst und Literatur.* Erster und Zweiter Halbband. 4 Teile in 2 Bänden. Leipzig: Julius Zeitler.

– ([2]1908): *Von amoureusen Frauen.* Berlin: Marquardt & Co. Verlagsanstalt.

Bloch, Ernst (1969): *Gesamtausgabe,* Bd. 1: *Spuren.* Frankfurt/M.: Suhrkamp Taschenbuch Verlag.

Bloch, Iwan (1912 ff.): *Die Prostitution.* 2 Bde. Berlin: L. Marcus.

Blümml, Emil Karl (1908): *Futilitates. Beiträge zur volkskundlichen Erotik.* 3 Bde., Wien: Ludwig.

– u. Gugitz, Gustav (1924): *Der Spittelberg und seine Lieder.* Wien (18, Höhnegasse 1): Privatdruck (Arbeitsgemeinschaft f. Kultur- u. Heimatforschg.) [= *Alt-Wiener Sittengeschichte*, Bd. 1; veröffentl. u. d. Pseudonym K(arl) Giglleithner u. G(ottfried) (Franz) Litschauer.]

Blumenthal, Oscar (1887): *Aufrichtigkeiten*. Berlin: Verlag von Freund & Jeckel (Carl Freund).

Böhm, Erwin (2000): *Pschyr-Rempler oder Medi-Zynische Böhm-Bemerkungen*. Wien: Maudrich Verlag.

Böhme, Margarete (1988): *Tagebuch einer Verlorenen*. Witzwort: Kronacher Verl. Moordeich. [Unveränd. Nachdr. d. 100. Aufl. Berlin: Fontane, 1907.] Weitere Ausg. 1989: Frankfurt/M. : Suhrkamp.

Bornemann, Ernest (1973): *Unsere Kinder im Spiegel ihrer Lieder. Reime, Verse und Rätsel*. Olten: Walter.

– (1991): *Sex im Volksmund. Der obszöne Wortschatz der Deutschen*. Reinbek b. Hamburg: Rowohlt.

Boteach, Shmuley (2001): *Koscherer Sex: Ein Leitfaden für Leidenschaft und Intimität*. Aus d. Amerikan. v. Margott Schürings. Hohenpeissenberg: Adwaita Verlag.

Brackertz, Karl (Hg.) (1993): *Volks-Traumbücher des byzantinischen Mittelalters*. München: Deutscher Taschenbuch Verlag.

Brater, Jürgen (2003): *Lexikon der Sexirrtümer. 500 intime Richtigstellungen von Aufklärung bis Zungenkuß*. Frankfurt/M.: Eichborn Verlag.

Brecht, Bertolt (1995): *Gedichte über die Liebe*. Ausgew. v. Werner Hecht. Frankfurt/M.: Suhrkamp.

Breckner, Richard (1929): *Spinngewebe. Aphoristische Gedanken*. Hermannstadt: Krafft & Drotleff.

Brednich, Rolf W. (Hg.) (1979): *Erotische Lieder aus 500 Jahren. Texte und Noten mit Begleit-Akkorden*. Frankfurt/M.: Fischer Taschenbuch Verlag.

Brinkmann, Rolf Dieter (1994): *Künstliches Licht. Lyrik und Prosa*. Hg. v. Genia Schulz. Stuttgart: P. Reclam jun., S. 101–104.

Brisolla, Thyrso A. (1983): *Ceci n'est pas un zizi. Künstlerphallen*. Buch am Ammersee: Dussa Verlag.

Brockhaus. Die Enzyklopädie. ([20]1999) 24 Bde. Mit Erg.-Bden. Bd. 27: *Zitate und Redewendungen*. Leipzig etc.: F. A. Brockhaus.

Brod, Max (1909): «Die Erziehung zur Hetäre», in: *Die Erziehung zur Hetäre. Ausflüge ins Dunkelrote*. Berlin-Chbg. etc.: Axel Juncker Verlag.

Brussig, Thomas: ([3]1998): *Helden wie wir*. Frankfurt/M.: Fischer Taschenbuch Verlag.

Büchmann, Georg (1995): *Geflügelte Worte. Der klassische Zitatenschatz*. 40. Aufl. Neu bearb. v. Winfried Hofmann. Frankfurt/M. etc.: Ullstein.

Bueschel, Johann Gabriel Bernhard (1908): *Kanthariden. Erotische Gedichte*. Leipzig: o. Vlg. [= Nachdr. d. Ausg. Rom 1785: Tossoni.]

Bukowski, Charles ([8]1977): *Stories und Romane*. Frankfurt/M.: Zweitausendeins.

Bülow, Ralf (Hg.) (1985): *Graffiti 3. Phantasie an deutschen Wänden.* München: Heyne.

– (Hg.) (1986): *Graffiti 4. Lieber nett im Bett als cool auf dem Stuhl.* München: Heyne.

Bürger, Gottfried August (1987): *Sämtliche Werke.* Hg. v. Günter u. Hiltrud Häntzschel. München etc.: Carl Hanser Verlag.

Burkhard, Benedikt (Hg.) (2003): *liebe.komm – Botschaften des Herzens.* Eine Publikation der Museumsstiftung Post und Telekommunikation. Heidelberg: Edition Braus.

Burnadz, Julian Marian (1966): *Die Gaunersprache der Wiener Galerie.* Lübeck: Verlag für polizeiliches Fachschrifttum.

Cameron, Deborah u. Don Kulick (2003): *Language and Sexuality.* Cambridge: Cambridge University Press.

Campe, Joachim Heinrich (1801): *Wörterbuch zur Erklärung und Verdeutschung der unserer Sprache aufgedrungenen fremden Ausdrücke. Ein Ergänzungsband zu Adelungs Wörterbuche.* Braunschweig.

– (1807–1813): *Wörterbuch der deutschen Sprache.* 5 Bde. Braunschweig. (2. Reprint Hildesheim etc. 2000: Olms.)

– (1813): *Wörterbuch zur Erklärung und Verdeutschung der unserer Sprache aufgedrungenen fremden Ausdrücke. Ein Ergänzungsband zu Adelung's und Campe's Wörterbüchern.* Neue […] Ausgabe, Braunschweig [2. Reprint Hildesheim etc. 2000: Olms].

Canetti, Elias (1935): *Die Blendung.* Wien : Herbert Reichner, 1935 [Neuausg. Frankfurt/M. 2002: Fischer Taschenbuch-Verlag].

Capua, Angelo George de/Ernst Alfred Philippson/Erika A. Metzger/Benjamin Neukirch (Hg.) (1961–1991): *Herrn von Hoffmannswaldau und andrer Deutschen auserlesener und bißher ungedruckter Gedichte.* 7 Bde., Tübingen: Niemeyer. [Bd. 1 n. d. Dr. v. Jahre 1697, Leipzig.]

Casanova, Giacomo (2004): *Liebe und Abenteuer. Aus der Geschichte meines Lebens.* Hg. v. Abraham Melzer. Köln: Parkland Verlag.

Castelli, Ignaz Franz (1816–1826): *Werke: Poetische Kleinigkeiten.* Wien: [s.n.], 5 Bde.

– (1847): *Wörterbuch der Mundart in Oesterreich unter der Enns: eine Sammlung der Wörter, Ausdrücke und Redensarten, welche von der Hochdeutschen Sprache abweichend, dem niederösterreichischen Dialekte eigenthümlich sind, sammt beigefügter Erklärung, und, so viel möglich, auch ihrer Abstammung und Verwandtschaft, beigegeben grammatische und dialektologische Bemerkungen über diese Mundart überhaupt; Ein Hülfsbuch, um den Oesterreicher über seine Nationalsprache aufzuklären, und Fremden dieselbe verständlich zu machen.* Wien: Tendler.

Celander [d.i. Johann Georg Gressel] (1918): *Der verliebte Studente. In einigen annehmlichen und wahrhafftigen Liebes-Geschichten, welche sich in einigen Jahren in Teutschland zugetragen. Der galanten Welt zu ver-*

gönter Gemüths-Ergetzung vorgestellet. Berlin: Hyperion Verlag. [= Nachdr. d. Ausg. 1709 Cölln: Pierre Marteau (vielm. Hamburg: Liebezeit).] (Neuausg. auch als *Der verliebte Student oder Poussieren geht über Studieren.* München 1969: Heyne)

Chapman, Robert L. (1986): *New dictionary of American slang.* New York: Harper and Row.

Chorier, Nicolas/Johannes Meursius (1966): *So, Octavia, ist die Liebe. Die freimütigen Bekenntnisse der Aloisia S. aus der feinen und groben Welt.* Luxembourg: Inter-Verlag.

Christern, Johann Wilhelm (1847): *Entschleierte Geheimnisse der Prostitution in Hamburg.* Leipzig.

– (1860): *Die hamburgische Prostitution – dargestellt in Biographien, Skizzen und Genrebildern.* Neustadt [i.e. Altona]: Wagner.

– (1861a): *Galante Mysterien Hamburger Maitressen, Unterhaltenen, Grisetten und Loretten.* Neustadt [i.e. Altona]: Wagner.

– (1861b): *Die bärtige Luise: Eine Skizze aus dem Leben einer bekannten Tänzerin.* Neustadt [i.e. Altona]: Wagner.

– (1861c): *Die flotte Lotte: Memoiren einer Prostituierten während ihres Aufenthaltes in Hamburg, England und Amerika.* Neustadt [i.e. Altona]: Wagner.

– ([8]1862): *Hamburg's galante Häuser bei Nacht und Nebel.* Neustadt [i.e. Altona]: Wagner.

Cleland, John (1989): *Fanny Hill.* Hg. v. Peter Wagner. München: Winkler Verlag.

Danckert, Werner (1963): *Unehrliche Leute. Die verfemten Berufe.* Berlin etc.: A. Francke Verlag.

Deppert, Alex (2001): «Die Metapher als semantisches Wortbildungsmuster bei englischen und deutschen Bezeichnungen für den Geschlechtsverkehr», in: Hoberg, S. 128–157.

Die heilige Schrift. ([13]1954). Übersetzt u. neu bearb. v. Hermann Menge. Stuttgart: Privileg. Württemb. Bibelanstalt.

Donald, Graeme (1994): *The Dictionary of Modern Phrase.* London: Simon & Schuster.

Doubek, Katja (2001): *Das intime Lexikon: Liebe und Sex berühmter Männer und Frauen.* München: Piper Verlag.

Duden ([3]1996): *Deutsches Universalwörterbuch A–Z.* Mannheim etc.: Dudenverlag.

Duden ([2]1989): *Das Herkunftswörterbuch. Etymologie der deutschen Sprache.* (Bd. 7). Mannheim etc.: Dudenverlag.

Duden ([3]2001): *Herkunftswörterbuch. Etymologie der deutschen Sprache.* (Bd. 7). Mannheim etc.: Dudenverlag.

Dühren, Eugen [d.i. Bloch, Iwan] ([2]1912): *Englische Sittengeschichte.* Berlin: Louis Marcus Verlagsbuchhandlung.

Dundes, Alan (1984): *Life is like a chicken coop ladder: a portrait of German culture through folklore*. New York: Columbia University Press. [Dt. *Sie mich auch! Das Hinter-Gründige in der deutschen Psyche*. 1985, Weinheim etc.: Beltz Verlag.]

Dunham, Tony (1997): *Traumfrau verzweifelt gesucht: eine Komödie*. Dt. Fassung v. Jan Bergrath. Norderstedt: Vertriebsstelle und Verl. Dt. Bühnenschriftsteller und Bühnenkomponisten. [Als unverkäufliches Ms. vervielfältigt.]

Ehrenforth, Werner (1984): *Die unsterbliche Eintagsfliege. Aphorismen, Fabeln und andere Frechheiten*. Halle: Mitteldeutscher Verlag.

– (1990): *Alte Sitzbeschwerden. Aphorismen*. Berlin: Eulenspiegel Verlag.

Englisch, Paul (1927): *Geschichte der erotischen Literatur*. Stuttgart: Julius Püttmann, Verlagsbuchhandlung.

Eppendorfer, Hans (Hg.) (1985): *Kleine Monster. Innenansichten der Pubertät*. Hamburg: Hoffmann und Campe.

Erbrochene Siegel: Frl. Anni Pillrich geboten v. Ede S. Blehmches [d. i. von Maassen, Carl Georg]. Czenstochau [d. i. München] 1912: Privatdruck.

Erckenbrecht, Ulrich (1995): *Katzenköppe. Aphorismen/Epigramme*. Göttingen: Muriverlag.

Erlenberger, Maria (1980): *Ich will schuld sein. Eine Gedankensammlung*. Reinbek b. Hamburg: Rowohlt.

Ertler, Wolfgang (2001): *Im Rausch der Sinnlichkeit. Die Geschichte der unterdrückten Lust und die Vision einer paradiesischen Sexualität*. Kreuzlingen/München: Hugendubel (Diederichs).

Etymologisches Wörterbuch des Deutschen. (^{2}1993) 2 Bde. Durchges. u. ergänzt v. Wolfgang Pfeifer. Berlin: Akademie-Verlag.

Eugen-Ernst, Werner (Hg.) (1984): *Frau Wirtin von der Lahn*. Darmstadt: Max Haur Verlag.

Farin, Michael (Hg.) (1992): *Josefine Mutzenbacher oder Die Geschichte einer Wienerischen Dirne, von ihr selbst erzählt*. Stuttgart: Parkland Verlag [= Ungek. Nachdr. d. Erstausg. a. d. Jahr 1906].

Federmann, Reinhard (1961): *Sacher-Masoch oder die Selbstvernichtung*. Graz: Stiasny Verlag.

Feltes, Thomas (1999): Rezension zu: Sabine Gleß, *Die Reglementierung von Prostitution in Deutschland*, Berlin 1999: Duncker & Humblot (Kriminologische und sanktionenrechtliche Forschungen, hg. v. Detlev Frehsee u. Eckhard Horn, Bd. 10.). *Goldtammers Archiv für Strafrecht (GA)* 9.

Fischer, Hermann (1917) [1908]: *Grundzüge der Deutschen Altertumskunde*. Leipzig: Quelle & Meyer.

Flaubert, Gustave (2000): *Das Wörterbuch der Gemeinplätze*. Aus d. Französischen v. Gisberth Haefs, Irene Riesen, Thomas Bodmer u. Gerd Haffmans. München: Piper Verlag.

Franklin, Colin (2000): «The Bowdlers and their Family Shakespeare.» *The Book Collector* 49:227–243.

Fried, Erich (1993): *Gesammelte Werke. Gedichte und Prosa.* 4 Bde. Berlin: Wagenbach.

– ([18]2003): *Als ich mich nach dir verzehrte. Zweiundsiebzig Gedichte von der Liebe.* Berlin: Wagenbach.

Friedlaender, Hugo (1910): *Interessante Kriminal-Prozesse von kulturhistorischer Bedeutung: Darstellung merkwürdiger Strafrechtsfälle aus Gegenwart und Jüngstvergangenheit – nach eigenen Erlebnissen.* Berlin: Barsdorf.

Frisch, Johann Leonhard (1741): *Teutsch-Lateinisches Wörter-Buch.* Nebst Register der lateinischen Wörter. 2 Bde. Berlin: Christoph Gottlieb Nicolai.

Fuchs, Eduard (1909): *Illustrierte Sittengeschichte vom Mittelalter bis zur Gegenwart.* Bd. 1: *Renaissance.* München: Verlag Albert Langen.

Gast, Ulla (1991): *Der Geist ist willig, das Fleisch will auch: Ausreden für die Liebe – davor, dabei, danach.* Frankfurt/M.: Eichborn Verlag.

Gauger, Hans-Martin (1986): «Negative Sexualität in der Sprache», in: Mauser, *Phantasie…*, S. 315–327.

Geerdes, Thomas (o. J.): *Faszination der Lust. Eine exklusive Sammlung erotischer Darstellungen der Kunstgeschichte.* Bearbeitung: Hans-Rüdiger Leberecht. Frechen: KOMET MA-Service u. Verlagsgesellschaft.

Geerken, Hartmut (2003) (Hg.): *Dich süße Sau nenn ich die Pest von Schmargendorf. Eine Anthologie erotischer Gedichte des Expressionismus, geordnet nach Positionen, Situation, Körperteilen, Organen und Perversionen. Erigierte und stark erweiterte Ausgabe für yedermann besorgt.* München: yedermann Verlag.

Gervaise de Latouche, J(ean) C(harles) (1981): *Memoiren des Saturnin. Von ihm selbst niedergeschrieben.* Aus d. Franz. v. Max Mayerheim. München: Wilhelm Goldmann Verlag.

Gesellschaft für deutsche Sprache (Hg.) (1997): *Verkehrte Worte. Antizitate aus Literatur und Medien.* Gesammelt v. Wolfgang Mieder. Heidelberg: Quelle & Meyer Verlag.

– (1998) / Wolfgang Mieder: *Verdrehte Weisheiten. Antisprichwörter aus Literatur und Medien.* Heidelberg: Quelle & Meyer Verlag.

– (1999) / Wolfgang Mieder: *Phrasen verdreschen. Antiredensarten aus Literatur und Medien.* Heidelberg: Quelle & Meyer Verlag.

– (2001): *Wörter, die Geschichte machten. Schlüsselbegriffe des 20. Jahrhunderts.* Gütersloh/München: Bertelsmann Lexikon Verlag.

Girtler, Roland (1987): *Der Strich. Sexualität als Geschäft.* München: Wilhelm Heyne Verlag.

– (1995): *Randkulturen. Theorie der Unanständigkeit. Mit einem Beitrag zur Gaunersprache.* Wien etc.: Böhlau Verlag.

– (1998): *Rotwelsch. Die alte Sprache der Gauner, Dirnen und Vagabunden.* Wien etc.: Böhlau Verlag.

Gleß, Sabine (1999): *Die Reglementierung von Prostitution in Deutschland.* Berlin: Duncker & Humblot. (Kriminologische und sanktionenrechtliche Forschungen, hg. v. Detlev Frehsee u. Eckhard Horn, Band 10).

Godson, Suzi (in Zusammenarb. mit Mel Agace) (2003): *Das Buch vom Sex.* Aus d. Engl. v. Friederike Deichsner u. Ernest Steinberg. Frankfurt/M.: Rogner & Bernhard bei Zweitausendeins.

Goethe, Johann Wolfgang von (1909): *Venetianische Epigramme.* Hg. v. Otto Deneke. Leipzig: Verlag von Julius Zeitler.

– (1948–1971): *Gedenkausgabe der Werke, Briefe und Gespräche.* Hg. v. Ernst Beutler. 24 Bde. u. 3 Ergänzungsbände. Zürich [Artemis-Gedenkausgabe = AGA].

– ([15]1993 f.): *Werke.* Hamburger Ausgabe in 14 Bänden. Hg. v. Erich Trunz. München: Verlag C. H. Beck [Hamburger Ausgabe = HA].

– (1991): *Erotische Gedichte. Gedichte, Skizzen und Fragmente.* Hg. v. Andreas Ammer. Frankfurt/M. etc.: Insel Verlag.

– (1997): *Die Leiden des jungen Werthers. Briefe aus der Schweiz.* Köln: Könemann Verlagsgesellschaft.

Goldenson, Robert/Kenneth Anderson (1994): *The Wordsworth Dictionary of Sex. The indispensible guide to the terminology of sexual practice from science to slang.* Ware, Hertfordshire: Wordsworth Editions, Ltd.

Gössel, J(osef) (1923): *Buch der Wortspiele.* Köln: Hoursch & Bechstedt. (= Beckers Vortragsbücher, Bd. 11.)

Graeff, Max Christian (Hg.) (2000): *Der verbotene Eros: Unstatthafte Lektüren.* München: Deutscher Taschenbuch Verlag.

– (2001): *Vokabeln der Lust.* München: Deutscher Taschenbuch Verlag.

Graf, Oskar Maria (1961): *Das bayrische Dekameron.* München: Wilhelm Goldmann Verlag.

Graff, Sigmund (1967): *Lächelnde Weisheiten. Aphorismen.* München: Moderne Verlags-GmbH.

Grawe, Christian (1990): *Wer wagt es, Knappersmann oder Ritt? Schillerparodien aus zwei Jahrhunderten.* Stuttgart: J. B. Metzler.

Grimm, Jacob/Wilhelm Grimm (1854–1954): *Deutsches Wörterbuch.* 16 Bände. Leipzig.

– (1991): *Deutsches Wörterbuch.* 33 Bde. Leipzig 1854 ff.: S. Hirzel Verlag. [Nachdr. München: Deutscher Taschenbuch Verlag].

Grimme, Matthias T. J. (2002): *Das SM-Handbuch.* Hamburg: Charon-Verlag Grimme KG.

Groneman, Carol (2001): *Nymphomanie. Die Geschichte einer Obsession.* Aus d. Engl. v. Sonja Schuhmacher u. Rita Seuß. Frankfurt/M./New York: Campus Verlag.

Günther, Johann Christian (1724–1735): *Sammlung von J. C. G's aus Schlesien, theils noch nie gedruckten, theils schon herausgegebenen, Deutschen und Lateinischen Gedichten.* 4 Bde. Franckfurt [etc.]: Hubert Verlag.

Günther, Ludwig (1905): *Das Rotwelsch des deutschen Gauners*. Straßburg: Verlag von Karl J. Trübner.

- (1912): «Die Bezeichnungen für die Freudenmädchen im Rotwelsch und in den verwandten Geheimsprachen». *Anthropophyteia*, Bd. 9.
- (2001): *Die deutsche Gaunersprache und verwandte Geheim- und Berufssprachen*. Holzminden: Reprint-Verlag-Leipzig. [Erw. Reprint d. Orig.-Ausg. Leipzig 1919.]

Gutknecht, Christoph (1965): *Die mittelhochdeutsche Versnovelle ‹Von zwein koufmannen› des Ruprecht von Würzburg*. Hamburg: Buske Verlag (Hamburger Philologische Studien, Bd. 2).

- (Hg.) (1999): *Lauter Worte über Worte. Runde und spitze Gedanken über Sprache und Literatur*. München: Verlag C. H. Beck.
- (³2001): *Lauter spitze Zungen. Geflügelte Worte und ihre Geschichte*. München: Verlag C. H. Beck. (1. Aufl. 1996.)
- (2001): «Translation», in: Mark Aronoff and Janie Rees-Miller, *The Handbook of Linguistics*, Malden, MA (USA) / Oxford (UK): Blackwell Publishers, S. 692–703.
- (²2002): *Pustekuchen! Lauter kulinarische Wortgeschichten*. München: Verlag C. H. Beck. (1. Aufl. 2002.)
- (³2003): *Lauter blühender Unsinn. Erstaunliche Wortgeschichten: Von «Aberwitz» bis «Wischiwaschi»*. München: Verlag C. H. Beck. (1. Aufl. 2001.)
- (⁷2004): *Lauter böhmische Dörfer. Wie die Wörter zu ihrer Bedeutung kamen*. München: Verlag C. H. Beck. (1. Aufl. 1995.)
- / Lutz J. Rölle (1988): «Die multifaktorielle Translationssituation bei den Modalverben des Sprachenpaares Deutsch-Englisch», in: Gisela Quast (Hg.), *Einheit in der Vielfalt. Festschrift für Peter Lang zum 60. Geburtstag*, Bern etc.: Peter Lang, S. 154–215.
- / Lutz J. Rölle (1996): *Translating by Factors*. Albany: State University of New York Press.
- / Lutz J. Rölle (2001): «Translation factors», in: Wolfgang Thiele/Albrecht Neubert/Christian Todenhagen (Hg.), *Text – Varieties – Translation* (= ZAA Studies No. 5), Tübingen: Stauffenburg Verlag, S. 25–42.

Hagemann, Carl (1921): *Aphorismen zur Liebesweisheit*. Berlin: Schuster & Loeffler.

Hard, Hedwig (1906): *Beichte einer Gefallenen*. Mit e. Einl. v. Hans Ostwald. Berlin: F. Ledermann.

Hassencamp, Oliver (1977): *Klipp & klar. Gute und böse Gedanken*. München: Verlag Albert Langen u. Georg Müller.

Hecht, Wolfgang (Hg.) (1965): *Frei nach Goethe. Parodien nach klassischen Dichtungen Goethes und Schillers*. Berlin: Rütten und Loening.

Heine, Heinrich (1876): *Sämmtliche Werke*. Hamburg: Hoffmann und Campe.

Henkel, Thomas (2001): «Sittenwidrigkeit der nackten Bürgerin?». *Humboldt Forum Recht:* Beitrag 5.

Henscheid, Eckhard/Oliver Maria Schmitt (2002): *Erotik pur mit Flirt-Faktor. Worte der Woche und Verwandtes.* Frankfurt/M.: Fischer.

Herdi, Fritz (2001): *Limmatblüten. Vo Abblettere bis Zwibackfräsi – ein Gassenwörterbuch.* 1. Unzensurierte Ausgabe. Frauenfeld etc.: Verlag Huber.

Hildebrandt, Guido (1977): *Spot und Hohn. Eine Unart Aforismen.* Duisburg: Gilles & Francke.

Hilsenrath, Edgar (1990): *Der Nazi und der Friseur.* München: Piper Verlag.

Hinterberger, Norbert (1983): *Die klaren Sachen. Gedichte.* Hamburg: Albrecht Knaus Verlag.

Hoberg, Rudolf (Hg.) (2001): *Sprache – Erotik – Sexualität.* Berlin: Erich Schmidt Verlag. (= Philologische Studien u. Quellen, H. 166.)

Hoberg, Rudolf/Rosemarie Fährmann (2001): «Zur Sexualsprache von Studierenden», in: Hoberg, S. 175–191.

Hofmann, Werner (1960): *Das irdische Paradies: Kunst im neunzehnten Jahrhundert.* München: Prestel.

Höss, Dieter (1979): *Hösslich bis heiter. Satiren, Sprüche, Limericks.* Frankfurt/M.: Fischer.

Hügel, F(ranz) S(eraphin) (1873): *Der Wiener Dialekt. Lexikon der Wiener Volkssprache (Idioticon Viennense).* Wien etc.: Hartleben. [Unveränd. Nachdr. Vaduz 1995: Sändig Reprint Verlag.]

Hunold, Günther (1972): *Lexikon des pornographischen Wortschatzes. Wissenschaftliches Grundlagenmaterial: Institut für Sexualwissenschaft, München.* München: Wilhelm Heyne Verlag. (= Mensch und Sexualität, Bd. 22.)

– (1980): *Hetären, Callgirls und Bordelle. Geschichte und Erscheinungsformen der Prostitution.* München: Wilhelm Heyne Verlag.

Hussel, Horst (Hg.) (1983): *Celander: Verliebt-galante Gedichte.* Berlin: Eulenspiegel.

Institut für Sexualforschung in Wien (Hg.) (1928–1931): *Bilder-Lexikon der Erotik.* Wien etc.: Verlag f. Kulturforschung. 4 Bde. [CD-ROM; Directmedia Publ. 1999: Berlin; Digitale Bibl., Bd. 19.]

Jakob, Julius (1929): *Wörterbuch des Wiener Dialekts. Mit einer kurzgefaßten Grammatik.* Wien etc.: Gerlach & Wiedling. [Nachdr. Dortmund 1984: Harenberg.]

Jandl, Ernst (1985): *Gesammelte Werke.* 3 Bde. Bd. 2 (Gedichte). Hg. v. Klaus Siblewski. Darmstadt etc.: Luchterhand Verlag.

Johann, Ernst (1980): *Unziemliche Sachen. Aus dem «Geheimen Archiv» eines gewissen Herrn von G.* Frankfurt/M.: Fischer Taschenbuch Verlag.

Kästner, Erich (1928): *Herz auf Taille.* Leipzig etc.: Wetter. (Allerleilust 155)

– (1969): *Gesang zwischen den Stühlen. Gedichte.* Zürich: Atrium Verlag.

Käufer, Hugo Ernst (1984): *Kehrseiten. Neue Aphorismen.* Oberhausen: Anneliese Althoff.

Keller, Claudia (1990): *Kinder, Küche und Karriere: Neue Briefe einer verhinderten Emanze.* Frankfurt/M.: Fischer.

Kiermeier-Debre, Joseph/Fritz Franz Vogel (Hg.) (1995a): *Die Entdeckung der Wollust: Erotische Dichtung des Barock.* München: Deutscher Taschenbuch Verlag.

Kiermeier-Debre, Joseph/Fritz Franz Vogel (Hg.) (1995b): *Der Volks-Schiller. Gesänge aus der Ludlamshöhle. Pornographische Parodien aus dem Biedermeier.* Wien: Christian Brändstätter Verlagsgesellschaft.

Kisch, Egon Erwin (1914): *Der Mädchenhirt.* Berlin: Erich Reiß Verlag [Neuausg. Berlin 1993: Aufbau Taschenbuch Verlag].

Kläger, Emil (1908): *Durch die Wiener Quartiere des Elends und Verbrechens – ein Wanderbuch aus dem Jenseits (mit einem Anhang «Die Griaslersprache»).* Wien: Mitschke.

Kleinpaul, Rudolf (1888–1892): *Das Leben der Sprache und ihre Weltstellung.* 3 Bde. Leipzig: W. Friedrich.

Klenz, Heinrich (1910): *Schelten-Wörterbuch. Die Berufs-, besonders Handwerksschelten und Verwandtes.* Straßburg : Karl J. Trübner.

Kluge, Friedrich (1895): *Deutsche Studentensprache.* Straßburg: Karl J. Trübner.

– (1901): *Rotwelsch. Quellen und Wortschatz der Gaunersprache und der verwandten Geheimsprachen.* Straßburg: Karl J. Trübner. [Photomechan. Nachdr. Berlin etc. 1987: Walter de Gruyter. Mit e. Nachw. v. Helmut Henne u. d. Rezension v. Alfred Götze (1901)].

– ([23]1995): *Etymologisches Wörterbuch der deutschen Sprache.* Bearbeitet v. Elmar Seebold. Berlin/New York: Walter de Gruyter.

– ([24]2002): *Etymologisches Wörterbuch der deutschen Sprache.* Bearbeitet v. Elmar Seebold. Berlin/New York: Walter der Gruyter.

Kluge, Norbert (2001): «Mündliche und gedruckte Sexualsprache im Vergleich», in: Hoberg, S. 158–174.

Kneebone, Grant (2003): *Fuck Grammar. The little sexy grammar for students of English.* Köln: Egmont VGS Verlagsgesellschaft.

Köhnlein, Stephan (2001): «Linguistische Ansätze zur Beschreibung und Erklärung des Phänomens ‹Sexuelles Sprachtabu›», in: Hoberg, S. 82–99.

Kopecný, Angelica (1980): *Fahrende und Vagabunden: ihre Geschichte, Überlebenskünste, Zeichen und Straßen.* Berlin: Wagenbach.

Kracke, Helmut (1968): *Aus eins mach zehn und zehn ist keins.* Tübingen: Rainer Wunderlich Verlag Hermann Leins.

Krafft-Ebing, Richard (1886): *Psychopathia sexualis.* Stuttgart: F. Enke Verlag.

Kraus, Karl (1925): *Die Fackel.* Wien: Verlag «Die Fackel».

– (1959): *Werke.* Hg. v. Heinrich Fischer. Bd. 7 (*Worte in Versen*), München: Kösel Verlag.

Krauss, Friedrich Salomo (Hg.) (1904–1913): *Anthropophyteia. Jahrbücher für Folkloristische Erhebungen und Forschungen zur Entwicklungsgeschichte der geschlechtlichen Moral.* Bde. 1–10. Leipzig (Wien): Ethnologischer Verlag.

– (1906f.): *Historische Quellenschriften zum Studium der Anthropophyteia etc.* Bde. 1 bis 4, Leipzig: Dt. Verl.-Actienges.

– (1929): *Beiwerke zum Studium der Anthropophyteia.* Bd. 9: *Das Minnelied des deutschen Stadt- und Landvolkes.* Leipzig: Ethnologischer Verlag.

Kritzfeld, Ron (d.i. Fritz Kornfeld; 1981): *Kleines Universal Flexikon.* Essen: Selbstverlag.

Kuckertz, Beate (Hg.) (1987): *Das große Buch der Büro-Sprüche.* München: Heyne.

Küpper, Heinz (⁶1997): *Wörterbuch der deutschen Umgangssprache.* Stuttgart: Ernst Klett Verlag. (1. Aufl. Stuttgart 1987.)

Ladendorf, Otto (1968): *Historisches Schlagwörterbuch.* Hildesheim 1968: Georg Olms Verlagsbuchhandlung [Reprograf. Nachdr. d. Ausg. Straßburg/Berlin 1906: Karl J. Trübner].

Laubenthal, Klaus (2001): *Lexikon der Knastsprache. Von Affenkotelett bis Zweidrittelgeier.* Berlin: Lexikon Imprint Verlag.

Le Pansiv (1729): *Poetische Grillen bey Müßigen Stunden gefangen.* Erfurt: Selbstverlag.

Legman, Gershon (1970): *Der unanständige Witz. Theorie und Praxis.* Aus d. Amerikan. v. Paul Baudisch. Hamburg: Hoffmann und Campe.

– (²1971): *Rationale of the Dirty Joke. An Analysis of Sexual Humor.* New York: Grove Press.

– (1980): *More Limericks. 2750 unpublished examples: American and British.* New York: Bell Publishing Company.

Lehmstedt, Mark (Hg.) (2001): *Deutsche Literatur für Frauen: Von Catharina von Greiffenberg bis Franziska von Reventlow.* Berlin: Digitale Bibliothek (Directmedia Publishing).

Lemke, Luise (1981): *Lieber 'n bißken mehr, aber dafür wat Jutet. Berliner Sprüche.* Berlin: Arani Verlag.

Lessing, Gotthold Ephraim (1886): *Sämtliche Schriften.* Bd. 1. Hg. v. Karl Lachmann. Berlin 1968: Walter de Gruyter. [= Nachdr. d. Ausg. Stuttgart: Göschen'sche Verlagsbuchhandlung.]

Liliencron, Detlev Freiherr von (1921): *Vom jungen Liliencron.* 13 Einblattdrucke u. 1 Faksimile. Kiel: Wissenschaftl. Ges. f. Literatur u. Theater.

Loewit, Kurt (1992): *Die Sprache der Sexualität.* Frankfurt/M.: Fischer Taschenbuch Verlag.

Lust, Thea (1989): *Stell dir vor, sie wartet auf dich, und keiner weiß wo.* Reinbek b. Hamburg: Rowohlt.

Mampell, Klaus (1993): *Dictionnaire satirique. Von Abfall bis Zivilisation. Die*

Hinterfragung der Begriffe, neu gedeutet und zusammengestellt. Ein ver-gnügliches Lexikon. Gießen: Edition Literarischer Salon (Gideon Schüler).

Mann, Golo/Alfred Heuss et al. (Hg.) (1960): *Propyläen Weltgeschichte: eine Universalgeschichte.* Berlin: Propyläen-Verlag.

Manon (1904): *Memoiren eines Freudenmädchens: Interessante Enthüllun-gen aus dem Leben einer Verlorenen*: Berlin: Berliner Verl.-Inst.

Mauser, Wolfram/Ursula Renner/Walter Schönau (Hg.) (1986): *Phantasie und Deutung. Psychologisches Verstehen von Literatur und Film. Fredrick Wyatt zum 75. Geburtstag.* Würzburg: Könighausen + Neumann.

Mayr, Max (1924): *Das Wienerische.* Wien: Wiener Drucke.

– (1929): *Wiener Redensarten.* Wien: Amalthea-Verlag. [Nachdr. Wien/München 1980: Amalthea Verlag.]

Miersch, Michael (2001): *Das bizarre Sexualleben der Tiere.* München: Pi-per Verlag.

Miller, Henry (1983): *Opus Pistorum.* New York: Grove Press.

– (1984): *Opus Pistorum.* Aus d. Amerikan. v. Andrea Fehringer u. Viola Heilmann. Reinbek b. Hamburg: Rowohlt.

Mitsch, Werner (1978): *Spinnen, die nicht spinnen, spinnen. Nichts als Sprü-che.* Stuttgart: Heinz u. Margarete Letsch.

– (1979): *Fische, die bellen, beißen nicht. Sprüche. Nichts als Sprüche.* Stutt-gart: Heinz u. Margarete Letsch.

– (1980): *Pferde, die arbeiten, nennt man Esel. Sprüche. Nichts als Sprüche.* Stuttgart: Heinz u. Margarete Letsch.

Morburger, Carl (1905): *Die da gefallen sind. Eine Geschichte aus den Niederungen.* Wien: Szelinski.

Moriz, Eduard (Hg.) (1984): *Lieber intim als in petto.* Sponti-Sprüche No. 5. Frankfurt/M.: Eichborn Verlag.

Müller, Martin (1999): *Goethes merkwürdige Wörter.* Darmstadt: Wissen-schaftliche Buchgesellschaft.

Müller, Wolfgang (2001): «Seid reinlich bei Tage und säuisch bei Nacht (Goethe) oder: Betrachtungen über die schönste Sache der Welt im Spie-gel der deutschen Sprache – einst und jetzt», in: Hoberg, S. 11–61.

Nabokov, Vladimir (2003): *Lolita.* Reinbek b. Hamburg: Rowohlt.

Naphy, William (2002): *Verbotene Leidenschaft. Gesellschaft und Sexualität von der Renaissance zur Aufklärung.* Essen: Magnus Verlag.

Nerciat, Andréa de (1977): *Der Teufel im Leibe.* München: Wilhelm Heyne Verlag [Faks.-Nachdr. d. dt. Übers. v. Georg Cordesmühl a. d. Jahre 1906].

Neukirch, Benjamin (Hg.) (1965): *Herrn von Hofmannswaldau und andrer Deutscher auserlesener und bißher ungedruckter Gedichte Erster Theil.* Tübingen: Niemeyer [Nachdr. d. Ausg. o. O. u. Vlg. 1697].

Neumann, Renate (1986): *Das wilde Schreiben: Graffiti, Sprüche und Zei-chen am Rand der Straßen.* Essen: Die blaue Eule.

Nieden, Eberhard zur (1978): «Schüsse aus der Wortkanone». *Stern*, Nr. 13/23.3.1978, S. 100.

Nietzsche, Friedrich (1999): *Jenseits von Gut und Böse.* Neuausg. München: Deutscher Taschenbuch Verlag. (= Sämtliche Werke, Bd. 5.)

Nüsse, Heinrich (1973): *Früh-Nachrichten.* Zürich: Pendo.

o. Verf. (1971): *Die Schule der Frauen.* L'École des Biches. Aus d. Franz. v. Brigitte Weidmann. München: Kurt Desch Verlag.

Oschlies, Wolf (2001): «Sprache und Erotik im Deutschen und Slavischen», in: Hoberg, S. 100–127.

Panati, Charles (1998): *Universalgeschichte der ganz gewöhnlichen Dinge.* München: Deutscher Taschenbuch Verlag.

Panizza, Oskar (1991): *Das Liebeskonzil. Eine Himmelstragödie in fünf Aufzügen.* München: Edition Spangenberg [Reprint n. d. Privatdr. von 1913].

Parisot, Jeanette (1990): *Dein Kondom, das unbekannte Wesen. Eine Geschichte der Pariser.* Hamburg: Ernst Kabel Verlag.

Partridge, Eric (1936): *A Dictionary of Slang and Unconventional English.* London: George Routledge & Sons.

Paul, Hermann (¹⁰2002): *Deutsches Wörterbuch.* Überarb. u. erweiterte Aufl. v. Helmut Henne/Heidrun Kämper/Georg Objartel. Tübingen: Niemeyer.

Perrin, Noel (1970): *Dr. Bowdler's Legacy: a history of expurgated books in England and America.* London: MacMillan.

Petan, Žarko (1979): *Mit leerem Kopf nickt es sich leichter. Aphorismen.* Graz: Styria.

– (1983): *Vor uns die Sintflut. Aphorismen. Ein immerwährendes Kalendarium.* Graz: Styria.

– (1990): *Viele Herren von heute waren gestern noch Genossen. Neue Aphorismen.* Graz: Styria.

Peter Schöffers Liederbuch. Tenor, Discantus, Bassus, Altus. (1909). München: Gesellschaft Münchner Bibliophilen [Nachdr. d. Ausg. Mainz 1513: o. Vlg.].

Peters, Sabine Ayshe (2001): «Sexualisierung: Entwicklungslinien der öffentlichen Darstellung lesbischer Liebe», in: Hoberg, 192–208.

Petrikovits, Albert (²1922): *Die Wiener Gauner-, Zuhälter- und Dirnensprache.* Wien: Polizei-Rundschau. [Neuaufl. Wien etc. 1986: Böhlau.]

Pierrugues, Pierre (1908): *Glossarium eroticum linguae Latinae, sive Theogoniae, legum et morum nuptialium apud Romanos explanatio nova ex interpretatione propria et impropria et differentiis in significatu fere duorum millium sermonum, ad intelligentiam poetarum et ethologorum tam antiquae quam integrae infimaeque Latinitatis.* Berlin: Editio altera [Als Reprint d. Ausg. v. 1826 auch: Amsterdam 1965: Hakkert].

Piesman, Marissa (2000): *Kontaktanzeigen.* München 2000: dtv.

Pockels, Carl Friedrich (1797–1802): *Versuch einer Charakteristik des weib-*

lichen Geschlechts. Ein Sittengemälde des Menschen, des Zeitalters und des geselligen Lebens. 5 Bde. Hannover: C. Ritscher.

Pollak, M. (1904): *Wiener Gaunersprache*, in: *Archiv für Kriminalanthropologie und Kriminalistik.* Hg. v. Hans Gross, Bd. 15, Leipzig: Vogel [Reprint Nendeln/Liechtenstein: Kraus].

PONS Wörterbuch der Jugendsprache. Schweizerdeutsch / Deutsch-Englisch; Schweizerdeutsch / Deutsch-Französisch. (2002): Zug: Klett und Balmer AG.

Praz, Mario (³1988): *Liebe, Tod und Teufel. Die schwarze Romantik.* München: Deutscher Taschenbuch Verlag.

Puchner, Günter (1974): *Kundenschall: das Gekasper der Kirschenpflücker im Winter.* München: Heimeran Verlag.

Queri, Georg (2003): *Kraftbayrisch. Ein Wörterbuch der erotischen und skatologischen Redensarten der Altbayern.* München: edition monacensia im Allitera Verlag [Nachdr. d. Erstausg. 1912].

Ragocky, C. B. von (1831): *Der flotte Bursch oder Neueste durchaus vollständige Sammlung von sämmtlichen jetzt gebräuchlichen burschicosen Redensarten und Wörtern, so wie eine genaue Aufführung aller Sitten und Gebräuche, welche bei Comitaten, Aufzügen, Wein-, Bier- und Fuchscommerschen oder sonstigen solennen Festivitäten vorkommen und strenge beobachtet werden müssen; nebst einem Appendix mehrerer Originale, origineller Einfälle und Anekdoten aus der Burschenwelt (...).* Leipzig: Nauck.

Random House Webster's College Dictionary (1991). New York: Random House

Réage, Pauline (1967): *Geschichte der O.* Darmstadt: Joseph Melzer Verlag.

Reinhard, Wilhelm (1840): *Lenchen im Zuchthause.* Karlsruhe: A. Bielefeld. (Nachdr. ²1975 München: Wilhelm Heyne Verlag.)

Reiskel, Karl (1905): *Idioticon Viennense Eroticum. Anthropophyteia,* Bd. 2.

Rexhausen, Felix (1972): *Germania unter der Gürtellinie.* Reinbek b. Hamburg: Rowohlt.

– (1986): *Germania ohne Feigenblatt.* [München]: Goldmann Verlag.

Riess, Curt (1967): *Erotica! Erotica! Das Buch der verbotenen Bücher.* Hamburg: Hoffmann und Campe.

Rilke, Phia (1900): *Ephemeriden.* Prag: G. Neugebauer.

Rittershaus, Emil (1855): *Gedichte.* Elberfeld: A. Martini.

Rodgers, Bruce (1972): *The Queens' Vernacular. A Gay Lexicon.* London: Blond & Brigs. Ltd.

Roethe, Gustav (Hg.) o. J. [1926]: *Die Briefe des jungen Goethe.* Leipzig: Insel Verlag.

Röhrich, Lutz (Hg.) (²1995): *Lexikon der sprichwörtlichen Redensarten.* 5 Bde. Freiburg etc.: Herder Verlag.

Rosso, Benjamin (1981): *Der schönste Zeitvertreib. Ein frech-frivoler Streifzug durch die Geschichte der Erotik.* München/Zürich: Delphin Verlag.

Roth, Eugen (2001): *Sämtliche Menschen. Ein Mensch. Mensch und Unmensch. Der letzte Mensch*. München: Carl Hanser Verlag.

Rühmkorf, Peter (1967): *Über das Volksvermögen. Exkurse in den literarischen Untergrund*. Reinbek b. Hamburg: Rowohlt.

– (1989): *Einmalig wie wir alle*. Reinbek b. Hamburg: Rowohlt.

Sanders, Daniel (1860–1865): *Wörterbuch der deutschen Sprache*. 2 Bde. in 3 Bdn. Leipzig; 2. Abdr. 1876]Nachdr. Hildesheim 1969].

Saphir, Moritz Gottlieb (1978): *Mieder und Leier. Gedankenblitze aus dem Biedermeier*. Hg. v. Manfred Barthel. Freiburg: Walter.

Sassmann, Hanns (1935): *Wienerisch*. München: Piper Verlag.

Schädlich, Hans Joachim (1995): *Mal hören, was noch kommt – Jetzt, wo alles zu spät is*. Reinbek b. Hamburg: Rowohlt.

Scheffel, Joseph Viktor von (1926): *Vom Jungen Scheffel. Briefe an seinen Studienfreund Rudolf Köhler*. Mit e. Einf. v. Theodor Hampe. Weimar: Literarisches Institut.

Schilling, Gustav (1996): *Denkwürdigkeiten des Herrn von H*. Berlin: Aufbau Taschenbuch Verlag.

Schmidkunz, Walter (1938): *… gibt's koa Sünd. 365 Schnaderhüpfln, wieder lauter waschechte*. Erfurt: Gebr. Richters Verlagsanstalt.

Schmidt, Dietmar (Hg.) (1996): *Gebuchte Lust: Texte zur Prostitution*. Leipzig: Reclam Verlag.

Schneider, Wolfgang (Red.) (1999): *Einhundert (100) Wörter des Jahrhunderts / 3sat …* Frankfurt/M.: Suhrkamp.

Schrank, Joseph (1886): *Die Prostitution in Wien in ihrer administrativen, sanitären und strafgeschichtlichen Anwendung*. 2 Bde. Wien: Selbstverlag.

Schranka, Eduard Maria (1905): *Wiener Dialektlexikon*. Wien: Szelinski.

Schreiber, Hermann (1969): *Erotische Texte. Sexualpathologische Erscheinungen in der Literatur*. München: Lichtenberg-Buch im Kindler Verlag.

– (o. J. [1993]): *Die ungekrönten Geliebten. Leben und Liebe der großen Mätressen*. Darmstadt: Carl Habel Verlag.

Schreiber, Stefanie (2002): *Abenteuer Kontaktanzeigen. Über die Schwierigkeiten, ein Paar zu werden*. Frankfurt/M.: R. G. Fischer Verlag

Schröder, Rudolf Alexander (1977): *Aphorismen und Reflexionen*. Hg. v. Richard Exner. Frankfurt/M. Suhrkamp.

Schröter, Heinrich (1977): *Ha, welche Lust, Zitat zu sein! Spruchbuch zum Fortschreiben*. München: Gauke.

Schubitz, Elise (1920 f.): *Abenteuer einer deutschen Buhlerin*. Preßburg: Privatdr. [Nachdr. als *Abenteuer und Erfahrungen einer deutschen Buhlerin: Amors Wege*, München 1983: Heyne].

Schulz, Frank (2002): *Morbus Fonticuli oder Die Sehnsucht des Laien*. Frankfurt/M.: Eichborn Verlag.

Schuster, Mauriz (1951): *Alt-Wienerisch. Ein Wörterbuch veraltender u. veralteter Wiener Ausdrücke und Redensarten der letzten sieben Jahr-*

zehnte. Wien: Österreichischer Bundesverlag für Unterricht, Wissenschaft und Kunst. AW

– (1956): *Sprachlehre der Wiener Mundart.* Bearb. v. Hans Schikola. Wien: Österreichischer Bundesverlag für Unterricht, Wissenschaft und Kunst.

Schütz, Hans J. (1990): *Verbotene Bücher. Eine Geschichte der Zensur von Homer bis Henry Miller.* München: Verlag C. H. Beck.

Schwikart, Georg (2001): *Sexualität in den Weltreligionen.* Gütersloh: Gütersloher Verlagshaus.

Seeßlen, Georg (1990): *Der pornographische Film: Von den Anfängen bis zur Gegenwart.* Frankfurt/M.: Ullstein.

Serner, Walter (2000): *Die Tigerin. Eine absonderliche Liebesgeschichte.* München: btb Taschenbuch.

Seume, Johann Gottfried (1863): *Sämmtliche Werke.* Leipzig: J. G. Hartknoch.

Sheidlower, Jesse (Hg.) (1995): *The F Word.* New York: Random House.

Sieg, Wolfgang (1985): «Cindy, oh Cindy ...», in: Eppendorfer (Hg.), S. 56–66.

– (2002): *Schräge Vögel. Lauter harmlose Geschichten.* Neumünster: Paranus Verlag der Brücke Neumünster.

Siemes, Isabelle (2000): *Die Prostituierte in der literarischen Moderne, 1890–1933.* Düsseldorf: Hagemann.

Siewert, Klaus (2003): *Hamburgs «Nachtjargon»: Die Sprache auf dem Kiez in St. Pauli.* Hamburg: Selbstverlag.

Silvester, Günther (1968): *Nachtjargon von A–Z.* Hamburg: Regent Versand u. Handel GmbH.

Simmel, Johannes Mario (1978): *Hurra wir leben noch.* Locarno: Droemer Knaur Verlag Schoeller & Co.

Skinner, Jody (1997): *Warme Brüder, kesse Väter. Lexikon mit Ausdrücken für Lesben, Schwule und Homosexualität.* Essen: Verlag Die Blaue Eule.

– (1999): *Bezeichnungen für das Homosexuelle im Deutschen.* 2 Bde. Essen: Verlag Die Blaue Eule.

– (2001): «Von *abartig* bis *Zylinderversilberer*: Das erste Wörterbuch für das Homosexuelle im Deutschen», in: Hoberg, S. 209–230.

Slim, Iceberg (2003): *Pimp: Story of my life.* Hamburg etc.: Europa Verlag.

Stemplinger, Eduard (1933): *Von der Äolsharfe bis zur Xanthippe. Ein kleines Handbuch antiker Redensarten im deutschen Sprachgebrauch.* München: Ernst Heimeran.

Stengel, Hansgeorg (1980): *Mit Stengelzungen [...] Der Unschuldsengel. Gedichte und Epigramme.* Berlin: Eulenspiegel.

Stramm, August (1963): *Das Werk.* Hg. v. René Radrizzani. Wiesbaden: Limes Verlag.

Stroh, Wilfried (2000): «Sexualität und Obszönität in römischer ‹Lyrik›». In: Theo Stemmler/Stefan Horlacher (Hg.), *Sexualität im Gedicht* (Akten zum Mannheimer Symposion 1999). Tübingen: Narr, S. 11–49.

Thoma, Ludwig (1968): *Gesammelte Werke.* Erweiterte Neuausg. Bd. 6 *(Romane u. ausgew. Gedichte).* München: Piper Verlag.

Thomsen, Bernd (Hg.) (1986a): *Pissen ist Macht. Neue Klo-Sprüche.* München: Wilhelm Heyne Verlag.

– (Hg.) (1986b): *Wer im Bett lacht, lacht am besten. Horizontale Graffiti, Witze, Bilder und Sprüche.* München: Wilhelm Heyne Verlag.

Tissot, Samuel Auguste André David (1770): *Von der Onanie, oder Abhandlung über die Krankheit, die von der Selbstbefleckung herrühren.* Nach d. 3., beträchtl. verm. Ausg. a. d. Franz. übers. Eisenach: Grießbach. (Frz. Original 1760 erschienen als *L'Onanism: Dissertation sur les maladies produites par la masturbation.*)

Trelde, Alfred von (1924): *Phantasien in drei priapischen Oden dargestellt und im Wettstreit verfertigt von Bürger, Voss und Stolberg. Letzterer erhielt die Dichterkrone.* München: Verlag der Nymphenburger Drucke. (Nymphenburger Drucke, Bd. 10.)

(Karl) *Trübners deutsches Wörterbuch* (1939–1957), i. A. d. Arbeitsgemeinsch. f. dt. Wortforschung. Hg. v. Alfred Götze (5–8: Begr. v. Alfred Götze. In Zusammenarb. m. Eduard Brodfuehrer [u. a.] hg. v. Walther Mitzka). Bde. 1–8: Berlin: Walter de Gruyter.

Tucholsky, Kurt (1953): *Zwischen gestern und morgen.* Reinbek b. Hamburg: Rowohlt.

– (1987): Gesammelte Werke. 10 Bde. Reinbek b. Hamburg: Rowohlt.

Uhlenbruck, Gerhard (1977): *Ins eigene Netz. Aphorismen.* Aachen: Josef Stippak.

– (1979): *Einfach gesimpelt. Aphorismen.* Aachen: Josef Stippak.

– (1980): *Frust-Rationen. Aphorismen.* Aachen: Josef Stippak.

– (1983): *Nächstenliebe. Aphoristische Sticheleien.* Aachen: Josef Stippak.

– (1985): *Eigenliebe macht blind. Hirnrissige Gedankensprünge und Aphorismen.* Aachen: Josef Stippak.

– (1996): «Hirnbissig: 100 Sprüche eines Aberwitzboldes.» *Almanach deutscher Schriftsteller-Ärzte 1997.* Hg. v. Jürgen Schwalm (1996, sic!). Marquartstein: Th. Breit, S. 455-461.

– (1997): *Wieder Sprüche zu Widersprüchen. Satzweise sogar weise Sätze.* Köln: Ralf Reglin.

Ungerer, Tomi (1971): *Fornicon.* Zürich: Diogenes Verlag.

Uthmann, Jörg von (1998): *Es steht ein Wirtshaus an der Lahn. Wegweiser zu den verschwiegenen, geheimnisvollen, kuriosen, zuweilen auch morbiden und makabren Sehenswürdigkeiten Deutschlands.* Zürich: Oesch Verlag.

Vaget, Hans (1999): «Die Rettung des Priap. Betrachtungen zu Goethes erotischer Lyrik.» *Schweizer Monatshefte für Politik, Wirtschaft, Kultur.* Bd. 79, H. 6: 18–24.

Venske, Henning (1983): *Gestammelte Werke oder Posa und Damen.* München: Wilhelm Heyne Verlag.

Villeneuve, Roland (1988): *Grausamkeit und Sexualität. Sadistisch-flagellantische, pathologische, gesellschaftlich-machtpolitische und religiöse Hintergründe der Leibes- und Todesstrafen, Hinrichtungsarten, Martern und Qualen bis in die Gegenwart in Wort und Bild.* Aus d. Franz. v. J. Fürstauer. Berlin: Rixdorfer Verlagsanstalt.

Voegelin, Beppo von (Hg.) (1969): *Frau Wirtin in Klassikers Munde oder Die Wirtin an der Lahn als literarisches Phänomenon der Feder meist gymnasial zu lesender Dichter entsprungen.* München: Wissenschaftliche Verlagsanstalt zur Pflege deutschen Sinngutes im Heinz Moos Verlag.

Vollmann, J., Dr. rei. cneip. (d.i. Johannes Gräßli) (1846): *Burschicoses Woerterbuch oder: Erklärung aller im Studentenleben vorkommenden Sitten, Ausdrücke, Wörter, Redensarten und des Comments, nebst Angabe der auf allen Universitäten bestehenden Corps, ihrer Farben und der Kneipen. Ein unentbehrliches Hand- und Hilfsbuch für Lyceisten, Gymnasiasten, Penäler, Polytechniker, Forstpolaken, Cantons- und Realschüler, Maulthiere, Füchse und Studenten [...].* J. Ragaz [Reprint 1984 in: *Wörterbücher d. 19. Jahrhunderts z. dt. Studentensprache*; Bd. 2. Berlin etc.: de Gruyter].

Vorberg, Gaston (Hg.) (1988): *Glossarium Eroticum.* Hanau/M.: Verlag Müller & Kiepenheuer.

Waldheim, Dr. von (1910): «Abtrittverse und Sprüche aus Preußisch-Schlesien.» *Anthropophyteia*, Bd. 7.

Wallace, Irving/Amy Wallace/David Wallechinsky/Sylvia Wallace (1981): *Rowohlts indiskrete Liste. Ehen, Verhältnisse, Amouren und Affären berühmter Frauen und Männer.* Dt. v. Gitta Joost et al. Reinbek b. Hamburg: Rowohlt.

Walter (1986): *Viktorianische Ausschweifungen.* Aus d. Engl. v. Reinhard Kaiser. Mit e. Essay v. Steven Marcus. Nördlingen: Greno. (Die andere Bibliothek, Bd. 24.)

Wander, Karl Friedrich Wilhelm (1872): *Politisches Sprichwörterbrevier. Tagebuch eines Patrioten der fünfziger Jahre, zur Charakteristik jener Zeit.* Leipzig: Otto Wiegand. Nachdr. hg. u. eingel. v. Wolfgang Mieder (1990), Bern: Peter Lang.

Weber, Marianne (Hg.) (1922): *Grundriß der Sozialökonomik.* Tübingen: Mohr.

Webinger, A. (1929): *Deutsche Bauernliebe*, in: Krauss, *Beiwerke*, Bd. 9.

Weck-Erlen, L. van der (1907): *Das goldene Buch der Liebe oder Die Renaissance im Geschlechtsleben. Ein Eros-Kodex für beide Geschlechter.* 1. Bd. Wien: Privatdruck des Verlegers C. W. Stern. [Unveränd. Nachdr. Berlin 1983: Rixdorfer Verlagsanstalt.]

Wedekind, Frank (1954): *Prosa, Dramen, Verse.* Hg. v. Hansgeorg Maier. München. Verlag Albert Langen u. Georg Müller.

– (1990): *Werke.* 2 Bde. Bd. 1., hg. v. Erhard Weidl. München: Deutscher Taschenbuch Verlag.

Wehle, Peter (1980): *Sprechen Sie Wienerisch? Von «Adaxl» bis «Zwutsch-kerl»*. Wien etc.: Verlag Carl Ueberreuter.

Weibel, Peter (Hg.) (2003): *Phantom der Lust*. Bd. 1: *Visionen des Maso-chismus. Essays und Texte*. Bd. 2: *Visionen des Masochismus in der Kunst*. Neue Galerie Graz am Landesmuseum Joanneum. München: belleville Verlag Michael Farin.

Weigand, Friedrich Ludwig Karl (1909f.): *Deutsches Wörterbuch*. 5. Aufl. [...] vollst. neu bearb. v. Karl von Bahder, Herman Hirt, Karl Kant, hg. v. H. Hirt, 2 Bde. Gießen 1 (1909) – 2 (1910): Töpelmann, vorm. Ricker [Photomechan. Nachdr. Berlin/New York 1968: de Gruyter].

Weigel, Hans: (⁹1985): *Die Leiden der jungen Wörter. Ein Antiwörterbuch*. München: Deutscher Taschenbuch Verlag.

Wetzstein, Thomas A. et al. (1997): *Sadomasochismus: Szenen und Rituale*. Reinbek b. Hamburg: Rowohlt.

Wiener, Oswald (1992): «Der obszöne Wortschatz Wiens. Beiträge zur Ädöologie des Wienerischen», in: Farin, Michael, *Mutzenbacher*, S. 361–461.

Willnat, Wolfgang (Hg.) (1985): *Sprüche, Sprayer, Spontis. Spaß mit Graffiti*. Wiesbaden: Englisch.

Witter, Ben (1978): *Nebbich oder Löcher im Lachen*. Frankfurt/M.: Fischer.

Wolf, Ror (1996): *Aussichten auf neue Erlebnisse. Moritaten, Balladen und andere Gedichte*. Frankfurt/M.: Frankfurter Verlagsanstalt.

Wolf, Siegmund Andreas (1956): *Wörterbuch des Rotwelschen*. Mannheim: Bibliographisches Institut. [Unveränd. Nachdr. d. 2. Aufl. 1985: Hamburg 1993, Buske.]

Wörterbuch der Diebs-, Gauner-, oder Kochemersprache: enthaltend alle ihre Abartungen und Dialekte, als: die rothwälsche, die jenische, die jüdi-sche, die Berliner und die Wiener Diebssprache, sowie die Zigeuner-, Schu-rer- und die niederdeutsche Schleifersprache. (1854). Wien: Verlag Carl Ueberreuter.

Wyss, Eva Lia (2003): «... Dû bist mîn, ich bin dîn'. Deutschsprachige Lie-besbriefe vom Mittelalter bis in die Gegenwart», in: Burkhard, S. 64–81.

Yamada, Taro/Guido Keller (Hg.) (2003): *Bizzaria. 555 japanische Eigenar-ten und Mafia-Adressen*. Frankfurt: Angkor Verlag.

Zehetner, Ludwig (²1998): *Bairisches Deutsch. Lexikon der deutschen Spra-che in Altbayern*. München: Hugendubel.

Zeisig, J. (1847): *Memoiren einer Prostituirten oder die Prostitution in Ham-burg*. St. Pauli: Hamburg-Altonaer Volksbuchhandlung.

Zöllner, Nicole (1997): *Der Euphemismus im alltäglichen und politischen Sprachgebrauch des Englischen*. Frankfurt/M. etc.: Peter Lang (= *Forum Linguisticum*, Bd. 35).

Bildnachweis

S. 45   Unbekannter Künstler, © Erotic Art Museum Hamburg.

S. 70   Deutscher Künstler (um 1900), © Erotic Art Museum Hamburg, 1992.

S. 87   Zeichnung von Thyrso A. Brisolla. Erschienen in: Thyrso A. Brisolla: ceci n'est pas un zizi. Künstlerphallen. Buch am Ammersee 1983. © Dussa Verlag und Thyrso A. Brisolla.

S. 96   Jean J. Grandville zugeschrieben, © Erotic Art Museum Hamburg.

S. 111   Karikatur von Greser & Lenz, Frankfurt, © Greser & Lenz.

S. 123   Zeichnung von Tomi Ungerer. Aus: Tomi Ungerer: Fornicon. © 1970 Diogenes Verlag AG Zürich.

S. 157   Postkartenmotiv, unbekannter Künstler.

S. 216   Karikatur von Ernst Kahl, Hamburg, © Ernst Kahl.

Der Verlag hat versucht, alle Inhaber von Bildrechten ausfindig zu machen; leider ist dies nicht in jedem Fall gelungen. Sollten noch weitere Ansprüche bestehen, bitten wir die Inhaber der Abbildungsrechte, sich an den Verlag C. H. Beck zu wenden.

Christoph Gutknecht bei C. H. Beck

Pustekuchen!
Lauter kulinarische Wortgeschichten
2. Auflage. 2002. 288 Seiten mit 12 Abbildungen. Paperback
Beck'sche Reihe Band 1481

Lauter blühender Unsinn
Erstaunliche Wortgeschichten von Aberwitz bis Wischiwaschi
3. Auflage. 2003. 228 Seiten mit 4 Abbildungen. Paperback
Beck'sche Reihe Band 1431

Lauter Worte über Worte
Runde und spitze Gedanken über Sprache und Literatur
1999. 391 Seiten mit 25 Abbildungen. Paperback
Beck'sche Reihe Band 1317

Lauter spitze Zungen
Geflügelte Worte und ihre Geschichte
3., überarbeitete Auflage. 2001. 292 Seiten mit 11 Abbildungen
und einer Tabelle. Paperback
Beck'sche Reihe Band 1186

Lauter böhmische Dörfer
Wie die Wörter zu ihrer Bedeutung kamen
7., durchgesehene Auflage. 2004. 212 Seiten. Paperback
Beck'sche Reihe Band 1106

C. H. Beck München

Literatur bei C. H. Beck

Ernst Augustin
Schule der Nackten
Roman
4. Auflage. 2004. 255 Seiten. Gebunden

Charles Simmons
Das Venus-Spiel
Roman
Aus dem Englischen von Jörg Trobitius
2002. 182 Seiten. Gebunden

Nelly Arcan
Hure
Ein Roman
Aus dem Französischen von Holger Fock und Sabine Müller
5. Auflage. 2002. 191 Seiten. Gebunden

Julie de Lespinasse
Briefe einer Leidenschaft 1773–1776
Übersetzt und herausgegeben von Johannes Willms
1997. 540 Seiten mit einer Abbildung als Frontispiz. Leinen
Bibliothek des 18. Jahrhunderts

Sudhir Kakar
Kamasutra oder die Kunst des Begehrens
Roman
Aus dem Englischen von Nathalie Lemmens
4. Auflage. 2003. 358 Seiten. Gebunden

Heimito von Doderer
Das erzählerische Werk
Neun Leinenbände in Schmuckkassette
1995. 4599 Seiten. Leinen

C. H. Beck München